古典文獻研究輯刊

十 編

曾 永 義 主編

第 5 冊

中國人的忠義情結
——《水滸傳》人物忠義論

王 志 武 著

國家圖書館出版品預行編目資料

中國人的忠義情結——《水滸傳》人物忠義論／王志武 著 --
初版 -- 新北市：花木蘭文化出版社，2014〔民 103〕
目 4+304 面；19×26 公分
（古典文學研究輯刊 十編：第 5 冊）
ISBN 978-986-322-906-3（精裝）
1.水滸傳 2.研究考訂
820.8   103014143

ISBN-978-986-322-906-3

9 789863 229063

古典文學研究輯刊
十 編 第五冊   ISBN：978-986-322-906-3

中國人的忠義情結
——《水滸傳》人物忠義論

作 者 王志武
主 編 曾永義
總 編 輯 杜潔祥
副總編輯 楊嘉樂
編 輯 許郁翎 ‧
出 版 花木蘭文化出版社
社 長 高小娟
聯絡地址 235 新北市中和區中安街七二號十三樓
        電話：02-2923-1455 ／傳真：02-2923-1452
網 址 http://www.huamulan.tw 信箱 hml 810518@gmail.com
印 刷 普羅文化出版廣告事業
初 版 2014 年 9 月
定 價 十編 18 冊（精裝）新台幣 32,000 元

中國人的忠義情結
——《水滸傳》人物忠義論

王志武　著

作者簡介

王志武，又名王志儒，陝西師範大學文學院教授，博士生導師，從事古典文學教學研究工作，1993 年 10 月開始享受國務院特殊津貼。著有《紅樓夢人物衝突論》（1995 年 11 月），《金瓶梅人物悲劇論》（1992 年 9 月），以上二書分獲由讀者投票評選的第一、第七屆全國圖書「金鑰匙」獎，獲獎圖書名單分別見於《光明日報》1988 年 1 月 13 日第四版和《新聞出版報》1994 年 3 月 25 日第二版。《競爭中的強者：三國演義人物競爭論》（1989 年 11 月），獲 1989 ～ 1992 年度陝西優秀社科成果獎；《古代戲劇賞介辭典》（1988 年 5 月），獲陝西省第三屆優秀社科成果獎；《紅樓夢》評點本（1997 年 12 月）；《中國古典小說戲曲研究論集》（2006 年 5 月），《元明清文學》（1983 年 4 ～ 9 期《陝西教育》雜誌連載，並收入《中國古代文學》1986 年 1 月出版）；《中國人的善惡困惑：西遊記人物善惡論》（2013 年 2 月）；《好人忘不了》（2013 年 2 月）。主編《三名文品》（含《古代文學卷》《現代文學卷》《當代文學卷》《外國文學卷》《藝術卷》），《延安文藝精華鑒賞》（1992 年 10 月）。另在《光明日報》等報刊發表論文多篇。

提　　要

忠臣薄命，義士多磨，這就是《水滸傳》的主旨。

宋江是忠臣義士的典型代表，他的一生貫穿著忠義二字。

成也忠義，敗也忠義。

當宋江沒有把忠義和替天行道在實際上聯繫在一起時，忠義這種道德觀念對發展壯大梁山隊伍起了積極作用；當宋江把忠義作為一種僵死的封建道德教條與替天行道的政治目標在實際上捆綁在一起時，便把梁山隊伍引入了歧途。

判斷引入「歧途」還是「正路」，標準就是「世道」「人心」。「世道」指歷史潮流，「人心」指民意向背。正路是順潮流，向民心，取代宋徽宗；邪路是逆潮流，背民心，忠保宋徽宗。

目
次

一、亂自上作

（一）重用奸臣

　　《水滸傳》小說一開始寫了兩個人物，一個是高俅，一個是端王。作者寫端王是個「聰明俊俏人物」，「這浮浪子弟門風幫閒之事，無一般不曉，更無一般不愛。即如琴、棋、書、畫，無所不通，踢球打彈，品竹調絲，吹彈歌舞，自不必說」。一句話，這端王是個現在人們常說的娛樂人才，也就是當個紅白喜事的樂隊總管還稱職吧，和治國平天下不沾邊。因為他是神宗皇帝的十一子，哲宗皇帝的禦弟，哲宗皇帝沒有太子，死後的繼承人便落到端王頭上了。這就是宋徽宗。按照皇位世襲的封建社會的規矩，那怕是個白癡，該人家當皇帝誰也沒辦法阻攔。徽宗酷信道教，道士們送他一個「玉清道主微妙道君皇帝」的稱號，簡稱「道君皇帝」。

　　歷史上的宋徽宗是個有名的混混皇帝。唐朝因娛樂人才唐玄宗而由盛轉衰，宋朝因娛樂人才宋徽宗由盛轉衰。《水滸傳》中的宋徽宗又如何呢？

　　第 74 回作者寫宋朝內憂外患，「此時道君皇帝（宋徽宗）有一個月不曾臨朝理事。」不上朝理事，到哪里去了呢？

　　一是被蔡京兒子蔡攸和太尉王黼領去逛艮嶽。艮嶽是 1117 年宋徽宗在京城東北隅修的一座所謂萬歲山，「奇峰怪石，古木珍禽，亭榭池館，不可勝數。外面朱垣緋戶，如禁門一般，有內相禁軍看守，等閒人腳指頭兒也不敢蹅到門前。」就因為修築艮嶽，朱勔在南方騷擾百姓，激起了方臘領導的農民起義。

　　二是去李師師家。李師師是當時京城有名的上廳行首。歷代皇宮，本來就是皇帝一人的免費妓院，但宋徽宗還不滿足，經常和皇宮外的妓女李師師

來往。宋徽宗和李師師家有地下暗道相通，楊戩楊太尉經常陪伴皇帝來李師師家娛樂。宋江就是通過李師師下情上達的。宋江等死後，宋徽宗也是在李師師家睡覺夢遊梁山泊的。李師師比四大奸臣好，不在皇帝面前說宋江等人壞話；宋徽宗比唐玄宗好，沒有像唐玄宗把楊貴妃據爲己有一樣把李師師據爲己有，因此給燕青宋江等人下情上達留下了一條路。但作爲一國之主，三天兩頭在角妓家泡著，歷代君王中也很難找出第二個。

宋徽宗在位，重用奸臣。歷史上有所謂「六賊」之說，即徽宗重用的蔡京、王黼、童貫、朱勔、梁師成、李彥。《水滸傳》中客氣一點，寫「四大奸臣」，即蔡京、高俅、童貫、楊戩。也提到了王黼和朱勔，但沒有把這兩人算爲奸臣。實際上小說中的王黼和朱勔幹的都不是忠臣幹的事。就算是四大奸臣吧，一個皇帝重用四大奸臣，這在中國歷史上也是創紀錄的了。

小說中首先寫到的奸臣是高俅。此人是東京開封一個浮浪破落戶子弟，自小不成家業，只好刺槍使棒，唯一的特長是踢得好腳氣毬，整天吹彈歌舞，相撲玩耍，也胡亂學了一些詩、詞、書、賦之類。「若論仁、義、禮、智、信、行、忠、良」這些爲人道德，「卻是不會」。他不務正業，在東京城裏城外幫閒。有一次，因幫閒被人所告，府尹斷了他二十脊杖，送配出界發放。東京城的人不容他吃住，便投奔淮西臨淮州開賭坊的閑漢柳大郎家住了三年。後遇哲宗皇恩大赦，柳大郎推薦他投奔開生藥鋪的親戚董將士家過活。董將士知他是個幫閒破落戶，沒有信行，不忠誠不老實，有過前科，舊性難改，害怕收留他在家中影響孩兒們不學好，但又礙于柳大朗面子，便推薦他到小蘇學士即蘇軾處。小蘇學士也怕留下高俅惹麻煩，又推薦他去喜歡幫閒浮浪之人的駙馬王晉卿府裏做親隨。一天，高俅奉小王都尉王晉卿鈞旨，給端王送玉龍筆架和兩個鎮紙玉獅子，恰遇端王正與相伴的三五個小黃門踢氣球。偏偏端王沒有接著的氣球滾到高俅身邊，高俅使個鴛鴦拐，把球踢還端王，因此被端王看中，留在身邊使用。端王登基做皇帝後，沒半年時間，擢舉高俅做了殿帥府（殿帥府即殿前司，皇帝的禁衛官署，執掌殿前班值，馬、步軍諸指揮的名籍及所有訓練等政。與「侍衛馬軍司」、「侍衛步軍司」合稱「三衙」）太尉（太尉是當時武官官階最高一級，相當於現在的元帥吧，本身不表示任何具體職務，一般用作對武官的尊稱，擔任的職務也有高有低，不盡相同）職事。像高俅這種人要在戰爭年代連個班長恐怕也混不上，但在徽宗時代，與徽宗有關係，官位一下像坐了直升飛機一樣高升了。

高俅一上任，第一件事不是想著如何輔國安民，而是打擊報復八十萬禁軍（皇帝的衛兵）教頭王進。因高俅先時學使棒，被王進父親王升一棒打翻，三四個月將息不起。現在發跡，正好報仇。他爸死了，就找兒子算賬。逼得王進只好和年邁老母逃離東京，投奔鎮守邊庭的延安府老種經略相公（北宋時的種世衡曾在西北一帶任邊防要職。他的兒子種諤（è）在徽宗時任鄜（fū）延路經略安撫副使，是當時抵禦外族入侵的名將，「老種經略相公」即指種諤。小種經略相公指種世衡的孫子種師道。經略，宋代官職名，即經略安撫使，掌管一路兵馬之事，簡稱『經略』。『相公』是對官員的尊稱）處，那裏正在用人。高俅後來又陷害林沖，排斥楊志，庇護高廉，幹盡壞事。

又一被徽宗重用的奸臣是蔡京蔡太師（軍隊最高統帥。歷代均以「太師」爲最高榮典）。小說中對此人發跡沒有像高俅那樣作專門介紹。歷史記載他曾被徽宗罷翰林學士，貶去杭州，童貫到江南搜羅「書畫奇怪」時，兩人相識，關係火熱，童貫把蔡京所作書畫送給徽宗看，徽宗極口稱讚，重新起用蔡京，先任命爲翰林學士承旨，後提升爲宰相。此人「貪圖官爵」，「無複廉恥」。（宋史・奸臣・蔡京傳）

遼國的歐陽侍郎就對宋江說：「如此奸臣弄權，讒佞僥倖，妒賢嫉能，賞罰不明，以至天下大亂。江南、兩浙、山東、河北，盜賊並起，草寇猖狂，良民受其塗炭，不得聊生。」連宋江都說「侍郎言之極是。」

作者 120 回寫道：「蔡京、童貫、高俅、楊戩四個奸臣，變亂天下，壞國，壞家，壞民。」

（二）黎民遭殃

徽宗及奸臣蔡京、高俅等人胡作非爲，他們的親信也都仗勢作惡，把持重要州府，搜刮百姓，陷害無辜。徽宗天子慕榮貴妃之兄青州慕榮知府，倚託妹子之勢，在青州橫行，殘害良民。迫害花榮宋江，殺死秦明妻小。

高俅螟蛉之子高衙內看中了林沖之妻，兩次威逼，未能如願，高俅爲治好兒子相思惡疾，設計陷害林沖，又在林沖被罪之後逼其妻張氏與衙內成親，張氏自縊身死；高俅叔伯兄弟高廉，新任高唐州知府，依仗他哥哥勢力，無所不爲。妻舅殷天賜人稱殷直閣，年紀雖小，卻依仗他姐夫高廉的權勢，橫行害人，爲霸佔柴皇城宅後花園，逼死柴皇城，高廉又把柴進下在死囚牢中。

蔡京的第九個兒子江州蔡九知府，爲官貪濫，作事驕奢，江州人廣物盈，

錢糧浩大，蔡京特地教他來作知府。他聽信在閑通判黃文炳讒言，幾乎害死宋江戴宗；蔡京女婿梁中書，是北京大名府留守，上馬管軍，下馬管民，為了保官和升官，每年搜刮十萬貫金銀珠寶，給蔡京作生日禮物，名曰「生辰綱」，和皇帝花石綱相互對應；62 回，梁中書又聽信盧俊義妻賈氏和總管李固誣告不實之詞，欲置盧俊義於死地；58 回，蔡京門人、華州知府賀太守，為官貪濫，非理害民。強奪畫匠王義女兒作妾，又把王義刺配遠惡軍州。

69 回，童貫門下的門館先生，東平府府尹程太守，憑藉童貫得此美任，抓緊時間殘害百姓。……

他們的爪牙遍佈各地。鄭屠「虛錢實契」霸佔金翠蓮作妾；西門慶為娶潘金蓮，兩人一起害死賣炊餅為生的老實疙瘩武大郎；幫閒富安和虞侯陸謙為巴結高衙內，設計騙逼林沖妻子，並陷害林沖；外號剜心王的濟州府老吏王瑾，為給高俅獻犬馬之勞，竟出主意叫高俅讀斷詔書句子，賺梁山人入濟州；毛太公毛仲義父子，賴走獵戶解珍解寶打死的老虎，還誣二解為盜，勾結官府，把兄弟二人下於死囚牢中；都管李固為占盧俊義妻賈氏，吞其家產，勾結梁中書，要殺害盧俊義。還有祝家莊祝朝奉父子，曾頭市曾長者父子，押送公人薛霸董超，都頭趙得趙能，等等，都是皇帝及四大奸臣的社會基礎。

在這個黑暗統治網之下，廣大人民生活痛苦不堪。金翠蓮為還鄭屠「虛錢實契」的典身錢，酒樓趕座，賣唱賺錢，以哭度日，有苦難言；武大老婆被西門慶勾引，毀了家庭，丟了性命；阮氏三兄弟，終年勞碌，不得溫飽；李逵哥哥李達，給地主做牛做馬，只能糊住自己一張嘴，「養娘全不濟事」……

在此社會背景下，老百姓正路走不通便走歪路。張橫張順李俊李立等，打魚養活不了自己，便在江上打劫過往客人；張青夫婦在十字坡賣人肉包子為生；時遷憑藉飛檐走壁本事，偷盜為生，如此等等。他們完全是為生活所逼，不得不如此。

魯迅說過：「假如我們設立了一個『肚子餓了怎麼辦』的題目，拖出古人來問吧，倘說『肚子餓了應該爭食吃』，即使這人是秦檜，我贊成他；倘說『應打嘴巴』，即就是嶽飛，也必須反對。如諸葛亮出來，道是『吃食為了發熱，打嘴亦可發熱，等於吃了飯』，則要撕掉其假科學的面子，先前的品性如何，不必計算的。」（《集外集拾遺·兩封信》）

還有許多人走上依山結寨，扯旗造反，與官府對抗的道路。他們為了有一個相對安全的生存空間，得到維持生命的物質條件，只好把山寨作為安身

立命之地，把類似於動物群居一樣的集體生活作為生存依託。要活下去，不受官府欺壓，就扯旗造反，「不怕天，不怕地，不怕官司；論秤分金銀，異樣穿綢錦，成甕吃酒，大塊吃肉，如何不快活！」就是在這種情況下，許多人不約而同地走上依山結寨、與朝廷做對的造反道路，其中有少華山朱武、陳達、楊春，桃花山的李忠、周通，十字坡的張青、孫二娘，清風山的燕順、王英、鄭天壽，對影山的呂方、郭盛，黃門山的歐鵬，飲馬川的裴宣，二龍山的曹正，白虎山的孔明、孔亮，枯樹嶺的焦挺、鮑旭，登雲山的鄒淵、鄒潤，等等，如星羅棋佈一般遍及各地。他們有的是被官司追捕不得已而落草（朱武、陳達等），有的把守大江軍戶，因得罪官府，逃走江湖（歐鵬），有的是被濫官汙吏尋事刺配外地，被救落草（裴宣），有的和本村財主爭競，殺了財主，拒捕落草（孔明、孔亮），……總之，他們為了求活路，圖生存，反迫害，走上了造反之路。

河北田虎，是威勝州沁源縣一個獵戶。此地「水旱頻仍，民窮財盡，人心思亂。」田虎趁機造反，「官兵不敢當其鋒。」田虎占了五州五十六縣，在汾陽稱帝，名為「晉王」，「兵精將猛，山川險峻」，其勢難當。

王慶原是東京開封府內一個副排軍，因與童貫養女、蔡攸兒媳嬌秀的一段戀情，受到童貫及蔡京、蔡攸擺撥，在李助范全幫助下走上反叛之路，被眾人推舉為房山寨主，奪了房州，自稱「楚王」，佔據了八州八十六縣。

因朱勔在吳中征取花石綱，百姓大怨，人人思亂，方臘趁機造反。

走上造反之路的也有各種情況，有的滿足於做個草頭王，不敢展足，有的被朝廷剿滅，有的與其他山頭合併，有的像方臘一樣走上代宋稱帝的路。還有的如宋江，投降了朝廷。

梁山起義正是在這種社會背景下發生的。梁山英雄因各自經歷、性格的差別，走上梁山的道路不盡相同，但都有一個共同點：在一個「逼」字下鋌而走險，聚義江湖的。

二、官逼民反

（一）史進

1. 史進拜師

宋徽宗趙佶，所謂道君皇帝，搞的是無爲而治。無爲而治實際上就是無爲、不治，皇帝窮奢極欲，社會弱肉強食。

皇帝崇道無爲的結果是：老百姓人人自危，或尚武以自衛，或準備以武報國，或村莊自治，像各路諸侯；或像李達逆來順受，連老母也養不起，卻淡定的當長工，爲財主發展生產力；或者就是上山落草爲王；再就是忠奸並存，忠不抵奸，正不壓邪。正邪、善惡、忠奸、上下、官民不可能和平共處，不可能各不相擾。不是你吃我就是我吃你。

青年人熱衷槍棒，是因爲對社會法律失去信任感，國家使好人沒有安全感，只有自己保護自己，或結成群體以防身，像雁群、狼群、角馬群一樣；不娶妻室，不想有拖累，只想一個人快活生活一輩子。

史進生在華陰縣少華山的史家莊，父親史太公擔任裏正（即地保，管理鄉里的小吏）。他自小不務農業，只愛刺槍使棒，母親管不下，慪氣而死。史太公比較明智，順著兒子，不惜花錢請師父教他，還請高手匠人爲他的肩膀胸膛上刺了九條龍，人稱他爲九紋龍史進。王進和母親爲逃避高俅陷害，要去延安投奔老仲經略相公，途中老母生病，母子倆在史太公家借宿。王進偶遇史進使棒，失口說了句「這棒也使得好了。只是有破綻，贏不得眞好漢。」史進是個認本事不認人的人。史太公請了七八個有名的師父指導過他，他以

為自己就是天下無敵了。現在聽見王進竟然「笑話」他的本事，不由大怒，要和王進比拼，被史太公喝住。王進得知史進是史太公兒子，因感太公厚待之恩，願意點撥史進搶棒。史進卻不買賬，要他爹「休聽這廝胡說」，還說王進要能贏得他手中那條棒時，「便拜他為師」。王進取得太公同意，取棒來戰史進，只消把棒一舉、一掣、一繳，史進便丟棒倒地。史進這才服了王進，拜王進為師：「我妄自經了許多師家，原來不值半分。師父，沒奈何，只得請教。」王進指出史進學的都是「花棒」，「只好看，上陣無用」，願意「從新點撥他。」史進再次拜了王進，正所謂「好為師患負虛名，心服應難以力爭。只有胸中真本事，能令頑劣拜先生。」王進把那十八般武藝：「矛錘弓弩銃，鞭簡劍鏈撾。斧鉞並戈戟，牌棒與槍杈」，一一從頭指教，半年工夫，史進就把這十八般武藝從新學得十分精熟了。他尊重王進是尊重其德（感人厚恩）其才（十八般武藝）。

2. 與少華山好漢來往

史進不僅佩服有真正本事的人，也佩服講義氣的人。少華山上的朱武、陳達、楊春三個頭領聚集了五七百嘍羅，有百十匹好馬，打家劫舍，華陰縣拿他沒法，懸賞三千貫捉拿。為了積聚糧食，與官軍「打熬」（打持久戰），陳達提議向華陰縣「借糧」。楊春說，去華陰縣，要從史家莊經過，「那個九紋龍史進是個大蟲，不可撩撥他」，建議向蒲城縣「借糧」，萬無一失。可是陳達認為蒲城縣人戶稀少，錢糧不多，華陰縣人民豐富，錢糧廣有，堅持要打華陰縣，還說連個史家莊都過不去，那能抵敵官軍，史進也是個人，「須不三頭六臂」，批評朱武楊春誇史進「十分英雄」，「真有本事」，是「長別人之氣，滅自己威風。」他不聽朱武楊春再三諫勸，領了人馬到史家莊，結果被史進俘虜，要等拿了朱武楊春，一併解官請賞。

朱武不愧為神機軍師。他知道要救陳達，武的不行，只有來文的，便想了個「苦計」，和楊春步行到史家莊。史進忿怒未消，騎在馬上，要擒他倆一發解官，一看這兩個人雙雙跪下，擎著兩眼淚，便下了馬，喝問：「你兩個跪下如何說？」朱武可憐巴巴的哭道：「小人等三人，累被官司逼迫，不得已上山落草，當初發願道：『不求同日生，只願同日死。』雖不及關、張、劉備的義氣，其心則同。今日小弟陳達不聽好言，誤犯虎威，已被英雄擒捉在貴莊，無計懇求，今來一徑就死，望英雄將我三人，一發解官請賞，誓不皺眉。我等就英雄手內請死，並無怨心。」

史進是個吃軟不吃硬的好漢，聽了朱武的話，首先是為他們的義氣所感動，心想：「他們直恁義氣！我若拿他去解官請賞時，反教天下好漢們恥笑我不英雄。」再說，英雄不殺馬下之人，「大蟲不吃伏肉」。史進領朱武楊春跟他進到後廳，兩人又跪下，教史進綁縛，史進三回五次地叫起來，朱楊兩個就是跪下不起來。正所謂「惺惺惜惺惺，好漢識好漢」，史進向他倆表白說：「你們既然如此義氣深重，我若送了你們，不是好漢，我放陳達還你如何？」朱武還是堅持說：「休得連累了英雄，不當穩便，寧可把我們去解官請賞。」他越是這樣，史進不但不把他們解官，乾脆徵求他們意見，「你肯吃我酒食麼？」朱武一見軟的勝了硬的，文的勝了武的，這才氣壯如牛地說：「一死尚然不懼，何況酒肉乎！」正所謂「姓名各異死生同，慷慨偏多計較空。只為衣冠無義俠，遂令草澤見奇雄。」史進身邊莊客王四和經常賣給他野味的獵戶李吉，關鍵時刻出賣他、欺騙他，比起這兩個人，三位草寇頭領不都是好人嗎？他們只不過是被官府逼得沒了活路才上山落草以自保。

開始史進是把三個頭領當做強盜看待的。他從獵戶李吉那裏聽說少華山新近添了一夥強人，打家劫舍，官府拿他們沒法，心想這些傢夥這樣大弄，必然要來村中惹事，於是請來村裏三四百家史家莊戶，要大家早做準備，若那些人來時，打起梆子，各執棍棒，遞相救護，共保村坊，「如若強人自來，都是我來理會。」他「整頓刀兵，提防賊寇」。陳達領人來犯，史進怒斥：「汝等殺人放火，打家劫舍，犯著彌天大罪，都是該死的人。你也須有耳朵，好大膽，直來太歲頭上動土！」陳達還比較客氣，向他解釋說：「俺山寨裏欠少些糧食，欲往華陰縣借糧，經由貴莊，假一條路，並不敢動一根草，可放我們過去，回來自當拜謝。」史進不客氣，說道：「胡說！我家現當裏正，正要來拿你這夥賊，今日倒來經由我村過，卻不拿你，倒放你過去！本縣知道，須連累於我。」陳達仍然沒有動氣，說：「『四海之內，皆兄弟也』，相煩借一條路。」史進堅決不答應。兩相爭鬥，史進俘獲了陳達。

史進俘虜了陳達的「身」，朱武卻俘獲了史進的「心」。小人心硬，英雄心軟，英雄容易被情義感動。朱武的「苦計」用於小人，未必奏效，三人可能都被解官請賞了；用於英雄，大獲成功。苦計只有好人才會用，也只有給好人用才有用。苦計證明朱武楊達是好人，也證明史進是好人。史進不但沒有把已俘獲的陳達和送貨上門自投羅網的朱武楊春一起解官請賞，還作為座上客，酒席相待。朱武三人也是知恩相報，回到少華山後十數日，派人給史

進送去三十兩蒜條金。史進開始還推卻不要，後來尋思他們既然好心送來，「受之爲當」，以酒食銀兩賞了來人。半月之後，朱武等三人又把擄掠來的一串好大珠子送給史進，史進收了，也於半月後送三領錦襖子、三個肥羊給三個頭領作爲回奉。自此，史進與朱武三人常來常往，由對頭變成朋友。

3. 棄家闖江湖

史進八月十五請三頭領來莊上飲酒賞月，因莊客李四所帶三頭領回書及銀兩被獵戶李吉盜去報官，華陰縣縣尉帶人包圍了史家莊，要史進交出「強賊」。史進當時正與三頭領飲酒賞月，縣尉要三頭領，史進一時不知如何是好。朱武三人跪下，請史進綁了他三人請賞，「哥哥，你是乾淨的人，休爲我等連累了。」史進堅決不同意：「如何使得！恁地時，是我賺你們來，捉你請賞，枉惹天下人笑。我若是死時，與你們同死，活時同活。你等起來，放心，別作圓便。」史進問清了緣由，原來王四領命去少華山請三頭領飲酒賞月，回史家莊途中，酒醉倒地，被獵戶李吉拿了三頭領給史進的回書及賞銀去華陰縣告了狀，王四酒醒回家向史進編謊隱瞞了眞相。史進一怒之下殺了王四，沖出莊門，殺了李吉和兩個都頭，縣尉騎馬而逃，史進和三個頭領上了少華山。

史進雖和三個頭領成了生死與共的朋友，但對三頭領的生活選擇並不認同，他向朱武說出自己要去關西經略府尋找師父王進的想法，朱武三人勸他暫住山寨，待事情平靜後，與他重整莊院，再作良民。史進雖然感謝三頭領的「好情分」，但決意尋找師父，「也要那裏討個出身，求半世快樂。」朱武說做個山寨之主，「卻不快活？」史進直言不諱地說：「我是個清白好漢，如何肯把父母遺體來點汙了？你勸我落草，再也休題。」他義無反顧地去延安府尋找王進去了。

史進去延安府找不著王進，回到北京住了幾時，盤纏用完了，便在赤松林剪徑（打劫過往客商）爲生，不意遇見魯智深，兩人一起去殺了崔道成和丘小乙，自己一個人重回少華山，投奔朱武等三人，入夥做了強人。

史進和朱武、陳達楊春都是義氣深重的人，這是他們最終走到一起的思想基礎。爲官府所逼，所謂官逼民反，是他們走到一起的共同起因。

第38回作者寫華州蔡太師門人賀太守要搶奪畫匠王義女兒玉嬌枝作妾，王義不從，被賀太守刺配遠惡軍州，路徑少華山下，史進殺了兩個防送公人，

救王義上山，並去華州府刺殺賀太守，被拿監禁。魯智深不聽武松勸告，去救史進，也被捉拿。後來宋江打了華州，救出兩人。

徽宗時天下英雄多取單身，原因之一是自身尚且朝不保夕，娶妻生子勢必成爲包袱，或和自身一起受到無辜牽連。史進就是持這種生活態度的人，也是生活在那種弱肉強食社會狀態下許多英雄好漢的人生態度。但這並不意味著這些人就沒有正常人的七情六欲。

69 回作者寫史進隨宋江攻打東平府，東平府兵馬都監董平打了宋江所派下書人郁保四、王定六一頓，宋江怒氣填胸，誓要平吞州郡。史進對宋江說：「小弟舊在東平府時，與院子裏一個娼妓有交，叫做李瑞蘭，往來情熱。我如今多將些金銀，潛地入城，借他家裏安歇。約時定日，哥哥可打城池。只等董平出來交戰，我便爬去更鼓樓上，放起火來，裏應外合，可成大事。」宋江答應了。

史進把問題看的太簡單了。他以爲自己和李瑞蘭的感情可以超越一切，「愛情至上」，其實根本不是這麼回事。史進進城到了西瓦子李瑞蘭家，李瑞蘭警惕性很高，追問史進：官司輯撲，宋江借糧，如何卻來這裏？史進以感情爲上，誠信不欺，如實告訴自己如今在梁山泊做了頭領，現在宋江打城借糧，「我把你家備細說了，如今我特地來做細作」，把一包金銀給了李瑞蘭，教她不要走漏消息，「事完之後，一發帶你一家上山快活。」史進還想著長遠和李瑞蘭保持感情呢！他不知道老虔婆逼著收了金銀不忍首告的李公去報知官府，理由是「我這行院人家，坑陷了千千萬萬的人，豈爭他一個！」李瑞蘭沒有從中勸阻，她面色紅白不定，沒有把真實情況告訴史進，還假意與史進敘間闊之情，款住史進，爲的是不要「打草驚蛇」。不一會兒史進便被數十個做公的捆到東平府，挨了一頓打，被送進死囚牢裏。他的感情牌徹底宣告失敗。直到董平投降並幫助宋江打破東平府後才把他從大牢中救出。這時的史進已大徹大悟，不再做感情至上夢了，引人去西瓦子李瑞蘭家，把虔婆老幼一門大小，碎屍萬斷。現在那些宣揚感情至上的人們，他們要是換了史進，不知作何感想？會不會娶李瑞蘭上山做妻，成家，快活？

（二）魯達

1. 幫助金氏父女

魯達出場，在第三回。史進聽說渭州有個經略府，以爲王進在這裏，便

進城在一茶坊吃泡茶，順便打問師父王進。「道猶未了，只見一個大漢，大踏步竟入走進茶坊裏來。史進看他時，是個軍官模樣。」作者寫他的裝束及外貌：長相特別惹眼，「面圓耳大，鼻直口方，腮邊一部貉褡鬍鬚。身長八尺，腰闊十圍。」他見史進「長大魁偉，像條好漢」，雖不認識，也主動上前施禮打招呼，好漢見了好漢親。兩人互通姓名，他向史進介紹自己是經略府提轄，姓魯名達。原來王進要投奔的是延安老種經略相公，在渭州鎮守的是小種經略相公。魯達就是在小種經略相公處任提轄的。讀到此，我們知道魯達是個提轄，武官，主管本區訓練軍隊、督捕盜賊等。魯達對史進、王進早已聞名，今天初遇，一見如故。魯達便挽了史進的手（瞧，多親熱），要到街上吃酒，不吃茶了，規格提高了一步。

中途兩人遇見教史進開手的師父李忠，賣膏藥，使棍棒，以求生計。魯達見他是史進的師父，便要拉他一起吃酒。李忠還要賣膏藥，討回錢，再一同去。魯達不耐煩了：「誰耐煩等你？去便同去。」李忠只好請他和史進先走。不賣藥收錢，哪來衣飯？魯達「焦躁」「兇猛」地把圍觀的人一推一交，連罵帶趕。李忠沒辦法收錢了，敢怒不敢言，只好跟著他走，陪笑說了句「好急性的人」。本來請人吃酒完全是出於好心，他的焦躁兇猛的作法卻引起人家心中不滿。可見魯達這個人一方面很講義氣，另方面也性急焦躁。

魯達三人來到有名的潘家酒店吃酒，交談，聽見隔壁閣子裏有人哽哽咽咽地啼哭，「魯達焦躁，便把碟兒、盞兒，都丟在樓板上」，「氣憤憤地」，說酒保故意教人在間壁吱吱的哭，攪他三人吃酒。酒保說明那是綽酒座兒唱的父女兩人「自苦了啼哭。」本來與自己無關，忍耐一下，或另找家酒店，但魯達卻要酒保喚來相問。初次讀到這裏，不禁為賣唱的父女捏一把汗，焦躁兇猛的魯達會不會把這父女倆狠狠地責罵一頓，甚至動手打兩下子？

魯達畢竟是條好漢，他外惡內善。原來金老女兒金翠蓮被鄭屠「虛錢實契」，霸佔作妾，又被鄭大娘子趕了出門，追要典身錢。金氏父女無計可施，酒樓趕座，賣唱賺錢，還其虛債，有苦難言。近日酒客稀少，怕違錢限，受其羞辱，因此啼哭。魯達聽了金氏父女的不幸遭遇，知道苦害金氏父女的罪魁禍首，是狀元橋下賣肉的鄭屠，綽號叫「鎮關西」，便道：「呸！俺只道那個鄭大官人，卻原來是殺豬的鄭屠。」魯達沒有責怪金氏父女哭哭啼啼打攪了他和朋友吃酒，而是大罵鄭屠是個「醃臢潑才」，狗仗人勢，欺壓良善。立馬就要丟下史進李忠，「等洒家去打死了那廝便來。」史進李忠「抱住」魯達，「兩個三回五次勸得他住。」

　　如果是宋江，可能多給金氏父女一些銀子也就罷了。魯達和宋江不同。

　　魯達聽了史進李忠之勸，暫時沒有去打鄭屠，自己拿出僅有的五兩銀子，要送金氏父女作爲回東京去的盤纏。但又嫌少，向史進借了十兩。又向李忠借，李忠只摸出二兩，魯達嫌他「不爽利」，丟還給了李忠。他還主動提出：「俺明日清早來，發付你兩個起身，看那個店主人敢留你！」回到經略府住處，「晚飯也不吃，氣憤憤的睡了。」至此，我們才知道魯達雖然性格焦躁兇猛，肚子裏卻長著一付難得的好心腸，對於被壓迫、被迫害、被欺凌的貧苦人，不但不焦躁兇猛，還特別善良，講義氣。

2. 打攔路狗

　　魯達不是一般的仗義救人，而是救人救徹，甚至不惜爲救人丟掉自己的衣食飯碗。第二天，「天色微明」，魯達飯也沒吃，就大踏步走入店裏來，問店小二金老所在，便去催促金氏父女快走。當金氏父女剛要起身，便遭到店小二阻攔時，魯達先是說服店小二放金老走人，但店小二卻甘願爲鄭屠充當看門狗，不肯聽從魯達勸告，於是「魯達大怒，擸開五指，向那小二臉上只一掌，打的那店小二口中吐血；再複一拳，打下當門兩個牙齒。」這一舉動雖然有點粗暴兇猛，卻是先禮後兵，先說後打，爲救金氏父女逃離虎口，迫不得已而爲之。魯達也知道他不是迫害金氏父女的罪魁禍首，但卻是攔路的走狗，要救金氏父女離開此地，不能不教訓他一頓。金氏父女走後，魯達還恐怕店小二趕他，「且向店裏掇條凳子，坐了兩個時辰，約莫金公去的遠了，方才起身，徑到狀元橋來。」誰說魯達「粗」？誰說魯達「急」？他是粗中有細，急中有緩。爲救金氏父女逃離禍地，不但動了氣，用了武，而且還費了一番思索，可見他並不簡單化。

3. 三拳打死鎮關西

　　如果救助金氏父女到此結束，那還不是魯達的爲人。魯達者，是個不但救人救徹，而且嫉惡如仇的英雄好漢。教訓了一頓阻攔金氏父女的店小二算不了什麼，他還要找苦害金氏父女的鄭屠算賬呢。鄭屠這種潑皮惡霸，本是軟的欺硬的怕，在有錢有勢的人面前是十足的奴才，在一般老百姓面前是兇狼的惡狼，和魯達恰好形成對比。

　　魯達一見鄭屠便直呼其名。而鄭屠一見在小種經略相公前任提轄的魯達，畢恭畢敬地「慌忙出櫃身來唱喏」（下輩拜見長輩或下屬拜見上司時，一

面行禮作揖，一面揚聲致敬稱唱喏。躬身特別彎曲、揚聲特別響亮的叫唱「肥喏」、「大喏」。喏，rě），道：「提轄恕罪」，趕緊叫副手掇條凳子來，口稱「提轄請坐」。魯達摸透了這種惡霸地痞的要害，便假借小種經略相公的鈞旨而來，先要十斤精肉臊子，又要十斤肥肉臊子，還要十斤寸筋軟骨。精肉不能有肥，肥肉不能有精，寸筋軟骨不能有肉。就這樣以要肉為名，消遣他，戲弄他，折騰他，使來報信的店小二不敢近前，給金氏父女逃走爭取了更多的時間。請看，魯達是多麼地講究策略，為救金老，煞費苦心。當鄭屠發覺魯達是故意消遣他時，時間已過了一早晨。魯達這才用鄭屠切好的兩包臊子向他臉上打去，拔步到當街。鄭屠這時也怒從心起，右手拿刀，左手來揪魯達。

魯達把鄭屠踢倒在街上，踏住胸脯，斥責道：「洒家始投老種經略相公，做到關西五路廉訪使，也不枉了叫做鎮關西。你是個賣肉的操刀屠戶，狗一般的人，也叫做鎮關西？你如何強騙了金翠蓮？」一拳下去，「正打在鼻子上，打得鮮血迸流，鼻子歪在半邊，卻便似開了個油醬鋪，鹹的、酸的、辣的，一發都滾出來。」鄭屠嘴硬，還叫「打得好！」魯達沒有被他的威脅嚇倒，罵他「直娘賊，還敢應口！」又一拳，正中眼眶際眉梢，「打得眼棱縫裂，烏珠突出，也似開了個彩帛鋪的，紅的、黑的、絳的，都綻將出來。」這一次鄭屠嘴軟討饒，魯達既不吃硬，也不吃軟，不但不饒，還罵：「咄，你是個破落戶，若是和俺硬到底，洒家倒饒了你。你如何對俺討饒，洒家偏不饒你。」第三拳下去，太陽上正著，「卻似做了一個全堂水陸的道場，磬兒、鈸兒、鐃兒，一齊響。」鄭屠挺在地上，「口裏只有出的氣，沒了入的氣，動彈不得。」魯達本來只想把鄭屠痛打一頓，鄭屠被打死卻出乎所料。把金氏父女逼得走途無路，以哭度日，官司不去過問；打死人卻是要吃官司，要以命抵命的啊，「又沒人送飯」，趕緊「拔腿便走」。但為迷惑視聽，防止糾纏，順利脫身，假意罵鄭屠：「你這廝詐死，洒家再打。」「你詐死，洒家和你慢慢理會。」回到住處，收拾行李銀兩，「奔出南門，一道煙走了。」

聯繫鄭屠對金氏父女的態度，讀者不覺得魯達不近情理，而是覺得有情有理；提轄官人不是無理取鬧，而是有理戲弄；他的言行順乎天理，合乎人情，大快人心。鄭屠卻得不到同情，反讓人覺得可憎，罪有應得。

4. 因避禍而出家

幫助別人的人也會得到別人的幫助。「義」促使魯達救人，「義」又使他

得救。這裏的「義」是正義的義，有是非，有愛憎，和宋江「忠義」之「義」不同，是更高層次的義。魯達離了渭州（涼州），逃奔到代州的雁門縣，鑽進人叢，聽人讀貼在十字街口的榜文，正好是緝捕他的。多虧他在渭州幫助過的金老把他拖扯開人叢，告訴他榜文內容。金老本人幫助他的能力有限，金老的女兒金翠蓮被雁門縣的趙員外養做外宅，衣食豐足，父女倆時常向趙員外講說魯達的大恩大德，趙員外熱情相待，魯達不勝感激，不知如何報答。趙員外說：「『四海之內，皆兄弟也』，如何言報答之事。」為躲避緝捕，趙員外送他到五臺山文殊院智真長老那裏削髮為僧，取名魯智深。因他酒醉，大鬧僧堂；二次又大醉，打壞金剛，打坍亭子，鬧了選佛場，打傷眾禪客，智真長老只好介紹他去師弟智清禪師住持的東京大相國寺。

5. 救劉太公女兒

魯達就是我們今天說的那種見義勇為的人。他走到哪里，就要為哪里的弱者抱打不平。

他去東京大相國寺，中途經過桃花村劉太公莊。桃花村附近的桃花山上來了兩個大王，打家劫舍，青州官軍捕他不得。為二的大王看中了劉太公女兒，用二十兩銀子、一批紅錦做定禮，要入贅劉太公家做女婿，劉太公不同意，心中煩惱。魯智深主動提出為劉太公解憂，教那二大王回心轉意，不娶劉女。劉太公同意了。桃花山二大王摸黑到劉太公女兒房中看夫人時，摸不見劉女，卻被魯智深痛打了一頓。山上大頭領到村裏來為二頭領報仇，一見魯智深，撲翻身便拜。原來所謂山大王大頭領就是在渭州遇見的那個賣膏藥的李忠，他在魯達打死鎮關西後，聽說差人緝捕魯達，怕受牽連，逃走到桃花山作了大頭領。二頭領叫周通。

魯智深告訴李忠：「既然兄弟至此，劉太公這頭親事，再也休題。他止有這個女兒，要養終身。不爭被你把了去，教他老人家失所。」李忠引魯智深和劉太公一起到山上，給周通介紹了魯智深，周通也是翻身便拜。李忠早就給他介紹過三拳打死鎮關西的魯達。魯智深對周通說：「周家兄弟，你來聽我說，劉太公這頭親事，你卻不知他只有這個女兒，養老送終，承祀香火，都在他身上。你若娶了，教他老人家失所，他心裏怕不情願。你依著洒家，把來棄了，別選一個好的。原定的金子緞匹，將在這裏。你心下如何？」別看魯智深對鄭屠不講道理，一罵二打，他對李忠、周通講起話來，卻是入情入

理。周通聽了，滿口答應，「並聽大哥言語，兄弟再不敢登門。」魯智深知道
這些山大王有的說話算數，有的不一定說話算數。自己又不能長期待在劉太
公莊上，也不能整天看著周通。所以他又對周通說：「大丈夫做事，卻休要反
悔！」逼得周通只好當著劉太公的面，折箭爲誓。

桃花山「生得凶怪，四圍險峻，單單只一條路上去，四下裏漫漫只是亂
草，」從自然環境看，倒是個安身的好地方，易守難攻。但是兩個頭領李忠、
周通卻「做事慳吝」，「不是慷慨之人」，和慷慨大方的魯智深難以共處。所以
李忠周通苦留，魯智深執意要走。李忠周通兩人武藝本來不高，沒有本事與
官軍對抗，不敢向官府「借糧」，只有靠打劫山下那些過往客商生活，這也有
違于魯智深的爲人道德。李忠周通下山去打劫客人財物，準備送給魯智深。
魯智深卻心想：「這兩個好生慳吝，現放著許多金銀，卻不送與俺，直等要去
打劫得別人的，送與洒家。這個不是把官路當人情，只苦別人！」他把現成
的金銀酒器踏匾了裝進包裹，從亂草險峻處滾下山去了，李忠周通雖對他的
「不辭而別」不滿，但也只好罷休。

57 回李忠周通偷了呼延灼的禦賜踢雪烏騅馬，呼延灼從青州慕容知府處
借了兩千馬步軍攻打桃花山，李忠提議向二龍山的魯智深、楊志、武松求救，
周通怕魯智深計較過去的事，不願來救。李忠說：「他那時又打了你，又得了
我們許多金銀酒器，如何倒有見怪之心？」「他是個直性的好人，使人到彼，
必然親引軍來救應。」果然，魯智深向楊志武松把他當初打周通，李忠接他
上山，李周又拜他爲兄，要留他做寨主，他卷了金銀酒器下山的事說了一遍，
取得楊志同意，一起領兵去鬥呼延灼，解了桃花山之危。魯達是個心胸開闊，
講究情意，不計前嫌的人。

李忠周通兩人相互之間還是講義氣的。他倆打劫了山下客商財物上山
後，發現魯智深卷包而走，李忠要去趕，周通攔住了，一是敵他不過，二是
以後見了面不好意思。李忠說自己不該引魯智深上山，折了周通許多東西，
要把自己剛分得的一分金銀緞匹給周通作爲補償，周通說：「哥哥，我同你同
死同生，休恁地計較。」正因爲義氣像一根紐帶把他倆聯繫在一起，才能長
期共處。

《水滸傳》中的和尚道士有許多不同的情況，羅眞人、智眞長老、智清
長老處於預知未來、俯視人間的最高境界；一般和尚道士中有安分守己和不
安分守己（如裴如海）的區別；也有的和尚倒向有勢的，如騙晁蓋的和尚，

招待並幫助魯智深擒捉方臘的和尚；還有以和尚道士身份爲掩護幹好事的魯智深、武松、公孫勝；也有幹壞事的崔道成丘小乙之類和尚道士。

瓦罐寺的崔道成、丘小乙都是殺人放火的人，打扮成雲遊和尚道士把瓦罐寺原有的和尚趕走，只剩下幾個年老走不動的，把好好一個瓦罐寺糟蹋得敗落不堪，他倆卻在方丈後面一個地方喝酒吃肉，嘴裏唱著淫曲，身邊坐著養女。魯智深開始被他們所騙，交手打鬥又沒有取勝，湊巧遇見史進，兩個好漢一起打殺了兩個冒牌僧道，燒了瓦罐寺，贏得一分淨土。

6. 救林沖

到大相國寺，看管酸棗門外退居廨宇後的菜園時，魯智深制服了一批專門偷菜蔬養身的賭徒破落戶潑皮。他倒拔垂楊柳，舞動鐵禪杖，使眾賊喪膽，博得八十萬禁軍教頭林沖的喝彩。

魯智深年幼時在東京認識林沖父親林提轄，現在又在大相國寺與林沖邂逅。恰在這時，林沖平靜的生活出現了波折。

魯達幫人，完全是主動的，沒有人求他。

林沖遭高俅陷害，從東京押赴滄州，中途經過野豬林，薛霸董超兩個押解公人要害林沖性命，薛霸雙手舉起水火棍，望林沖腦袋上劈下去，不防松樹背後雷鳴也似一聲吼，一條渾鐵禪杖飛了過來，把水火棍一隔，丟去九霄雲外。這個節骨眼上救林沖性命的就是魯智深。

人說宋江是及時雨，魯達才是救人的及時雨。林沖吃官司後，魯智深就一直找尋他。在酒店裏酒保請兩個公人說話，兩個公人用滾湯燙林沖的腳，魯智深都看見了，他放心不下，先投奔野豬林埋伏下了，正好碰見兩個公人要結果林沖性命，他救了林沖，還要打殺兩個公人，因林沖再三相勸，饒了兩個公人性命。他說：「『殺人須見血，救人須救徹』，要送林沖到滄州。中途買酒買肉，將息林沖，也給兩個公人吃。直到離滄州不遠處，前面都有人家，沒有僻淨地方，估計兩個公人沒有機會再害林沖，他才和林沖分手。臨別，送林沖一二十兩銀子，給了薛霸董超三二兩，警告他倆說：「你兩個撮鳥，本是路上砍了你兩個頭，兄弟面上，饒你兩個鳥命。如今沒多路了，休生歹心。」他掄起禪杖，把松樹一下打的有二寸深坑，齊齊折了，喝道：「你倆個撮鳥，但有歹心，教你頭也與這樹一般。」薛霸董超嚇得伸出舌頭，半天縮不回去，再也不敢害林沖性命了。

楊志失掉生辰綱後，聽從林沖徒弟曹正勸告，要去二龍山寶珠寺落草，在一座山林裏遇見魯智深正坐在松樹根頭納涼。兩人交手四五十合，不分勝負，通報姓名後，方知是鄉里，又早已各自聞聽過對方姓名，成了朋友。原來魯智深因保護林沖性命，觸怒了高俅，下令大相國寺長老把他趕走，又派人捉他，因此逃走在江湖上。和尚當不成了，沒處容身。在孟州十字坡，幾乎被張青妻子孫二娘害了性命，多虧張青來得及時，救了他命，結義他做了弟兄。他打算到二龍山寶珠寺安身，卻為鄧龍不容。鄧龍敵他不過，牢牢把住山下三座關，魯智深上不去，氣得沒法可想。兩人同曹正商量後，曹正假意捆了魯智深要獻鄧龍，鄧龍不知是計，放他上山，魯智深打殺鄧龍，和楊志做了二龍山頭領。

二龍山寶珠寺，除了魯智深、楊志、武松，又添了施恩，他是孟州牢城施管營的兒子，因武松殺了張都監一家，官司捉拿於他，他連夜挈家逃走在江湖上，父母雙亡後，他便投奔二龍山入夥；又一個是菜園子張青和妻子孫二娘，原在孟州道十字坡賣人肉饅頭，魯智深武松連連寄書招他，也來投奔入夥；再一個是曹正，同魯智深楊志收奪寶珠寺，殺了鄧龍，後來入夥。

7. 結識宋江上梁山

魯智深對宋江慕名已久，只是未見其面。一次偶然的機會使他們相識，一個「義」字把他們聯繫在了一起。事情是這樣的，58 回魯智深同意二龍山與桃花山李忠、周通及白虎山孔亮三家合夥打青州，楊志提出教孔亮去梁山泊請來宋公明，並力攻城，魯智深說：「我只見今日也有人說宋三郎好，明日也有人說宋三郎好，可惜洒家不曾相會。眾人說他的名字，聒得洒家耳朵也聾了，想必其人是個真男子，以致天下聞名。前番和花知寨在清風山時，洒家有心要去和他廝會，及至洒家去時，又聽得說道去了，以此無緣不得相見。」他贊同去請宋江一起攻打青州。及至孔亮請來宋江，魯智深說：「久聞阿哥大名，無緣不曾拜會，今日且喜認得阿哥。」宋江也說江湖義士甚稱「吾師」清德，「得識尊顏，平生幸甚。」魯智深自此與宋江結識，並在打破青州後上了梁山。

8. 不忘舊交救史進

魯智深不忘舊交。58 回有個情節，一天，他對宋江說：「智深有個相識，李忠兄弟也曾認的，喚做九紋龍史進，現在華州華陰縣少華山上，和那一個

神機軍師朱武，又有一個跳澗虎陳達，一個白花蛇楊春，四個在那裏聚義。洒家常常思念他。昔日在瓦罐寺救助洒家，思念不曾有忘。洒家要去那裏探望他一遭，就取他四個同來入夥，未知尊意如何？」宋江說他也曾聽說史進大名，同意魯智深前去，又派武松相伴。沒料到史進因救了畫匠王義，又去刺殺欲奪王義女兒爲妾而加害其父的賀太守，被拿牢中。魯智深對武松說：「賀太守那廝好沒道理，我明日與你去州裏打死那廝罷！」武松有力有勇有智又有謀，從打虎到殺嫂，大鬧飛雲浦，血濺鴛鴦樓，都表現了這一特點。他和魯達雖然都是打強扶弱講義氣，但比魯達愼重，說：「哥哥不得造次。我和你星夜回梁山泊去報知，請宋公明領大隊人馬來打華州，方可救得史大官人。」魯智深卻救人心切，沒有心思考慮武松的正確意見，叫道：「等俺們去山寨裏叫得人來，史家兄弟性命不知那裏去了。」武松說明即使殺了太守，也未必能救得史進，堅決不肯讓魯智深去，朱武也勸他聽從武松意見，魯智深卻焦躁起來，說：「都是你這般慢性的人，以此送了俺史家兄弟。你也休去梁山泊報知，看洒家去如何！」大家怎麼也勸不轉他。第二天起了個四更，隻身去華州救史進，結果被賀太守識破，以請他赴齋爲名把他抓獲。他大叫道：「不要打傷老爺。我說與你，俺是梁山泊好漢花和尚魯智深。我死倒不打緊，洒家的哥哥宋公明得知，下山來時，你這顆驢頭趁早兒都砍了送去。」最後還是宋江假冒宿太尉到西嶽降香，賺賀太守前來拜見太尉，殺了賀太守，破了華州，從牢中救出魯智深和史進。

9. 結局可惜

菊花會上，宋江表明招安心願，魯智深反對投降。但，人在江湖，身不由己；爲眾裏挾，離群難生，只好違心隨眾。

110 回魯智深捉了方臘來見宋江，宋江說：「今吾師成此大功，回京奏聞朝廷，可以還俗爲官，在京師圖個蔭子封妻，光耀祖宗，報答父母劬勞之恩。」魯智深回答說：「洒家心已成灰，不願爲官，只圖尋個淨了去處，安身立命足矣。」宋江說：「吾師既不肯還俗，便到京師去主持一個名山大剎，爲一僧首，也光顯宗風，亦報答得父母。」智深搖頭說：「都不要，要多也無用。只得個囫圇屍首，便是強了。」多年的征戰生活和年月沖刷，已經使他失去當年的粗豪和棱角。

同回，宋江領兵回杭州六和寺安歇。魯智深於八月十五遇錢塘江信潮，沐浴換衣圓寂（死）。

魯智深打死鎮關西，離開渭州，東逃西奔，作者形容他似「失群的孤雁」，來到雁門縣。群雁易安，孤雁易傷。入夥梁山泊，進入到一個新的雁群群居。

在那個無爲治世弱肉強食的條件下，要生存下去，一，必須氣力過人，二，必須武藝高強，三，必須有智有謀。魯智深可說是力大藝高智深。只是穩重方面不如武松。

綜觀魯智深半生所爲，決定他後來人生道路的有兩件大事，一件是爲救助金老父女，三拳打死鎮關西，丟了提轄官，丟了飯碗，成了一個被追撲的逃犯；第二件事就是關鍵時刻救了林沖的命，結果被高俅嫉恨，大相國寺待不成了，還被公人緝捕。在無路可走的情況下，只好上山落草。初讀《水滸》，感到魯達要是只教訓鄭屠一頓，不把他打死，可能不會丟官丟飯碗。後來再讀《水滸》，感到那種想法太簡單太幼稚了。因爲像鄭屠這種人，你只打他一頓，放金老走掉，他還會想方找到金老父女。退一步說，他不找金老父女，或找不到金老父女，他也會找魯達算賬，不會善罷甘休。魯達打了他一拳後，他不是就用威脅的口氣說：「打得好」嗎，這不僅是嘴硬的問題，而是要報復的口氣。鄭屠這種人和後來武松打而未死的蔣門神一樣，也和魯達沒有打還給以銀兩酒食的防送公人薛霸董超一樣。不要以爲寬容就可以喚醒歹人的人性複歸，寬容就可以讓人改邪歸正，寬容不是在一切條件下都起作用的萬應靈藥。一味寬容，對方可能會以爲你軟弱可欺，採取更大的不良行爲。魯智深對押送林沖的兩個公人薛霸董超不是很寬容很客氣嗎？結果如何呢？這樣聯繫起來分析，我們就不會產生魯智深不打死鄭屠命運可能會好一些的妄想了。在《水滸》中，我們經常看到魯智深之類人物的所謂過分行爲，實際上過分不過分對魯智深及其對立面人物都是一樣的，對惡不過分，善未必能得善報。矯枉必須過正，不過正不能矯枉，不僅是自然界的規律，也是人類社會的規律。

魯智深是英雄，方臘也是英雄。魯智深要是在方臘手下而不是在宋江手下，恐怕會幹出能經受住歷史檢驗的大好事，他就不會是擒方臘以效忠宋徽宗，而是助方臘推翻宋徽宗的英雄，青史留個好名。可惜跟隨一個只知忠義不知正義的宋江，捉了不該捉的人，幹了不該幹的事，迷失了人生方向。

（三）林沖

1. 被欺忍耐

11 回風雪山神廟殺死陸虞侯、富安後，林沖在王倫頭領手下耳目朱貴酒

店吃酒時，感歎自己：「我先在京師做教頭，每日六街三市遊玩吃酒，誰想今日被高俅這賊坑害了我這一場，文了面，直斷送到這裏，閃得我有家難奔，有國難投，受此寂寞！」他感傷懷抱，在白粉壁牆上題詩一首：

> 仗義是林沖，為人最樸忠。
>
> 江湖馳譽望，京國顯英雄。
>
> 身世悲浮梗，功名類轉蓬。
>
> 他年若得志，威震泰山東。

林沖當初身為八十萬禁軍教頭（城防部隊教官），地位雖然不高，但有一份薪俸，有一個溫暖的小家庭，生活有保障，可以四處閑遊；且遠近聞名。他對這種生活很滿足，一時還沒有更多的奢望。但在那個皇帝無能又標榜道家無為，導致天下弱肉強食的徽宗時期，好人隨時都有可能遭遇不測，林沖就是這方面的典型。

一天，林沖陪妻子到岳廟裏還香願。林沖貪看魯智深使棒，讓使女錦兒陪妻子去廟裏五嶽樓燒香，不料妻子遭人調戲。林沖聞訊趕到，扳過無良後生肩胛，申斥：「調戲良人妻子，當得何罪？」他恰待下拳打那畜生，但因見是高俅螟蛉之子（把兄弟兒子過繼給自己當乾兒子）高衙內（貴家子弟），「先自手軟了」。雖然怒氣未消，也只是「一雙眼睜著瞅那高衙內」，沒有再說一句話。魯智深要替他追打高衙內，他說高衙內「不識得荊婦」，自己本來要打，「太尉面上須不好看：『不怕官，只怕管』，」自己在太尉手下吃飯，再加上眾人相勸，「權且讓他這一次。」嘴上這樣說，領妻子回到家裏，「心中只是鬱鬱不樂。」咽不下這口氣，事後他對朋友陸謙陸虞侯說：「男子漢空有一身本事，不遇明主，屈沈在小人之下，受這般醃臢的氣！」但沒有採取報復行為。對自己上司的兒子也算是夠寬容的了。

可是他的寬容並不能換來對方的悔悟和收斂。有道是「人善人欺，馬善人騎。」高衙內和幫閒富安設計讓林沖好友陸謙陸虞侯請林沖到樊樓飲酒，調虎離山；卻又派人誘騙林沖妻子到陸謙家，與高衙內再次相遇。林沖從使女錦兒處得知，救出妻子，「把陸虞侯家打得粉碎」，一同回家。

林沖拿了一把解腕尖刀，尋陸謙未遇，又等而不見，心情不好，臉色難看。但娘子勸阻，陸謙三天不閃面，林沖也就在魯智深來探望時，上街吃酒，每日如此，「把這事都放慢了」，「不記心了」。

2. 斷配滄州，被賊尾隨

林沖「不記心了」，高衙內卻「記心了」。他因相思林妻而病倒在家，自言「性命難保」。富安陸謙與老都管稟明高俅，取得同意，要救衙內，陷害林沖，一場陰謀就此拉開序幕。林沖買了口寶刀，心底善良的他還準備著和高俅家的寶刀「比試」呢！可不等他尋人家比試，高俅就派人叫他拿寶刀去府裏「比看」。林沖那知是計，結果被高俅誣陷故入白虎節堂，手執利刃，圖謀行刺，被解去開封府處決。

開封府當案孔目孫定，「為人最鯁直，十分好善，只要周全人，因此人都喚做『孫佛兒』。」他對府尹說：「誰不知高太尉當權，倚勢豪強，更兼他府裏無般不做。但有人小小觸犯，便發來開封府，要殺便殺，要剮便剮」，開封府「卻不是他家官府。」府尹聽了他的說詞，讓林沖招認做「不合腰懸利刃，誤入節堂；脊杖二十，刺配遠惡軍州。」高太尉「情知理短，又礙府尹，只得准了。」

林沖被文筆匠刺了面頰，斷配滄州牢城。林沖是個英雄氣胸菩薩心腸的人，他不願妻子因自己誤了青春，或者為高衙內陷害，執意當著老丈人張教頭和眾鄰舍的面，寫張休書，任從妻子改嫁，永無爭執。儘管妻子哭得死去活來，他還是硬著心腸把休書交給了老泰山張教頭。20 回火併王倫，晁蓋為主，林沖思念妻子，存亡不知，在晁蓋催促下，親寫書信一封，派兩個心腹人去東京張教頭家，得到的消息是：「娘子被高太尉威逼成親，自縊身死，已故半載。張教頭亦為猶疑，半月之前，染患身故。」「林沖見說，潸然淚下，自此杜絕了心中挂念。」梁山英雄中，絕大多數單身，並非他們沒有七情六欲，我們在前面說過，在當時那種社會背景下，好人難以有家有室，或為壞人破壞，或為家人免受牽連，或為自己斷絕後顧之憂。

押解林沖的兩個公人董超、薛霸因從陸謙口中得知「林沖和太尉是對頭」，又得了十兩金子，還得到許諾，害死林沖揭取林沖臉上金印回來做標證，再給十兩謝金，一路上，對棒瘡舉發，天熱行難的林沖喃喃咄咄，在客店歇宿時，用百沸滾湯燙得林沖兩腳紅腫起泡，第二天又叫林沖穿上麻編的新草鞋走路，到了野豬林，乾脆把林沖捆在樹上，企圖打死回去交差領賞，多虧魯智深從天而降，救了林沖。林沖因在柴進莊上一棒打翻洪教頭，深得柴進喜愛。到了滄州牢城，給差撥、管營送了銀子，再加上柴進「有書相薦」，不但免吃一百殺威棒，還照顧他去幹看守天王堂這一營中第一省氣力的美差，

枷也開了，也沒人拘管，每日只是燒香掃地，於是他便安心做囚徒，幻想著熬滿刑期，「掙扎著」回家。

一天，遇見在東京因偷店主人家錢財而吃官司，林沖替他陪話陪錢方得脫免的李小二，林沖心情平靜地指著臉上的金印說：「我因惡了高太尉，生事陷害，受了一場官司，刺配到這裏。如今叫我管天王堂，未知久後如何。」話語口氣怨而無怒，有對前途的憂心，也不乏僥倖心理。

但當李小二向他敘說了陸虞侯等在酒店密謀策劃要「結果」了他的性命時，他的僥倖心理為之一掃，立時「大怒」：「那潑賤賊，敢來這裏害我！休要撞著我，只教骨肉為泥！」先去街上買把解腕尖刀，前街後街地找，可尋了三五日，不見動靜，「也自心下慢了」。

3. 逼急殺凶

想不到陸謙不但沒害他，管營反給他派了去草料場的「好差使」，管草料場勝過管天王堂，收草料時可得到一些常例錢，不送禮得不到這個差使。他既不犯疑，也不推委，應道：「小人便去」，並對李小二說：「卻不害我，倒與我好差使，正不知何意？」雖說猜不透對方葫蘆裏賣的什麼藥，而又為所謂的「好差使」迷惑，憤怒不平心理趨於平靜，僥倖心理再次擡頭。

到了草料場，他到屋邊拿幾塊柴炭生在地爐裏，見草屋崩壞，又被朔風吹撼，搖振得動，便想著「這屋如何過得一冬？待雪晴了，去城中喚個泥水匠來修理。」請看，他內心雖對高俅迫害不滿，但此時此刻卻像沒事人一樣，還準備在這裏住一個比較長的時間哩。這樣安分守己兢兢業業的好人到哪里去找呢！也許在他看來，這裏環境雖然荒涼，卻可以暫時避開高俅的迫害和糾纏吧。

為了驅寒，想到市井沽酒，便挑了酒葫蘆，「將火炭蓋了」，「把草廳門拽上」，「把兩扇草場門反拽上鎖了」，小心謹慎，唯恐出事，一絲不苟。他腳踏碎瓊亂玉，頂風冒雪而行。到了一座古廟裏，還進去頂禮膜拜了一番，請求「神明庇祐」，許下改日來燒紙錢的心願。他的僥倖心理已經完全壓倒了復仇心理。

沽酒回來，草屋被雪壓崩，林沖恐怕火盆內有火炭延燒起來，搬開破壁子，探半身進去摸時，盆火已滅，便拽得一條絮被，挑著酒葫蘆，把門拽上，鎖了，到了那座既無鄰舍又無廟主只有一尊金甲山神、兩個判官、一個小鬼的古廟，把絮被扯來蓋了半截下身，把葫蘆冷酒提來，「慢慢地吃，就將懷中

牛肉下酒」。心安理得，悠哉遊哉，雖然寒冷寂寞，倒也清閒，沒有怨言。

「樹欲靜而風不止」。就在他「正吃時」，「外面必必剝剝地爆響」，這時他立即「跳起身來」，見草料場起火，剝剝雜雜地燒著，他既沒有逃跑以避「失職」之罪，也顧不得思索火從何起，而是拿了花槍，要去開門救火，請看他是多麼的盡職盡責！

正待開門，卻見廟外屋簷下有三個人，一邊立地看火，一邊得意忘形地談論著害死林沖，治好衙內相思惡疾的功勞。林沖心中慶倖「天可憐見」，沒有被燒死。他面對壞人的兇殘，陰險，那深埋心中已經近乎熄滅的怒火一下子燃燒起來了。陸謙之流萬萬沒有想到，草料場那熊熊燃燒的迫害之火不但沒有使林沖喪生，反而使自己在林沖那復仇之火中亡命。玩火者必自焚。

林沖輕輕地把頂門石頭搬開，挺著花槍，左手拽開廟門，大喝一聲：「潑賊那裏去！」舉手「肐察」一槍，搠倒差撥，後心一槍又搠倒了富安。翻身過來，喝聲陸謙：「奸賊，你待那裏去！」「劈胸只一提，丟翻在雪地上，把槍搠在地裏，用腳踏住胸脯」。陸謙是林沖的幼時好友，又是高俅陷害林沖的幫兇。這次碰在林沖手裏，當然不能讓他像差撥、富安那樣痛痛快快地死。林沖從身邊取出那口刀來，義正辭嚴地喝罵「奸賊」害友求榮之罪，把陸謙上身衣服扯開，把尖刀向心窩裏只一剜，心窺迸出血來，將心肝提在手裏，回到廟裏將酒吃盡，被子與葫蘆丟了不要，提了槍，出廟門投東而去。

到得一處莊院草屋，三番五次向莊客苦苦要買酒吃，怎奈莊客不但不與，反而口出不遜之言。林沖看他們太無理，怒從心起，用火點著老莊客鬍鬚，趕走眾莊客，獨自痛飲起來。出門迎風，醉倒在地。

這就是林沖，一個安分守己甚至是逆來順受委曲求全的人，在高俅的一逼再逼之下，變得心硬手硬，堅強不屈起來。殘酷的生活使他變得豪放不羈，粗獷有加。

4. 初上梁山

火併王倫是林沖不容狹邪，敢作敢為；不謀私利，出以公心；開創梁山事業新局面的寬闊胸懷、非凡氣度和英雄本色的集中表現。

王倫是個落第的秀才，當初不得第時，與杜遷投奔柴進，柴進留他在莊上住了一段時間。臨走，柴進又齎發盤纏銀兩，可以說有恩於他。可是他對柴進「力舉薦來的人」林沖卻不願收留，藉口「小寨糧食缺少，屋宇不整，

人力寡薄」，恐日後誤了「足下」，百般推託，竟然要用五十兩白銀、兩匹紵絲把林沖打發走。林沖向他表白：「小人『千里投名，萬里投主』，憑託柴大官人面皮，徑投大寨入夥。林沖雖然不才，望賜收錄。當以一死向前，並無諂佞，實為平生之幸。不為銀兩齎發而來。乞頭領照察。」朱貴、杜遷、宋萬都諫勸王倫看柴進面上，把林沖收留，王倫不但聽不進勸告，竟然懷疑林沖上山是否真心，是否來探聽虛實，林沖說自己犯了死罪，因此來投，「何故相疑」。王倫不想收留，又不好推辭，就讓林沖下山去殺一個人，把頭拿來獻納，以去疑心，美其名曰「把一個『投名狀』來」。至於殺的人是好是壞就不管了。這樣的人能當頭領嗎？逼得林沖這個除了殺死陸謙等三個害他的人外，再沒有亂殺一個無辜的正直漢子，連續三天下山等人殺人，感慨自己「為高俅迫害流落，天地不容我，直如此命蹇時乖」。前兩天沒遇到人，第三天最後一刻才等了個與他武藝一樣高強難分勝敗的楊志。王倫這才只好讓林沖坐了第四把交椅。晁蓋等人上山後，他又拿出五錠大銀準備打發七人下山。林沖「惺惺惜惺惺，好漢惜好漢」，殺了王倫，推「仗義疏財」的晁蓋為尊。江湖上人，全憑「義」字作為紐帶把大家團結在一起，不講義氣，團結不了人，人也不服你，王倫就是適例。

5. 坦蕩君子排座次

火併王倫是包容戰勝狹邪的勝利。當代有幅漫畫叫「武大郎開店」，諷刺以自己為尺度，只招聘比自己低矮的人，不招聘比自己高大的人，結果是炊餅店既不可能擴大規模，也不可能形成品牌，提升品位，把生意做大做強，只能小打小鬧，掙幾個小錢，環境安寧，尚可苟活，一有風吹草動，便告破產。其實作為頭領，並不一定要十八般武藝樣樣精通，只要有海納百川的胸懷和氣魄，知人用人的眼光和能力即可。王倫一落第窮儒，既無本事，又無胸懷，看見一個比自己強的人心裏就犯嘀咕，唯恐別人壓倒自己，奪了自己的位子，缺乏作為頭領的起碼素質。阮小二就對吳用說：「我兄弟們幾遍商量要去入夥，聽得那白衣秀士王倫的手下人都說道他心地窄狹，安不得人。前番那個東京林沖上山，慪盡他的氣。王倫那廝，不肯胡亂著人，因此我弟兄們看了這般樣，一齊都心懶了。」林沖申斥王倫說：「這梁山泊便是你的！你這嫉賢妒能的賊，不殺了，要你何用！你也無大量大才，也做不得山寨之主！」所謂「量大福也大，機深禍亦深」，「嫉賢傲士少寬柔」，「不肯留賢命不留。」

林沖是獅子，朱、杜、宋是狼，王倫是癩皮狗。現在來了一群由雄獅帶領的獅子，林沖這頭獅子當然不能無動於衷了。獅子在雄獅領導下和在癩皮狗領導下，其心理狀態和生存狀態是大不一樣的。獅王領導獅子，領導狼，互為依靠，互相救助，互為安全保證。癩皮狗領導獅子，領導狼，獅、狼難發揮作用，還要受異類的窩囊氣。獅子只能由獅王來領導，不能由狼來領導，更不能由癩皮狗來領導，這是自然之理。

林沖火併王倫並非自己要為山寨之主。

林沖是個有自知之明的英雄。請聽他的慷慨陳詞：「王倫心胸狹隘，嫉賢妒能，推故不納，因此火併了這廝，非林沖要圖此位。據著我胸襟膽氣，焉敢拒敵官軍，剪除君側元兇首惡？今有晁兄，仗義疏財，智勇足備，方今天下人聞其名，無有不伏。我今日以義氣為重，立他為山寨之主。」

「小可林沖，只是個粗魯匹夫，不過只會些搶棒而已，無學無才，無智無術。今日山寨，天幸得眾豪傑相助，大義既明，非比往日苟且。學究先生在此，便請做軍師，執掌兵權，調用將校，須坐第二位。」

「公孫先生請坐第三位。」「公孫先生，名聞江湖，善能用兵，有鬼神不測之機，呼風喚雨之法，誰能及得？」公孫勝讓林沖坐第三位，林沖說：「只今番克敵致勝，便見得先生妙法。正是鼎足三分，缺一不可，先生不必推卻。」

林沖還要讓別人時，晁蓋吳用公孫勝不答應了，「頭領再要讓人時，晁蓋等只得告退。」林沖這才在三人扶持下坐了第四把交椅。林沖安排的這個排名格局成了後來梁山英雄排座次的雛形。

林沖原來坐的是第四把交椅，火併後還是坐第四把交椅。英雄不謀私利。林沖的坦蕩胸懷君子風範至此得到充分的展現。林沖是個光明磊落胸懷大局的蓋世英雄。

火併王倫成了一個標誌，推翻了一個頭領，改換了一種路線，由孤家寡人路線變為包容接納天下豪傑的開放路線。過去王倫只知打劫過往客商以生存，他手下耳目朱貴對林沖說過：「山寨裏教小弟在此間開酒店為名，專一探聽往來客商經過。但有財帛的，來到這裏輕則蒙汗藥麻翻，重則登時結果，將精肉片為靶子，肥肉煎油點燈。」不知害死了多少人。15 回阮小二向吳用訴說梁山泊新有一夥強人占了，「不容打魚。」「這幾個賊男女聚集了五七百人，打家劫舍，搶掠來往客人。我們有一年多不去那裏打魚，如今泊子裏把住了，絕了我們的衣飯」。晁蓋等上山，向王倫說出殺了許多官兵、捕盜巡檢，

放了何濤，王倫臉上顏色就變了，對殺死官兵一事大感不然。這說明他胸無大志，只會做點小打小鬧偷雞摸狗欺侮老百姓的事，不敢與官軍爲敵。

自從火併王倫，晁蓋登位，打退了官軍圍剿，活捉了團練使黃安。也劫取了二十餘輛車子的金銀財物，四五十匹驢騾頭口，但未傷一個客商性命。因爲晁蓋事先有令：「只可善取金帛財物，切不可傷害客商性命。」這就和王倫大不一樣。梁山從此開始興旺發達，這是晁蓋以義爲主的路線的勝利。

梁山大轉折，林沖功不可沒。

6. 兩個逼上梁山

明中葉李開先寫的《寶劍記》中，林沖憂國憂民，兩次主動上疏彈劾奸臣童貫和高俅，高俅以看寶劍爲名，設計陷害，逼上梁山。但林沖「專心投水滸，回首望天朝」，雖然「急走忙逃，顧不得忠和孝」，仍對宋朝忠心未改。他的妻子爲丈夫擊鼓鳴冤，受到高衙內威逼，最後林沖領兵攻打京城，皇帝把高俅高衙內父子送至梁山軍前處死，林沖爲了忠孝兩全，接受招安，與妻子張貞娘團圓。這與《水滸傳》中的林沖因妻子受威逼自己受迫害而上梁山根本不同。劇本《寶劍記》中的高俅和林沖是忠奸矛盾，小說《水滸傳》中的高俅和林沖是迫害和被迫害的階級矛盾。前者是奸逼忠反，後者是官逼民反。《寶劍記》中的林沖是忠臣義士，《水滸傳》中的林沖是草莽英雄。對同一題材的不同處理，表現了不同的主題，表現了作者的不同創作用意。

（四）柴進

柴進家住滄州橫海，是個大財主。他是大周柴世宗子孫，老祖宗陳橋讓位給趙檢點趙匡胤，太祖武德皇帝敕賜給他誓書鐵券（帝王頒賜給功臣世代享受特權的鐵契，分左右兩片，右片藏於內府，左片頒賜給功臣，如果功臣或其後代犯罪，取券對合，推念其功，赦罪或減罪。爲便於久存，故用鐵刻契，稱爲「鐵券丹書」、「丹書鐵券」、「誓書鐵券」等），無人敢欺負。他有一副俠義心腸，專門接納天下好漢，三五十個養在家中，還囑咐酒店老闆：如有流配來的犯人，可叫投他莊上，他予以資助。

1. 盛待林沖

林沖早就聽說過柴大官人名字，卻不知在什麼地方，他被刺配去滄州，

聽酒保介紹了情況，便和兩個押送公人薛霸董超來莊上投奔柴進。不料柴進出獵，林沖只好重回舊路，卻好半路遇見柴進打獵歸來，但他不認識，又不好直接打問，沒想到柴進騎馬前來主動問他：「這位帶枷的是甚人？」林沖簡要說明自己不幸經歷，「這裏有個招賢納士好漢柴大官人，因此特來相投，不期緣淺，不得相遇。」柴進滾鞍下馬，飛近前來說：「柴進有失迎迓。」在草地上便拜林沖，也不騎馬了，攜住林沖的手走回莊上，直到廳前。表示「小可久聞教頭大名，不期今日來踏賤地，足稱平生渴仰之願。」莊客按照常例，托出一盤肉，一盤餅，溫一壺酒；又用盤子托出一斗白米，米上放著十貫錢。柴進看了，教訓莊客道：「村夫不知高下，教頭到此，如何恁地輕意？」命令先把果盒酒拿來，再殺羊相待。莊客不敢違命，先捧出果盒酒，柴進起身連敬三杯，林沖謝了柴進，飲了酒。柴進請林沖裏邊去坐，說些江湖上的勾當，紅日西沈時，安排酒食、果品、海味招待。柴進親自舉杯敬酒，又吃一道湯，五七杯酒。

2. 支持林沖棒打洪教頭

柴進向洪教頭介紹林沖。林沖以爲洪教頭是柴進師父，又是躬身唱喏，又是參拜。洪教頭卻不躬身答禮。柴進心中很不高興。林沖又對洪教頭拜了兩拜，起身讓洪教頭坐。洪教頭竟然不知禮讓，便去上首坐了。柴進見此，「又不喜歡」。洪教頭竟然當著林沖的面，問柴進：「大官人今日何故厚禮管待配軍？」柴進只好不客氣地對他說：「這位非比其他的，乃是八十萬禁軍教頭，師父如何輕慢？」洪教頭對柴進厚待林沖很不以爲然，話中口氣好像林沖是個招搖撞騙的冒牌教頭。林沖雖不做聲，柴進卻說：「凡人不可易相，休小覷他。」洪教頭對「休小覷他」說法不服，要和林沖比棒，林沖還謙虛地說「小人」「不敢」，洪教頭欺他心怯，越來招惹。柴進想看林沖本事，又想教林沖贏他，「滅那廝嘴」，很希望他倆比一比。林沖開始怕一棒打翻柴進師父不好看，有些躊躇，柴進卻竭力鼓動，說：「此位洪教頭也到此不多時，此間又無對手。林武師休得要推辭，小可也正要看二位教頭的本事。」林沖聽柴進這一說，方才放心。兩人在明月地上交手，林沖因帶枷不便，柴進送給兩個公人十兩銀子，叫他們開了護身枷，還說明日牢城追問，「都在小可身上」。柴進又取出二十五兩銀子，作爲贏家獎勵。柴進心中只要林沖使出本事來，故意把銀子丟在地上。洪教頭使了個「把火燒天勢」，林沖則使個「撥草尋蛇勢」。

洪教頭喝一聲「來，來，來」，使棒蓋將入來。林沖則往後一退（這一退非同小可，有道是以退為進），洪教頭趕入一步，林沖一棒打倒洪教頭。柴進大喜，將酒把盞。洪教頭羞顏滿面，投莊外而去。柴進也沒有上前挽留。沒有根據地隨便懷疑別人是冒牌教頭的人，自己原來是個冒牌貨。

柴進則攜住林沖的手，再入後堂飲酒。叫把二十五兩利物送還林沖。自此留林沖在莊上，每日好酒好食相待，住了好多天。臨別，置酒送行，還寫了兩封信，讓林沖交給滄州大尹及牢城管營、差撥，教他們照管林沖。拿出二十五兩銀子送給林沖，又給兩個公人五兩銀子，還說等幾天派人送多衣給林沖。

在滄州牢城營內，因有柴進書信，林沖少吃許多苦頭，受到不少優待。差撥說柴進一封書值一錠金子，管營說：「柴大官人有書，必須要看顧他。」免了一百殺威棒，又得了看天王堂的美差，枷也開了。

3. 再次幫助林沖

柴進有幾處莊院。一天，他的東莊莊客吊打一位醉漢，向他報告說是昨夜捉得的偷米賊人。柴進向前看時，卻是林沖，慌忙喝退莊客，親自解下，林沖連忙叫「大官人救我！」柴進問林沖為何到此，「被村夫恥辱？」林沖把火燒草料場一事說了，柴進感歎「兄長如此命蹇（jiǎn 不順利）！」多方照顧林沖，讓他在東莊住下。

滄州州府出三千貫信賞錢捉拿林沖，林沖怕連累柴進，向柴進求借一點兒小盤纏，投奔別處棲身。柴進寫了一封書信，教他去投奔梁山泊，說：「是山東濟州管下一個水鄉，地名梁山泊，方圓八百餘裏，中間是宛子城，蓼兒窪。如今有三個好漢，在那裏紮寨。為頭的喚做白衣秀士王倫，第二個喚做摸著天杜遷，第三個喚做雲裏金剛宋萬。那三個好漢，聚集著七八百小嘍囉，打家劫舍。多有做下彌天大罪的人，都投奔那裏躲災避難，他都收留在彼。三位好漢，亦與我交厚，嘗寄書緘來。」林沖非常願意。

因為滄州道路口都有官司張挂的輯捕林沖的榜文，又都派有兩名軍官搜檢過往行人，為了蒙混過去，柴進先派莊客背了林沖的包裹出關去等，他自己則備了三二十匹馬，帶著打獵的弓箭旗槍，鷹雕獵狗，把林沖夾在中間，一齊上馬出關。把關軍官未襲官時曾到柴進莊上來過，熟識柴進。柴進明知故問兩位官人緣何坐在關上，軍官回答說：「滄州太尹行移文書，畫影圖形，

捉拿犯人林沖,特差來某等在此守把。但有過往客商,一一盤問,才放出關。」柴進笑說:「我這一夥人內中間夾帶著林沖,你緣何不認得?」軍官以爲他不會做庇護逃犯的事,故意開玩笑,也笑說:「大官人是識法度的,不到得肯夾帶了出去,請尊便上馬。」他們那裏知道柴進的胸中韜略。柴進又笑說:「只恁地相托得過,拿得野味回來相送。」林沖因此得以順利出關。柴進至晚打獵方回,給軍官送了些野味以兌現諾言。

林沖向朱貴說明有柴進薦書,要投梁山泊,朱貴說:「原來王倫當初不得第之時,與杜遷投奔柴進,多得柴進留在莊子上,住了幾時。臨起身,又齎(jī 把東西送人)發盤纏銀兩,因此有恩。」「柴大官人與山寨中大王頭領交厚,常有書信往來。」

王倫看了柴進薦書,開始不想收留林沖,朱貴說:「這位是柴大官人力舉薦來的人,如何教他別處去?抑且柴大官人自來與山上有恩,日後得知不納此人,須不好看。」杜遷也說:「哥哥若不收留,柴大官人知道時見怪,顯的我們忘恩背義。日前多曾虧了他,今日薦個人來,便恁推卻,發付他去!」宋萬也勸說:「柴大官人面上,可容他在這裏做個頭領也好。不然,見得我們無義氣,使江湖上好漢見笑。」又經過了一番刁難,王倫最終還是讓林沖坐了第四把交椅。

4. 厚待武松

柴進也曾收留過武松。正如武松自己所說:「我初來時,也是『客官』(尊稱),也曾相待的厚。」後來因武松吃醉了酒,性氣剛,莊客有些顧管不到處,他便要下拳打他們。因此滿莊裏莊客,沒一個道他好。眾人只是嫌他,都去柴進面前,告訴他許多不是處。柴進雖然不趕他,只是相待得他慢了。

武松在宋江和莊客面前發牢騷,說柴進「聽莊客搬口,便疏慢了我,正是『人無千日好,花無百日紅』」。他當著柴進的面誇宋江「便是眞大丈夫,有頭有尾,有始有終,我如今只等病好時,便去投奔他。」言談中誇的是宋江,貶的是柴進。這明明是「吃誰的飯砸誰的鍋」嘛,但柴進並不計較。實際柴進對他也很不錯了,雖因他自己酒醉打人對他不如初來時熱情,但也沒趕他走,在柴進家住了一年多,這就很難得了。現在他以誇宋江表示對柴進不滿,柴進並不在意,向宋江介紹他,三人一起痛飲,宋江要拿銀兩給武松做衣服,柴進不肯要宋江出錢,自己取出一箱緞匹綢絹,叫門下針工給武松

及宋江宋清三個人做衣服。武松要回清河縣看哥哥武大，柴進取出金銀送他，武松感謝說：「實是多多相擾了大官人。」臨行，柴進又治酒食送路。柴進對武松也夠講義氣了。

5. 厚待宋江

宋江因閻婆惜事要出外躲避官司捉拿，第一個想到的便是投奔柴進。宋江兄弟宋清說：「我只聞江湖上人傳說滄州橫海郡柴大官人名字，說他是大周皇帝嫡派子孫，只不曾拜識，何不只去投奔他？人都說他仗義疏財，專一結識天下好漢，救助送配的人，是個現世的孟嘗君。我兩個投奔他去。」宋江也說：「我也心裏是這般思想。他雖和我常常書信來往，無緣份上不曾得會。」

柴進聽說莊客報告宋江在他家東莊山亭上坐等，引著三五個伴當，慌忙跑出來與宋江相見，拜在地上，口稱：「端的想殺柴進，天幸今日甚風吹得到此，大慰平生渴仰之念，多幸！多幸！」扶起這時也拜在地下的宋江說：「昨夜燈花報，今日喜鵲噪，不想卻是貴兄來。」滿臉堆笑，心誠意重。宋江說明殺人逃奔情由，柴進笑說：「兄長放心。遮莫（即就是）做了十惡大罪，既到敝莊，但不用憂心。不是柴進誇口，任他捕盜官軍，不敢正眼兒覷著小莊。」又說：「兄長放心。便殺了朝廷的命官，劫了府庫的財物，柴進也敢藏在莊裏。」又是教宋江兄弟洗浴換衣，又是酒食相待，不是同胞，勝過同胞。對宋江和武松的厚密關係，並不生嫉，胸懷可謂開闊。

35 回石勇就對燕順說：「老爺天下只讓得兩個人，其餘的都把來做腳底下的泥。」「一個是滄州橫海郡柴世宗的孫子，喚做小旋風柴進柴大官人」，又一個「是鄆城縣押司山東及時雨呼保義宋公明」，「老爺只除了這兩個人，便是大宋皇帝，也不怕他」。石勇原是大名府人，日常只靠放賭爲生。因賭博打死了一個人，逃去躲在柴進莊上。還去鄆城縣投奔宋江，未遇。宋江和燕順等要去梁山泊，中途在一酒店遇見石勇，爲爭座位燕順和石勇相爭，石勇不讓，後知勸解他和燕順的人正是宋江，便要一起投梁山泊。他把柴進和宋江相提並論，不是沒有道理。

6. 和李逵的交情

51 回李逵奉宋江吳用之命，爲逼朱全上山入夥，殺了滄州知府小衙內，朱全追趕李逵至一莊院內，莊院屏風背後轉出「人物軒昂，資質秀麗」的柴

進。柴進口稱朱仝曰「美髯公」，兩人互通姓名，相互仰慕。朱仝問柴進「黑旋風那廝，如何卻敢徑入貴莊躲避？」柴進說：「容複：小可平生專愛結識江湖上好漢。爲是家間祖上有陳橋讓位之功，先朝曾敕賜丹書鐵券，但有做下不是的人，停藏在家，無人敢搜。近間有個愛友，和足下亦是舊交，目今在那梁山泊內做頭領，名喚及時雨宋公明，寫一封密書，令吳學究、雷橫、黑旋風俱在敝莊安歇，禮請足下上山，同聚大義。因見足下推阻不從，故意教李逵殺害了小衙內，先絕了足下歸路，只得上山坐把交椅。」朱仝提出要他上山，除非殺了黑旋風，給他出了這口氣，否則死也不上山去。柴進想出了一個辦法，留下李逵在他莊上，朱仝隨吳用雷橫上山。

李逵在柴進莊上住了一個多月，家住高唐州的柴進叔叔柴皇城，因知府高廉老婆的兄弟殷天賜來搶佔其花園，慪病在床，性命不保，喚柴進去有話吩咐。柴皇城無兒無女，柴進必須去走一遭。李逵隨同前往。

高唐州新任知府高廉，兼管本州兵馬，倚仗他是高太尉叔伯兄弟，無所不爲。他的妻舅殷天賜又倚仗姐夫高廉的權勢，橫行害人。他因看中了柴皇城宅後的花園水亭，便要據爲己有，趕柴皇城出去。柴皇城說明自己家乃「金枝玉葉」，有先朝「丹書鐵券」，殷天賜不但不理，反把柴皇城推搶毆打，柴皇城因氣得病，叫柴進來做個主張。柴進一方面教家人給叔叔皇城醫病，另一方面也做好了拿丹書鐵券和高廉理會的準備。李逵氣得跳了起來，要用他的兩把大斧解決問題。柴進說：「李大哥，你且息怒，沒來由和他粗魯做甚麼？他雖是倚勢欺人，我家放著有護持聖旨，這裏和他理論不得，須是京師也有大似他的，放著明明的條例，和他打官司。」李逵說：「條例，條例，若還依得，天下不亂了！」李逵的話道出了天下大亂的一個重要原因，朝廷自己制定的條例都行不通了，天下怎能不亂？亂自上作！而柴進此時還對皇帝抱有幻想，對李逵的「武力解決問題」不以爲然。

柴皇城死後，柴進星夜教人去家裏取丹書鐵券，要去東京告狀。殷天賜威逼柴皇城家人搬出，柴進因叔父未過七日，好言應答，殷天賜限期三日不搬，威脅要打一百訊棍。柴進說：「直閣休恁相欺！我家也是龍子龍孫，放著先朝丹書鐵券，誰敢不敬？」殷天賜怒說：「便有丹書鐵券，我也不怕。」命令左右毆打柴進。在門縫裏觀察動向的李逵忍不住了，三拳兩腳，打散了殷天賜二三十個隨從閑漢，打死了殷天賜。柴進一見，只叫得苦，打發李逵趕緊回梁山泊，「官司我自支吾」，「我自有誓書鐵券護身」。高廉聽說打死舅子

般天賜，把柴進捉到州衙，不聽分辯，打得柴進皮開肉綻，鮮血迸流，取二十五斤死囚枷釘了，發下牢裏監收。柴進自此在牢中受苦，正所謂：「脂唇粉面毒如蛇，鐵券金書空裏花。可怪祖宗能讓位，子孫猶不得身家。」

高廉下令當牢節級藺仁殺害柴進，藺仁先推說「本人病至八分，不必下手」，高廉催逼，藺仁又說「柴進已死」。宋江領人連日與高廉廝殺，高廉忙於交戰，藺仁趁機爲柴進開了枷鎖，放進後牢枯井裏邊躲避。李逵下井救上柴進時，柴進頭破額裂，兩腿皮肉打爛，雙眼略開又閉。經過調治，柴進上山入夥，由一個皇帝國戚變成了梁山頭領，由與好漢往來，到自己做了好漢。

柴進雖是柴世宗子孫，卻是趙宋王朝普通公民。他上梁山也是官逼民反，因受迫害而叛逆。

（五）楊志

1. 一禍剛了又一禍

第十二回楊志向王倫介紹自己時說：「洒家是三代將門之後，五侯楊令公之孫，姓楊名志，流落在此關西。年紀小時，曾應過武舉，做到殿司制使官，道君因蓋萬歲山，差一般十個制使去太湖邊搬運花石綱，赴京交納。不想洒家時乖運蹇，押著那花石綱，來到黃河裏，遭風打翻了船，失陷了花石綱，不能回京赴任，逃去他處避難。如今赦了俺們罪犯，洒家今來收的一擔兒錢物，待回東京去樞密院使用，再理會本身的勾當。」楊志這一段話表明了他的出身和經歷。他自小學成十八般武藝在身，一心要爲祖宗爭氣，可惜生不逢時，遭遇坎坷，最後竟然走上了連他自己做夢也想不到的落草爲寇的生活道路。

王倫叫林沖下山把一個「投名狀」來，以表入夥眞心，兩日未遇一人，第三天等來了楊志，把楊志的一擔財物劫上山，兩人交手三十來合，不分勝負。王倫爲了牽制林沖，請楊志上山入夥，「不是王倫糾合制使，小可兀自（尚且）棄文就武，來此落草，制使又是有罪的人，雖經赦宥，難複前職，亦且高俅那廝現掌軍權，他如何肯容你？不如只就小寨歇馬，大秤分金銀，大碗吃酒肉，同做好漢，不知制使心下主意若何？」楊志堅決不幹：「洒家清白姓字，不肯將父母遺體來玷污了，指望把一身本事，邊庭上一槍一刀，博得個封妻蔭子，也與祖宗爭口氣。」他藉口要去東京感謝一位因他前者官事受到連累的親眷，加以回絕。

誰知不出王倫所料，他到東京，用那一擔金銀財物到樞密院打點，買上告下，想要再補殿司府制使職役，不料高俅把從前曆事文書看過後，大怒：「既是你等十個制使去運花石綱，九個回到京師交納了，偏你這廝把花石綱失陷了；又不來首告，倒又在逃，許多時捉拿不著。今日再要勾當，雖經赦宥所犯罪名，難以委用。」要求被駁回，本人被趕出殿帥府。楊志心裏罵高俅：「忒毒害，恁地刻薄！」心中煩惱，盤纏使盡，後悔沒有聽從王倫的勸告。正所謂：「花石綱原沒紀綱，奸邪到底困忠良。早知廊廟當權重，不若山林聚義長。」

為了湊錢投他處安身，只得把祖宗留下一口寶刀拿去變賣，偏偏就碰見了開封府都治他不下的破落戶潑皮牛二，無理糾纏，難以脫身，一時性起，殺了牛二。這一次他沒有逃避，拿著刀和地方鄰舍眾人一起到開封府出首。先押在死囚牢，後因押牢禁子、節級、推官（掌理刑獄的郡佐）見他是個好漢，為東京除了一害，為他說情，罪狀改輕，斷了二十脊杖，送配北京大名府留守司充軍。

2. 遇到升遷好機會

沒想到這一次「因禍得福」（見茅盾《水滸的人物和結構》）。東京大名府留守司，最有權勢。留守梁中書，是當朝太師蔡京的女婿。對楊志也曾認識，現在聽了他的遭遇，不但不嫌棄，反而看中了他，留他在梁府聽候使喚。由於他辦事勤謹，梁中書想擡舉他做個軍中副牌，他感激涕零地說：「今日蒙恩相擡舉，如撥雲見日一般，楊志若得寸進，當效銜環背鞍之報。」

為了讓眾人心伏，梁中書安排他與副牌軍周瑾比槍試箭，楊志戰勝周瑾，替換周瑾做了軍中副牌。正牌軍索超不服，與楊志比試，難分勝負，梁中書分賞二人，並叫軍政司把兩個都升級，做管軍提轄使。楊志於是入班做了提轄。梁中書從此十分喜愛楊志，早晚與他不離。

大凡賄賂上司以求保官升官的人，不可能掏自己的腰包，自己的腰包也有掏盡的時候，這些人大多貪酷，以搜刮貪污百姓血膏中飽私囊，並去行賄。梁中書也不例外。六月十五是梁中書岳丈蔡京生辰。梁中書要把搜刮來的十萬貫金珠寶貝作為生日禮物，送給東京的蔡太師，一時想不起派哪個人去合適。梁中書在妻子蔡夫人提醒下準備派楊志擔此重任，他對楊志說：「你若與我送得生辰綱去，我自有擡舉你處。」這對楊志來說，是個立功受誥命的好機會，當然不願錯過，便積極應承：「恩相差遣，不敢不依！只不知怎地打點？幾時起身？」

　　楊志是個有血性的人，不是那種低三下四的人，他要憑真本事打天下，不求迎合僥倖謀前程。他一方面對梁中書的信任重用很感激，又不事事唯唯諾諾，遷就梁中書。他是個有主見有頭腦的人，能行則行，不行也罷，不為迎合重用自己的人而行不可行之事。

　　按梁中書的安排，此次押送生辰綱，「差十輛太平車子，帳前撥十個廂禁軍監押著車，每輛上各差一把黃旗，上寫著『獻賀太師生辰綱』。每輛車子再使個軍健跟著。」梁中書這種安排大張旗鼓，很有氣派，人見人誇，人見人怕。楊志聽後卻推辭不去了，「乞鈞旨別差英雄精細的人去。」他寧願失去立功受誥命機會，寧願梁中書聽了不喜歡。梁中書很不理解地說：「我有心要擡舉你，這獻生辰的箚子內，另修一封書在中間，太師跟前重重保你受道敕命回來，如何倒生支調，推辭不去？」楊志說：「恩相在上，小人也曾聽得上年已被賊人劫去了，至今未獲。」「此去東京，又無水路，都是旱路。經過的是紫金山、二龍山、桃花山、傘蓋山、黃泥岡、白沙塢、野雲渡、赤松林，這幾處都是強人出沒的去處。更兼單身客人亦不敢獨自經過，……枉結果了性命，以此去不得。」梁中書還以為他嫌護送的人少，說那就多派軍校護送吧。楊志說他不是嫌護送的人少，就是差五百人去也不濟事。梁中書聽了不高興，說：「你這般地說時，生辰綱不要送去了？」原來楊志是對梁中書這種興師動眾、大造聲勢的押送做法不同意。他提出自己的想法：「並不要車子，把禮物都裝做十餘條擔子，只做客人的打扮行貨；也點十個壯健的廂禁軍，卻裝做腳夫挑著；只消一個人和小人去，卻打扮做客人，悄悄連夜上東京交付，恁地時方好。」他是要把引人注意的大目標改換為不引人注意的小目標，改高調行事為低調行事。梁中書很高興，肯定了他的作法，還說：「我寫書呈重重保你受道誥命回來。」

　　正當楊志準備第二天早晨動身時，梁中書又說，妻子的一擔禮物要他一起送去，「怕你不知頭路，特地再教奶公謝都管，並兩個虞侯，和你一同去。」楊志一聽，這不是給自己添助力，而是在給自己添阻力，所以說：「恩相，楊志去不得了。」梁中書問他去不得理由，他說：「此十擔禮物都在小人身上，和他眾人，都由楊志，要早行，便早行；要晚行，便晚行；要住，便住；要歇，便歇；亦依楊志提調。如今又叫老都管並虞侯和小人去，他是夫人行的人，又是太師府門下奶公，倘或路上與小人別拗起來，楊志如何敢和他爭執得？若誤了大事時，楊志那其間如何分說？」他是怕自己這個負全責的人指

揮不靈，中途掣肘，必然誤事。他用心良苦，所言在理，梁中書急於事成，答應讓老都管兩虞侯一路聽他指揮提調，楊志這才答應：「小人情願便委領狀。倘有疏失，敢當重罪。」梁中書大喜說：「我也不枉了擡舉你，眞個有見識！」並親自叮嚀老都管兩虞侯一切聽從楊志安排，不能鬧彆扭。楊志這才全副武裝，信心十足地出發了。

3. 失掉生辰綱，上了二龍山

開始五七日，只是趁早涼時行，日中熱時歇。挑著十一擔財帛的十一個廂禁軍、老都管、兩虞侯與楊志尙能一心一意，和諧共進。五七天後，人家慢慢少了，路上行人也越來越稀了，山路又多，正是容易出事的「尷尬」去處，天熱趕路，比較安全，五更半夜，天雖涼，不敢行走。楊志怕出事，改變作息時間，要求大家辰牌（上午七點到九點）起身，申時（下午三點到五點）便歇。正好是一天中最熱的時間趕路。十一個挑擔的廂禁軍因炎熱難耐又遭楊志痛罵抽打，對楊志心懷不滿；兩個虞侯也因楊志催逼嗔怪而口裏不道，肚中尋思：「這廝不直得便罵人」，向老都督告狀：「楊志那廝，強殺只是我相公門下一個提轄，直這般會做大老！」慫恿老都管自作主張。老都督因梁中書親自吩咐要服從楊志領導，不好表態，讓兩虞侯忍耐一下。那十一個廂禁軍挑著重擔，雨汗通流，又遭打罵，也在老都管面前發泄對楊志的不滿，爭取老都管的同情。一日天明，大家要趁涼趕路，被楊志威逼睡下，直到辰時天熱才出發，十一個廂禁軍口中喃喃訥訥地怨恨，兩虞侯在老都管面前絮絮聒聒地搬口。在廂禁軍、兩虞侯與楊志的矛盾中處於關鍵地位的老都管，這時侯也耐不住了，表面上不說什麼，心中卻也惱恨楊志。

六月初四，天氣正熱，內部的矛盾掩蓋不住了。到了黃泥岡，十四個人都跑去松陰樹下乘涼，楊志追打這個，那個睡倒，追打那個，這個又睡倒。老都管不幫楊志，反為軍漢和虞侯說情，叫楊志「休見他罪過」，「端的熱了走不得」，「略過日中行如何？」儘管楊志說此處正是強人出沒之地，閑常太平時節白日裏尙出來打劫人，何況現在，「誰敢在這裏停腳！」老都管氣的教他趕別人先走，「我自坐一坐了走。」這不是明明和楊志唱對臺戲嗎？有他帶頭和楊志作對，眾軍漢膽壯起來，和抽打他們的楊志公開叮嘴，氣得楊志只是打。正在廂禁軍和楊志鬧得不可開交時，老都管公開出來訓斥楊志，倚老賣老，責怪楊志不聽他這個梁家都管的勸告，芥菜子大小個提轄官，「恁地逞

能」。還抓住楊志一句「如今須不比太平時節」，上綱上線：「你說這話，該剜口割舌，今日天下恁地不太平？」對於這樣一個比潑牛皮二好不到那裏去的老無賴，精明強幹的楊志又能說些什麼呢！

說賊賊便到，怕事就有事。就在這時，十五個人眼睜睜地看著七個人把十一擔金銀珠寶全推下山去了。老都管兩虞侯和十一個廂禁軍一方面去濟州府該管官府首告，一方面回東京報知梁中書，誣稱楊志通同七個賊人盜了生辰綱。楊志就是渾身是嘴，也難辯清白，擺在他面前的只有兩條路，一是死，他扯破了一紙領狀，心想沒臉再見梁中書，有家難奔，有國難投，不如跳下黃泥岡，一死了之。但又轉念爹娘生下自己，「堂堂一表，凜凜一軀，自小學成十八般武藝在身，終不成只這般休了。」他打消了死的念頭，等待日後事態發展情況再說。還有一條路，就是上山落草。想去梁山泊，王倫當初苦留未允，現在臉上添了金印卻去投奔，顯得「好沒志氣」。又聽曹正說王倫心底偏狹，不能容人，便和曹正魯智深一起殺了鄧龍，占了二龍山寶珠寺，做了山寨之主。

4. 生辰綱被劫的必然性

精明強幹的楊志失陷生辰綱，有其必然性原因。首先當時社會環境對他不利。挑酒擔的漢子白勝唱的四句歌道：「赤日炎炎似火燒，野田禾稻半枯焦。農夫心內如湯煮，公子王孫把扇搖。」在此嚴酷的現實背景下，梁中書搜刮民脂民膏，去給蔡京做生日，拿的是不義之財，做的是不義之舉，正所謂「誅求膏血慶生辰，不顧民生與死鄰。」「只因不義金珠去，致使群雄聚義來。」當時社會環境的一個主要特點就是，以梁中書為一方，害民斂財，奉獻蔡京一家人揮霍享受，屬於不義的一方。以晁蓋等人為一方，取財還民，屬於正義一方。梁中書對蔡夫人說：「上年費了十萬貫收買金珠寶貝，送上東京去，……半路被賊人劫將去了，至今未獲」，「枉費了這一遭財物」。這說明梁中書的對立面不只是晁蓋等人，還有更多的人民群眾在與梁中書做對。楊志也說：「今歲途中盜賊又多，……他知道是金銀寶物，如何不來搶劫？」可見當時烽煙四起，義軍遍地，梁中書等統治階級人物已身處造反群眾事實上的包圍之中，寸步難行。他即使躲了晁蓋等人，也躲不過其他人；躲得過黃泥岡，躲不過其他「強人出沒」的地方。他的不義之財被劫是必然的，注定的，誰押送都一樣。楊志心甘情願、一心一意要為他押送生辰綱，這就使自己處

於非正義的一方，站在了廣大無衣無食的人民群眾的對立面。生辰綱的必然被劫注定了他的必然倒黴。

不僅如此，梁中書家庭的複雜微妙關係也對楊志不利。梁中書藉口押送蔡夫人一擔禮物增派了老都管、兩虞侯，等於監視楊志，要他們服從楊志的領導實際上辦不到。蔡夫人的背景及其在梁家的地位決定了老都管兩虞侯不怕當過罪犯的小小提轄官楊志。封建的階級關係、等級關係、微妙的家庭關係以及梁中書的多疑，使楊志處於極為不利的境地，成了眾矢之的。

不僅社會環境對楊志不利，當時的自然環境也對他不利。小說作者極寫天氣之熱：六月初四，火旗燒天，火傘當空，四野無雲，千山灼焰，鳥雀熱死，魚龍脫麟，石虎直喘，鐵人落汗。黃泥岡萬株綠樹，一脈黃沙，茅草似刀槍，石頭如虎豹。楊志深怕「盜賊」搶劫，又打軍漢，又訓虞侯，又責都管；改太平車為挑擔，加重了軍漢的勞動強度；隨時改變作息時間，引起大家不滿。楊志萬萬沒有想到，當初自己設想的這些對付「盜賊」的辦法，現在都對著他自己了。未到黃泥岡，押送隊伍中已經形成了反楊統一戰線。到了岡上，晁蓋等人賣酒販棗兒，正撞著這些熱渴難耐之人的癢處。加上吳用的巧計安排，楊志縱然精明如神，也難逃被劫的命運了。

楊志無時無刻都在提防「盜賊」，最後還是被「盜賊」所劫，原因就在於當時的階級鬥爭形勢使他在押送生辰綱時處於不義一面；他的急於立功討誥命及梁中書的家庭關係和楊志本人性格，使他在押送隊伍中成了孤家寡人；酷熱的天氣使押送隊伍內部矛盾表面化，尖銳化。這一切都為晁蓋吳用等人智取生辰綱造成了良好的條件，也最終促成了精明強幹的楊志無法主宰自己的命運，不得不走上落草為「盜」的生活道路。

在內憂外患的嚴重危局中，像楊志這種人反而英雄無用武之地，不是押運花石綱，為皇帝奢侈生活賣命，就是押送生辰綱，為蔡京梁中書奸臣賣命，結果一失再失，走途無路，只好上二龍山。像楊志這種人早就應該加以重用，或馳聘疆場，或鎮守邊關，但在那個不是憑本事而是憑裙帶關係及行賄受賄升官發財的宋徽宗時代，統治階級是不會對他委以重任的。

作者否定生辰綱，卻肯定花石綱；認為智取生辰綱是正義之舉，而認為因花石綱造反的方臘是叛賊。就因為花石綱是皇帝所為，生辰綱是奸臣所為。皇帝都是對的。而問題的實質在於：有了皇帝的花石綱，才會有奸臣的生辰綱，上有所好，下必效焉。上梁不正下梁歪。《水滸傳》作者的雙重標準暴露了他維護皇權的階級局限。

（六）武松

1. 因打虎被知府看中

23 回武松和宋江在柴進莊上分別後，來到陽穀縣一酒店，喚做「三碗不過岡」，武松吃了十五碗「透瓶香」又叫「出門倒」的酒，要上景陽岡，酒保向他說明景陽岡有只吊睛白額大蟲，傷了三二十條大漢性命，官司杖限獵戶捉拿，教來往客人結伴成隊，於規定時間過岡，大蟲出沒時間不要過岡，尤其是單身客人，不要單獨行動。武松以爲酒家嚇唬他。酒家讓他看官司榜文，他不看，以爲酒家留他歇店，是想在三更半夜謀財害命。景陽岡下一棵大樹上也有兩行警告過往客商在大蟲不出來傷人的三個時辰結隊過岡的文字，武松還以爲是酒家「詭詐」「嚇人」，騙客人歇宿其家。直到看見敗落的山神廟門上張貼的陽谷縣印信榜文，才相信眞的有虎。他是相信官府勝過相信酒家。

武松打死老虎，知縣把大家湊的一千貫賞賜錢獎勵給他。武松認爲眾獵戶因大蟲受縣官責罰，受了委屈；取得知縣同意，把一千貫賞錢散給眾獵戶去用，全然沒有想到自己的哥哥還在賣炊餅謀生，也沒有想到留給自己日用。知縣見他忠厚仁德，就參他在陽穀縣做了步兵都頭，從此他就更加相信官府了。

武松是個不貪財、不貪色的英雄，佛洛伊德的心理學對他不適用。他讓那些貪財好色的人汗顏，也遭到了古往今來所有貪財好色之徒的責難。老虎不吃屎遭到豬和狗的責難，本在預料之中。責難歸責難，英雄還是英雄。不過武松這個道德模範打虎英雄卻因相信官府吃了不少虧，以至改變了他的人生道路。

2. 爲兄報仇

知縣要把上任以來賺得的金銀送到東京親眷處收貯使用，派武松前去。武松比失掉生辰綱的楊志順利，用了將近兩個月時間，順利完成差使。回到陽谷縣，從何九叔和鄆哥處得知哥哥武大被潘金蓮和西門慶害死，便向縣官告狀，想通過法律途徑解決問題。縣官見了武大兩塊酥黑骨頭（毒藥身死的證見）、西門慶給何九叔的十兩銀子，以及何九叔寫有爲武大送喪的人名及入葬年月日的一張紙，人證物證俱全，對武松說：「可行時，便與你拿問」，還打算爲他伸張正義。但得了西門慶銀兩後，知縣又變卦說：「這件事不明白，難以對理。」武松只好自己請來四家鄰舍，錄下王婆潘金蓮供詞，提了潘金

蓮西門慶兩顆人頭，押了王婆，到陽穀縣首告。知縣見武松不肯罷休，念武松是個義氣烈漢，又想他爲自己上東京去了一趟，給自己送賄銀的西門慶已死，便要周全武松，把招狀重新改作：因祭祀亡兄武大，與嫂相爭，互毆致殺其嫂；又因與嫂通姦的西門慶前來強護，兩相鬥毆鬥殺致死。寫了一道申解公文，把武松押解東平府申請發落。稟性賢明、平生正直的東平府府尹陳文昭，哀憐武松是個仗義的烈漢，把招稿宗卷改得輕了，申去省院，又使心腹人齎密書上京師活動，最後把武松輕判，脊杖四十，臉上刺了金印，送配孟州牢城。這段經歷使他對官府又增加了一份信任之心。

3. 爲施恩抱打不平

在孟州牢城，武松因不給差撥送人情，差撥報告管營，要打他一百殺威棒。管營聽了兒子施恩的話，給他找了個因病免打的藉口。眾囚徒以爲他會遭「盆吊」或「土布袋」致死。不料武松卻受到好酒好食好住的管待。我們前面說過，天下英雄大多吃軟不吃硬。武松不行賄，不怕打，是個硬漢。但別人對他好，他卻坐臥不安了。他是個知恩報恩的好漢。英雄其實都是軟善心腸，武松更是這方面的典型。因感到「無功受祿，寢食不安」，武松詢問老管營兒子小管營施恩，如此每日好酒好食相待，「又無半點兒差遣」，「倒叫武松憋破肚皮」，「你且說正是要我怎地？」施恩怕他受了囚徒之苦，力氣不足，不便說明，想等他氣完力足，再說明緣由。武松把天王堂前面三五百斤重的石墩又撇，又擲，又接，就像小孩玩皮球一樣，面不紅，心不跳，口不喘，施恩這才抱住武松拜道：「兄長非凡人也！眞天神！」武松見他扭扭捏捏不說情由，便道：「你要教人幹事，不要這等兒女相，顚倒恁地，不是幹事的人了。便是一刀一割的勾當，武松也替你去幹！若是有些詔佞的，非爲人也！」教小管營「不要文文諤諤，只揀緊要的話直說來。」

原來施恩學得些小槍棒，在孟州一帶小有名氣。他占著快活林，開著酒肉店，快活林裏有許多山東河北客商做買賣，開賭坊兌坊，每月都給他送錢。近來卻被本營內新從東路來的張團練帶了一個有一身好本事的蔣門神，奪了他的快活林，還挨了一頓打。久聞武松是個大丈夫，想教武松與他出得這口無窮的怨氣。武松說：「我卻不是說嘴，憑著我胸中本事，平生只是打天下硬漢，不明道德的人。我如今便和你去。」施恩言說要等老管營批准，主張明日派人先去偵察，不同意馬上就去。武松焦躁地說：「小管營，你可知著他打

了！原來不是男子漢做事！去便去，等甚麼今日明日！要去便走，怕他準備。」老管營出面教施恩拜武松為兄長，怕武松酒醉，藉口派人探知蔣門神不在家，隔一日再去，武松說：「明日去時不打緊，今日又氣我一日。」不是他的事他也氣，這一點倒和魯達有些像。

武松提出途中凡遇酒店，要吃三碗酒。從孟州東門外管營這裏到快活林有十二三家酒店，要吃三十五六碗酒。施恩怕武松喝酒誤事，武松說：「你怕我醉了沒本事，我卻是沒酒沒本事。帶一分酒，便有一分本事。五分酒，五分本事。我若吃了十分酒，這氣力不知從何而來。若不是酒醉後了膽大，景陽岡上如何打得這隻大蟲？那時節我須爛醉了，好下手，又有力，又有勢。」「沒酒時，如何使得手段出來？」李白沒酒寫不出詩，武松沒酒顯不出威。

和蔣門神交手，武松使出平生的真才實學「玉環步」、「鴛鴦腳」，打得蔣門神討饒，並答應武松提出的三點要求：離開快活林，將一切歸還施恩；教快活林有頭有腦的英雄豪傑來向施恩陪話；從今日離快活林回鄉去，不許在孟州居住。武松從地下提起被打得臉青嘴腫、脖子歪在半邊、額角流出鮮血的蔣門神說：「景陽岡上那隻大蟲，也只三拳兩腳，我兀自打死了！量你這個，值得甚的！」蔣門神這才知道原來是武松。武松對眾人說，施恩與他並無關係，「我從來只要打天下這等不明道德的人。我若路見不平，真乃拔刀相助，我便死也不怕。」

蔣門神是強盜，施恩是財主。但還是有搶人和被搶的區別。

施恩重新佔有了孟州道快活林酒店，買賣比往常加增三五分利息，各店裏並各賭坊兌坊，加利倍送閒錢給施恩。施恩憑武松爭了這口氣，把武松當爺娘一樣敬重。

4. 被張都監陷害

施恩和武松每天閒話飲酒，談槍論棒，在快活林快活了一個多月。孟州守禦兵馬都監張蒙方衙內的親隨人，奉張都監之命牽馬來接武松。因張都監是施恩父親的上司官，作為刺配來的囚徒武松，也屬他管，施恩只得讓武松去孟州城。

武松是個剛直的人，不知其中委曲，既然人家來接他，只得走一趟，「看他有甚話說。」

張都監見武松來了大喜，說：「我聞知你是個人丈夫，男子漢，英雄無敵，

敢於與人同死同生。我帳前現缺恁地一個人，不知你肯與我做親隨體己人麼？」武松跪下稱謝說：「小人是個牢城營內囚徒。若蒙恩相擡舉，小人當以執鞭隨蹬，伏侍恩相。」張都監從此把武松當親人一般看待，好酒好食相待，穿房入戶不禁。武松心內歡喜，「難得這個都監相公，一力要擡舉我。自從到這裏住了，寸步不離」。有人有什麼事央浼（懇託）他求張都監，武松對都監說了，無有不依。都監很給他面子。

八月中秋，張都監和夫人設宴請武松飲酒，武松多次謙讓告辭，張都監盛情難卻，定要武松一處坐地，還說要把心愛的養娘玉蘭許他爲配，武松感激涕零，誠惶誠恐，根本想不到這是人面獸心的張都監設下的溫柔錦繡圈套。用現在的話說，天上掉下的「餡餅」多爲陷阱。

就在中秋之夜三更天時，武松聽見有一片聲喊叫有賊，忠誠的武松心想：「都監相公如此愛我，他後堂內裏有賊，我如何不去救護。」那個都監答應給他作妻的養娘玉蘭還給他指說：「一個賊奔入後花園裏去了！」（武松一生遭遇的兩個女人，一是潘金蓮，一是玉蘭，都是關鍵時刻導致他犯罪的人，武松還敢婚娶嗎？）武松大步趕入後花園，尋賊不見，複轉身奔回時，被一條板凳絆倒，七八個軍漢把他當賊捆到張都監面前。張都監變臉大怒，喝罵武松：「你這個賊配軍，本是個強盜，賊心賊肝的人，我倒要擡舉你一力成人，不曾虧負了你半點兒，卻才教你一處吃酒，同席坐地，我指望要擡舉你個官，你如何卻做這等的勾當！」武松一生以誠待人，以爲別人也是以誠待他，根本沒想到張都監使壞，還理直氣壯地爲自己辯解，他大叫：「相公，非干我事！我本捉賊，如何倒把我捉了做賊？武松是個頂天立地的好漢，不做這般的事。」張都監那裏管他，派人打開武松柳藤箱子，上面衣服，下面卻是銀酒器皿，約有一二百兩贓物，都是別人央他求都監辦事後，送他的金銀、財帛、緞匹，沒想到那些東西都是設就的圈套，他還把這些鎖在箱裏，今天都成了做賊的罪證。

張都監教人把武松送去機密房裏監收，連夜派人去對知府說了，給押司孔目上下都送了錢。第二天武松屈打成招，被押入死囚牢監禁。武松這才明白：這都是張團練買囑張都監，設計陷害。看來官府是不可信了。玉堂春有言：「洪洞縣裏沒好人。」武松也是吃了大虧，才明白「趙宋官府多壞人」。事實是教育人的最好教材。

5. 恨殺仇人

由於小管營施恩上下施錢，加之當案的康節級和葉孔目忠直仗義，不害平人，知道武松是個好漢，一心周全他。葉孔目向知府說明就裏，知府雖是贓官，得了銀兩，要害武松，但他從葉孔目那裏得知張都監從蔣門神那裏得了若干銀子，通同張團練，陷害武松，心裏轉了彎：「你倒賺了銀兩，教我與你害人！」只把武松脊杖二十，刺配恩州牢城。到飛雲浦，武松打殺了兩個不懷好意的押送公人，以及受張團練指使來害武松的蔣門神的兩個徒弟。他立在橋上尋思了半響，躊躇不決，怨恨沖天：「雖然殺了四個賊男女，不殺得張都監、張團練、蔣門神，如何出得這口恨氣！」

武松奔回孟州城張都監家，張都監張團練蔣門神在後堂鴛鴦樓吃酒，武松聽得二張一蔣正在議論派人去飛雲浦結果他性命的事，「心中那把無明業火，高三千丈，衝破了青天」，上樓殺了三個仇人，白粉壁上大寫八字：「殺人者打虎武松也。」一連殺了十五人，逃出孟州城。

好人被逼急了，做起事來比惡人還惡，這是規律，也是正理。有人責怪武松殺人多，是站著說話不腰疼，既不懂事理，也不懂情理。

6. 二遇張青

起先武松被押解孟州牢城途中，就曾在十字坡被孫二娘捆綁過，當時武松假裝被蒙汗藥麻昏，把要開剝他的孫二娘猛不防壓在地下，張青從外面回店，向武松求情，武松才饒了孫二娘。

張青原在十字坡光明寺種菜園子，因一時為小事相爭，殺了光明寺僧行，放火把寺院燒做白地，可喜沒有人找他算賬，官司也沒有追查，張青便在十字坡大樹下攔路打劫。一天，被一年輕時曾專門攔路打劫的老頭兒一扁擔打翻，老頭兒見他手腳靈活，帶他到城裏教給他許多本事，並把女兒招贅他做女婿，依舊來十字坡，名為賣酒，實則打劫過往客商，用蒙汗藥藥昏人，把大塊好肉切做黃牛肉賣，零碎小肉做餡子包饅頭。妻子孫二娘全學了她父親那一套本事。以殺人賣肉這種殘忍手段謀生，竟然也有「潛規則」。張青告誡妻子，三種人不可害，一種人是雲遊僧道。魯智深被蒙倒後就又被救了過來。另一頭陀被麻死，至今後悔。第二種人是江湖上行院妓女之類，逢場作戲得來幾個錢不容易，害死了他們，同行們你我相傳，去戲臺上譏笑他江湖上好漢不英雄。第三種人是各處犯罪流配的人，中間有好漢在裏頭。這些「潛規

則」和現在流行的「潛規則」有所不同，殘忍中隱含一絲人性。孫二娘對武松這個囚徒下手，一是見武松包囊沈重有金銀，二是武松說風話戲弄她。武松說自己是「斬頭瀝血的人，何肯戲弄良人」！因見孫二娘不斷注意他的包囊，起了疑心，故意說風話叫她下手，「衝撞了嫂子，休怪！」

那一次張青曾建議武松「做翻」（殺掉）兩個公人，與自己一起在十字坡過活，或者去二龍山寶珠寺與魯智深相聚入夥，比到孟州城牢裏受苦好。武松感謝張青出於好心，「顧盼」自己，但向張青表示：「武松平生只要打天下硬漢，這兩個公人，於我分上，只是小心，一路上服侍我來。我若害了他，天理也不容我。」他沒有答應去二龍山落草，也沒有答應和張青一起在十字坡幹打劫勾當，他要求張青救起兩個被麻翻的公人。張青見他「如此仗義，用解藥救醒了兩個公人。」武松因感張青夫婦厚待，結拜張青爲兄。臨別，張青送武松十兩銀子，把二三兩碎銀給了兩個公人。武松把十兩銀子全交給兩個公人，一起去到東平府。這是武松第一次遇見張青夫婦時的一段經歷。

武松大鬧飛雲浦，血濺鴛鴦樓後，逃出孟州城，在一樹林古廟中合眼要睡，被四個男女捆往一座草屋。武松後悔沒有去孟州首告，雖吃刀剮，卻留清名，現在「撞在橫死神手裏，死得沒了分曉」。

原來這是十字坡賣人肉包子的張青夫婦的又一個面店作坊。捆他的那四個人都是張青火家，因賭錢輸了，去樹林裏尋打劫對象，不想就遇到了武松。多虧張青夫婦及時發現，才免一死。那四個人拜在地下向武松請求恕罪，武松不但不計較，還取出十兩銀子給了四人去分。

這一次與張青相遇因爲又殺了許多人，知府輯拿得緊；武松「祖家親戚都沒了」，止有一個哥哥，被人害了，沒了後顧之憂，便聽從張青夫婦建議，去二龍山寶珠寺魯智深楊志那裏落草。他本有心，只是「時辰未到，緣法不能湊巧。今日既是殺了人，事發了沒潛身處，此爲最妙。」張青寫了一封信，又根據孫二娘提醒，給武松剪了頭髮，做個行者（行乞僧人），以掩人耳目。

整個社會是弱肉強食，是倚勢淩弱，武松則抑強扶弱，打強護弱，官府怎能容你？怎能有立足之地？

7. 再遇宋江

武松到白虎山孔太公莊上，因爭吃酒肉，和孔太公小兒子孔亮廝打，把孔亮丟入溪中，自己吃了孔亮酒肉，也醉倒溪中，被孔太公兒子孔明和孔亮

捉來捆在大樹上抽打，卻被點撥孔氏兄弟搶棒，已經來孔太公莊住了半年多的宋江認出而獲救。兩人敘說了從柴進莊上分別以後各人的經歷，武松表示要去二龍山落草，宋江邀武松一起去清風寨花榮處。武松因自己被官府緝撲甚緊，「罪犯至重，遇赦不宥，因此發心，只是投二龍山落草避難。」又因自己已做頭陀，害怕連累宋江和花榮知寨，決定還是投二龍山好，「天可憐見，異日不死，受了招安，那時卻來尋訪哥哥未遲。」此時的武松還想著將來有一天能受朝廷招安。但經歷了許多事變之後，他改變了當初的看法，在菊花會上，反對招安，對朝廷已不抱幻想。

第113回征剿方臘時，武松在烏鵲橋下殺了三大王方貌；117回和宋江攻打睦州時，靈應天師包道乙用玄元混天劍砍中左臂，伶仃將斷，流血暈倒，被魯智深所救，蘇醒後用戒刀割斷左臂，回寨將息。魯智深在六和寺圓寂後，武松對宋江說：「小弟今已殘廢，不願赴京朝覲，盡將身邊金銀賞賜，都納此六和寺中，陪堂公用，已作清閒道人，十分好了。哥哥造冊，休寫小弟進京。」宋江說：「任從你心！」武松自此，只在六和寺中出家。宋江兵馬將要起程回京時，林沖風癱，不能痊癒，留在六和寺中，宋江教武松照看，林沖半載後亡。武松因對敵有功，傷殘折臂，在六和寺出家，被封清忠祖師，賜錢十萬貫，八十善終。

（七）吳用

1. 智取生辰綱

（1）說三阮

吳用亮相是智取生辰綱。

智取生辰綱參與者共八人。劉唐、公孫勝主動到東溪村找晁蓋發起；吳用是晁蓋好友，一說就通；白勝是晁蓋瞭解的人。關鍵的三個人物阮氏三雄，需要作一番動員工作，吳用主動承擔了這一重任。

吳用和阮氏三雄早有交情，他認為阮氏三兄弟雖以打魚為業，不通文墨，但「義膽包天，武藝出眾，敢赴湯蹈火，同死同生」，是三個好男子，「只除非得這三個人，方才完得這件事。」

吳用與阮氏三雄雖有交情，也有兩年多不見面了，這麼大的事，當然不能一下說出，如果不願參與，不是弄僵了嗎？

吳用先向三阮說明自己現時在一大財主家做門館先生教私塾，因為要十

數尾金色鯉魚，每尾重十四五斤，特來尋三阮。阮氏三雄因此發泄對梁山泊王倫等人不滿。王倫佔據梁山泊之前，阮氏三兄弟以梁山泊爲衣食飯碗。梁山泊出產大魚，要十四五斤重的魚不發愁。王倫佔據梁山泊後，不准在泊子裏打魚，阮氏三兄弟只好在狹小的石碣湖中打魚，而石碣湖中連十斤重的魚也難得，只有五六斤重的可以相送。談話到此，我們才知道吳用要十多斤的大魚，目的是爲了把話題引向梁山泊。

由阮氏三兄弟對梁山泊王倫不滿，吳用又順理成章地詢問官府爲何不來捉這夥強人？阮氏兄弟對官府的痛恨更過梁山泊，阮小五說：「如今那官司一處處動彈，便害百姓，但一聲下鄉村來，倒先把好百姓家養的豬、羊、雞、鵝，盡都吃了，又要盤纏打發他。」而對於梁山泊那些強人，官府派來輯捕的人一接火，便嚇得屁滾尿流，不敢正眼看人家。這下倒好，梁山強人雖奪了他們的衣食飯碗，也教官府派來的人吃了苦頭，不敢再下鄉來，阮氏雖打不得大魚，卻「也省了若干科差」。吳用趁勢說，梁山強人「倒快活」，這又引起三兄弟對梁山強人的羨慕，阮小五說：「他們不怕天，不怕地，不怕官司。論秤分金銀，異樣穿綢錦，成甕吃酒，大塊吃肉，如何不快活。我們兄弟三個空有一身本事，怎地學得他們！」阮小七說：「人生一世，草木一秋。我們只管打魚營生，學得他們過一日也好。」

勞而不獲的人仇富仇官，獲而不勞的人仇貧仇民。只有李逵那種不管受多大壓迫和剝削都很淡定的人才沒有仇富仇官心理，但卻有仇弟仇反心理。

吳用本來是要激他們入夥打劫，學梁山強人，卻故意說「這等人學他做甚麼？」被官司拿住了，不是吃打，就是罰罪。阮小二說：「如今該管官司沒甚分曉，一片糊塗，千萬犯了迷天大罪的，倒都沒事！我弟兄們不能快活，若是但有肯帶挈我們的，也去了罷。」阮小五也感慨雖有本事，「誰是識我們的？」吳用問：「假如便有識你們的，你們便如何肯去！」阮小七立即表態：「若是有識我們的，水裏水裏去，火裏火裏去。如能夠受用得一日，便死了開眉展眼。」吳用又假意鼓動他們去捉梁山這夥賊，阮小七說：「便捉的他們，那裏去請賞？也吃江湖上好漢們笑話！」吳用又慫恿他們去梁山入夥，阮小二說他們幾個也商量過要去入夥，只因王倫不容人而未去。阮小七阮小五都表示王倫若像吳教授這般慷慨有情分，「我們也去了多時，不到今日！我弟兄三個，便替他死也甘心！」

吳用很自然地引出晁蓋，並說「如今打聽得他有一套富貴待取，特地來

和你們商量，我等就那半路裏攔住取了，如何？」阮小七不幹，說晁蓋是個仗義疏財的好男子，「我們卻去壞他的道路，須吃江湖上好漢們知時笑話。」

吳用見三兄弟「惜客好義」，心志彌堅，便說明晁蓋叫他來請三兄弟入夥的真實意圖。三兄弟表示晁保正果有真心「帶挈」他們，他們以殘酒為誓，願意捨命相幫，「這腔熱血，只要賣與識貨的！」吳用說出要取生辰綱這件「非同小可的勾當」，「取此一套富貴不義之財，大家圖個一時快活」，「不知你們心意如何？」三兄弟按捺不住激動的情緒，「一世的指望，今日還了願心！正是搔著我癢處！我們幾時去？」

吳用引三兄弟去東溪村，阮家三兄弟見晁蓋人物軒昂，語言灑落，說道：「我們最愛結識好漢，原來只在此間。今日不得吳教授相引，如何得會？」六人燒紙設誓：「梁中書在北京害民，詐得財物，卻把去東京與蔡太師慶生辰，此一等正是不義之財。我等六人中但有私意者，天地誅滅，神明鑒察。」至此，智取生辰綱基本隊伍宣告組成。

吳用瞅上三兄弟，一是其為人仗義，再一個重要原因是家庭貧困，以賭為生，常輸不贏，一個成了家，其他兩位連家也沒有。他們要生活，卻無錢生活，急於擺脫生活困境。他們有取不義之財的需求。接下來是願不願幹？這不是一般的占一點小便宜，而是「非同小可的勾當」，要搭上性命。再就是跟誰幹？不願跟王倫幹，願跟晁蓋幹。吳用不急不躁，一步一步地循循善誘，終於達到了說三阮撞籌（入夥）的目的。

（2）輕而易舉取得不義之財

如果按照梁中書當初的安排，即十個廂禁軍監押十輛太平車，每輛車子派個軍健跟著，車上各插一面寫著「獻賀太師生辰綱」，吳用他們恐怕就得「硬取」或曰「力取」。現在按楊志這種安排就可以「軟取」或曰「智取」。智取的關鍵是要讓押送人員喝下混有蒙汗藥的酒，麻翻了動彈不得，才能下手。精明透頂的楊志不是輕易上當的人，他警告過押送人員：「多少好漢，被蒙汗藥麻翻了」，不允許大家湊錢買酒吃，他的警惕性非常高。

但魔高一尺，道高一丈，「饒你奸似鬼，吃了洗腳水。」黃泥岡上萬株綠樹，地勢險要，正是吳用用計的好地方。又是六月酷暑時節，押送隊伍趁熱趕路，肩負重擔，苦不堪言，正是用計的好時機。

怎樣用計？請看吳用的布署。

押送隊伍中的十一個軍漢及老都管、兩虞侯不顧楊志的反對，都去松陰

樹下睡倒了。楊志雖怒，卻無法可施。正在這時，楊志看見對面松林裏有一個人探頭探腦，他顧不得這十四個人了，提上樸刀趕入松林裏去看，還先發制人地喊了一聲：「你這廝好大膽，怎敢看俺的行貨！」其實這是吳用主動引其上鈎的一著棋，不派人去探頭探腦，楊志不會過來，他不過來，就很可能錯過中計機會。

楊志看見松林裏七個販棗子的人在那裏乘涼，那個探頭探腦的人（劉唐）還拿著樸刀朝他走來，其餘七人以他為歹人，「呵也」一聲，都跳了起來。楊志喝問他們是什麼人，那七人反問楊志是什麼人。兩方都以為對方是歹人，原來大家都不是歹人，達成諒解。七個販棗子的還要請楊志拿幾個棗子去吃，楊志雖沒吃棗子，但思想武裝全解除了，不再戒備對方，同意押送人員「且歇了，等涼些走。」

當押送方以為天下無事安心乘涼時，一個賣酒的漢子挑著兩桶酒，口中唱著山歌，走上崗子來了。這是吳用的第二步棋。挑酒的人是黃泥岡東十裏安樂村的遊漢白日鼠白勝。他放下擔桶在松林裏乘涼。那幾個熱渴難耐的軍漢一聽說桶中是挑過崗子去村子賣的酒，便湊錢買酒喝。楊志趕忙制止，以防被蒙汗藥麻翻。就在賣酒的與楊志爭執酒中有無蒙汗藥時，那七個販棗子的客人個個手提樸刀趕過來了，這是吳用的第三著棋，是力取還是智取的一個關鍵時刻。當得知兩方為酒中是否有蒙汗藥而爭執時，七個客人不顧賣酒人堅決不賣，硬要買酒吃。因為賣酒人是要挑過崗子到村裏賣，連酒瓢也沒帶。七個人拿著自帶的兩個椰瓢，打開一桶酒，就著棗子，把一桶酒喝完了。談價錢時，賣酒的一桶要五貫錢，七個客人雖沒討價還價，但還要占一點便宜，把另一桶酒再舀一瓢吃。賣酒的不答應。一個客人給他交錢，另一個客人趁機揭開另一桶蓋，舀了一瓢便吃，賣酒的伸手去奪，那客人拿著吃剩下的半瓢酒跑到松林裏去了，賣酒的趕上去奪那半瓢酒，松林裏又出來一個客人，拿瓢在桶裏舀了一瓢酒，賣酒的趕忙過來，奪了酒瓢，把酒傾倒進桶裏，蓋了桶蓋，把瓢丟在地上，罵舀酒的客人「好不君子相！戴頭識臉的，也這般羅唣！」

眼睜睜看著賣酒的和販棗子客人為買酒，雙方你爭我奪，押送軍漢們，心中發癢，要買酒吃，眼前的情景老都管也看得明明白白，眼見得酒裏沒有蒙汗藥，便向楊志提出允許軍漢買酒吃的建議，楊志也真切地注意到了剛才發生的一切，同意大家買酒吃。他那裏知道，賣酒漢子奪過來倒進桶裏的酒

中，已經下了蒙汗藥。原來沒下蒙汗藥的桶酒楊志不讓買，怕裏邊有蒙汗藥；現在桶裏下了蒙汗藥，他卻以為沒有蒙汗藥，讓大家買了吃。而這時賣酒的人反而語出驚人：「不賣了！不賣了！這酒裏有蒙汗藥在裏頭！」軍漢們硬纏著要買，賣酒的堅決不賣，還是販棗子的客人出面幫助軍漢們推開賣酒的人，把酒提給軍漢們吃，借瓢給他們用，送棗子給他們下酒。軍漢們先讓老都管吃一瓢，又讓兩虞侯各吃一瓢，再一齊上去，把一桶酒吃完了。楊志看眾人吃了無事，本不想吃，怎奈天氣甚熱，口渴難熬，也吃了半瓢。賣酒的口唱山歌挑著空桶下崗子去了，押送隊伍一個個頭重腳輕，面面相覷，身不由己地軟倒了。

有人可能以此為據說「眼見未必是實」。這裏不是證明眼見未必是實，而是你眼見的只是表面，沒有眼見實質；只是眼見局部，沒有眼見全局；只是眼見暫時，沒有眼見變化。要是眼見了全部，眼見了變化，眼見了實質，就是真正的眼見是實。吳用七人未用吹灰之力，丟了棗子，裝上金珠寶貝，說聲「聒噪」（對不起，打擾了），從從容容地打道回府了。吳用的三步棋，輕而易舉地把十萬貫金銀寶珠拿到了手，難怪人稱智多星，「胸中藏戰將，腹內隱雄兵。謀略敢欺諸葛亮」，「略施小計鬼神驚。」

2. 火併王倫

火併王倫是吳用的又一得意之筆。火併王倫主要是林沖幹的，但沒有吳用用計，林沖未必火併。

晁蓋吳用等人不能直接取代王倫。首先是晁蓋一見王倫之面就表態說：「晁蓋是個不讀書史的人，甚是粗鹵，今日事在藏拙，甘心與頭領帳下做一小卒，不棄幸甚。」這個表態，說明他只求容身，不想奪權。

其次，王倫對晁蓋等人非常熱情。晁蓋來到山關，王倫便領著一班頭領，出關迎接，還說了不少客氣話：「久聞晁蓋天王大名，如雷貫耳」，「且請到山寨，再有計議」。雖然沒有直接表態接納，「再有計議」明顯對晁蓋入夥持保留態度，但還不像當初對林沖那麼直露無禮。而且王倫對晁蓋一行「謙讓」，「講禮」，「動樂」，酒肉相待。正如吳用所說：「他早間席上與兄長說話，倒有交情」。第二天，王倫三四次派人來到晁蓋歇宿的關下客館裏相請，宋萬又親自騎馬來相請，並請七個人坐了七乘轎子到南山水寨裏來，七人在寨後水亭子前下轎時，王倫等人都出來迎接，請到水亭子上吃酒盤話。接待始終熱

情。王倫不願接納，但態度很委婉，自謙「敝山小寨，是一窪之水，如何安得許多眞龍？」「恐日後誤了足下」，「因此不敢相留」。還說「煩投大寨歇馬，小可使人親到麾下納降」，又拿出五錠大銀相贈。人常說拳不打笑臉，晁蓋怎麼好對他動手奪權呢！

第三，王倫林沖宋萬杜遷是先來之主，晁蓋等七人是後來之客。強奪主位，像魯智深殺鄧龍一樣，不符合晁蓋的性格爲人，也不會受到眾多好漢稱頌擁戴。要留下來，還不能強奪，這就需要靠王倫一邊有見識的人出面說話了。這個人就是林沖。

因爲林沖是王倫一邊的人，不能露骨地鼓動他去火併。這就要靠吳用用計了。

吳用早在說三阮撞籌時就聽到三阮對王倫的負面評價以及王倫對林沖的不公正待遇。吳用現在又親自體會到三阮所言不差，王倫確實爲人氣量狹窄。第一天見面後讓晁蓋等人到關下客館安歇，不留在山寨上；第二天見面，王倫以自己等五人坐主位，讓晁蓋等七人坐客位，如果肯收留，早上就該議定了座位。說明王倫沒有也不願把晁蓋當一家人看待。當晁蓋向王倫提起聚義之事時，王倫便「王四顧而言他」，「用閒話支吾開去」，回避正面回答。當晁蓋向他說出殺了許多官兵捕盜巡檢，放了何濤，阮氏三雄如何豪傑，王倫便有些顏色變了。「動靜規模，心裏好生不然。」這些都被洞察入微的吳用看在眼裏。吳用還發現林沖對王倫應付晁蓋的態度，「便有些不平之氣，頻頻把眼瞅這王倫」。林沖當初也爲王倫不容，後來不得已屈居第四位，他對晁蓋七人「倒有顧盼之心」，但因不在其位，不好多說什麼。要留下來，只有在林沖身上用計做文章。可以「略放片言，教他本寨自相火併」。

正好第二天一早，林沖就來登門相訪。吳用對林沖「錯愛之心，顧盼之意」表示感謝。又問及高俅陷害，是誰推薦上山？林沖說明高俅相害，仇深難報，柴進舉薦到此。吳用誇讚柴進仗義疏財，名聞四海，林沖爲他推薦，肯定武藝超群，王倫應讓林教頭坐第一把交椅，也不負柴進薦書。吳用這一番話勾起林沖說出了王倫「心術不定，語言不准，難以相聚」的看法。吳用故意說王倫「待人接物，一團和氣，如何心地倒恁窄狹？」林沖說：王倫如果是好漢，應把眾豪傑到此視爲「錦上添花、旱苗得雨」的好事，早該議定座位。而王倫卻相反，害怕豪傑勢力壓過自己，對眾豪傑殺死官兵不以爲然，安排豪傑下山安歇，「妒賢嫉能」。

　　本來是要留下來，但吳用卻沒有表示要強留，更沒有表示要強取，而是表示王倫果然不容，不等他發付就自投別處去。林沖這才表示自己一早就來看望晁蓋的意思，就是怕眾豪傑離此投彼，他要晁蓋等休生見外之心，今日王倫要是改變昨天態度，「萬事罷休」，如若「有半句話參差時，盡在林沖身上。」吳用明確表示不願為自己弟兄而「教頭領與舊弟兄分顏」，「可容則容」，不容則退。林沖再次表示豪傑不能走，王倫之類「終有何用？」請吳用等放心。他表示自己對王倫不滿不是因為要爭地位，只是因為王倫心思難測，難以相聚。

　　林沖來訪是一種約定，傳遞了一個信息：對王倫待晁蓋等人不滿，但自己不是要謀其位。吳用估計得不錯，他根據林沖想留人甚至為此不惜採取行動的明確表態，料定晁蓋必為山寨之主。但為了防止林沖「心懶」不動手，他還要進一步使計，這就是做出堅決要走的樣子激他採取行動。

　　林沖開始對王倫回避談及聚義這一要害問題時，還只是「側坐交椅上，把眼瞅王倫身上。」當晁蓋按吳用的安排辭銀告退，而王倫還不肯相留，再次催逼其另投他處時，林沖忍不住對王倫發難了。吳用又用旁敲側擊之法，言說不要「壞了頭領面皮，只今辦了船隻，便當告退」，馬上就要和晁蓋等起身下亭子走人，實際是逼林沖動手。林沖這才下決心火併。吳用按事先約定的信號把髭須一摸，晁蓋等人名為出面勸和，實則幫助林沖，虛攔王倫，叫喊「不要火併」，吳用又激一句「頭領不可造次」，公孫勝假意勸林沖「休為我等壞了大義」。宋萬、杜遷已被人「幫住」，不敢妄動，林沖火併，殺了王倫。

　　梁山不能一日無主。宋萬杜遷朱貴以為林沖火併的目的是要自己為主，立即跪下向林沖表態：「願隨哥哥執鞭墜鐙」。吳用把王倫那把交椅拿來納林沖坐下，說：「如有不伏者，將王倫為例。」吳用此舉實在是一著高棋，他明知林沖早就表態不為爭位；自己已事先料定晁蓋有分坐第一把交椅，但現在要眾人服，還是要先讓林沖。這就是吳用，要留卻說要去；要火併卻說不要「舊弟兄分顏」，教林沖不可造次；要晁蓋坐第一把交椅卻納林沖坐第一把交椅。最後順利火併奪權，晁蓋做主，未動刀槍。

　　魯迅說：「知識不是力量，智慧才是」。王倫有知識沒智慧，林沖有智慧少知識，只有吳用既有知識更有智慧。

3. 活捉黃安

　　活捉濟州府團練使黃安，擊退官軍，是吳用上山後軍事謀劃才能的第一次展現，給義軍把大本營安在梁山來了一個奠基禮。

濟州府尹派團練使黃安和本府捕盜官一員，帶領一千餘人，拘集本處船隻，分兩路進攻梁山泊。吳用採取誘敵深入而圍殲的辦法安排三路兵迎敵。陸路由林沖、劉唐帶領，水路由三阮和宋萬杜遷分別帶領。

東港水路，宋萬杜遷分別乘坐兩隻船，各有四人搖著雙櫓，誘引一路官軍船隻在後面追趕到小港，港內埋伏的小船上，箭如飛蝗般射向官軍船隻。官軍急要回船，卻被岸上林沖帶領的陸路軍兵兩頭牽一大篾索，橫截在水面上，岸上梁山軍兵又用灰瓶、石子雨點般打向官軍，官軍大多棄船落水。岸上的官軍，馬被牽，人被殺。

另一水路，阮氏三雄各乘一船，船上分別有四人搖櫓，他們在水面上吹著畫角，誘使黃安親自指揮的一路乘船官軍一邊追趕一邊射箭。這時黃安聽說另一路乘船官軍被誘入小港殺敗，趕緊下令停止追趕，剛掉過頭，準備後撤，後面三阮帶領十數隻船搖著紅旗，吹著忽哨，追殺過來，大喊「黃安留下了首級回去！」黃安軍船搖過蘆葦岸邊，埋伏在小港裏的四五十隻船上箭如雨點般射將來，黃安跳上小快船欲逃，被蘆蕩邊一隻船上立著的劉唐活捉。

梁山義軍大獲全勝，威名大振，濟州太守「只叫得苦」，被蔡京派來的新太守取代。新太守也在心中埋怨「蔡太師將這件勾當攛舉我」，「如何收捕得這夥強人？倘或這廝們來城裏借糧時，卻怎生奈何？」

梁山此後一系列大戰，有聲有色，都是吳用在幕後導演，眾位英雄也都按導演意圖在前臺作了精采表演。

4. 救宋江

39 回晁蓋聽了戴宗關於宋江吟反詩吃官司的事，馬上要和眾頭領下山打江州，救宋江。

吳用說，梁山泊離江州路遠，軍馬若去，打草驚蛇，「此一件事，不可力敵，只可智取。」蔡九知府差身為江州牢獄節級的戴宗送書上東京給蔡太師，並討回書。吳用要寫一封蔡京假回書，教不要把宋江馬上施行，派人把宋江押解東京問了詳細，處決示眾。等他押解宋江經過梁山泊，差人下山奪人。

吳用讓戴宗賺來濟州城裏會寫諸家字體，又會使槍弄棒，舞劍掄刀的聖手書生蕭讓，和濟州城裏能雕得好玉石，又能搶棒廝打，人稱玉臂匠的金大堅，搞了一封蔡京的假回書，教戴宗送給江州的蔡九知府。

吳用打發戴宗走後，發現兩處失誤，第一處失誤：蔡京如今升轉太師丞

相，不會把昔日做翰林學士時使用的圖章使出來，而假書信用了翰林圖章；第二個失誤是：父寄書與子，不應當用諱字圖章，只須隨手寫成即可，假書信卻正兒八經地用諱字圖章。真是人說的「智者千慮，必有一失」。此差錯果然被黃文炳識破。

蔡九知府聽了黃文炳的話，要把宋江戴宗來日斬首。當案黃孔目因與戴宗頗好，一時想不出救戴之法，便故意拖延時日，說「明日是國家祭日，後日又是七月十五日中元節，皆不可行刑。大後日亦是國家景命。直至五日後，方可施行。」蔡九知府見他說得有理，只好同意，決定第六日行刑。正好為吳用施計爭得了時間。

行刑那一天，晁蓋、花榮、黃信、呂方、郭盛扮做推車子的客商；燕順、劉唐、杜遷、宋萬扮做使槍棒賣藥的；朱貴、王矮虎、鄭天壽、石勇扮做挑擔的腳夫；阮小二、阮小五、阮小七、白勝扮做弄蛇討飯的乞者。監斬官蔡九知府午時三刻下令「斬訖報來」，推車的一個客商從懷中取出一面小鑼敲了兩三聲，幾夥人一齊動手。已在十字路口茶坊樓上的彪形黑大漢李逵，赤身持斧，霹靂般大喊一聲跳了下來，手起斧落，砍倒兩個儈子手，朝監斬官馬前砍去，蔡九知府在眾人簇擁下逃命去了。

這時張順、張橫、李俊等九人也聞訊主動來救宋江，與晁蓋十七人一起，連同宋江戴宗李逵共二十九位聚于白龍廟。

5. 離間祝扈二莊

三打祝家莊前，吳學究不同意晁蓋斬楊雄石秀，同意宋江去打祝家莊，不斬山寨手足之人。

宋江二打祝家莊雖然失利，但林沖捉了扈三娘，扈家莊扈成牽牛擔酒，求宋江放了小妹。宋江要他把拘鎖在祝家莊的王矮虎取來換回扈三娘。吳用不同意宋江的作法，說：「兄長休如此說。」吳用有更大的計劃，從全局考慮，而不是從一人一事考慮。他對扈成說：「今後早晚祝家莊上，但有些響亮，你的莊上，切不可令人來救護。倘或祝家莊上有人投奔你處，你可就縛在彼。若是捉下得人時，那時送還令妹到貴莊。只是不在本寨，前日已使人送在山寨，奉養在宋太公處。你且放心回去，我這裏自有個道理。」扈成答應說：「今番斷然不敢去救應他，若是他莊上果有人來投我時，定縛來奉獻將軍麾下。」李家莊大管家杜興給救過他命的楊雄和石秀說過，祝家莊、扈家莊和李家莊

三莊誓盟，共拒梁山。杜興又給宋江介紹說，扈家莊扈三娘許與祝家三子祝彪爲妻，早晚要娶，若打祝家莊，不須提防李家莊，只須提防扈家莊。現在吳用正好抓住扈成來討扈三娘之機，拆散祝扈聯盟，使祝家莊成一孤島。宋江第三次攻打祝家莊時，扈家莊果然沒有來救援。祝家三子祝彪見祝家莊被破，投奔扈家莊，扈成不負前言，叫莊客把祝彪綁縛了獻給宋江。李逵砍殺了祝彪，還要砍扈成，扈成棄家逃往延安府去了。

6. 賺李應

宋江三打祝家莊取勝後，吳用便用計賺李家莊李應上山入夥。當時李應在家將息被祝彪射中肩膀上的箭瘡，本州知府帶了三五十個人來到莊上，詢問祝家莊被殺一事如何，李應說自己養傷，「不知其實。」知府批他「胡說」，並說祝家莊狀告李應結連梁山強寇打破了莊，又接受梁山重禮，喝叫獄卒牢子帶了李應去州裏與祝家分辯。

行不過三十余裏，宋江林沖等人趕走知府，迎李應上山。李應擔心家中老小安全，要下山回家看望。吳用說：「大官人差矣！寶眷已都取到山寨了。」還說李家莊已燒做白地，「大官人卻回到那裏去？」李應見妻兒老小果然被接上山，妻子說他被知府捉走後，又有兩個巡檢引著四個都頭，領兵抄紮家私，教他們好好上了車子，一應家私全拿了去，莊院也被燒了。

原來那扮知府的是蕭讓，扮巡檢的是戴宗和楊林，扮孔目的是裴宣，扮虞侯的是金大堅和侯健，四個都頭是李俊、張順、馬麟和白勝。李應見了，「目瞪口呆，言語不得。」

7. 破高唐州

第54回宋江軍馬四面圍住高唐州，高廉守城不出，宋江一時無法。

高廉法術被公孫勝所破，修書兩封，教去找離高唐州不遠的東昌、寇州兩個高太尉擡舉的知府求救。

吳用用計：教放走捉拿的兩個送信的帳前統制官，派兩枝兵馬詐作救應軍兵，于路混戰，引高廉出城。高廉在城中空闊處堆柴放火爲號，以引救兵到來。過了數日，宋江圍城軍內不戰自亂，梁山圍城兵馬四散奔走，高廉以爲救兵到了，出城迎戰，追趕宋江軍馬，不防山坡後左右兩邊的梁山將領呂方郭盛領兵衝將過來，高廉逃脫，欲回城中，城上已是梁山旗號。向山僻小路逃奔時，又受到在此等候多時的孫立朱全兩面夾攻，四面包圍，高廉使法

騰空，公孫勝則使法使高廉從雲中倒撞下來，雷橫一刀把他砍爲兩段。

8. 俘呼延灼

54 回高太尉向宋徽宗推薦開國名將呼延贊嫡派子孫、汝寧郡都統制呼延灼，作爲兵馬指揮使，征剿梁山泊。在官軍將領中，呼延灼是最難對付的一個。他的連環馬讓梁山人吃了不少苦頭。吳用派時遷盜了徐寧雁翎甲，賺徐寧上山，破了呼延灼連環馬。呼延灼跑到青州，投慕榮知府。梁山人一時拿他沒法。

58 回，吳用對宋江說，對付呼延灼，「先以力敵，後用智擒。」雙方交手多次，互有勝負。吳用設下計策：天色未明時，他和宋江、花榮假裝到青州城北門外土坡上實地查看地形，沒有設防，三個人只顧呆了臉看城，故意讓呼延灼的軍校看見報知呼延灼。呼延灼不知是計，帶領一百馬軍，悄悄出城北門，要活捉梁山三頭領，不料中計，跌入枯樹邊陷坑，被撓鈎手捉拿。

9. 打華州

56 回華州賀太守（蔡太師門人）拘拿了史進和隻身深入華州要救史進的魯智深，宋江領兵營救。因華州城池易守難攻，宋江眉頭不展。吳用聽說朝廷差宿元景太尉將領禦賜金鈴吊挂來西嶽降香，從黃河入渭河而來，對宋江說：「哥哥休憂，計在這裏了。」

按照吳用的計策，宋江吳用下在船裏，朱仝李應執長槍立在身後，把駛進河口的宿元景三隻官船當港截住。吳用立在船頭說：「梁山泊義士宋江，謹參祗侯。」官船上的客帳司擺副臭架子，氣勢不凡地說：「此是朝廷太尉，奉旨去西嶽降香；汝等是梁山泊亂寇，何故攔截？」吳用沒有被他嚇倒，不卑不亢，說：「俺們義士，只要求見太尉尊顏，有告複的事。」客帳司不答應，宋江說聲：「太尉不肯相見，只怕孩兒們驚了太尉」，立在身後的朱仝把槍上小號旗一搖動，岸上花榮、秦明、徐寧、呼延灼領軍搭弓來到河口，擺列岸上。敬酒不吃吃罰酒的客帳司這才慌忙請宿太尉出來，坐在船頭。宋江對他很尊敬，躬身唱喏，言說：「宋江等不敢造次。」宿太尉雖有威勢，終怕刀兵，問：「義士何故如此邀截船隻？」畢竟是太尉，不像不知天高地厚的客帳司，口出狂言，稱宋江等爲「梁山泊亂寇」。宋江請太尉上岸，有事稟複，宿太尉架子還放不下來，不肯聽從這些「亂寇」叫他登岸的要求。宋江口味略帶威脅地說：「太尉不肯時，只怕下面伴當亦不相容。」話畢，李應把號帶槍一招，

李俊、張順、楊春一齊撐出船來，宿元景這才為之大驚。李俊張順跳過船去把太尉兩個隨從虞侯攦下水中，宋江連忙制止，說：「休得胡做，驚了貴人。」李俊張順跳下水去，又把兩個虞侯送上船。這時的宿太尉已經嚇得魂不附體，說：「義士有甚事，就此說不妨。」仍然口稱「義士」，口氣緩和多了，架子也放下不少。宋江堅持請太尉上岸到山寨「告稟」，宿元景在武力威脅面前，只好乖乖離船登岸上山。

宋江因有九天玄女「遇宿重重喜」之言，把被劫持的宿元景扶在聚義廳中坐定，下了四拜，跪下告複介紹自己的經歷，說明事情緣由，道：「今有兩個兄弟，無事被賀太守生事陷害，下在牢裏。欲借太尉禦香、儀從，並金鈴吊挂，去賺華州。」原來他按吳用的計策，要打著宿太尉旗號收拾賀太守，宿元景只好說出害怕事露連累自己的擔憂。宋江教他有事推到宋江身上。宿太尉被這一班殺人放火的人所威懾，只得應允。宋江等人分別打扮成太尉及其隨從人員；又教秦明呼延灼和林沖楊志分別領人馬分兩路進城。宿元景一行人被朱武等人留在山上，款住飲酒；武松則預先去西嶽門下聽令。

為了取得信任，吳用取出金鈴吊挂讓華州差來貢獻酒禮的推官看。這一對金鈴吊挂是東京內府高手匠人做成的，全是七寶珍珠嵌造，中間點著碗紅紗燈籠，乃是聖帝殿上正中挂的，「不是內府降來，民間如何做得？」太尉奉旨來西嶽降香，太守不來迎接，卻派一名推官前來，分明有打探虛實的意思。因為第一，當時正是少華山連結梁山泊要打城池的危機時刻，雖然宋江一行人所持旗節、門旗、牙杖等物都是內府製造，但這些東西別人也可仿造，不容易使推官全信。第二，那個假太尉因怕露餡而裝病坐在床上，只用手指東指西，也聽不清說什麼。第三，宿元景來前雖有文書到州打招呼，但出發後卻無近報，這三點都是容易使人生疑的地方。雖然打扮成客帳司的吳用出出進進，應付推官，但畢竟難使推官全信其真實。而金鈴吊挂這個別人不能仿造的關鍵物件的展示，卻使推官不能不相信。正如宋江所說：「這廝雖然奸猾，也騙得他的眼花心亂了。」

賀太守來到廟前時，還帶有三百多帶刀公吏，吳用以「朝廷太尉在此，閒雜人不許近前」把他們喝退，只准賀太守一人進廟拜見太尉。吳用一聲令下，解珍解寶踢翻太守，把頭割下。冒充宿元景輕而易舉地除了賀太守，救了魯達史進。回到少華山，眾將一齊拜謝太尉恩相，納還了金鈴吊挂等物，宋江又送太尉一盤金銀，為太尉做了個送路筵席。宿元景雖說當了一回不光

彩的人質，但收穫不少。俗謂「吃人的嘴軟，拿人的手短」，難怪他後來竭力為梁山人說好話，主張招安，儼然是 108 個千里馬的伯樂了。

不過話說回來，吃了拿了，給人說好話辦好事就算不錯的好官了。像高俅那種人，吃了拿了許了願，卻說人壞話幹壞事甚至害人性命，才不像話。張叔夜那種不吃不拿還給梁山人說好話的官實在是鳳毛麟角。

10. 賺盧俊義
（1）賺盧俊義不容易

60 回宋江想讓盧俊義上山落草，吳用說：「小生略施小計，便叫本人上山。」

吳用這次下山進北京，要說盧俊義上山，按他的要求，要帶一個「粗心大膽」的伴當。李逵要去，宋江不允。吳用同意帶李逵去，但提出三個條件：一是斷酒；二是扮做道童，聽話；三是不說話，裝啞巴。李逵答應了，吳用便帶他去。上回李逵要宋江當大宋皇帝時，吳用說李逵「這廝不識尊卑」，只怕影響梁山立主的大局，並非吳用不同意李逵的說法，也不是全盤否定李逵，只是批評他「不識尊卑」，不懂策略。那怕是正確的主張，此時說出來起壞作用，彼時說出來起好作用；用符合尊卑身份的方式表達起好作用，用不符合尊卑身份的方式表達就起壞作用，李逵全不顧及這些。吳用批評他是對的，宋江說他「上風放火，下風殺人，打家劫舍，衝州撞府，合用著你。」「做細作的勾當，你性子又不好，去不的」也有道理。吳用用三個條件限制他的短處，帶他作伴當，是看中了他「粗心大膽」的長處，忠誠而又頂用的優點。

吳用這次說盧俊義上山和過去說三阮撞籌不一樣，三阮勞而不獲，仇富仇官，缺錢不缺正義感，缺人識貨擡舉不缺本事。盧俊義是大財主，救助了快要凍餓而死的李固，又收養了父母雙亡的孤兒燕青，非一般仇貧仇賤的有錢人可比，是個有血性有善心的有錢人。而且一身好武藝，只是沒機會施展。他也不像三阮那樣發愁沒有識貨的，而是貨好自然有賣時，酒好不怕巷子深，紅顏不怕養深閨，很有些心高氣盛。對於這種人，你要叫他上梁山入夥當強盜，談何容易！他對燕青說：「梁山泊那夥賊男女，打甚麼緊！我觀他如同草芥，兀自要去特地捉他，把日前學成武藝，顯揚於天下，也算個男子大丈夫！」店小二提醒他去泰嶽天齊廟燒香須提防梁山宋公明，他滿不在乎，說：「我自是北京財主，……我特地要來捉宋江這廝！」他還對被梁山英雄嚇得魂不附體的總管家李固說：「我思量平生學的一身本事，不曾逢著買主，今日幸然逢

此機會，不就這裏發賣，更待何時！」他在車子的叉袋裏準備下一袋熟麻索，「倘或這賊們當死合亡，撞在我手裏，一樸刀一個砍翻，你們眾人，與我便縛在車子上」，「把這賊首解上京師，請功受賞，方表我平生之願。」就這樣一個仇視梁山的人，吳用竟然真的把他說動了，不僅上了山，還作了梁山第二把手。且看智多星吳用如何用計。

（2）算卦成功

盧俊義這種人什麼都不怕，就是怕災怕禍，信神信命。吳用看准了有錢有才又有義的盧俊義的軟肋。

吳用說三阮撞籌是以一個已打過交道的鄉村教師身份出現的。這一次和一個未嘗一面的盧俊義打交道則是以一個挑著「講命談天，卦金一兩」的算命先生的面目出現的。因為從不相識，所以不能像說三阮那樣直接找上門，而是手中搖著鈴杵，口裏念道：「甘羅發早子牙遲，彭祖顏回壽不齊，范丹貧窮石崇富，八字生來各有時。」又說：「乃時也，運也，命也。知生，知死，知貴，知賤。若要問前程，先賜銀一兩。」他一邊嘟嘟囔囔的說，一邊搖著鈴杵，吸引得北京城五六十個小孩跟著看了笑，這正是他的目的，先造成印象，他這個算命先生不是奔著某個人來的，以免引起懷疑和警覺。但又不能一直這樣滿北京瞎跑，目的還是要很自然地似乎無心無意地轉到盧俊義門首。到了目的地，也不能停下不走，但又不能走得太遠，「自歌自笑，去了複又回來，小兒們哄動」，達到既吸引盧俊義的注意力，又不讓他產生來者有意、來者不「善」、來者奔他的感覺。

正在解庫門前坐地，看著一班主管收解的盧俊義忍不住了，當他從當直的口中得知有一算命先生賣卦，「要銀一兩算一命」時，馬上教當直的請來，「既出大言，必有廣學。」

吳用被盧俊義請入後堂小閣兒裏分賓主坐定，喝了茶湯，得到白銀一兩；主人言說「君子問禍不問福」，「不必道在下豪富，只求推算目下行藏則個」（行藏指作官則推行其道，退隱則藏道以待其時）。吳用看對了，他對自己的豪富很有信心，對自己的前程卻缺乏信心。吳用推算了一回，故意拿起算子在桌上一拍，大叫一聲「怪哉！」盧俊義吃驚不小，忙問「主何吉凶」。吳用先不明言，而要求盧俊義不要「見怪」。盧俊義不怕人世間所有的東西，就怕人世間沒有的神呀命呀這些東西。吳用越神秘兮兮，他越急於要「先生與迷人指路」。吳用一看時機成熟，說道：「員外這命，目下不出百日之內，必有血光

之災：家私不能保守，死於刀劍之下。」也就是說盧俊義賴以嬌人的潑天財富和九尺身軀都將消失，盧俊義能不急嗎？但盧俊義畢竟是大家出身，他心急嘴不急，心怕嘴不怕，本來對吳用所言非常在意，表面上卻顯得不以爲然，說：「先生差矣！盧某生於北京，長在豪富之家；祖宗無犯法之男，親族無再婚之女；更兼俊義作事謹慎，非理不爲，非財不取，如何能有血光之災？」吳用在此情況下，沒有繼續纏著給盧俊義講道理，教其相信自己，那樣做可能會適得其反。而是「原銀付還，起身便走」，嗟歎而言：「天下原來都要人阿諛諂佞！罷，罷！分明指與平川路，卻把忠言當惡言。小生告退。」他擺出不屑一顧的架勢，更激起盧俊義急於要知道避禍之道。因爲對於算命先生所言，富貴人家一般都是採取「寧信其有，毋信其無」的態度，即從最壞處著想，向最好方向努力。如果有事，就可避免；如果沒事，也無大損。盧俊義表示「願聽指教」，「願勿隱匿」。

　　吳用看他內心深處的擔憂流露出來了，看槽下線，對症用藥，說：「員外貴造，一向都行好運。但今年時犯歲君，正交惡限。百日之內，屍首異處，此乃生來分定，不可逃也。」既說一往之運好，又說當下之運壞，才能教人服，才能引起重視。盧俊義急於知道能否避禍，吳用先把鐵算子搭了一回，說：「只除非去東南方巽地上，一千里之外，方可免此大難。」北京東南方一千里之外有梁山泊，也有泰嶽天齊廟，一是凶，一是吉。吳用當然不能明說，只說「雖有些驚恐，卻不傷大體。」吳用這些既具體又不具體的是似而非的話語，引起了盧俊義的積極回應：「若是免的此難，當以厚報。」吳用一看中招，又不失時機地教盧俊義在白粉牆上寫下他謅的四句卦歌：「蘆花叢裏一扁舟，俊傑俄從此地遊，義士若能知此理，反躬逃難可無憂。」盧俊義還要挽留，吳用目的已經達到，多留無益，立即打道回府，對李逵說：「大事了也！我們星夜趕回山寨，安排圈套，準備機關，迎接盧俊義，他早晚便來也。」

（3）計捉盧俊義

　　不出吳用所料，盧俊義不顧家裏管家李固、親隨燕青、嬌妻賈氏的一致反對，帶領都管李固等人，四輛車子插了四把絹旗，上寫：「慷慨北京盧俊義，遠馱貨物離鄉地。一心只要捉強人，那時方表男兒志。」浩浩蕩蕩，奔梁山泊路上來。要讓盧俊義從家裏出來不容易，但可以用算命的方法教其動起來；要讓盧俊義入夥更不容易。吳用的辦法是好言相勸，軟硬兼施。

　　盧俊義一行到了一座大林，先是李逵手搭雙斧攔住去路，盧俊義這才省

悟跟隨算命先生的啞童原來是梁山強盜，算命先生也必是強盜無疑了。李逵的氣勢嚇不倒盧俊義，他對李逵說：「我時常有心要來拿你這夥強盜，今日特地到此，快教宋江那廝下山投拜！倘或執迷，我片時間叫你人人皆死，個個不留！」盧俊義以為來者不善，善者不來，這次卻是例外，李逵揚揚得意地大笑著，要中了軍師之計的盧俊義到梁山坐把交椅。盧俊義大怒，與李逵鬥不到三合，李逵跑進林子去了；接著又來了胖大和尚魯智深，口稱奉軍師命令，迎接盧員外上山。盧俊義口罵禿驢無禮，手拈寶刀去鬥魯智深的鐵禪杖。鬥不到三合，魯智深走了，又來了打虎武松。盧俊義來鬥武松，武松走了，盧俊義哈哈大笑：「我不趕你。你這廝們何足道哉！」這時，劉唐在山坡下朝盧俊義喊道：「『人怕落蕩，鐵怕落爐』，哥哥定下的計策，你待走那裏去！」盧俊義與劉唐鬥得三合，沒遮攔穆弘來了，兩個鬥一個。盧俊義背後又來了撲天雕李應，三個圍鬥一個。盧俊義「全然不慌，越鬥越健」。三個拔步走後，盧俊義已是一身臭汗，無心去趕，再回林子，十輛車子，人伴頭口，連同李固，被一夥小嘍羅押往松樹那邊去了。盧俊義提刀去趕，朱仝雷橫大喝一聲「那裏去」，笑著說盧員外「中了俺軍師妙計」，「快來大寨坐把交椅」。盧俊義去鬥，兩個回身又走。經過這七次折騰，盧俊義的體力已消耗得差不多了。但他還是想趕翻一個，討回車仗。

　　這時，卻見山頂上飄著「替天行道」的杏黃旗，紅羅銷金傘下坐著三個人，他們就是宋江、吳用、公孫勝，一齊聲喏：「員外別來無恙。」盧俊義指名怒罵，吳用說：「員外且請息怒。宋公明久慕威名，特令吳某親詣門牆，迎員外上山，一同替天行道，請休見責。」盧俊義被 8 員武將的輪番上陣消耗了體力，已難力鬥。不過嘴還是硬的，可以惡罵，他沒有被吳用的恭敬軟化，大罵「無端草賊，怎敢賺我！」宋江背後的花榮一箭射中盧俊義頭上氈笠兒的紅纓，盧俊義這才吃了一驚，回身便走，心理防線開始動搖。這正是吳用要達到的目的，以武力摧垮其心理。這時秦明林沖領人從山東邊殺來，呼延灼、徐寧領兵從山西邊殺來，盧俊義嚇得望山僻小路便走，來到鴨嘴灘頭，長歎「不聽好人言，今遭恓惶事」，滿目蘆花，茫茫煙水，走投無路。吳用的下一步計策是在盧俊義身心俱疲的關鍵時刻，抓住他不識水性的弱點把他俘獲。就在盧俊義感到絕望時，李俊扮成的漁人載他渡水。無望的盧俊義又心生一絲僥倖。前邊蘆葦叢中，左中右三隻船上，阮氏三雄唱著山歌，一齊撞來。一個唱：「生來不會讀詩書，且就梁山泊裏居。準備窩弓射猛虎，安排香

餌鈎鼇魚。」一個唱：「乾坤生我潑皮身，賦性從來要殺人。萬輛黃金渾不愛，一心要捉玉麒麟。」又一個唱：「蘆花叢裏一扁舟，俊傑俄從此地遊。義士若能知此理，反躬逃難可無憂。」後面一首正是吳用教盧俊義寫在他家白粉牆上，暗含「盧俊義反」四個字的四句卦歌，可見這三首山歌全出自吳用之手。盧俊義「吃了一驚，不敢作聲。」前者雖難力敵，還能口罵；現在連罵也談不上了，身心俱疲，哀求漁人攏船近岸救他。李俊說出自己大名，盧俊義要殺李俊，李俊跳入水中，把盧俊義手中樸刀搠將下水。已在水中的張順把船推翻，盧俊義落水被擒。

雖然宋江等對盧俊義畢恭畢敬，宋江還要讓出第一把交椅教盧俊義坐，但盧俊義表示「寧就死亡，實難從命。」「小可身無罪累，頗有些少家私。生為大宋人，死為大宋鬼，寧死實難聽從。」宋江還在苦勸，吳用卻不願「逼勒」，「只留員外身，留不住員外心」。留請盧俊義多住幾日，先送李固等回京。

吳用深知盧俊義不願落草一是「身無罪累」，二是「頗有家私」。這兩條沒有了，就只有落草一條路了。於是他又用計在李固身上。送李固下山時，私下對他說：「你的主人，已和我們商議定了，今坐第二把交椅。」又說上山前家裏白粉牆上的四句詩包藏「盧俊義反」四字，「今日放你們星夜自回去，休想望你主人回來！」這就給盧俊義家中生變埋下根源。盧俊義兩個多月過後，從梁山泊回到北京，家反宅亂，李固賈氏早有姦情，現在又同去官府誣告盧俊義謀反，盧俊義成了刺配沙門島的囚犯，途中幾乎死於押解公人董超薛霸的水火棍下，多虧燕青關鍵時刻像當年魯智深救林沖一樣救了他一命。正在他聽從燕青之勸去上梁山泊時，又被梁中書派人捉拿，判處斬刑，石秀從酒樓上跳下相救，使他暫免一死，但兩人同被捉拿，監放死囚牢中。

11. 打大名府

（1）計破北京城

為了保全盧俊義和石秀性命，吳用寫了沒頭帖子數十張，向北京城內無人處散發，被人拾去給梁中書看。帖子上寫道：「梁山泊義士宋江，仰示大名府，布告天下。今為大宋朝濫官當道，汙吏專權，毆死良民，塗炭萬姓。北京盧俊義乃豪傑之士，今者啟請上山，一同替天行道，如何妄徇奸賄，殺害良善！特令石秀先來報知，不期俱被擒捉。如是存得二人性命，獻出淫婦姦夫，吾無侵擾；倘若故傷羽翼，屈壞股肱，便當拔寨興師，同心雪恨，大兵

到處，玉石俱焚。剗除奸詐，殄滅愚頑，天地鹹扶，鬼神共祐，談笑入城，並無輕恕。義士節婦，孝子順孫，好義良民，清慎官吏，切勿驚惶，各安職業，諭眾知悉。」梁中書看了這個沒頭帖子，不敢殺害盧、石，和王太守商量的結果是「且姑存此二人性命」；再就是批准兵馬都監大刀聞達和天王李成領兵迎戰。聞李二人及先鋒索超，分別在離城二十五裏的槐樹坡和離城三十五裏的飛虎峪安營下寨，只等梁山軍馬到來，殺敵建功。

宋江無計可施。吳用要用計謀「就取北京錢糧，以供山寨之用」。他教宋江領一半頭領守寨，其餘跟他打城。

吳用安排：軍分四撥，教李逵做先鋒，充頭陣，為第一撥。又有前軍、後軍、左軍、右軍、探聽軍情等，諸頭領依次而行。

兩軍在庾家疃對陣。第一陣，李逵與索超戰，因有左右兩軍接應李逵，索超無功而回。第二陣，三員女將與李成索超戰，梁山左右兩軍及李逵，後趕前攔，李成索超敗歸。第三陣秦明與索超戰，韓滔箭射索超左臂，梁山軍馬奪了槐樹坡小寨，官軍將領聞達退兵飛虎峪。這時，吳用又趁敗軍心怯，一鼓作氣，乘勢追趕，以防敵軍「養成勇氣，急切難得」，兵分四路，連夜進發。飛虎峪的官軍將領聞達被東邊、西邊山上及山後山前梁山軍兵圍攻，與李成敗回北京城，「緊閉城門，堅守不出。」

梁中書求助於蔡京，宣贊向蔡京推薦關勝，關勝獻「圍魏救趙」之計，打梁山，救北京，蔡京批准。此計被吳用識破，一面退兵，一面令花榮林沖在飛虎峪兩下埋伏，呼延灼淩振施放火炮，並殺追兵。李成聞達追殺，中計敗歸。宋江軍馬撤回梁山泊邊下寨，與宣贊關勝對峙。

關勝、郝思文、宣贊、索超四人被吳用施計收降。正在此攻城關鍵時刻，宋江患病，雖經安道全療治，病情好轉，尚需將息調理。吳用請求攻打北京城。當時的北京城，外無援兵，人心惶惶，蔡京教梁中書不要殺盧俊義和石秀，以備招安時好做手腳。吳用打算趁元宵節北京大張燈火之機，裏應外合，破城救人。他先派時遷十二日夜間越牆入城，要在翠雲樓放火；其餘將領，有的入城作內應，有的在城外備戰。吳用引八路馬步軍兵正月十五日二更前趕到北京城下。梁中書派聞達出城去飛虎峪駐紮，以防梁山人馬；李成領軍繞城巡邏。梁山人馬二更時劫了聞達飛虎峪的寨，聞達敗殘人馬直奔城中；時遷這時在翠雲樓放火，城內城外梁山將領一齊行動。梁中書騎馬欲從東門逃走，東門有李應史進杜遷宋萬守把，只好奔南門。南門有魯智深武松守把，

梁中書再回留守司前，因有解珍解寶在那裏東撞西闖，不敢近前。梁中書奔西門，只見梁山將領四處殺人放火，和李成急到北門，呼延灼等施逞驍勇，兩人躲在北門城下，林沖花榮催動人馬奔來，兩人只好再轉東門，只見穆弘等殺入城來。梁中書又奔南門，李逵等從城壕裏飛殺過來。李成護著梁中書殺條血路，奔出城外，又被關勝、宣贊、郝思文、孫立等截殺，花榮射殺李成副將，秦明、楊志等也殺將過來，李成且戰且走，護著梁中書沖出逃脫，遇見聞達，雖被樊瑞、雷橫等截殺，三人總算逃得性命，投西去了。

柴進等開枷救出盧俊義和石秀，張順捉了賈氏，燕青拿了李固。吳用鳴金收兵，與眾頭領在留守司相見。一面救火安民，一面打開府庫倉廒，金銀寶物，緞匹綾錦，裝載上車，糧米俵濟百姓，餘者亦裝車回山倉用。這一次打北京，救盧、石，劫財糧，打了個漂亮仗，功勞當推吳學究。

（2）賺盧上山的尾聲

67 回梁山軍馬從北京撤離後，蔡京奏請剿捕賊寇，得到批准，蔡京又保薦淩州團練使單廷珪、魏定國領兵征剿。

關勝主動請求領兵在淩州路上勸降，不成則戰，宋江叫宣贊、郝思文同去。吳用認為「關勝此去，未保其心」，主張派人監督協助。宋江認為關勝「義氣凜然，始終如一」，「不必多疑」。吳用還是派林沖、楊志及孫立、黃信帶兵下山監督協助。李逵因要出戰，宋江不批，私自下山，宋江認為是自己夜裏衝撞了他幾句，「多管是投別處去了。」吳用則認為李逵雖然粗鹵，「義氣倒重」，不可能投別處去，頂多過兩天便回來。宋江還是派時遷、李雲、樂和、王定六分四路去尋。

吳用宋江兩個人對關勝、李逵看法不一。關鍵時刻，宋江更相信官軍將領出山的關勝，對草莽英雄李逵卻信不過。吳用則相反，深信李逵，懷疑關勝，兩人看人角度不同，各有偏頗。後來事實證明關勝李逵都是好樣的。

關勝說「聖水將軍單廷珪」、「神火將軍魏定國」同歸水泊未能如願，兩兵相交，宣贊追魏定國被捉，郝思文追單廷珪被擒。「關勝舉手無措，大敗輸虧」，望後退走，單魏緊追。在此關鍵時刻，多虧吳用所派林沖楊志趕到，殺散淩州單、魏兵馬。而李逵和焦挺則在枯樹山說鮑旭同上梁山時，遇見監押宣贊、郝思文去東京的陷車，把監押偏將砍殺，救了宣贊郝思文，證明吳用所言不差。

單廷珪、魏定國歸降後，吳用賺盧俊義三部曲才算告一段落。

12. 打曾頭市

打曾頭市是吳用的又一傑作。

60回，大金王子騎坐的一匹日行千里的「照夜玉獅子馬」，放在鐵杆嶺下，金毛犬段景住盜來要獻給及時雨宋江，在淩州西南的曾頭市，被曾家五虎奪了去。宋江派戴宗探聽情況，戴宗回來說：曾頭市有三千餘家，內有一家叫曾家府，老子原來是大金國人，名曾長者，五個兒子叫曾塗、曾密、曾索、曾魁、曾升，教師史文恭，副教師蘇定。那匹千里馬史文恭騎坐。他們編了幾句順口溜教市上小兒唱：「搖動鐵鐶鈴，神鬼盡皆驚。鐵車並鐵鎖，上下有尖釘。掃蕩梁山泊，剿除晁蓋上東京！生擒及時雨，活捉智多星！曾家生五虎，天下盡聞名。」晁蓋一怒之下，領兵攻打曾頭市，中箭而亡。接著又是盧俊義上山、打大名府，攻打曾頭市暫時未提上日程。現在（68回）段景住又來報告，他和楊林、石勇從北地買回二百餘匹駿馬，在青州地面被一個叫郁保四的人劫奪，送給曾頭市去了。宋江聽了為之大怒，定要領兵報仇。吳用認為此時正是春暖，正好廝殺。前者晁蓋領兵進攻，失其地利。「如今必用智取。」

吳用用兵很注意偵查情況，調查研究。他先派會飛簷走壁的時遷去探聽消息。宋江忍不住了，要馬上出兵，吳用則要等時遷回來說明情況後再出兵。宋江性急，等不及時遷回來，派神行太保戴宗飛去打探。請讀者注意：吳用雖和戴宗深交在宋江之前，宋江還是拿了吳用寫給戴宗的書信才和戴宗結交的。但吳用派人偵查情況多用時遷，不用戴宗，而且屢獲成功，說明他善於用人，時遷經歷雖然不如戴宗「高貴」，但辦事能力不在戴宗之下。宋江喜歡用戴宗，他只看到戴宗跑得快的特點，沒有看到戴宗不如時遷的「短板」。這一次宋江不等吳用派去的時遷回來，又派了戴宗去。戴宗先時遷而回，但只說明曾頭市要為淩州報仇，在曾頭市口紮下大寨，法華寺內做中軍帳。這些都是些表面現象，其餘內情，沒弄清楚。時遷會飛簷走壁，探知更多詳情：曾頭市紮下五個寨柵，村口有二千餘人把守。總寨由史文恭執掌，曾家五子依次把守北、南、西、東、中各寨，副教師蘇定與長子曾塗守北寨，曾長者曾弄與五子曾升守把中寨。青州險道神郁保四把馬匹餵養在法華寺內。顯然時遷比戴宗瞭解的情況更仔細，更有用。說明吳用用人使計在宋江之上。吳用針對曾頭市設五個寨柵的情況，決定分調五支軍將，分五路攻打五個寨柵。

曾頭市方面又在曾頭市村口和曾頭市北路分別掘下十數處陷坑，四下裏埋伏下軍兵，只等梁山人馬到來擒捉。吳用二次又派時遷前去打探，證實曾頭市

寨南寨北陷坑無數。梁山軍馬來到曾頭市附近，吳用教五路軍馬分別下寨，各寨四面掘了濠塹，下了鐵蒺藜，準備敵人來襲。連住三日，不見曾頭市出來交戰，吳用第三次派時遷去探聽原因，並把所有陷坑離寨多遠，總有幾處，暗中使上記號。吳用在時遷回報後，傳令開始行動。魯智深武松攻打東寨，史文恭分人幫助東寨曾魁；朱全雷橫攻打西寨，史文恭又分人去幫西寨曾索。史文恭本人則按兵不動，只等梁山兵馬撞入陷坑捉人。沒想到吳用調馬軍從山背後分兩路抄到寨前，守寨曾家步軍只顧看寨，不敢離開。兩邊伏兵都擺在寨前，全被吳用軍馬趕來逼下陷坑，給梁山人掘的陷坑變成了自己的墳墓。史文恭軍馬出寨，卻被吳用指揮的火車攔住，只得急退。第一陣梁山軍得勝。

第二陣，曾家長子曾塗和史文恭要捉中軍宋江，被呂方郭盛圍鬥，花榮箭射曾塗左臂，使其落馬，呂方郭盛雙戟並用，刺死曾塗。

第三陣，五虎曾升要爲哥哥報仇，教師史文恭主張奏請朝廷出兵，一打梁山泊，一保曾頭市，待梁山人馬回兵，追殺必勝。副教師蘇定認爲吳用「詭計多謀」，只宜退守，等待救兵。曾升不聽，出寨搦戰，教亂箭射中李逵腿上，兩軍各自收兵。

第四陣，史文恭神槍刺中秦明後腿股上，宋江軍敗。

正在節骨眼上，吳用預料敵兵兩勝，夜晚必然劫寨，傳令三寨頭領，四下埋伏，史文恭與曾升、蘇定、曾密、曾索，齊來劫寨，中了埋伏之計，黑暗中混戰一場，三子曾索被解珍一鋼叉搠于馬下身亡。

曾長者要史文恭寫書投降，宋江扯書大罵：「殺吾兄長，焉肯幹休？只待洗蕩村坊，是吾本願！」吳用慌忙勸宋江說：「兄長差矣！我等相爭，皆爲氣耳。既是曾家差人下書講和，豈爲一時之忿，以失大義？」吳用寫了回書，取銀十兩賞了來使。信中要求還二次原奪馬匹，交出奪馬的郁保四。曾長者提出各出一人做質當講和，宋江不肯。吳用認爲沒關係，派時遷、李逵等五人前去爲信，並秘授時遷計謀。李逵見了史文恭揪住便打，被曾長者勸住，曾長官一心講和，安排時遷李逵等在法華寺安歇，還了馬匹，送了金帛，五子曾升帶著郁保四到宋寨講和。宋江一定要第一次奪去的那匹千里白龍駒照夜玉獅子馬，這馬匹現在史文恭騎著，就是不給。

這時恰好有青州、淩州兩路兵馬來增援曾頭市。宋江派關勝、花榮分別迎擊青州、淩州兵馬。吳用讓願意投降的郁保四回曾頭市，就說宋江只要玉獅子馬，無心講和，讓曾頭市人在青州淩州兩路兵馬到來時，乘勢用計。

史文恭聽了郁保四的話，中了吳用計策，準備和蘇定、四虎曾魁、二虎曾密一同劫宋江寨。吳用使下「番犬伏窩之計」，寨兩邊設下埋伏，又教魯智深、朱仝、楊志分別領步軍馬軍殺入曾頭市東、西、北寨。史文恭等人劫寨中計；時遷爬到法華寺鐘樓上撞起鐘來，聲響爲號，火炮齊響，喊聲大作，法華寺中李逵等也殺將出來，曾長者在寨中自縊而死，二虎曾密奔西寨被朱仝搠死，四虎曾魁奔東寨，馬踐爲泥；蘇定奔北門，後有魯智深等，前有楊志等，被亂箭射死。史文恭被盧俊義一樸刀搠下馬，當了俘虜。尚在宋營的五虎曾升被就地斬首。關勝、花榮等也已分別殺退青州和淩州兵馬。梁山大獲全勝。宋江將史文恭剖腹剜心，享祭晁蓋。

13. 計捉張清

盧俊義打東昌府時，遇見了「善會飛石打人」的張清，連輸兩陣。宋江領兵救應，被張清飛石連打一十五員大將。吳用觀察了張清「出沒」路數，要計捉張清。

吳用派魯智深領著陸上一簇裝糧車子，旗上明寫「水滸寨忠義糧」，張清要搶糧車，一石擊中魯智深頭上，武松按照吳用安排，救回魯智深，撇下糧車便走。張清奪得糧車，嘗到了甜頭，又要搶河中糧船，出城趕到河邊，不料林沖引鐵騎軍兵趁公孫勝行持道法，張清眼暗心慌，把張清連人和馬趕下水去。水中捉人，是李俊、張橫、張順及三阮兩童八個水手的拿手好戲，張清被擒就縛。

14. 始終維護宋江的領袖地位

梁山義軍主要是打仗爲主，不會指揮打仗，難以爲首。宋江上梁山前領導眾頭領打下無爲軍，捉了黃文炳。又在上山後三打祝家莊，這兩次重大戰鬥展現了他的軍事指揮才能。晁蓋雖在江州救宋江中起到了軍事領導作用，但在攻打曾頭市時卻不聽林沖勸諫，聽信法華寺兩個監寺和尚之言，領路劫寨，中了埋伏，臉上中箭落馬，回山不治而亡，這說明他在軍事指揮方面較宋江略輸一籌。再加上宋江早有仗義疏財的美名博得江湖好漢仰慕，所以晁蓋之後宋江爲首便是眾望所歸的事情。但宋江卻在吳用和林沖等議立他爲山寨之主時推辭不就，理由是：「晁天王臨死囑咐，如有人捉得史文恭者，便立爲梁山泊主。此話眾頭領皆知。今骨肉未寒，豈可忘了？又不曾報得仇，雪得恨，如何便居得此位？」

吳用說：「晁天王雖是如此說（「若那個捉得射死我的，須教他做梁山泊主」），今日又未曾捉得那人，山寨中豈可一日無主？若哥哥不坐時，誰人敢當此位？寨中人馬如何管領？然雖遺言如此，哥哥權且尊臨此位，坐一坐，待日後別有計較。」吳用一席話使宋江改變了態度，答應「今日小可權當此位，待日後報仇雪恨已了，拿住史文恭的，不拘何人，須當此位。」使山寨避免了無主之患。李逵要宋江當大宋皇帝，激起宋江臭罵，吳用為了不轉移大方向，不分散眾人注意力，不節外生枝，說：「這廝不識尊卑的人，兄長不要和他一般見識，且請哥哥主張大事。」

宋江焚香居主，眾頭領排了座次，作了分工。宋江和眾人商議，要為晁蓋報仇。吳用勸說「百日之後，方可用兵。」宋江依言，只做功果。這一百天不可小視，一方面追薦了晁蓋，更重要的是穩定了宋江的領袖地位。

後來盧俊義上山，宋江兩次要讓位給盧俊義，吳用採用自己有個性的特殊方式表示反對，宋江讓位沒有成功。

但宋江、盧俊義兩人座次的最後確定，是打下東平東昌二府之後。盧俊義拈鬮打東昌府，因遇張清，不能取勝。宋江拈鬮打下東平府，被宋江派去幫助盧俊義的吳用派白勝來請宋江去幫盧俊義打東昌府。宋江一十五員大將被張清用石擊敗，關鍵時刻吳用用計捉了張清。宋江派吳用公孫勝幫助盧俊義的用意是想讓盧俊義先他打下東昌府，按事先約定盧俊義坐梁山第一把交椅。吳用沒有在宋江幫盧俊義之前用計擒捉張清，卻在宋江打下東平府來幫盧俊義打東昌府時，用計擒捉了張清，這樣一來，宋江才不再謙讓，坐了梁山第一把交椅。表面上看，是宋盧兩人競賽宋江取勝，實際上吳用沒有助盧而助宋起了關鍵作用。

宋江領袖地位的確立，吳用功勞第一。

15. 不隨便投降

第一次朝廷派陳宗善前來梁山招安，宋江很高興。

吳用對宋江盲目樂觀不以為然，他說：「這番必然招安不成；縱使招安，也看得俺們如草芥。等這廝引將大軍來到，教他著些毒手，殺得他人亡馬倒，夢裏也怕，那時方受招安，才有些氣度。」吳用這裏還不是反對招安，而是主張昂頭挺胸、體體面面、理直氣壯地受招安。

宋江不同意吳用看法，說：「你們若如此說時，須壞了『忠義』二字。」這個已被『忠義』迷了心竅的人何時才能清醒！

林沖支持吳用，說：「朝廷中貴官來時，有多少裝么（擺臭架子），中間未必是好事。」林沖受過高俅迫害，此言不假。

關勝說：「詔書上必然寫著些唬嚇的言語，來驚我們。」關勝畢竟是官軍將領出身，熟悉內情。

徐寧也說：「來的人必然是高太尉門下。」徐甯作為朝中教師，也知高太尉喜歡插手。

宋江叫大家「休要疑心」，「只顧安排接詔。」

宋江是一把手，一言九鼎，大家不好再說什麼。但吳用私下卻準備了另一手，傳令：「你們盡依我行，不如此，行不得。」

大家都按吳用的安排行事。阮小七故意使陳太尉所乘之船漏水，叫別的船把陳太尉接走；阮小七又使漏船不漏，喝了船上的四瓶禦酒，把另外六瓶禦酒分與水手喝了，換裝上十瓶村醪水白酒。

眾頭領被激怒，第一次招安未成。

宋江回到忠義堂，埋怨說：「雖是朝廷詔旨不明，你們眾人也忒性躁。」

吳用不同意宋江說法，對宋江的急於投降提出批評說：「哥哥，你休執迷！招安須自有日，如何怪得眾兄弟們發怒！朝廷忒不將人為念！」他還料定「早晚必有大軍前來征討」，「主張一兩陣殺得他人亡馬倒，片甲不回，夢著也怕，那時卻再商量。」大家都認為吳用說得對。

16. 二次招安

兩贏童貫二敗高俅後，天子降詔招安，高俅聽從濟州一個人稱剜心王的老吏王瑾之言，出主意叫人讀斷詔書，只赦眾人，不赦宋江，然後賺其入城，殺死宋江，拆散眾人，使其「蛇無頭不行，鳥無翅不飛」。

高俅陰謀已被吳用識破，他笑說：「高俅那廝，被我們殺得膽寒心碎，便有十分的計策，也施展不得。」他教眾弟兄「只顧隨宋公明哥哥下山。」他安排李逵引一路軍埋伏在濟州東路，扈三娘引一路軍埋伏在濟州西路，聽到連珠炮響，到北門取齊。

詔書中除了有「朕聞梁山泊聚眾已久，不蒙善化，未複良心」之類侮辱性言詞外，開讀詔書的天使還讀曰：「除宋江，盧俊義等大小人眾所犯過惡，並與赦免」，「其為首者，詣京謝恩；協隨助者，各歸分閫」。吳用聽了「除宋江」三字，目視花榮說：「將軍聽得麼？」

花榮聽罷詔書，大叫：「既不赦我哥哥我等投降則甚？」一箭射中開詔使臣面門。城下好漢一齊叫「反！」亂箭射上城去，高俅急忙回避，梁山泊宋江等人上馬便回，高俅派兵追趕，李逵、扈三娘兩路伏兵會合，高俅怕中埋伏而急退時，宋江全夥回身卷殺，三面夾攻，官兵大亂。宋江收兵不趕，自回梁山泊。

17. 兩贏童貫

76 回童貫統領十萬大軍，戰將百員征剿梁山泊，聲言要「掃清山寨，擒拿眾賊」。決戰開始，童貫擺下四門斗底陣，梁山吳用布下四斗五方旗陣，童貫被這「軍馬豪傑，將士英雄，驚得魂飛魄散，心膽俱落，不住聲地道：『可知但來此間收撲的官軍，便大敗而回，原來如此利害！』」

兩軍交鋒，秦明一棍打死鄭州都監副先鋒陳翥；董平、索超、秦明三人殺過陣去，要捉童貫，童貫人馬大敗虧輸，七損八傷，折了萬餘人馬。吳用傳令：「且未可盡情追殺，略報個信與他。」

童貫輸了一陣，聽酆美、畢勝二將之計，擺長蛇之陣，二將領八路軍馬殺奔梁山水泊，竟不見一個軍馬。童貫叫射手箭射蘆林中坐在小船上扮做漁人的張順，兩次射而不死，派人去捉，被張順棹竿打入水中；二次派人下水去捉，被張順跳入水中砍殺。

梁山上黃旗磨動，伏兵殺出，朱仝雷橫與酆美、畢勝交戰，不分勝敗，朱仝雷橫撥馬回陣。童貫下令捉拿坐在山頂「替天行道」杏黃旗下的宋江，結果被紅旗、青旗軍頭領秦明關勝與黃旗軍頭領朱仝雷橫兩面夾攻。酆美、畢勝保童貫逃命之間，林沖一矛搠死洲州都監馬萬里，童貫眾軍被魯智深武松衝殺得四分五落，又被解珍解寶趕殺得星落雲散，索超斧砍了王義，董平一槍搠死韓天麟，史進刀砍吳秉彝，楊志刀砍李明，盧俊義活捉酆美，李逵斧劈段鵬舉，張清石擊周信落馬，龔旺、丁得孫叉戳周信斃命。童貫在畢勝保護下，不敢入濟州，連夜逃回東京。

這一次，吳用用十面埋伏之計，殺得童貫「膽寒心碎，夢裏也怕，大軍三停折了二停」。

18. 三敗高俅

78 回宋江聽說高太尉親帥一十三萬軍馬，十節度使統領前來征討，「心中驚恐」。吳用說：十節度使曾與朝廷建功，已是過時的人了，「比及他十路軍來，

先教他吃我一驚」，派張清董平去濟州附近，「接著來軍，先殺一陣」，報信與高俅知道。董平與張清領命前往。董平在鳳尾坡附近攔截、追殺節度使王文德，張清一石擊中王文德盔頂。王文德與前來接應的節度使楊溫同往濟州去了。

陸路交戰，各有損傷。林沖與王煥交手七八十合，不分勝敗。呼延灼鋼鞭打死荊忠。董平被項元鎮箭射右臂，宋江教人救了董平回山。

水路張橫活捉了黨世雄，劉夢龍逃走。梁山人四下裏施放號炮，高俅收軍逃回濟州，陸路折陷不多，水路損失慘重。

二次交戰，節度使韓存寶被捉。

吳用一勝高俅。

高俅下令三隻船一排釘住，上用板鋪，船尾用鐵環鎖定，步兵上船，馬軍護船。

吳用喚劉唐受計：小船裝乾柴，灌引火之物，屯住港內；凌振于高山放炮；水邊樹木縛旗，每處設金鼓火炮，虛設營壘。旱地三對軍馬接應。

劉夢龍党世英牛邦喜統領水軍，來到梁山泊。結果戰船被燒，劉夢龍被李俊水中所捉。張橫撓鈎把牛邦喜拖下水，党世英被射死水中。李俊張順怕宋江放人，把劉、牛割下首級上山。

吳用定下追趕計，高俅逃回舊路只趕不截，索超、林沖、楊志、朱全接連趕殺，高俅逃回濟州城時，石秀楊雄又於城外寨中放火。高太尉驚得魂不附體。

吳用二敗高俅。

葉春造大海鰍船，小海鰍船，東京差兩個禦前指揮丘岳周昂前來助戰。

吳用教派兩人去造船廠放火，「先薅惱他一遭，後卻和他慢慢地放對。」

孫新、張青在左邊船廠放火，孫二娘顧大嫂在右邊船廠放火，時遷又在城樓放火，段景柱在西草場放火。張清石擊丘岳面門，落馬被救。

吳用派人在濟州城裏土地廟貼詩曰：「幫閒得志一高俅，漫領三軍水上游。便有海鰍船萬隻，俱來泊內一齊休。」

張順領人用錘鑿鑿透船底，船中進水，把高太尉丟下水中活捉。

吳用三敗高俅。

19. 挫敗奸臣陰謀

83 回梁山軍校殺了克扣禦賜酒肉廂官，吳用對宋江說：「省院官甚是不喜

我等，今又做得這件事來，正中了他的機會。只可先把那軍校斬首號令，一面申覆省院，勒兵聽罪。急急可叫戴宗、燕青悄悄進城，備細告知宿太尉。煩他預先奏知委曲，令中書省院讒害不得，方保無事。」

宋江按吳用說的辦了，宿太尉把情況奏知皇帝。第二天，中書省院官向皇帝報告說宋江部下兵卒殺死省院派去監散酒肉的命官，請皇帝降旨拿問。皇帝因從宿太尉那裏已經知道事情原委，責怪省院委用不得其人，「賞軍酒肉，大破小用，軍士有名無實，以致如此。」省院等官還狡辯：「禦酒之物，誰敢克減？」皇帝「天威震怒」，言說：「寡人已自差人暗行體察，深知備細，爾等尚自巧言令色，對朕支吾！」皇帝說明克扣酒肉是導致壯士殺人的原因，又聽說宋江已斬正犯軍士，說了句「宋江禁治不嚴之罪，權且紀錄。待破遼回日，量功理會。」省院官陰謀失敗，無話可說。

20. 征遼

83 回宋江投降後奉旨征遼。遼分四路侵犯，宋江問吳用是分兵征討，還是只打城池？吳用的看法是只打城池。因爲分兵征討，地廣人稀，首尾不能救應。按照吳用的安排，宋江領兵先奪取檀州所屬密雲縣。在攻打檀州時，三五天不能取勝，宋江領軍回密雲屯駐。遼國郎主派兩個皇侄耶律國珍和耶律國寶來救檀州。宋江按照吳用的計策，派將攔截廝殺，董平槍刺耶律國珍落馬，張清石擊耶律國寶落馬。接著水陸並進，奪了檀州。

宋江派時遷石秀潛入薊州城；自己離平峪縣，與盧俊義合攻薊州。第一陣林沖矛刺寶密聖，徐寧搶搠天山勇；第二陣，索超斧劈咬兒惟康，史進刀砍楚明玉、曹明濟。薊州守將耶律得重緊守城門，一面派人向霸州幽州求救。吳用獻計：抓緊時機，豎起雲梯炮架攻城，凌振四下裏放炮，城內石秀時遷放火，薊州必破。攻城開始後，時遷石秀見城外攻擊得緊，時遷在城中寶嚴寺塔、佛殿、山門裏連放三把火，石秀在薊州衙門庭屋上牌風板裏點了火，城中大亂，城裏城外喊殺連天，裏應外合，奪了薊州。

宋江又聽從吳用之計，假降番邦，被來招降的歐陽侍郎帶進霸州，與國舅康里定安同住霸州；吳用以尋找宋江爲名奪了文安縣，盧俊義與宋江裏應外合取了霸州。

遼將賀統軍派兩路兵，一打霸州，一打薊州，目的不在贏，而在輸，欲誘宋軍入幽州境界殲之。吳用朱武識破賀統軍之計，認爲「幽州分兩路而來，

此必是誘引之計，且未可行。」盧俊義宋江不聽吳用朱武之言，兩路兵馬分三路進攻幽州，結果盧俊義被困青石峪，多虧解珍解寶按照遼地獵戶劉二劉三指點，引宋江軍馬救了盧俊義。

吳用獻計：「可乘此機會，就好取幽州。若得了幽州，遼國之亡，唾手可得。」宋江領軍離獨鹿山攻打幽州。吳用說：「若是他閉門不出，便無準備。若是他引兵出城迎敵，必有埋伏。」他建議兵分三路，一路向幽州進發，迎敵來軍，另兩路如羽翼般埋伏迎敵。宋江引大軍與賀統軍交戰，賀軍稍戰便回，但不入城，兵分兩路繞城而走。宋軍追趕，吳用忙叫「休趕！」果然左邊撞出太眞駙馬，右邊撞出李金吾。多虧事先安排關勝等在左，呼延灼等在右，正好迎住廝殺。宋江軍四面圍城，賀統軍回城不得，被亂槍戳死。太眞駙馬、李金吾各引紅旗軍、青旗軍從山後退去，宋江不動聲色奪了幽州。

遼兵皂旗軍、紅旗軍、青旗軍前來廝殺。吳用說：「先調兵出城，布下陣勢。待遼兵來，慢慢地挑戰。他若無能，自然退去。」宋江調兵出城十裏，在方山布下「九宮八卦陣」。番兵先布下「太乙三才陣」，又變「河洛四象陣」，「循環八卦陣」，「武侯八陣圖」，皆被吳用朱武識破。兀顏小將軍攻打宋軍九宮八卦陣，被呼延灼活捉，李金吾被秦明打死，太眞駙馬逃命不知去向。兀顏統軍起二十萬軍馬傾國來戰，花榮箭射瓊先鋒面門落馬，史進將其砍殺；孫立鋼鞭把寇先鋒打殺。

遼方兵馬蓋地而來，拼死決戰。宋江恐寡不敵眾，吳用說：「古之善用兵者，能使寡敵眾。昔晉謝玄五萬人馬，戰退苻堅百萬雄兵，先鋒何爲懼哉！可傳令與三軍眾將，來日務要旗幡嚴整，弓弩上弦，刀劍出鞘，深栽鹿角，警守營寨，濠塹齊備，軍器並施，整頓雲梯炮石之類，預先伺候。還只擺九宮八卦陣。如若他來打陣，依次而起，縱他有百萬之眾，安敢衝突。」宋江領軍到昌平縣界，擺開陣勢。遼國郎主親主中軍，番軍擺列太乙混天象陣，朱武認爲此陣變化無窮，機關莫測，不可造次攻打；吳用也說：「不知他陣內虛實，怎麼打得？」正商議間，兀顏統軍在中軍傳令攻打宋兵，宋江在遼兵兩面夾攻下大敗而退。宋江依盧俊義之言，派兵衝陣，大敗而回，李逵被捉。吳用主張用前日俘虜的兀顏統軍孩兒小將軍對換李逵，軍馬暫歇，再計破敵。兩將交換後，宋江聽呼延灼之言，要分十對軍馬與番兵決戰，吳用認爲「兩番撞擊不動，不如守等他交戰。」宋江不聽，傳令十隊軍馬撞入混天陣，番軍變作一字長蛇陣殺出，宋江大敗而走。押送禦賜衣襖的鄭州團練使王文斌不識敵陣，還想顯揚本事，結果被番將砍死。

最後，宋江按九天玄女所教相生相剋之法破了遼兵，郎主逃回燕京。

吳用在梁山軍中起著舉足輕重的作用。但他「只做助手，不做舵手」，有利也有弊，利在維護了梁山的統一，弊在使大家抱團被引向邪路。

三、梁山歷程

　　梁山義軍開始只是諸多小夥起義中的一支武裝。這些小夥起義武裝，只是為了求生存、謀活路、拒官捕、反迫害，沒有統一的綱領，沒有遠大目標，沒有嚴格紀律，追求的是「大塊吃肉，成甕吃酒，換套穿衣」的自由生活，以搶奪過往客商，吃「窩邊草」為生，常常傷害好人；對官兵只是消極防禦，沒有能力主動進攻，能偷偷摸摸地「借」上一點糧就算不錯了。少華山頭領楊春沒借上糧還做了俘虜。這些小夥武裝外部互不聯繫，形不成合力，白虎山孔明孔亮兄弟就因此吃了虧，後來與二龍山、桃花山一起聯合梁山泊才打了勝仗。這些小夥起義內部多以武藝高低排座次，頭領多為武藝高強但缺乏戰略頭腦的人擔任，屬於武裝起義的初級形式。

　　梁山武裝經歷了三個階段。第一個階段是王倫時期，是初級反抗階段的典型。王倫身為落地秀才，「因鳥（diǎo）氣」（運氣不好）而到梁山泊落草為王。此人「沒十分本事」，心胸又很狹窄，在梁山內部，妒賢嫉能，排斥打擊林沖這樣忠誠可靠、武藝高強的英雄，拒絕晁蓋等英雄豪傑入夥，把梁山視為個人家業，實行的完全是一種孤家寡人的關門主義路線；對外則傷害群眾利益，強佔梁山泊，奪了像阮氏三兄弟這些貧苦漁民的「衣食飯碗」。三阮「看了這般模樣，一齊都心懶了」。王倫是武大郎開店，不會有規模，也不會有品牌。打家劫舍，攔路搶劫，傷害好人，不敢面對官府，思想政治路線不對。所以王倫時期的梁山泊，空有八百里水泊梁山這樣得天獨厚、易守難攻的「地利」條件，規模卻無大幅度發展。

　　梁山武裝的第二個階段是晁蓋時期。晁蓋是東溪村富戶，任保正（即保長，王安石推行保甲法，十家為一保，設保長；五十家為一大保，設大保長；

十大保爲一都保，設正副都保長）。此人平生仗義疏財，專愛結識天下好漢，凡有人來投，莊上留住，齎助銀兩。他最愛刺槍使棒，身強力壯，不娶妻室，整天打熬筋骨。他因西溪村用青石寶塔把鬼趕向東溪村，怒奪青石寶塔放於東溪村，人稱他爲托塔天王，獨霸一村，遠近聞名。他帶領吳用等人上梁山火併王倫，作了頭領。39 回戴宗所持梁中書給蔡京書信被朱貴拆看，戴宗先被藥翻又被用解藥救醒後，喝問朱貴擅開太師府書信，「該當何罪」，朱貴輕蔑地說：「休說拆開了太師府書箚，俺這裏兀自要和大宋皇帝做個對頭的！」同樣是開酒店充當耳目的朱貴，王倫時期不敢說這種大話，晁蓋爲首後，說話口氣變了，反映了梁山路線的重大變化，王倫時期，不敢展足，更怕稱王；晁蓋則敢托膽稱王，與大宋皇帝做對頭。

晁蓋領導的梁山武裝有遠大目標，和南方的方臘起義相呼應；同時有嚴明的紀律，不傷人害命，深受人民群眾歡迎。打敗圍剿梁山的官軍，鞏固了梁山根據地，滅了官府威風，長了義軍志氣，作者情不自禁地讚揚道：「一從火併歸新主，會見梁山事業新。」梁山義軍武裝在晁蓋的旗幟下，較王倫時期有了跨越式的發展。

梁山義軍的第三個階段是宋江時期。宋江上山後，曾經使梁山事業出現了全盛的喜人局面。108 人大聚義，兩贏童貫，三勝高俅，是這一鼎盛時期的高峰。這一全盛局面的出現，與宋江執行了一條既不同于王倫又不同于晁蓋的路線分不開。這條路線就是「忠義雙全」、「替天行道」的路線。王倫是既不講忠也不講義，晁蓋是只講義不講忠，宋江則是既講義又講忠，這是三位領袖的根本區別。晁蓋用「義」改造梁山人，宋江用忠義雙全改造梁山人。晁蓋的目標是代宋稱王，宋江的目標是「替天行道」，維護趙宋王朝的統治。

其實晁蓋和宋江的分歧在宋江私放晁蓋時已顯露出來了。

宋江是忠義之士。因爲義在他身上占了上風才私放晁蓋的。如果忠在他身上占上風，他不會給晁蓋通風報信。因爲晁蓋犯的是國家法律不許可的大罪。正如作者引用的一首學究詩所寫的：

保正緣何養賊曹，押司縱賊罪難逃。

須知守法清名重，莫謂通情義氣高。

爵固畏鸇（古書中說的一種猛禽，似鷗鷹）能害爵，貓如伴鼠豈成貓。

空持刀筆稱文吏，羞說當年漢相蕭。

這首詩責怪宋江私放晁蓋是犯罪行為，不符合押司身份，違背國家法律。從法律層面看問題，宋江違背了忠。

但作者在此詩前面文中還寫了一首詩：

> 義重輕他不義財，奉天法網有時開。
>
> 剝民官府過於賊，應為知交放賊來。

這裏作者又是肯定宋江私放晁蓋的。就是說生辰綱是不義之財，搜刮而來，比賊更過。晁蓋劫了生辰綱，也是賊，但此賊不是彼賊，兩者不能劃等號，從義氣出發，可以網開一面。

如果宋江從忠出發，與何濤一起抓捕晁蓋，「大義滅親」，那麼後來就不會有那麼多江湖英雄好漢追隨他，危難時刻也不會有英雄去救他，更不會有人擁戴他為梁山領袖。

宋江在這個關鍵時刻，義在他頭腦中起了作用，晁蓋雖違法度，但與宋江是哥們兄弟，救！這一救，被江湖英雄譽為梁山開創之功；這一救，美名天下傳揚，英雄好漢紛紛追隨，以至後來坐上梁山第一把交椅。

但宋江這裏的義是哥們義氣的義，而不是高於法律層面的正義的義。他雖因哥們義氣私放晁蓋，但對晁蓋的做法並不認同，認為劫了生辰綱是「犯了大罪」。這正是他和晁蓋的區別。晁蓋等認為劫取生辰綱是正義之舉，你法律只保護生辰綱，卻不問生辰綱是哪里來的，不保護生辰綱原來主人的財產和利益。只保護剝奪者，不保護被剝奪者。這樣的法律和正義相差十萬八千里。

世界歷史、中國歷史，都是在正義與非正義的鬥爭中前進的，而不是在守法和違法的鬥爭中前進的。守法和違法的鬥爭只對社會的安定與否起作用。只有在封建統治者處於上升階段時，守法和違法的鬥爭才對社會進步起作用。因為這時法律和正義、情理有某種程度的吻合。而當封建統治者走下坡路時，守法和違法的鬥爭不但不對社會進步起正面作用，還起反面作用，此時的法律和正義、情理相脫節，甚至相對抗。就像宋徽宗時代一樣。這時，就是正義和非正義的鬥爭才對社會起正面作用了。法律和正義都以時間地點和條件為轉移。法律如不與時俱進，便與正義發生矛盾，以至引起衝突，導致社會變革，因為此時的法律不能維護正義，而是維護非正義，正義的東西就要來打破它了。何況宋徽宗時代祖先制定的條例法規統治階級本身都不遵守執行，老百姓執行了也未必能得到安全保障。正如李逵所說：「條例，條

例，若還有用，天下不亂了。」宋江對晁蓋劫取生辰綱的評價是站在忠於法律的角度作出的，而不是站在更高層面即正義還是非正義的角度作出的。他的「義」放晁蓋不是正義的義，是魯迅批評的那種「水滸氣」的哥們義氣，江湖義氣。

在這一點上，《水滸傳》不如關漢卿的許多雜劇。關漢卿在《蝴蝶夢》中，寫權豪勢要葛彪無故打死王老漢，王老漢的三個兒子激于義憤打死葛彪，當包待制要三個人中一人出來償命時，三兄弟爭相償命，而賢德的王母卻說是自己打死葛彪，要替兒子償命。最後她同意讓自己親生兒子王三去償命，留下不是自己親生的王大王二養活自己。包待制發現王家母子不是一般的殺人犯，而是「為母者大賢，為子者至孝」，他在「王氏母子承認打死葛彪『罪名』的情況下，不忍殺其償命，而是巧妙地用應該判為死刑的盜馬賊趙玩驢代換了王三，使其免於一死，母子歡聚。」（見拙作《古代戲劇賞介辭典》陝西人民出版社 1988 年 5 月）「封建社會的道德和法律對少數權勢者只維護不約束，對多數弱善者只約束不維護。關漢卿筆下的清官卻能反其道而行之，這正是關漢卿偉大的人道主義精神，光焰千古，為後世許多作家所望塵莫及的地方。」（見拙作《中國古典小說戲曲研究論集》三秦出版社 2006 年 5 月）從是否正義這個層面上表現人物，元代作家關漢卿做到了，他在正義和法律二者中選擇了正義；明代《水滸傳》的作者卻從忠於朝廷法律的角度表現宋江這個人物的境界高度，即：他從哥們義氣出發給晁蓋通風報信，但內心深處卻從維護法律角度不認同晁蓋等人的正義之舉。比起關漢卿作品中的包拯，《水滸傳》中的宋江顯然是倒退了。

正因為如此，所以宋江對晁蓋梁山落草很不以為然：「做下這般大事，犯了大罪，劫了生辰綱，殺了做工的，傷了何觀察，又損害了許多官軍人馬，又把黃安活捉上山。如此之罪，是滅九族的勾當。雖是被人逼迫，事不得己，於法度上卻饒不得。」晁蓋派劉唐拿著書信和一百兩黃金來感謝他和朱仝雷橫，他只把書信和一條金，放進招文袋中，其餘黃金還教劉唐帶回，說：「你們七兄弟初到山寨，正要金銀使用。宋江家中頗有些過活，且放在你山寨裏，等宋江缺少盤纏時，卻教兄弟宋清來取。」他還教劉唐不要給當時擔任鄆城縣都頭的朱仝雷橫謝金，以防「惹出事來」。他與劉唐匆匆而別，慶倖沒有被縣衙公人發現，心裏想道：「那晁蓋倒去落了草，直如此大弄。」可見他對晁蓋上山落草很不贊同。

晁蓋造反稱王是正義的，但卻是違背宋朝法律的。宋江的忠義是不要造反，維護現存法律秩序，頂多也就是跪著造反。

宋江的忠義雙全路線在前期團結了一大批出身下層的義士好漢，也分化爭取了一批官軍首領，擴大了義軍隊伍，充實了義軍武器裝備，提高了義軍的技術素質和作戰水平，使梁山義軍成了一支威脅趙宋王朝最高統治的武裝力量。但是以「替天行道」爲前提爲目標的「忠義雙全」路線也導致義軍走入邪路，以至於受招安，打方臘，飲毒酒，落了個悲劇結局。

四、逼上梁山，投降下山，功成身死
——宋江三部曲

（一）替天行道——準備投降

　　宋江一生的關鍵詞是：忠義揚名，落草投降，替天行道，被害身死。替天行道是九天玄女教給他的人生目標，上梁山後付之行動。替天行道的思想性格和道德基礎義、忠，卻是在上山之前已經具備了。由失身做「好漢」到替天行道做忠臣，角色的轉換是投降。在宋江走完自己的人生道路之後，我們綜觀其生，就是為投降做準備和把投降付之行動。投降這個詞不是別人給宋江強加的，而是他在做逃犯時，遇見要去投二龍山的武松，教給武松的話。沒想到投降二字叫他也用在自己身上了。他投降的目的很明確：替天行道。

　　為替天行道而準備投降，開始是無意識準備，由押司小吏到殺人逃犯，再由逃犯變為配軍（罪犯），忠義立身，忠義報國，忠義留名，給人留下深刻印象，此時期他沒有料到後來的投降和替天行道，但義和忠卻是投降、替天行道的思想道德基礎，沒有忠和義，後來的投降、替天行道不可能發生，因此主觀上有意識的忠義自律可以說是客觀上無意識的投降準備。從江州遇救到菊花會，是有意識的投降準備，因為他接受了九天玄女教他的「替天行道為主，忠義雙全為臣」的二為方針。無意識的投降準備是思想道德準備，有意識的投降準備是行動準備。

　　從接替晁蓋做梁山一把手，到離開梁山，去京城接受皇帝檢閱和接見，是公開打出替天行道旗號而實施投降。

　　爲替天行道而建功立業，標誌是一征三討。做官揚名，功成身死，是爲替天行道而投降的結局。

　　和宋江投降三部曲相適應，梁山事業也經歷了高潮、受招安、敗落三部曲。

1. 投降的無意識準備

　　宋江起義，史籍記載各不相同。《宋史·張叔夜列傳》裏說宋江接受了招安。宋代徐夢莘《三朝北盟會編》的《中興姓氏奸邪錄》說他打過方臘。《東都事略》的《徽宗記》和《宋始武功大夫河東第二將折可存墓誌銘》說宋江沒有接受招安，也沒有打過方臘，而是被官軍生擒了。元代《宣和遺事》說宋江接受招安後做了大官，因征方臘有功，被封爲節度使。宋洪邁《夷堅乙志》說宋江五百人降後，全部被殺（此材料見《文學評論》1978 年 4 期）。所有這些記載只有一點是統一的，宋江起義實有其事，實有其人。

　　但《水滸傳》是文學，不是歷史；是英雄傳奇，不是歷史演義。《水滸傳》裏的宋江是作者塑造的文學形象，沒必要拿宋江當歷史人物看。作者塑造這個人物是表現自己一種人生觀、價值觀。

　　宋江是《水滸傳》的主要人物，是忠義的道德化身。是儒家仁義禮智信的載體，又兼有俠者義氣之風。是儒與俠的統一。「俠」者性格使他把 108 人聚攏到了一起，「儒」家觀念使他把一支 108 人群居的起義軍變成了一支忠義救國軍。

　　何其芳說過：「研究的任務在於要從作品的複雜的內容中分析和概括出他的主要內容主要傾向來，在於要找到它的內部聯繫，在於要說明它的思想和藝術方面的獨特的成就。」（《何其芳文集》5 卷）

　　何其芳先生這一說法，可以幫助我們分析《水滸傳》，也可以幫助我們分析《水滸傳》的主要人物宋江。

（1）宋江的義

　　「義」意有三：正義與非正義之義，如方臘和趙宋王朝的衝突；魯達對鄭屠，智取生辰綱等，都屬正義與非正義之爭。

　　二是救人濟困，如宋江代人買棺材等。

　　三是哥們義氣，所謂「四海之內，皆兄弟也」。

　　四是儒家的倫理規範，如忠義之義。

宋江的義是後三種含義。既有俠者之義，也有儒者之義。

幫助閻婆母女

宋江出場在 18 回。

做媒的王婆稱宋江是「做好事的押司」。一天，她給宋江引來閻婆惜母子兩人，介紹說：閻婆、閻公和他們的女兒閻婆惜，從東京來鄆城縣，投奔一個官人未遇，流落鄆城，閻公害時疫死了，閻婆沒錢送葬，向宋江求助。宋江也不深究，寫了個帖子，讓閻婆去縣東陳三郎家取具棺材來埋葬夫主，錢由他給陳三郎；又給了閻婆十兩銀子，拿去使用。

閻婆從王婆那裏得知宋江單身，「沒有娘子」，「常常見他散施棺材藥餌，極肯濟人貧苦」，便託王婆說媒，把女兒嫁給宋江，爲的是自己後半生也有個依靠。宋江開始不肯，經不住王婆一張「撮合山的嘴攛掇」，同意了。既娶妻，又助人。

救劉高妻

32 回，宋江因逃避官司捉拿，來到清風山，便幹了一件仗義救人的事情。清風山頭領王英王矮虎把臘日（臘月初旬）上墳的一個坐轎婦人搶擄到山後房中，準備給自己做壓寨夫人。宋江聽到了，很不以爲然，對大頭領燕順說：「原來王英兄弟，要貪女色，不是好漢的勾當。」人說「英雄難過美人關」，指王英這種英雄則可，指所有英雄則謬。前面說過，《水滸傳》的絕大多數英雄不近女色，不是沒有人的七情六欲，一爲潔身自好，二爲少惹麻煩，三爲條件不許可。

宋江約燕順鄭天壽兩個頭領去後山房中勸阻王英。當他聽說王英所掠婦人乃是「清風寨知寨的渾家」，不由得「吃了一驚」，還以爲婦人正是他要去投奔的花知寨花榮的渾家呢，下決心要救婦人。

那婦人告訴宋江：清風寨有兩個知寨，一文一武，武官便是知寨花榮，文官便是她的丈夫，「知寨劉高」。宋江心想，劉高和花榮是同僚，如若不救，見了面不好看，便說服王英，一是「好漢犯了『溜骨髓』三個字的，好生惹人恥笑」，二來這婦人「是個朝廷命官的恭人」，（宋江始終對朝廷命官畢恭畢敬，而且自己也力爭成爲朝廷命官）要王英看在他宋江的「薄面」，「並江湖上『大義』兩字」，放婦人下山，與丈夫完聚。王英倒是對宋江很敬重，口稱「哥哥聽稟」：「王英自來沒個壓寨夫人做件」，「況兼如今世上，都是那大頭巾（宋江心目中的朝廷命官）弄得歹了」。他不要「哥哥」干預此事，請求宋江「胡亂容小弟這些個」。

宋江未必贊同王英「大頭巾弄歹世事」的說法，但他要救婦人，又不好得罪初次見面便對他敬若兄長，沒有把他心肝挖出來做下酒湯的王英，只好對王英屈膝「跪一跪」，並許諾：「日後宋江揀一個停當好的，在下納財進禮，娶一個伏侍賢弟。」又說這個婦人「是小人友人同僚正官之妻」，請王英「做個人情」，放她下山。燕順看宋江執意要救婦人，便不經王英同意，讓橋夫把婦人擡走了。「王矮虎又羞又悶，只不做聲」。宋江又私下對王英說：「兄弟，你不要焦躁。宋江日後好歹要與兄弟完聚一個，教你歡喜便了，小人並不失信。」宋江爲救婦人，伏矮做低，又懇求又許願。王英一時被宋江以禮義「縛」（綁架）了，「雖不滿意，敢怒不敢言，只得陪笑」。

調解花榮劉高矛盾

宋江在清風寨幹的第二件事是調解花榮和劉高的關係。

在小說作者看來，劉高是個邪惡官僚，花榮是個正派知寨。

花榮對宋江談到劉高時說：「這清風寨是青州緊要去處，若還是小弟獨自在這裏守把時，遠近強人，怎敢把青州攪得粉碎！近日除將這個窮酸餓醋來做正知寨，這廝又是文官，又沒本事，自從到任，把此間些少上戶詐騙，亂行法度，無所不爲。小弟是個武官副知寨，每每被這廝慪氣，恨不得殺了這濫汙賊禽獸。」對於劉高之妻，花榮說：「這婆娘極不賢，只是挑撥他丈夫行不仁的事，殘害良民，貪圖賄賂」。

劉高也想除掉花榮，「獨自霸著這清風寨，省的受那廝們的氣。」兩人矛盾無法調和。宋江不知道這些內情，以仁義之心待人，想使兩人關係和解。

宋江和花榮關係好，他先做花榮的工作，說自古「冤仇可解不可結」，兩人同僚，彼雖有過，「你可隱惡而揚善」。花榮雖與宋江初次見面，且對他救劉高之妻不滿，但還是接受宋江的批評建議，稱頌「兄長見得極明」，準備第二天給劉高說明宋江救他妻子之事，一方面趁此機會改善關係，另方面教劉高對宋江有好感，使宋江能在清風寨久留。宋江也同意花榮的做法，「賢弟若如此，也顯你好處。」

私放晁蓋

宋江爲吏多年，因講義氣結識了紅道黑道中許多所謂弟兄，贏得了山東及時雨、孝義黑三郎等名聲。但眞正的政治生涯，起步于私放晁蓋。

濟州府緝捕使臣何濤，奉命到鄆城縣緝捕以晁蓋爲首的劫取生辰綱的八

個人。何濤因為第一次緝捕無獲，臉上已被府尹預刺下「迭配⋯⋯州字樣」。這一次要是還緝捕不到「賊」人，不僅迭配遠惡軍州，恐怕連命也保不住了。他到鄆城縣第一個要見的人就是擔任鄆城縣當天直日的押司宋江。押司是官衙中辦理案牘等各種事務的吏員，地位比孔目這種掌文書的吏員還要低。

宋江謹慎謙卑而又很有目的性地向何濤詢問來意，何濤不知道宋江和晁蓋的關係，宋江又是當案的人，是第一道繞不過的坎兒，何濤便急不可耐而又毫不戒備地向宋江說明緝捕晁蓋的真情。宋江一聽，心中吃了一驚，「心腹兄弟」現在「犯了彌天大罪」，如若不救，「性命便休了」。但宋江心驚色不驚，心驚話不驚，不像何濤人急心急話語急。他好像完全站在何濤一邊，說：「晁蓋這廝，奸頑役戶，本縣內上下人，沒一個不怪他。今番做出來了，好教他受。」帶有幸災樂禍的口氣，叫人絲毫聽不出他內心真實想法的蛛絲馬跡，不由何濤不相信他，更加急不可奈地求他「便行此事」。宋江還是附和應付，說：「不妨，這事容易，『甕中捉鼈，手到拿來』。」何濤滿以為有宋江的積極配合，大功可以告成了。

宋江因為已經從何濤口中得知公文內容，沒必要再沾手公文。也為了避嫌，不引起麻煩和猜疑，他要何濤自己當廳投下公文，縣官看了，差人去捉。作為押司，他故意裝得好像不敢私下擅開公文，為的是不要把秘密輕易泄漏出去。何濤看宋江不願和公文沾手，更加放心，只求宋江向縣官引進。

何濤心急要見知縣，宋江此時則心急要去給晁蓋報信，當然不能馬上領何濤見知縣，便找理由拖延時間，言說縣官勞累了一早晨，需要休息一會兒，讓何濤「略待一時」，到時侯他來請何濤去見知縣。何濤催他「千萬作成」，他滿口答應，說自己回家辦完一些家務事便來，讓何濤「少坐一坐」。又吩咐伴當叫直司在茶坊伺候何濤，如知縣坐衙，就說押司馬上便來，叫他「略待一待」。他這裏一連三次要何濤「略待一時」，「少坐一坐」，「略待一待」，目的就是要穩住何濤，拖延時間，而自己則趁機心急如焚地飛馬直奔東溪村去給晁蓋報信，出主意讓晁蓋「三十六計，走為上計」。具體走向哪里，他沒有說，也沒有必要說。宋江願意幫人，熱心幫人，也很會幫人。

宋江是冒著極大的風險給晁蓋送信的，難怪晁蓋聽後吃了一驚道：「賢弟大恩難報！」宋江走後，晁蓋又對吳用公孫勝劉唐說：「虧殺這個兄弟，擔著血海也似干系，來報與我們。」「結義得這個兄弟，也不枉了。」

義結武松

武松在清河縣因酒醉把人打昏了。原以爲人已打死，趕快逃到柴進莊上躲難。後來聽說人沒打死，又被救活了。現在正害虐疾，只等病一好，便回清河縣尋找哥哥武大郎。

武松說他雖不認得宋江，「江湖上久聞他是個及時雨宋公明；且仗義疏財，扶危濟困，是個天下聞名的好漢」，宋江也確如武松所言，這從他在柴進莊上的一系列言行可以看出來。

柴進給宋江介紹了武松，宋江「大喜」，非常親熱地「攜住武松的手，一同到後堂席上」，還喚兄弟宋清與武松相見。有一個細節：柴進邀武松「坐地」，而宋江卻「連忙」讓武松「一同在上面坐」，武松謙虛半晌，不肯上座，最後還是坐了第三位。從這個細節可看出宋江和柴進在對待武松上態度的差別。

當晚，宋江留武松和自己「在西軒下做一處安歇」。過了幾天，宋江還拿出銀兩來，要給武松做衣裳。

武松要辭別柴進和宋江去清河縣看望哥哥，宋江回到自己住的房內「取了些銀兩」，和兄弟宋清等待武松辭了柴進後，專門送武松一程。走了五七裏，武松請宋江快回，以免柴進「專望」，宋江又堅持送武松走了三二裏。武松挽住宋江，以「送君千里，終須一別」說服宋江不要再送。宋江堅持要送，還說在前面官道上的小酒店再吃三鍾作別。三人在酒店飲了幾杯，武松要求拜宋江爲「義兄」，宋江大喜，「武松納頭拜了四拜」，宋江叫宋清取出一綻十兩銀子，送給武松。武松說宋江「客中自用盤費」，不肯接受。宋江教武松不必「多慮」，「你若推卻，我便不認你做兄弟。」武松只得拜受。臨別，宋江和宋清站在酒店門前，直到看不見武松了才轉身回來。可見宋江待人接物比柴進更細緻，更周到，更有始終。

我們前面說過，柴進也不是王倫之類，他在武松當著自己的面誇讚尚未晤面的宋江，如果柴進心胸狹小，可能早就把武松掃地出門了。宋江住在柴進莊上，卻在柴進和武松辭別後，又和兄弟宋清去送武松，這也有對柴進不恭之嫌，柴進也沒有在意。宋江和武松分手後，柴進自己騎著馬，背後又牽著兩匹空馬，專門來接宋江和宋清，一起回莊上飲酒居住。可見他心胸也不小。武松在柴進莊上住了一年多，沒有主動提出和他結爲義兄，而和宋江相處了十數日便拜他爲義兄，可見宋江的豪爽俠義更在柴進之上。宋江在這裏表現出來的「義」和私放晁蓋的義一樣，是哥們義氣的義。

　　施恩對武松好，是爲了讓武松給自己奪回快活林，出一口惡氣；清河縣知縣對武松好，是爲了讓武松給自己賣力，轉移財產；張都監對武松好，是爲了暗算陷害武松。只有宋江對武松好沒有任何功利目的，完全是疏財仗義的性格使然。這是宋江和武松第一次見面，武松還沒有打過老虎，談不上有什麼名氣。武松對宋江久聞其名，宋江對武松卻一無所知。這眞是聞名不如一見，一見勝過聞名。有人名過於實，盛名難副，宋江名實相符。人常說「好事不出門，壞事傳千里」，這只是一種現象，並不完全符合事實。好名聲也是會像長了翅膀一樣傳遍天下的。好名聲勝過腰纏萬貫，勝過官高位顯，勝過兒孫滿堂。

　　這裏有一個矛盾：宋江家庭錢財不多，閻婆惜向他索要一千金，他還要用三天時間變賣家產，湊一千金給閻婆惜。押司本來收入就有限，現在這個飯碗也丟了。父親掙不了錢，兄弟宋清也沒事幹，談不上有什麼鉅額收入，他今天給這個人錢，明天給那個人錢，他家又不是銀行，這些錢是從哪里來的？這一點我們就不必鑽牛角尖了。因爲《水滸傳》是小說，不是歷史書。而小說裏往往有許多矛盾和破綻，比如宋江一夥從上梁山到最後得到封賞，時間並不長，給人的印象是幾十年似的，吳用死前就說隨宋公明「數十載」恩義難忘。但這並不影響小說的眞實性和價值，正如魯迅所說：「作品大抵是作者借別人以敘自己，或以自己推測別人的東西，即使有時不合事實，然而還是眞實。」倘有讀者「只求沒有破綻，那就以看新聞記事爲宜，對於文藝，活該幻滅。」「幻滅之來，多不在假中見眞，而在眞中見假。」對作者來說，「有破綻也不妨」，「與其防破綻，不如忘破綻」。

　　《水滸傳》中仗義和疏財總是連在一起的，義者，利也。他需要錢，你只給他說好聽的話解決不了他的問題，滿足不了他的需要。有時候需要仗義執言，說公道話；有時候需要仗義勇爲，拔刀相助；更多的時候還是需要仗義疏財，濟人危困。不管仗義執言、仗義勇爲、仗義疏財，都是一種「利」。《水滸傳》中三種情況都有，不只仗義疏財一種。

結識李逵

　　宋江以義結識的又一個重要人物就是李逵。李逵是江州兩院押牢節級戴宗手下牢裏的一個小牢子，山東沂州沂水縣百大村人，鄉里人叫他李鐵牛。因爲打死了人，逃了出來，雖遇赦宥（寬大處理），卻流落江州，不曾還鄉。哥哥在老家給財主打長工，終年辛苦，連他媽也養活不起。李達對財主忠誠，

李逵上梁山後回家接娘，他報告了財主，李逵幾乎被抓。因爲李逵臨走給他放下一錠五十兩大銀，李達才沒有領莊客追趕。「一龍九種，種種各別」，兄弟兩個全然兩樣。一個給人做牛做馬還能像有人讀《論語》心得說的那樣很淡定，一個則不平則鳴，不平則反。

李逵酒性不好，人多懼怕他。能使兩把板斧，還會拳棍。爲人忠直，但殺起人來，眼都不眨一眨。平時待人也和戴宗不同。

戴宗比李逵更有封建階級教養，在李逵面前以老大自居，李逵初見宋江，他就教訓李逵不懂封建階級那一套待人接物的禮法，責怪李逵不稱宋江爲「官人」，「粗鹵」，「全不識些體面」，「犯上」。他自己恭敬而文雅地稱宋江爲「仁兄」。李逵直率豪爽，不拘禮法，說話痛快，看見眼前站著個黑漢子便稱其爲黑漢子。戴宗批評他，他還不以爲然，依然稱宋江爲黑漢子。戴宗對李逵說明這就是李逵說過閑常要去投奔的「義士哥哥」，李逵不再稱黑漢子了，但卻叫黑宋江。戴宗要他下拜，他怕受騙不肯輕易下拜。最後證明確是宋江，他才高興得又拍手又叫爺又下拜。有一股純樸直率的可愛勁。

宋江這時雖還沒當梁山首領，是小牢子李逵管轄的囚犯，但戴宗對他非常尊重，李逵對他理應更尊重。但他顯得寬宏大量，不但不計較李逵的粗魯，還接過李逵的粗魯稱呼自謙曰「黑宋江」，對李逵說：「壯士大哥請坐」，很有俠義風度。

宋江主動詢問李逵「大哥爲何在樓下發怒？」李逵說他把一錠大銀抵押了十兩小銀使用了，現在向主人家借十兩銀子去贖那錠大銀出來，再還主人十兩借銀，其餘自己使用，主人家不借，李逵便和人家喧鬧。宋江問他用十兩銀子，還要不要利錢？李逵說只要十兩本錢。宋江馬上從自己身邊取出十兩銀子給了李逵，教李逵拿去贖回大銀使用。

戴宗在李逵走後埋怨宋江不應借銀給李逵，說李逵雖是耿直，卻貪酒好賭，根本沒有什麼一錠大銀抵押的事。戴宗還準確無誤地判斷說李逵拿這十兩銀子，必然去賭，若贏了，便來還錢；若輸了，到哪里討十兩銀子還「兄長」？那時「戴宗面上須不好看。」他只聽說宋公明仗義疏財，並未親見，還以爲宋江借給人錢是要還的。宋江給人錢從來是不要人還的，要人還，還叫仗義疏財嗎？宋江毫不在意地對戴宗說：「量這些銀兩，何足挂齒，由他去賭輸了罷。」還說：「我看這人倒是個忠直漢子。」宋江有知人之明，和人一打交道就能抓住對方主要優點，只重其長，不重其短，這是他比戴宗這個李逵的頂頭上司高明的地方。

　　戴宗在宋江提示下，向宋江說「李逵有本事，心粗膽大，吃醉了酒，不欺侮罪人，只要打一般強的牢子」，「專一路見不平，好打強漢。」看來他還善於向宋江學習，看人的優點和長處。

　　李逵對宋江很有好感。心想：「難得宋江哥哥，又不曾和我深交，便借我十兩銀子，果然疏財，名不虛傳。」他拿宋江給的十兩銀子到城外小張乙賭房去賭，想贏幾貫錢請宋江吃酒，沒料到賭輸了，耍賴搶了輸的銀子，又搶了別人賭的十兩銀子，還說「老爺閑常賭直（輸了不要賴），今日權且不直一遍。」他還打得那些來討銀子的人不敢近前。宋江和戴宗來了，他才「惶恐滿面。」

　　宋江聽他說了事情經過，不但沒有責怪他，還大笑說：「賢弟但要銀子使用，只顧來問我討。今天既是明明地輸與他了，快把來還他。」宋江把李逵遞過來的銀子還給小張乙，小張乙只拿了原來屬於自己的銀子，李逵輸的十兩銀子沒敢拿，害怕拿了李逵記仇。宋江教他只顧拿去，「不要記懷」，教小張乙給那些被李逵打了的人「做將息錢。」

　　宋江、戴宗和李逵到靠江的琵琶亭酒館喝酒，李逵要大碗喝，嫌用小盞不過癮，宋江便吩咐酒保只在他和戴宗面前放小盞，「這位李大哥面前放個大碗。」李逵高興地笑說：「真個好個宋哥哥，人說不差了，便知做兄弟的性格。結拜得這位哥哥，也不枉了。」宋江以心換心，贏得了李逵的信任。

　　李逵見宋江戴宗不愛吃醃魚做的辣魚湯，便用手把三個人碗裏的魚湯和骨頭全吃了。宋江只是「忍笑不住」，馬上叫酒保切二斤大塊羊肉給李逵吃，說：「我這大哥想是肚饑」，「少刻一發算錢還你。」李逵「拈指間」把二斤羊肉吃完，宋江看了稱讚說：「壯哉，真好漢也！」

　　李逵要去江邊漁船討活魚給宋江做魚湯，戴宗攔不住，很抱歉地對宋江說：「兄長休怪小弟引這等人來相會，全沒些個體面，羞辱殺人！」宋江卻說：「他生性是恁的，如何教他改得？我倒敬他真實不假。」宋江對人，不是想改變其性格，而是看他好的一面，這好的一面正是大有用場的一面。

　　李逵因不懂行，放走了船家活魚，與漁家打了起來。戴宗說若打死人，「你不去償命坐牢？」李逵說：「你怕我連累你，我自打死了一個，我自去承當。」宋江沒有和戴宗一樣責怪李逵，而是說：「兄弟休要論口，拿了布衫，且去吃酒。」和李逵這種人，在這些與人爭競的事情上，論不出什麼是非，拉去吃酒就完事了。

　　李逵被張順在江中淹得翻白眼，拉上岸來「喘做一團」，「只吐白水」。宋江拿出張橫給張順的書信，戴宗也求張順救李逵一命，張順李逵二人打中成交。

　　四人喝酒時，李逵又用手指朝一賣場的女娘額上一點，女子暈倒。宋江見女子母親說話本分不賴人，便領老夫婦到營裏做事的抄事房，給了兩錠小銀二十兩，教其將息女兒，「日後嫁個良人，免在這裏賣唱。」又取出五十兩一錠大銀給李逵拿去使用。

　　宋江因在潯陽樓吟反詩被無爲軍（城名）的在閑通判黃文炳和江州知府、蔡京第九個兒子、人稱蔡九知府的陷害；戴宗又被蔡九知府派去東京給蔡京送信，臨走叮嚀李逵照管宋江早晚飯食，李逵滿口答應，說道：「吟了反詩，打甚麼鳥緊！萬千謀反的，倒做了大官。」李逵其人是個殺人不眨眼的魔王，但他說的話卻反映了北宋末年的現實。所謂「要當官，殺人放火受招安。」後來派去征剿梁山泊的十個節度使全是先造反，後招安，最後都做了大官，成了給趙宋皇帝賣命的奴才。可見李逵所言不假。

　　李逵爲伏侍好宋江，聽從戴宗勸告，「斷了酒」。這在李逵可是不容易的一件事。平時你教李逵不吃飯可以，你想教他不吃酒，比登天還難。

　　梁山英雄江州劫法場救宋江時，李逵脫得赤條條的，兩隻手握兩把板斧，「大吼一聲，卻似半天起個霹靂，從半空中跳將下來。手起斧落，早砍翻了兩個行刑的劊子手，便望監斬官馬前砍將來。」擔任監斬官的蔡九知府被簇擁逃命。李逵掄起雙斧，一味砍人，晁蓋見他「第一個出力，殺人最多」。喊李逵：不要亂殺無辜，李逵不應，只顧掄起大斧砍人。「不問軍官百姓，殺得屍橫遍野，血流成渠，推倒傾翻的，不計其數。」晁蓋拿著樸刀，大叫制止道：「不干百姓事，休只管傷人！」李逵還是一斧一個，「排頭兒砍將去」。晁蓋雖對李逵亂殺無辜不滿，但因初次見面，也就隱惡揚善，事後對宋江說：「卻是難得這個人出力最多，又不怕刀斧箭矢。」李逵帶頭引眾人殺至潯陽江邊；眾好漢在白龍廟聚義，江州城軍兵追趕到來，李逵聽得，「大吼了一聲，提起兩把板斧，先出廟門，眾好漢吶聲喊，都挺手中軍器，殺出廟來迎敵」。李逵當先，「掄著板斧，赤條條地飛奔砍將入去」。李逵其人，危機時刻，勇於出手，不怕犧牲，難怪後來宋江吳用幹事都要帶上他。李逵做護衛，頂用！

　　53回羅眞人要「驅除」李逵，不要戴宗再帶李逵回去，戴宗說：「眞人不知：李逵雖是愚蠢，不省理法，也有些小好處：第一，鯁直，分毫不肯苟取

於人。第二，不會阿諛於人，雖死，其忠不改。第三，並無淫欲邪心，貪財背義，敢勇當先。因此宋公明甚是愛他。」李逵夢遊天池，寫他忠（忠於皇帝）、義（救被奸占之女）、孝（孝敬母親），說明他道德不差。至於他殺人不眨眼，按羅真人的說法，因爲他是「上界天殺星之數，爲是下土眾生作業太重，故罰他下來殺戮」，羅真人要求李逵「戒性，竭力扶持宋公明，休生歹心。」這些也都是作者寫李逵這個人物的用意。

黃文炳被捉，李逵笑說：「你這廝在蔡九知府後堂且會說黃道黑，撥置害人，無中生有攛掇他。今日你要快死，老爺卻要你慢死。」他把黃文炳身上肉揀好的一塊一塊烤炙下酒，最後剜出黃文炳心肝給眾頭領做醒酒湯。做的確實殘忍，但回想黃文炳對宋江的陷害，好像也不爲過。

宋江見自己帶頭鬧了無爲軍和江州兩處城池，「犯下大罪」，只有上梁山一條路，徵求大家意見，願從者收拾便行，不願去的任從尊便。李逵卻跳將起來說：「都去！都去！但有不去的，吃我一鳥斧，砍做兩截便罷！」宋江這時不好遷就他了，批評他「粗鹵說話」，「全在各人弟兄們心肯意肯，方可同去。」

43 回李逵要回家接娘，宋江要求他一不吃酒，二要悄悄取娘來，三休帶板斧，以免惹禍。李逵答應了，只拿腰刀、樸刀回家。李逵走後，宋江還不放心，又派李逵同鄉朱貴前去探聽消息。李逵回家接娘未成，老娘被老虎吃了，李逵連殺了四虎，曹太公等人得知他們招待的殺虎英雄是梁山泊的強盜，報告了知縣，知縣派都頭李雲捉拿李逵。多虧朱貴同弟弟朱富用藥麻翻李雲，救了李逵，並說服李雲一起上了梁山。若不是宋江派朱貴去探望，李逵被捕無疑。

李逵從此成了宋江心腹兄弟。這是宋江在江州的重大收穫。

結識戴宗

江州牢城的差撥，得了宋江賄銀，向宋江介紹節級戴宗「好生屬害，更兼手腳了得」，要宋江送錢給戴宗，否則，「倘或有些言語高低，吃了他些羞辱，卻道我不與你通知。」一會兒牌頭又來報說：節級「正在廳上大發作，罵道：『新到配軍，如何不送常例錢來與我！』」

宋江去見戴宗。戴宗罵道：「你這黑矮殺才，依仗誰的勢要，不送常例錢來與我？」宋江給管營差撥，一應人等都送了銀兩，就是不給節級戴宗送，他對要常例錢的戴宗說：「『人情人情，在人情願。』你如何逼取人財？好小

哉相！」戴宗怒罵：「賊配軍，安敢如此無禮！顛倒說我小哉！那兜駄的，與我背起來，且打這廝一百訊棍。」營裏眾人都是宋江拿錢買通的，聽說要打宋江，一哄都走了，只剩下節級戴宗和宋江。戴宗見眾人走了，肚裏越怒，自己拿起訊棍要打宋江。宋江問他：「你要打我，我得何罪？」戴宗大喝道：「你這賊配軍，是我手裏行貨，輕咳嗽便是罪過。」還說：「你說不該死，我要結果你也不難，只似打殺一個蒼蠅。」

直到宋江說出吳用，戴宗才慌了。宋江說自己便是山東鄆城縣宋江，戴宗大驚，這才由兇神惡煞變得誠惶誠恐，連忙作揖。從這一段對話中可看出戴宗不是一個清廉獄吏，也不知道貪了多少錢害了多少命。但他遇上宋江後，截然變成了另一個人，尤其是上梁山後，再也不像當節級時那麼貪酷敗壞了。其實梁山泊上 108 人中許多人都有類似經歷，不獨戴宗。正像毛澤東說的，在舊衙門裏幹事，好人也幹壞事；在新衙門幹事，壞人也會變好（《湖南農民運動參考報告》）。《水滸傳》的又一偉大之處：人，幹壞事還是幹好事，要看他身處何種條件和環境。所謂桔生淮南則為桔，生在淮北則為枳。洪太尉誤放妖魔亂世胡為，宋江收伏妖魔替天行道。戴宗後來在梁山，大有作為。他把甲馬栓在兩隻腿上，作起神行法來，日行五百里；把四個甲馬栓在腿上，日行八百里。人稱神行太保戴宗，和吳用是「至愛相識」。戴宗給宋江介紹了李逵，多方照顧宋江，和宋江一起受刑被救，又是他請來了聖手書生蕭讓和玉臂匠金大堅，後來成了梁山神行將軍，快遞能手。

助人得助，義得義報

《水滸傳》中有一種奇特的社會現象：壞人掌權，好人犯法。魯達、武松、林沖、楊志、晁蓋、吳用、阮氏三雄等，都是好人，都犯了法，殺了人。相反，許多壞人卻都沒有犯法：鄭屠、西門慶、張都監，以至梁中書、高俅、高廉等。好人隨時要做好犯法的準備。不是因為好人變成壞人，也不是壞人變成了好人，好人犯法了還是好人，壞人沒犯法依舊是壞人。這是沒落的封建社會製造了這種好壞顛倒的奇觀。是上逼下反，官逼民反，邪逼正反，惡逼善反，奸逼忠反導致的必然結果。我們不能用正常的法制社會來看《水滸傳》中的人物，而只能結合當時具體的已經扭曲得不可能再伸直的社會現實來分析看待書中人物。

作者有一段關於宋江家的地窖子的介紹，很能幫助我們理解宋徽宗時代的一些情況：

且說宋江，他是個莊農出身，如何有這地窖子？原來故宋時，
爲官的容易，做吏最難。爲甚的做官容易？皆因那時朝廷奸臣當道，
讒佞當權，非親不用，非財不取。爲甚爲吏最難？那時做押司的，
但犯罪責，輕則刺配遠惡軍州，重則抄紮家產，結果了殘生性命，
以此預先安排下這般去處躲身。又恐連累父母，教爹娘告了忤逆，
出了籍冊，各戶另居，官給執憑公文存照，不相來往，卻做家私在
屋裏。宋時多有這般算的。

「爲官的」就是帶長的領導，「爲吏的」就是一般幹事、一般公務員。「爲吏
的」雖然地位不高，但總比老百姓強多了。「爲吏的」尚且提心吊膽地過日子，
一般老百姓可想而知。

宋江家這個地窖子和與家庭斷絕關係的執憑公文還真用上了。

宋江犯法了，但他是好人，人稱「及時雨」，「能救萬物」，誰有困難他都
幫助，不管你什麼困難，就連幫閒唐牛兒賭錢輸了也能得到他的幫助。閻婆
惜被宋江殺了，閻婆擔心沒了女兒，「無人養贍」，宋江答應給她生活供給，
使她「豐衣足食」，「快活過半世」。閻婆說沒錢埋葬女兒，宋江答應買棺材，
再給十兩銀子辦事。

但是閻婆沒有就此罷休，她在縣衙門前抓住宋江，大喊：「有殺人賊在這
裏」。因爲宋江「爲人最好，上下愛敬」，沒有人相信閻婆的話，幾個做工的
（縣衙工作人員）要她「閉嘴」，說：「押司不是這般的人」，這幾個做工的還
一把掌打暈閻婆，把無意間幫助宋江脫身的唐牛兒拿到縣衙拷問。

在縣裏當都頭的朱仝雷橫，曾被知縣派去東溪村捉拿晁蓋等人，這兩個
捉拿晁蓋的人卻不約而同地成了放走晁蓋的人。朱仝還建議晁蓋去梁山泊安
身。現在知縣又派他倆捉拿宋江，因爲宋江和他倆平時關係最好，這兩人不
是去捉宋江，而是不約而同地要放走宋江，給宋江說明情況，教宋江快找安
身之處。有一個情節可看出朱仝和宋江關係非同一般。朱仝到宋太公莊上，
像到自己家裏一樣非常熟悉地在宋家佛堂供床地板下，把一條索子一拉，銅
鈴被拉響，宋江從地窖子裏鑽了出來，連宋江本人當時都吃驚，朱仝爲什麼
能找到這裏。朱仝對宋江說：「閑常時和你最好，有的事都不相瞞。一日酒中，
兄長曾說過：『我家佛座底下有個地窖子，上面放著三世佛，佛堂內有片地板
蓋著，上面設著供床。你有急事，可來這裏躲避。』」在那個好人隨時都可能
被逼犯罪，壞人隨時都可能借助法律收拾好人的社會背景下，宋江這一步棋

走的有預見性。不過他沒想到，朱仝沒有來這裏躲避，卻來這裏捉拿在地窖裏躲避的宋江本人。朱仝把宋江抓去交給官府，是他的本職工作，也不爲過。但朱仝是好漢，當然不會把宋江抓去獻功，而是要宋江設法另找安身之處。

宋江誠心誠意地告訴朱仝，可供他安身的地方有三處，一是滄州橫海郡的小旋風柴進莊上，二是青州清風寨小李廣花榮處，三是白虎山孔太公處。宋江等於把自己逃匿之地毫無隱瞞的都告訴了朱仝。這些深明當時社會背景的人，知道犯法的都是好人，好人遲早要犯法，所以他們有意無意地連成一氣，相互照應。只從法律層面看問題，會認爲這是執法人不執法；但要從更高層面俯瞰這一社會現象，就會發現，這是好人爲了自保，不被壞人傷害，才結成一夥的。並非有意識地要和社會法律作對。

朱仝除了放走宋江，還答應宋江：上下官司之事由他維持，催促宋江趕快安排逃路。朱仝確實爲宋江之事出了大力，他和雷橫從宋太公那裏拿了一紙宋江三年前被父親出了籍的執憑文帖抄白，給知縣交差。朱仝還湊錢給閻婆，教她不要去州裏告狀，閻婆得了錢，只得罷了。朱仝又使銀子去州裏打通了關節。

朱仝雷橫幫助宋江脫離險境，縣官也幫宋江減輕罪名。知縣和宋江最好，「一心要救宋江」。閻婆把宋江殺人經過稟告知縣，知縣說：「宋江是個君子誠實的人，如何肯造次殺人？」只把唐牛兒推問。因爲和閻婆惜通姦的押司張文遠唆使閻婆不斷來告，知縣只好派人去宋家莊捉拿宋太公和宋清。派去的人和朱仝雷橫一樣，拿了一紙宋江和家裏三年前斷絕關係的執憑文帖抄寫件交給知縣，知縣也不深究，想以之爲據了結此事。閻婆在張文遠挑唆下，以要去州裏告狀相威脅，知縣才不得不派朱仝雷橫去捉宋江。但最後也只是一面申呈本府，一面動了一紙海捕文書，出千貫賞錢捉拿宋江，把唐牛兒問做個「故縱凶身在逃」，脊杖二十，刺配五百裏外。其他干連的人，盡都保放回家去了。

那個押司張文遠「平常亦受宋江好處」。因爲宋江請他到閻婆惜處喝酒，他才和閻婆惜相識相戀的，現在眼見的許多人包括知縣在內都在庇護宋江，還有的人主動到張文遠處爲宋江說情，張文遠耐不過眾人面皮，況且閻婆惜已死，死了就不可能再活了，也就不再和宋江作對。宋江因此雖犯罪還得以逃身。作者寫詩一首說：「好人有難皆憐惜，奸惡無災盡詫憎。可見平生須自檢，臨時情義始堪憑。」

當年宋江這個執法的人不怕犯法私放了犯法的晁蓋；今天，執法的朱仝不怕犯法私放了犯法的宋江。不是好人目無法律，而是這個社會總是壞人逼著好人犯法，法律總是懲治好人。社會正不壓邪，法律就會失去應有的尊嚴，變成兒戲。

宋江私放晁蓋，以義為上，沒有認同法律，但內心深處也沒有認同晁蓋行為的正義性；現在自己犯了法，他沒有自首，而是逃走，說明他對法律雖然認同，但又不能不逃法。殺淫婦是有道德殺不道德。但又為法律不容，不逃何為！這雖是一件「沒出豁」（沒出息沒名堂沒價值，劃不著賬）的事，但也是沒啥大不了的事，一句話，殺淫婦是小事一樁，淫婦該殺，宋江無罪。能逃則逃，逃不了再說。

清風山義服三雄

好的名聲是無形也是無價之寶。有時可以得到錢財買不到的好處和幫助。宋江不是名聲好，不知道死了多少回了。

宋江去清風鎮途中，被佔據清風山的燕順、王英、鄭天壽三人所捉，要挖他的心肝做醒酒湯。眼看著自己就要不明不白地變成三個陌生人的盤中餐，宋江不由得歎氣說：「可惜宋江死在這裏。」

宋江這句話等於自報家門。他的這一著還真靈，燕順經過核實，確認他就是「山東及時雨宋公明，殺了閻婆惜，逃出在江湖上」的宋江時，「納頭便拜」，燕順把自己穿的棗紅紵絲衲襖脫下來裹在宋江身上，還把宋江抱在中間虎皮交椅上，叫來王英鄭天壽一齊對宋江「納頭便拜」，宋江儼然成了不是強盜賊的「賊頭」了。燕順稱頌宋江「仗義疏財，濟困扶危」，「禮賢下士，接納豪傑，名聞寰海」，「誰不欽敬！梁山泊近來如此興旺，四海皆聞。曾有人說道，皆出仁兄之賜。」他們只恨自己「緣分淺薄，不能拜識尊顏」，慶倖「今日天使相會，真乃稱心滿意」，遂「每日好酒好食管待」。

好名聲使宋江一下子由盤中餐變成座上客了。雖然清風山頭領把宋江作為座上客，並不意味著宋江就和他們是一夥。宋江和他們義氣相投，但此時的宋江並沒有認同燕順等三頭領占山為王的做法。

遇難得救

宋江去江州，經過三個地方，一是揭陽嶺，二是揭陽鎮，三是潯陽江。這三處地方有三霸：揭陽嶺上嶺下，李俊和李立為一霸；揭陽鎮上穆弘穆春兄弟為一霸；潯陽江上張橫張順兄弟為一霸。

宋江和兩個押送公人在揭陽嶺上被酒店主人李立用蒙汗藥麻翻，拖進人肉作房，放在剝人凳上，準備開剝吃肉，吞其金銀。這時李俊領著貨賣私鹽的童威童猛來到酒店。宋江在鄆城時，李俊就打算去拜會他。現在聽人說宋江斷配江州牢城，料想必從這裏經過，不願錯過機會，專門在嶺下等了數日，接了四五次，這天又來候接。聽李立說麻翻了三個人，李俊從公文包裹裏發現被麻翻的正是他要結識的宋江，連忙用解藥灌醒，納頭便拜，作了一番自我介紹，表達了對宋江的仰慕之情，結拜宋江爲兄。李立也改變了態度，要留宋江住在嶺上，「休上江州牢城去受苦」，宋江表示：因怕連累家父，梁山泊都不住，怎能住在這裏。李立沒有勉強宋江。李俊也說「哥哥義士，必不肯胡行」。李俊李立都知道他們自己是在「胡行」，但還是要「胡行」。沒辦法，這些下層百姓在那個皇帝昏靡，奸臣專權，贓官遍地的社會背景下，要麼聚眾造反，要麼稱霸一方「胡行」，要麼像李逵哥哥李達那樣做個連老娘都養活不起的窩囊廢長工。

到了揭陽鎮，遇見一個使槍棒賣膏藥的薛永。薛永早就要「拜識宋江尊顏」，「無門得遇」，今日相逢，納頭便拜。宋江因給薛永銀子得罪了稱霸揭陽鎮的穆弘穆春，酒店不給吃住，還被追趕至潯陽江邊，宋江絕望中不禁仰天歎道：「早知如此的苦，權且在梁山泊也罷，誰想直斷送在這裏！」走投無路時，想起了梁山泊。

這時潯陽江上的張橫開船過來渡他過江。宋江心中慶倖絕處逢生，「好人相逢，惡人遠離」，還給兩個公人說「不要忘了他恩德」。誰知張橫爲獨吞金銀，船到江心，要他三人選擇是吃板刀面（用刀剁人下水去死）還是吃餛飩（自己脫衣下水去死）時，宋江才知離了惡人，又遇歹人，面對兩個公人仰天歎道：「爲因我不敬天地，不孝父母，犯下罪責，連累了你兩個。」正在這時，李俊又和童威童猛兄弟倆救了他。張橫聽說自己要搶劫的人是宋江，撲翻身就拜，請宋江「恕兄弟罪過。」原來張橫早已聽說宋江大名，只是未見其人，後悔今天幾乎「做出歹事來，爭些兒傷了仁兄。」追趕宋江的穆弘穆春也拜伏於地，爲自己「冒瀆」、「誤傷」「哥哥」而「望乞憐憫恕罪」。

暗算宋江的，追趕宋江的，打劫宋江的，救拔宋江的，都是仰慕欽敬宋江的。

揭陽嶺上的李立開酒店，用蒙汗藥麻翻過往客人，劫人財物，把人肉做饅頭餡子，生活方式像唐僧取經路上那些惡魔一樣，人稱催命判官。揭陽鎮

上的穆弘穆春獨霸一鎮，薛永來鎮上使槍棒賣膏藥沒有首先見他們，穆家兄弟下令鎮上人不准給他銀兩。宋江送薛永五兩白銀，穆家兄弟罵他「鳥漢」、「囚徒」，「滅俺揭陽鎮上威風」，酒店不給吃飯，旅店不讓住宿。因穆太公心善收留了宋江，卻又被穆家兄弟追趕；潯陽江上的張橫「不怕官司不怕天」，賭輸了錢，光天化日之下打劫乘船過江的宋江。這些人如此惡煞，但一聽說「山東及時雨宋公明」，立馬敬若神靈，熱情相待。乍看起來有點奇怪，其實這正是人們崇尚高尚道德的人性使然。這些人因社會環境不好而幹起了魔鬼的勾當。正像「無政府主義是對機會主義的反動一樣」，這也是對皇帝昏靡、奸臣弄權，貪官胡行的一種反動。宋江憑藉仗義美名使他們心服。所謂以德服人，何人不服！在作者看來，仗義疏財扶危濟困的美德不但可以「服」一般老百姓，可以「服」「歹人」，可以服「惡人」，也可以服花榮秦明黃信等官軍將領這些朝廷命官，還包括輕判他的縣官和州官，捉拿他的都頭，以及押解他的公人。宋江儼然成了天下人的精神領袖了。道德淪喪是對淪喪道德的一種對抗。人民心底深處還是渴求美好道德，就像旱苗望雨一樣。

「物以稀為貴」。越是道德淪喪的社會環境，越覺得有道德的人可貴，這就是宋江得人心的秘密所在。

（2）宋江的忠

關於忠和義

宋江一生以忠義為本，忠義立身，忠義揚名，忠義報國，作者是把他作為忠義道德的模範和標杆來塑造，他的一生顯示了忠義道德的力量，忠義道德大於法律，也大於正義與非正義之爭。忠義道德可以平亂安天下，忠義道德可以服人，團結人，指揮人。他的忠義道德主要來自儒家經典，中國儒家經典也可以說是道德經典。《論語》是站在當權派立場教育老百姓做人道德的經典，《孟子》是站在老百姓立場教育統治者做人道德的經典。兩者角度相反，基本內容一致，雖有奴才性和人民性的不同，但都是維護現存秩序，維護既得利益者，是因循守舊的墮性理論，不是與時俱進的革新理論。正好符合中國大多數人在體制內求生存的精神狀態和社會心理。宋江的忠義道德觀主要來源於孔子的《論語》。來源於《孟子》的也有一些。

《三國演義》中的忠有多種含義，有忠於劉漢正統的忠，如孔融；有忠於統一大業的忠，如曹操部下的謀士和將領；諸葛亮趙雲對劉備、魯肅對孫權等；有忠於相互友誼的忠，如周瑜與孫策、孫權；有忠於哥們弟兄的誓盟，

如劉關張；還有受人之托忠人之事的忠，如諸葛亮對劉備三顧之恩和托孤之重的忠等。而《水滸》中宋江的忠，一是忠於國家法度，二是忠於皇帝宋徽宗，是替天行道前提下的忠，也就是為皇帝消除內憂外患，就是所謂「寧教朝廷負我，我忠心不負朝廷」。

《三國演義》中的義也有幾種含義，一種是為共同目標結為一氣，如十八路諸侯討董卓，劉備與諸葛亮、趙雲；一種是以恩報恩，如關羽義釋曹操；一種是哥們意氣，如劉關張桃園三結義。《水滸》中的義常跟錢聯繫在一起，所謂仗義疏財，和《三國演義》中講義不涉錢不是一回事。還有就是不管目標是否一致，以哥們意氣為重，如宋江李逵，所謂四海之內皆兄弟也。

忠義這種道德觀念，如果政治大方向正確，符合歷史潮流，順應人心向背，思想路線正確，它會起一些好作用；否則就可能起壞作用。我們並不拋開具體情況對忠義持否定或肯定態度。在《三國演義》中，忠義在大多數情況下和統一大業聯繫在一起，所起作用是正面的；而在《水滸傳》中，忠義和保皇聯繫在一起，所起作用是負面的。

忠和義在宋江身上是矛盾的。作者既要他對趙宋王朝忠，又要讓他對梁山弟兄義，兩者不能並存，出現許多矛盾。私放晁蓋，顯得很義，但卻是對朝廷的不忠；後來對朝廷很忠，卻對義軍不義。用藥酒毒死李逵，豈止是不義，簡直有點殘忍了。

忠義雙全是封建社會一部分知識分子既同情下層人民，又不主張推翻正統封建王朝的腐朽統治，主張調和二者日益激化的矛盾所提出的一種不切實際的思想主張，充其量也不過只是一種善良願望罷了，根本無法付諸實現。作者用這種觀念塑造宋江形象，很不成功。《三國演義》中的關羽也是忠義雙全，就有不少矛盾現象，華容道義釋曹操，可謂義也，卻是對劉備的不忠。明代許多小說人物以忠義著稱，這是當時封建知識分子一種普遍思想傾向造成的創作風氣，影響了這些小說人物形象的更大成功。明代社會忠奸鬥爭激烈，反映在創作上忠奸鬥爭題材作品的大量出現，更助長了這種宣揚忠義雙全道德觀的風氣。

遵父訓，甯服刑，不入夥

因為皇帝冊立皇太子，天下大赦，民間犯了大罪，盡減一等，各處已經施行。宋江殺閻婆惜不會以命抵命了，頂多也就是個流放之罪。宋太公聽說宋江躲難的孔家莊附近白虎山地面多有強人，又怕他一人被人擄掇，「落草

去，做個不忠不孝的人」，因此急急讓宋清寄書給宋江，喚他回家。宋太公只知白虎山有強人，不知道清風山也有強人，而且正是清風山的強人救了他兒子的命。

35回，石勇把宋清的書信交給宋江，信中說父親病故，停喪在家，「專等哥哥來家遷葬。」宋江看了書信，捶胸自罵：「不孝逆子，做下非爲，老父身亡，不能盡人子之道，畜生何異！」他還以頭撞牆，「哭得昏迷，半晌方才蘇醒」。他本來是帶領花榮等人去投奔梁山泊的，現在不去了，給晁蓋寫了一封推薦書，教燕順花榮等人去梁山，自己一人連夜回家。

《水滸傳》中的英雄都是孝子。

宋江對父至孝，先聽父親言，甯當囚犯不去落草。後來落草了也要接老父一起上山。最後衣錦還鄉，安葬亡父；

李逵上山後，42回回薊州老家接雙目失明的母親上山快樂，不幸被虎吃掉，李逵怒殺四虎；93回征田虎夢鬧天池一回，李逵夢見母親未被老虎吃掉，坐在林中青石上，李逵抱住老娘哭，要背老娘到城中去；

43回回薊州搬母途中，遇李鬼冒充自己剪徑，打劫過往行人，李逵要殺，聽李鬼謊說家有老母靠他贍養，李逵心想自己回家搬取老娘，要是殺了這個養娘的人，天地不祐，便給他十兩銀子做本錢改業養娘。當發現李鬼說謊騙他，還要和妻子害他性命時，才殺了李鬼；

武松父母雙亡，只有一個哥哥，還被潘金蓮和西門慶害死，武松告官未成，親自殺了西門慶潘金蓮，爲兄報仇；

51回雷橫母親被白秀英所打，「這雷橫是個大孝的人，見了母親吃打」，帶枷打死白秀英；

110回公孫勝在征遼征王慶回京後要回蘇州山中，「從師學道，侍養老母，以終天年」。

宋江是孝的最高典範。

宋江得知老父健在，怒罵宋清「忤逆畜生」，「寫書來戲弄我」。就在他回家當晚一更時分，鄆城縣新參的都頭趙能趙得便領一百餘人包圍了宋家莊，要捉宋江。宋太公哭悔自己害了兒子，宋江卻不在乎，安慰父親不要煩惱：縣上府裏都有相識，況且已經赦宥，必當減罪。再說，「官司見了，倒是有幸；明日孩兒躲在江湖上，撞了一班兒殺人放火的兄弟們，打在網裏，如何能夠見父親面？便斷配到他州外府，也須有程限，日後歸來，也得早晚伏侍父親

終身。」現在他腦子裏孝又占了上風，哥們義氣不見了。他自己教大夥投奔梁山泊，又親自帶領大夥去投梁山泊，回家前又寫推薦書，讓晁蓋接納大夥兒，那是因為死罪在身，為保生命不得不如此。冒死來家看父，是孝字當先，大於生命。沒想到老父尚在，自己也沒有了生命危險，也就沒必要再投梁山入夥了。那些犯了殺人之罪的忠義之士不都是這樣嗎？梁山泊是犯罪好人的共同避難所，是他們的安全港灣。但只要沒有把刀子擱在脖子上，誰也不會去那裏躲難。

鄆城知縣時文彬有心「開豁」宋江，准了他「閻婆不良」，「誤殺身死」的供狀。本州府尹把宋江脊杖二十，刺配江州牢城。宋太公臨別叮嚀宋江：「你如今去，正從梁山泊過，倘或他們下山來劫奪你入夥，切不可依隨他，教人罵做不忠不孝。此一節，牢記於心。」宋太公那裏知道，他的兒子早已和梁山人是一夥了，人未入夥，心已入夥，不但于梁山初創有功，還憑藉自己的好名聲為梁山擴大了隊伍，不僅有燕順等其他山頭的強人，還有花榮、秦明、黃信等朝廷命官武將。梁山人不會逼他入夥，梁山人倒是會在他生命危機時救他一命。

在去江州的路上，宋江和兩個押解公人首先碰到的是奉晁蓋之命來救拔宋江的劉唐。劉唐要殺掉兩個公人，救宋江上山，宋江不讓殺死公人，說：「這個不是你們弟兄擡舉宋江，倒要陷我於不忠不孝之地。若是如此來挾我，只是逼宋江性命，我自不如死了。」他拿過劉唐要殺公人的刀，望喉下自刎。劉唐殺公人為救他，當然不能讓他自刎，奪過刀，答應不殺公人。宋江說：「你弟兄們若是可憐見宋江時，容我去江州牢城聽候限滿回來，那時卻待與你們相會。」

接著又碰到了花榮。花榮要給他開枷，他不讓開，說：「賢弟，是甚麼話！此是國家法度，如何敢擅動。」請讀者注意，他稱劉唐等為「你弟兄們」、「你們弟兄」，稱花榮為賢弟，說明他心目中把劉唐等江湖好漢和朝廷命官出身的花榮，不是等同看待的，他是把自己和花榮聯繫在一起的。

在梁山泊，晁蓋感謝他鄆城私放的「救命大恩」，感謝他推薦花榮等眾豪傑落草，「光輝草寨」，要用銀兩打發兩個公人下山，留他在山。宋江則說「今配江州，亦是好處」，「不敢久住，只此告辭」。又說留他在山，「這等不是擡舉宋江，明明是苦我。家中上有老父在堂，宋江不曾孝敬得一日，如何敢違了他的教訓，負累於他？」他還把自己在清風山同花榮燕順等人一起要上梁

山，說成是出於一時衝動，不是出於理性選擇。他說他的父親「情願教小可明吃了官司」，斷配回來。「臨行之時，又千叮萬囑，教我休爲快樂，苦害家中，免累老父倉惶驚恐」。如果他不聽父教，隨順入夥，「便是上逆天理，下違父教，做了不忠不孝之人，在世雖生何益？」他還表示決心說：「如不肯放宋江下山，情願只就眾位手裏乞死。」說罷，淚如雨下，拜倒在地。在山一夜，枷不肯除，同兩個公人同起同坐。一句話：要服刑，不入夥。眾人看他態度堅決，只好送他下山。

宋江離開父親後，忠孝在頭腦中占了上風，孝在聽從父親教誨，忠在遵守國家法度。此時的宋江和在清風山時義占上風的宋江判若兩人，這也說明忠和義本身的矛盾及不可統一性。忠和義只有在思想言行只爲皇帝一人效勞一點上是統一的，所謂「忠心扶社稷，義氣助家邦」。孟子所謂「未有義而後其君者也」。即不存在講義而怠慢國君的人。

（3）逼上梁山

殺閻婆惜——邪逼正反

像宋江這樣的忠臣義士，爲什麼會走上梁山，做了草寇之王呢？

宋江是個好漢，專愛使槍拽棒，不貪女色。閻婆惜私與宋江同房押司張文遠來往，如果是武松，恐怕把張文遠和閻婆惜一齊殺了。宋江和武松不同，他倒是「宰相肚裏能撐船」。因爲閻婆惜是典與宋江做外宅的，不是父母匹配的妻室，宋江見她戀上張文遠，便做退一步打算，經常不上門去會閻婆惜，也不報復張文遠，這是他和武松不同的地方。閻婆坐不住了，死拉活拽地扯宋江同女兒團聚，宋江脫身不得，只得勉強俯就。這一夜，閻婆惜不理宋江，卻拿了宋江招文袋，袋中裝有晁蓋書信和宋江準備給王公兌現在陳三郎那裏買棺材諾言的一條金子，要挾宋江答應她三件事：送還原來典她的文書；任從改嫁張文遠；把晁蓋送的一百兩金子交她。宋江答應了前兩件事，最後一件沒有馬上答應，因爲一百兩金子沒有全收。閻婆惜不信，以告官威脅。宋江求她寬限三日，自己變賣家私，給閻婆惜一百兩金子。女人不答應，兩人爭奪招文袋，宋江搶起掉落席上的壓衣刀子，女人喊宋江殺人，本來宋江無意殺她，她的一句話激起宋江殺人念頭，不等女人叫第二聲，手起刀落，女人喪命。助人的結果，給自己招來禍災。私放晁蓋的事被掩蓋起來了，殺人的罪名卻落在頭上了。

《水滸傳》作者也可能感到宋江爲了掩蓋私放晁蓋的罪名殺死閻婆惜有

失過分，給閻婆惜加了一條該殺的理由——淫婦。她和張文遠背著宋江通姦，還準備拋開宋江嫁給張文遠，該殺。《水滸傳》是站在道德角度看待社會問題的小說，而不是站在政治角度看待道德等社會問題的小說。不管什麼人，凡符合忠義的就是好人，凡不符合忠義的便是壞人。宋江就是個忠義雙全的道德模範。英雄好漢們也都是忠義雙全，不近女色。他們殺的許多人不是不忠不義，就是姦夫淫婦，《水滸傳》把姦夫淫婦作爲一種不道德現象來懲罰。武松殺潘金蓮和西門慶；宋江殺與張文遠私通的閻婆惜；魯智深殺在瓦罐寺養女的崔道成、丘小乙；楊林石秀殺與裴如海私通的潘巧雲；雷橫打死與知縣私通的白秀英；盧俊義殺妻賈氏及與其私通之李固（67 回）；李逵與燕青在四柳村爲狄太公捉鬼，殺了劉太公女兒和與之私結的村東頭會粘雀的王小二（73回）；王慶與童貫侄女、養女、蔡京孫兒媳婦、蔡攸兒媳嬌秀私通，由開封府一個副排軍，成了被府尹刺配西京管下的陝州牢城的囚犯（107 回）。不殺不忠不義的人可以，不殺姦夫淫婦不算好漢。不忠不義之人可以原諒，姦夫淫婦不可原諒。不忠不義之人可以改邪歸正，姦夫淫婦無法改邪歸正。元雜劇裏邊有自由戀愛婚姻的《西廂記》等，也有一些殺死姦夫淫婦的庸俗道德劇，《水滸傳》作者繼承了後者。當然也有例外，譬如宋徽宗和李師師，就不算姦夫淫婦，不但不該殺，還被看做理所當然。《水滸傳》作者對一般人和對皇帝，用的是雙重標準。

《水滸傳》也把搶奪別人女兒作妻當做不道德行爲來懲罰。武松在蜈蚣嶺，殺了搶奪張太公女兒的飛天王道人，放走了張太公女兒（31～32 回）；魯智深在桃花村計打前來強娶劉太公女兒爲壓寨夫人的桃花山二頭領周通（53回）；史進刺殺搶佔畫匠王義女兒玉嬌枝的賀太守（58 回）；李逵殺了搶佔劉太公女兒的牛頭山強賊王江董海（73 回）；李逵在征田虎的宣和五年元旦，眾兄弟在宜春圃的雨香亭飲酒賞月時睡著了，夢中把一夥搶人家女兒的強盜打跑……（93 回）。

社會混亂往往導致男女關係混亂，這也是一個普遍現象。問題是整治了姦夫淫婦並不等於整治好了混亂的社會。只有整治好社會也許才能整治好男女關係的混亂。作者把這二者的關係顛倒了。況且男女關係的「混亂」有些是一種進步現象，如張生鶯鶯，不能一律斥之爲不道德現象。

在作者筆下，宋江殺閻婆惜主要還是以正懲邪。但最終宋江被逼出走，逃避國法制裁，屬反叛行爲，這叫邪逼正反。

救劉高妻遭陷害——惡逼善反

英雄與小人

殺閻婆惜後，宋江雖在逃難之中，忠義之心不改。他的人生追求就是做個朝廷命官，爲國立功，封妻蔭子，青史留名。應該說這是符合封建統治階級需要的「好人」。但就是這樣一個忠義雙全的好人，也被一逼再逼，逼上梁山了。所謂「狗急跳牆」，「兔急咬人」，「人急造反」。殺閻婆惜出逃是他被逼造反的開始，所謂「邪逼正反」；清風寨是他被逼造反的繼續，是惡逼善反。

「惺惺惜惺惺，英雄識英雄」。英雄在小人眼中未必是英雄。有一句話叫做「狗眼看人低。」不識英雄有幾種情況，一是：敵對階級，宋徽宗及其忠於他的宋江等，不會認爲方臘是英雄，只有在江南那些深受花石綱之苦而生活不下去的窮苦老百姓眼中，方臘才是英雄。當然反過來，方臘及其起義人民也不會認爲宋徽宗及其忠於他的宋江是英雄。宋江征方臘時與對方相互對罵的話就是證明。二是：識見高低。王慶未必認爲方臘是英雄。三是：道德好壞。閻婆惜不會認爲宋江是英雄。

捉殺劉高

宋江在清風寨企圖調解花榮和劉高關係的好心沒有得到好報。劉高把宋江抓了起來。花榮派人下書要人，劉高扯碎來書，怒罵花榮「小子無禮，身爲朝廷命官卻與強賊相通，這賊已招是鄆城縣張三，你卻如何寫道是劉丈？」「你寫他姓劉，是和我同姓，恁的我便放了他！」劉高下令把下書人推出去，把同來的親隨人趕出寨門，　點面了也不給花榮。

花榮全副武裝，從劉高寨裏救回宋江；劉高又派兩個教頭和一二百人去花榮寨裏奪宋江。花榮不願意傷害他們，但也不服輸，他兩箭射出去，一支箭正中左邊門神骨朵頭，二支箭正中右邊門神頭盔上的朱纓頭，兩個教頭和來人一齊被嚇跑。宋江雖然沒有被劉高派來的人搶走，但花榮和劉高的矛盾表面化公開化了。

花榮向宋江致歉：「小弟誤了哥哥，受此之苦。」又發誓：「小弟捨著棄了這官誥，和那廝理會。」宋江不願意因自己使花劉矛盾進一步激化，提出建議：他自己連夜晚去清風山躲避，讓劉高抓不住把柄；花榮明日和劉高白賴，大不過也就是個文武不和相毆之事，儘量避免和清風山人扯在一起，淡化性質，避重就輕，轉移視線，蒙混過去。誰知劉高這個文官「意思深狠，有些算計」，揣摸透了宋江的打算，連夜派人去清風山途中把宋江截獲，並報

知州裏，要州裏派人來把花榮和宋江一起拿了，置於死地。青州慕容知府所差兵馬都監黃信見了宋江這個假冒的「鄆城張三」，相信了劉高，把宋江和花榮一起押往青州。多虧清風山燕順王英和鄭天壽得知消息，及時解救，宋江才免一難。劉高被捉上山寨，宋江痛罵劉高：「我與你往日無冤，近日無仇。你如何聽信那不賢的淫婦害我！」宋江的好心做了驢肝肺，但也分出了邪和正。對人行不義，好人反感，壞人報復，難辨人之善惡；對人施以義，就像篩子一樣，壞者下，好者留。

捉殺劉高妻

宋江救人，本是義舉，但他費了不少口舌所救的婦人竟然給丈夫劉高說宋江是清風寨搶掠她的「賊頭」，宋江在鼇山看「舞鮑老」時被劉高捉住，挨了一頓冤枉打。前番幫了閻婆惜惹下的麻煩還沒了結，使他由一封建官府的吏員變成了逃犯；現在救一婦人又吃了苦頭，幾乎改變他的人生軌道。花榮殺劉高後，宋江仍不解恨，說：「今日雖殺了這個濫汙匹夫，只有那個淫婦，不曾殺得，出那口大氣。」話中口氣，可見他對劉高妻的憎惡超過了對劉高的憎惡，劉高再壞是朝廷命官，劉高妻卻是壞得不能再壞的淫婦。宋江的忠義道德做人觀使他對不同人的憎惡程度也有區別。

宋江領人打下清風寨，王英活捉了這個婦人，宋江喝罵潑婦「恩將仇報」，燕順把婦人一刀揮為兩段。

王英還想把俘獲的劉高妻給他做壓寨夫人，現在看燕順殺了婦人，「心中大怒」，奪過一把樸刀，便要和燕順對打。弗洛伊德如果看到這裏，可能要向人誇口說：我的學說又找到證據了。宋江勸住王英，肯定燕順殺這婦人，殺得對。對王英說：「兄弟，你看我這等一力救了他下山，教他夫妻團圓完聚，尚兀自轉過臉來，叫丈夫害我。賢弟，你留在身邊，久後有損無益。」又向王英保證：「宋江日後別聚一個好的，教賢弟滿意。」宋江一生幫了兩個女人，兩個女人對他都是恩將仇報，難怪宋江一生不娶。不過他對王英倒是說到做到，後來宋江領兵打下扈家莊，把扈三娘介紹給王英做妻。儒講「大人者，言不必信，行不必果」，俠講「其言必信，其行必果，已諾必誠，不愛其軀」，宋江是儒俠集于一身。

清風山三頭領和清風寨正副文武兩知寨相對抗，屬階級矛盾；清風寨正知寨劉高和副知寨花榮之間的矛盾屬統治階級內部矛盾。宋江來到清風寨後，兩種矛盾急速激化，發生了意想不到的結果，清風山強人因宋江而和花

榮聯繫到了一起，花榮因宋江而殺劉高，由防強人到自己也做了強人。

宋江的江湖義氣不分階級矛盾和正邪矛盾，想用義調和一切，統一一切，用不分正義與非正義的義來模糊正義與非正義的矛盾和對抗。宋江救劉高妻得惡報、調和劉高和花榮矛盾幾乎喪命，都證明了他的這種不分大是大非的義的局限性。他譴責劉高夫婦、殺死劉高夫婦也不是從大是大非的角度出發，而是從個人恩怨的小仁小義小恩小惠的「義」作為出發點的。

宋江被捉使兩種矛盾糾纏在一起，給了劉高趁機以與強盜相通除掉花榮的藉口，其結果等於把花榮推向了強人一邊，兩家合為一家，劉高被除，宋江和花容同被逼上梁山。這叫惡逼善反。

宋江吟反詩——奸逼忠反

潯陽樓吟詩，是宋江人生的重大轉折點，是奸逼忠反，不得不反。直線忠義行不通，只好走曲線忠義之路。

宋江一人在潯陽樓飲酒時，先喜後悲，觸景傷懷，心想：「我生在山東，長在鄆城，學吏出身，結識了多少江湖好漢，雖留得一個虛名，目今三旬之上，名又不成，功又不就，倒被文了雙頰，配來在這裏，我家鄉中老父和兄弟，如何得相見？」不由得「潸然淚下，臨風觸目，感恨傷懷。」他看白粉壁上多有先人題詠，自己也做了一首西江月詞，乘著酒興，書於牆上：

> 自幼曾攻經史，長成亦有權謀。恰如猛虎臥荒丘，潛伏爪牙忍
> 受。不幸刺文雙頰，那堪配在江州。他年若得報冤仇，血染潯陽江
> 口。

寫完自我感覺不錯，「大喜大笑」，「歡喜」「狂蕩」，「手舞足蹈」，又乘著酒興賦詩一首：

> 心在山東身在吳，
> 飄蓬江海漫嗟籲。
> 他時若遂凌雲志，
> 敢笑黃巢不丈夫！

宋江的詞、詩是寫他的經歷、現狀和追求的。

在詞中，他把自己比作虎，而沒有比作龍，說明他雖身為囚犯，想的還是做朝廷命官，有一日能「龍虎風雲會」，以虎助龍，而不是自己做龍。他的雄心壯志是輔佐皇帝，而不是取代皇帝。詩中所說「敢笑黃巢不丈夫」不是說他要像黃巢一樣稱帝為王。黃巢當年在王仙芝部下為將，王仙芝想走投降

得官的路，黃巢怒斥王仙芝的背叛行爲說：當初大家共立大誓，齊心協力，共取天下，你現在要去做官，把我們的部隊放到哪里？還把王仙芝的頭打破了，眾將士也群起責罵王仙芝。黃巢領導起義軍脫離了王仙芝。王仙芝多次求降未成，兵敗被殺。他的部下尚讓領導余部投奔黃巢，推黃巢爲王，號「沖天大將軍」，建年號「王霸」，並設置官屬，表示要和唐王朝對抗到底。公元881年1月16日，黃巢即皇帝位，國號「大齊」，年號「金統」。公元882年6月，黃巢犧牲，黃浩領兵繼續鬥爭，901年黃浩被殺，起義失敗。宋江這裏「敢笑黃巢不丈夫」，是表明他不會走黃巢的路，而要走王仙芝的路。認爲黃巢稱王不是大丈夫所應該做的，大丈夫就應該效忠皇帝。即使有一日被逼造反，也要設法投降以盡忠。

宋江所處的時代，做官有幾條路，除了通過科舉考試得官；父輩爲官，子承父業；還可以由吏到官，再由小官升大官，一個臺階一個臺階向上混。第四條道路就是所謂「要做官，殺人放火受招安」，就是當年王仙芝想走但沒有走通的一條路。這條路在宋徽宗年間可以走通，鎮壓梁山軍的十大節度使都是走的這條路。李逵所說的「萬千謀反的，倒做了大官」指的就是這條路。宋江沒有參加科考的打算；繼承當官也沒有條件；本可以憑其忠義，由吏到官，由小官到大官，但因殺閻婆惜事押司做不成了，成了一名逃犯，雖被赦免一死，但還是做了賊配軍，整天想著「身榮」，何日能夠身榮？可見他的詩詞雖對環境不滿，心志壓抑，急欲沖天。但造反之心有，稱王之心無。

總之，這是爲表忠心而寫的詩詞，其中雖充滿牢騷、不平，甚至反抗的情緒，那也是出於他對不能爲皇帝直接盡忠的周圍環境因素的不滿，不是對作爲朝廷代表的皇帝本人的不滿。

就因爲這一詩一詞，無爲軍城裏奸狡詭詐的在閑通判黃文炳爲謀求重新做官，把這一詩一詞和兒謠所謂「耗國因家木，刀兵點水工。縱橫三十六，播亂在山東」牽強附會地與宋江拉扯在一起，通同蔡九知府，生事陷害，判死立斬。

上梁山

晁蓋等梁山兄弟劫法場救宋江不死。宋江感謝眾人相救，又請眾好漢「再做個天大人情」，去打無爲軍，殺黃文炳，爲他報仇雪恨。黃文炳被捉，他大罵：「你這廝，我與你往日無冤，近日無仇，你如何只要害我，三回五次，教唆蔡九知府殺我兩個（包括戴宗）。你既讀聖賢書，如何要做這等毒害的事？

我又不與你有殺父之仇，你如何定要謀我？你哥哥黃文燁，與你這廝一母所生，他怎恁般修善，久聞你那城中都稱他做黃佛子，我昨夜分毫不曾侵犯他。你這廝在鄉中只是害人，交結權勢，浸潤官長，欺壓良善，我知道無為軍人民都叫你做黃蜂刺，我今日且替你拔了這個刺。」

請讀者注意，宋江只除了黃文炳，沒有追殺蔡九知府這個朝廷命官。而蔡九知府才是判他死罪的決策人，又是他的監斬官。可見他不願得罪朝廷命官，給自己走終南捷徑留下了後路。

宋江在眾人吃了黃文炳肉後，跪在地上，對眾人說：「小可不才，自小學吏，初世為人，便要結識天下好漢。奈緣力薄才疏，不能接待，以遂平生之願。自從刺配江州，多感晁頭領並眾豪傑苦苦相留，宋江因見父親嚴訓，不曾肯往。正是天賜機會，于路直至潯陽江上，又遭際許多豪傑。不想小可不才，一時間酒後狂言，險累了戴院長性命。感謝眾位豪傑不避兇險，來虎穴龍潭，力救殘生；又蒙協助，報了冤仇。如此犯下大罪，鬧了兩座州城，必然申奏去了。今日不由宋江不上梁山泊投託哥哥去，未知眾位意下若何。」看來，這一次他是下決心要走終南捷徑了。大夥都願和他同死同生，投奔梁山。途中經黃門山，歐鵬、蔣欽、馬麟、陶宗旺四好漢請到山上聚義廳筵宴，宋江說：「今次宋江投奔了哥哥晁天王，上梁山泊去，一同聚義，未知四位好漢肯棄了此處，同往梁山泊大寨相聚否？」四好漢樂得同往。宋江上山途中對晁蓋說：「小弟來江湖上走了這幾遭，雖是受了些驚恐，卻也結識得這許多好漢。今日同哥哥上山去，這回只得死心塌地，與哥哥同死同生。」

為了將來能幹自己願意幹的事──當官留名，今天不得不幹自己不願幹的事──上山為盜。

連宋江這種死心塌地效忠皇帝的人都被逼得死心塌地上山造反了，可見當時社會到了何種不堪的程度！

官逼民反，是階級對立造成的；邪逼正反、惡逼善反、奸逼忠反是堅持忠義和違反忠義的道德之爭造成的，這正是後來梁山武裝內部招安和反招安之爭的根源所在。

宋江的孝和忠

宋江被人稱為「孝義黑三郎」，上梁山前作者首先寫他的義，再就是寫他的孝。寫孝是為寫忠。聰明的皇帝以孝治天下，並非完全出於關心天下父母親，而是關心他自己。因為孝敬父母的並非完全忠於皇帝，但忠於皇帝的肯

定都孝敬父母。前者如李逵，後者如宋江。在家孝敬父母的將來做官爲吏一般也都會像孝敬父母一樣忠於皇帝。李逵孝敬父母而不忠於皇帝，但卻忠於宋江這個他心目中的「皇帝」。爲人父母的也希望自己的兒女既孝敬自己，也忠於皇帝。但是當皇帝希望臣下像家犬一樣忠於自己時，又會找出一個藉口，叫做「忠孝不能兩全」，做兒女的從皇帝那裏得到封賞，叫做「爲祖先爭光」，叫做「光宗耀祖」，做父母雖得不到兒子的實際孝敬伺候，也會得到精神的安慰，認爲兒子給自己爭了氣，爭了面子。多少年來，人們就是這樣把忠和孝捆綁在一起。

實際上忠和孝也有不能統一的時候，譬如忠於宋徽宗的官府人員毫無怨言地爲他搜羅花石綱，因皇帝搜羅花石綱而受害的爲人父母苦不堪言，爲人父母者應該知道，這就是忠於皇帝的「爲人之子們」幹的，是對父母的大不孝。這時候皇帝就會用忠孝不能兩全來糊弄老百姓，忠厚的老百姓也就把這話接過來原諒只忠不孝的兒孫。

忠要看忠於誰，不能見皇帝就忠。皇帝爲一家一姓謀利益，忠於皇帝就是忠於皇帝一家一姓的利益，天下蒼生就不顧及了。皇帝雖然都念念不忘天下蒼生，但那只是一種掩蓋，目的爲了不讓天下蒼生打破他一家一姓的世襲鏈條。忠於皇帝和忠於國家是一回事，因爲國家是皇帝一家一姓的國家，天下蒼生是皇帝一家的傭工。

現在我們也講忠於國家，但這個國家已經不是一家一姓的國家，也不是《論語》中所說治國平天下的國家。

2. 投降的有意識準備

（1）玄女定調

42 回在還道村遇九天玄女，接受所謂的三卷天書，是宋江雖然上山落草但還是堅定不移地走忠臣義士之路的綱領。也是他把忠義與替天行道捆綁在一起的開始。替天行道就要堅持忠義，堅持忠義爲了替天行道。忠義雙全是思想路線，替天行道是政治路線。此前的忠義雙全還只是一種自律的封建道德觀念，此後的忠義雙全已經不單純是一種封建道德觀念了，忠義雙全和替天行道變成了一而二，二而一的關係。

九天玄女爲作者假託，屬子虛烏有，是作者表明自己創作宋江這個人物的意圖，以防讀者把宋江與其他據山爲王的草澤英雄劃等號。

九天玄女對宋江說：「宋星主，傳汝三卷天書，汝可替天行道爲主，全忠仗義爲臣，輔國安民，去邪歸正。」又有四句所謂天言贈宋江：「遇宿重重喜。逢高不是凶。外夷及內寇，幾處見奇功。」還告訴宋江：「玉帝因爲星主魔心未斷，道行未完，暫罰下方，不久重登紫府，切不可分毫懈怠！」又警告宋江：「若是他日罪下酆都，吾亦不能救汝。」

請注意，九天玄女給宋江規定的「替天行道爲主，忠義雙全爲臣」是理解宋江這個人物形象的關鍵。

總之，在作者筆下，宋江是個潦倒的忠臣義士，而不是造反的強盜賊，否則他將不能登紫府，而要下酆都。他不僅自己不做推翻趙宋王朝的強盜賊，還要把方臘一類企圖推翻趙宋王朝的強盜賊消滅。要把其他未稱王的強盜賊們都納入他的忠義雙全、替天行道的軌道。把他手下的弟兄們改造成爲忠義救國軍的成員。

這裏的「替天行道」有其特定的含義，不能隨意解釋。這是作者通過儿天玄女規定的。

「替天行道」翻譯成俗話就是「替皇帝賣命」，中國人歷來有「學成文武藝，貨與帝王家」的說法，《水滸》作者只不過讓宋江把這一說法付諸實踐罷了。「全忠仗義」就是對皇帝的話句句照辦，不打折扣，皇帝指向哪里就打向哪里。「輔國安民」就是把皇帝的家（輔國的國）和其子民（皇家傭人）治理好。「去邪歸正」是不要像沒頭蒼蠅一樣胡衝亂撞，一切言行都要自覺納入皇家正軌。這是宋江上山後一系列言行的指導綱領。

後來宋江還在幾次危機中得到九天玄女的具體幫助。88 回征遼中，正當宋江無計可施時，九天玄女接見宋江，肯定宋江「忠義堅守，未嘗少怠」，教宋江以相生相剋之法破遼混天象陣。「日間不可行兵，須是夜黑可進」，要宋江親掌中軍，「保國安民。勿生退悔」。計成謀就，宋江大勝遼兵。

85 回宋江征遼打下薊州時同公孫勝一同去薊州呼魚鼻山參禮羅眞人，羅眞人稱讚宋江替天行道，歸順朝廷，清名萬載不磨。

宋江向羅眞人敘說自己經歷道：「江乃鄆城小吏，逃罪上山，感謝四方豪傑，望風而來。同聲相應，同氣相求，恩如骨肉，情若股肱。天垂景象，方知上應天星天曜，會合一處。今奉詔命，統領大兵，征進遼國，逕涉仙境，夙生有緣，得一瞻拜。萬望眞人指迷前程之事，不勝萬幸。」

羅眞人說：「將軍一點忠義之心，與天地均同，神明必相互佑。他日生當

封侯，死當廟食，絕無疑慮。只是將軍一生命薄，不得全美。」宋江還以為自己不得善終，羅真人說：「非也。將軍亡必正寢，死必歸墳。只是所生命薄，為人好處多磨，憂中少樂。得意濃時，便當退步，切勿久戀富貴。」

宋江表白自己不會留戀富貴，只是希望「弟兄常常完聚，雖居貧賤，亦滿微心。只求大家安樂。」

羅真人送他八句法語道：「忠心者少，義氣者稀。幽燕功畢，明月虛輝。適逢多暮，鴻雁分飛。吳頭楚尾，官祿同歸。」宋江第二天臨別，羅真人要他「善加保重，早得建節封侯。」宋江聽了真人所言喜憂參半，所喜者，「食祿同歸」，這正是他一生追求的目標；所憂者，「命薄」「多磨」，前路崎嶇。「多磨」、「薄命」不僅是宋江的人生特點，也是他的團隊成員的人生特點，而這正是《水滸傳》一書的主題所在。

89 回征遼罷戰，魯智深向宋江請假去五臺山參禮智真長老，宋江要同去參禮，求問前程。

智真長老說魯智深「一去數年，殺人放火不易。」宋江說：「智深兄弟，雖是殺人放火，忠義不害良善。」智真說：「久聞將軍替天行道，忠義根心，吾弟子智深跟著將軍，豈有差錯！」

第二天智真長老講法參禪，拈香祝贊：「此一炷香，伏願皇上聖壽齊天，萬民樂業。再拈信香一炷，願今齋主，身心安樂，壽算延長。再拈信香一炷，願今國安民泰，歲稔年和，三教興隆，四方寧靜。」

宋江拈香禮拜，合掌參禪道：「某有一語，敢問吾師：浮世光陰有限，苦海無邊，人身至微，生死最大。」

智真長老答偈曰：「六根束縛多年，四大牽纏已久。堪嗟石火光中，翻了幾個筋斗。咦！閻浮世界諸眾生，泥沙堆裏頻哮吼。」

宋江晚間求問長老前程如何。智真寫出四句偈語：「當風雁影翩，東闕不團圓。只眼功勞足，雙林福壽全。」

羅真人是道家，智真長老是佛家，九天玄女是神仙。神、道、佛都在指引宋江，護持宋江，宋江可謂是天佑人助，忠義有成，不愧是亂世英雄。只可惜這個亂世英雄和老百姓隔著一堵無法逾越的牆。

智真長老的話八面玲瓏，沒有多少實際意義。宋江對自己缺乏信心，想找到安慰。一個亂問，一個胡答。

九天玄女的話是為宋江上山「定調」。羅真人的話是對宋江一生「點題」。智真長老的話是為宋江的歸宿「指路」。

接受九天玄女三卷天書前宋江實際上是無意識地爲後來的投降作準備，只知忠義，不知替天行道。接受九天玄女三卷天書後，他便自覺而有意識地爲投降朝廷、替天行道做準備了。有意識的準備表現在輿論準備和行動準備兩個方面。

（2）宋江的軍事指揮才能

智取無爲軍

宋江要走「殺人放火受招安」的路需要許多條件，首先是要有「忠義」的道德觀念不動搖，這一點宋江是具備的，他雖因義、因忠受盡委屈，吃盡苦頭，以至遭人陷害，但他始終沒有放棄忠義的做人準則。其次是要有一批能衝能打的弟兄們追隨擁戴，這樣朝廷才能拿你沒法，才能引起朝廷重視，才有受招安的資本。一個人單槍匹馬，本事再大也別想「殺人放火受招安」。再次，這一批追隨者不僅要有起碼的生活保障，而且吃穿日用富足，生活水平令人羨慕。

爲了擴大隊伍，擴大錢糧，擴大影響，打仗就成了家常便飯。這就要求領導者首先是個能親自領兵打仗，而且能打勝仗的軍事指揮家。

王慶荊南守將糜勝等三路兵攻打宛城，蕭讓使空城計退了西路兵，（另兩路軍被花榮林沖等殺退），宋江事後吃驚道：「倘被賊人識破，奈何？終是秀才見識。」這是批評蕭讓，也是批評諸葛亮。宋江對諸葛亮空城冒險的做法不以爲然。

宋江領軍打仗，有進攻戰，防禦戰。打防禦戰是趁官軍進攻梁山泊，活捉敵將，分化瓦解官軍將領加入到梁山泊陣營中來，如呼延灼、韓滔、凌振等。進攻戰如打青州，打北京等，一般爲救人，打青州爲救孔明、孔亮，打華州爲救史進、魯智深，打北京爲救盧俊義等。還有吞併其他山頭，如打芒碭山。進攻戰還有一個任務就是「借糧」，「借財」。無錢無糧的地方一般不會主動去打，濟州離梁山最近，宋江就從來沒有去打過，一是新太守張叔夜不愛財，錢糧不多；二是張叔夜主張對梁山英雄懷柔，不來征剿；三是沒有能拼能打的將領可以分化過來；四是「兔子不吃窩邊草」。

宋江雖爲「強盜」，但仍堅持忠義道德觀念，所以進攻也好，防禦也好，打完就回，不去佔領。對地方官，也是清者留，貪者殺，沒有一律格殺勿論。

41回「宋江智取無爲軍，張順活捉黃文炳」一回，是宋江軍事指揮才能的一次展現。晁蓋領眾好漢劫法場救了宋江戴宗，宋江請求晁蓋去打無爲軍，

殺死黃文炳，再回梁山泊。晁蓋不同意，說：「我們眾人偷營劫寨，只可使一遍，如何再行得？似此奸賊已有提備，不若且回山寨去，聚起大隊人馬，一發和學究，公孫二先生，並林沖、秦明，都來報仇，也未爲晚。」宋江卻認爲：「若是回山去了，再不能勾得來。一者山遙路遠，二乃江州必然申開明文，各處謹守。不要癡想，只是趁這個機會，便好下手，不要等他做了準備。」最後還是按宋江的意見辦了。事實證明宋江的意見是正確的。宋江軍事才能在吳用之下，卻在晁蓋之上。他比晁蓋更懂得抓住戰機，一鼓作氣，乘勝進攻，不給對方以喘息。

在攻打無爲軍的具體作戰行動中，宋江通過黃文炳家的裁縫侯健掌握了黃文炳家庭情況，一是其兄黃文燁與黃文炳有善惡之別；二是兩兄弟隔菜園而居。接著，巧妙安排在菜園放火，讓侯健以黃文燁家失火，向黃文炳家寄放箱籠爲名，叫開了黃文炳家門，晁蓋宋江等趁機殺人，裏應外合。黃文炳從蔡九知府處趕回救火途中，被浪裏白跳張順和混江龍李俊活捉，一場乾淨漂亮的智勝無爲軍戰鬥就此結束，捉了惡人，未傷善人。

三打祝家莊

毛澤東曾在他的名作《矛盾論》中評價三打祝家莊是《水滸傳》中充滿軍事辯證法的諸多案例中最好的案例。

一打祝家莊，宋江先派石秀楊林探聽路途曲折，瞭解順逆路程。石秀嘴乖，從鍾離老人處得知盤陀路的秘密：只看有白楊樹，不管路道闊狹，便可轉彎。沒有白楊樹處轉彎，都是死路。凡遇別的樹轉彎，也不是活路。若走差了，不但出不去，還可能被埋在地下的竹簽鐵蒺藜刺傷吃捉。受宋江委派打扮成解魔法師探聽路徑的楊林，就是不懂這個秘密，被祝家人活捉的。

宋江在村口屯紮，因不見石秀楊林探路消息，派歐鵬探聽到所派之人被捉，等不得更詳細的回報，便領眾將「搖旗吶喊，擂鼓鳴鑼，大刀闊斧，殺奔祝家莊來。」黃昏時分，打到祝家莊所在的獨龍崗上，宋江催趕前軍打莊，發現吊橋高拽，莊門緊閉，莊上不見刀槍人馬，心中疑惑，這才猛然省悟：「我的不是了。天書上明明戒說，臨敵休急暴。是我一時見不到，只要救兩個兄弟，以此連夜進兵，不期深入重地。直到了他莊前，不見敵軍，他必有計策，快教三軍且退。」但已被四面包圍，宋江驚得目瞪口呆，不知所措。眾軍在盤陀路上走了一圈，又轉回到原地，望火把亮處走，有竹簽、鐵蒺藜，遍地撒滿鹿角，塞了路口，宋江只道「莫非天喪我也」。

正在危急之時，石秀回來了，教軍士只看有白楊樹處轉彎。宋江走了五六裏路，發現前面祝家莊人馬越發多了，石秀說明那是「燭燈爲號」，你投東，人家燭燈往東扯；你投西，燭燈往西扯，燭燈便是信號兒。花榮用箭射下碗中紅燈，祝家莊四下裏伏兵看不見碗燈，自己亂攛起來，宋江這才在石秀帶領下殺出村口，一打祝家莊以失敗告終。這是在不明對方情況下打進攻戰導致的必然結果。

宋江在楊雄提醒下，去見與祝家莊扈家莊結爲聯盟的李家莊莊主李應，遭到拒絕。但宋江從李家莊管家杜興（楊雄曾救過他）口中得知三莊聯盟，相互救應，因祝家得罪了李應，打祝家莊時不須提防東邊的李家莊，只須提防與祝家莊結親的扈家莊。又得知祝家莊前門在獨龍崗前，後門在獨龍崗後，只打前門不濟事，須兩面夾攻。前門盤陀路，有白楊樹處轉彎，方是活路。白楊被砍，樹根尚在。杜興還說「只宜白日攻打，黑夜不可進兵。」宋江這次雖吃了李應閉門羹，但從杜興管家這裏瞭解情況不少。

宋江二打祝家莊，看到祝家莊：兩面旗上寫著「塡平水泊擒晁蓋，踏破梁山捉宋江」的字樣，心中大怒，發誓「我若打不得祝家莊，永不回梁山泊。」二打祝家莊一開戰，王矮虎就被前來爲祝家莊助戰的祝家老三祝彪未婚妻扈三娘活捉去了，秦明又被祝氏三傑的教師欒廷玉所捉。宋江也被扈三娘緊追，多虧李逵趕到，才倖免被俘。至此梁山共失人七個。二打祝家莊不勝而終，可喜的是林沖活捉了扈三娘。

打防禦戰最好誘敵深入，關門打狗。打進攻戰，即使有壓倒敵軍的絕對優勢，也須瞭解內情，最好有內應，方能取勝。三打祝家莊就是因爲有了內應，才裏應外合，一舉取勝。

三打祝家莊前，晁蓋派吳用帶領五個頭領來助陣，但這不是取勝的決定因素。三打祝家莊取勝的決定性因素是因爲有了內應。

原來山東海邊的登州獵戶解珍解寶兄弟倆打死了一隻老虎，滾落在財主毛太公花園裏，毛太公兒子毛仲義五更時把老虎解往州裏請賞，污蔑前來討要老虎給登州知府交差的解珍解寶，白賴他家昨夜射得的大蟲，把兄弟倆捆綁押到州裏，毛太公女婿六案孔目王正和知府通統一氣，以「混賴大蟲」、「搶擄財物」罪名，把二解下於死囚牢中。二解哥哥的妻舅小節級樂和，向二解姑表姐姐母大蟲顧人嫂求助，顧大嫂與丈夫孫新和哥哥登州軍馬提轄孫立，及鄒淵鄒潤等人，劫牢救出二解，一起去投梁山泊。孫立和祝家莊三雄的教

師欒廷玉是一個師父教的武藝。孫立謊稱總兵府下令教他從登州對調來鄆州守把城池，提防梁山泊，順路到祝家莊探望欒廷玉。孫立還在梁山泊將領與祝家莊三兄弟廝殺得難分難解的關鍵時刻，出馬擒了拼命三郎石秀，還說「他日拿了宋江，一併解上東京去，叫天下傳名，說這個祝家莊三傑。」取得祝家父子信任後，孫立等人便與宋江裏應外合，殺了祝家父子四人，破了祝家莊。宋江取金帛賞了鍾離老人及所居村莊；惋惜殺了好漢欒廷玉；痛責李逵殺了已來投降的扈成一家；把一丈青許與王矮虎作妻。

宋江打祝家莊，不但打出了梁山威風，賺李應杜興上山，擴大了隊伍，繳獲了大批牛羊騾馬、金銀財帛，繳獲的糧食也夠山上三五年吃用。梁山泊人一不種地，二不做工，三不經商，全是些使槍拽棒的，整天酒海肉山享用，就憑打劫祝家莊之類過活。

（3）擴大隊伍

梁山隊伍的組成人員，有王倫時期的林沖等，有晁蓋帶領上山的吳用、公孫勝、阮氏三雄等。對宋江來說，要走「殺人放火受招安」的路，以打仗為職業，以當官顯身揚名為目的，只有這些人顯然不夠。需要擴大隊伍。

擴大的對象，一是為宋江義氣所吸引，不請自來的社會下層人員，像李俊等；二是有一技之長，因各種不同原因上山的人，包括醫生、獸醫、刻字、相撲、飛簷走壁等技能在身的人。三是官軍將領。四是有聲望、有武藝的大財主。

救人入夥

梁山隊伍中有一部分流民、閒散人員，身處困境，宋江慷慨相救，使之歸心。

三打祝家莊的直接導因是與楊雄石秀一同去梁山泊入夥的鼓上蚤時遷偷吃了祝家店報曉雞，與店主人爭鬧，石秀又燒了店屋，時遷被捉。楊雄曾經救助過的杜興，是與祝家莊結盟的李家莊莊主李應的家庭主管，楊雄石秀通過杜興求李應救時遷未果，兩人上梁山入夥，講說了事情經過，晁蓋聽後大怒，原因是他倆「把梁山泊好漢的名目去偷雞吃，因此連累我等受辱」，他要先斬了楊雄石秀，再領軍馬洗蕩祝家莊。宋江勸阻晁蓋說：「那個鼓上蚤時遷，他原是此等人，以致惹起祝家那廝來，豈是這二位賢弟要玷辱山寨？我也每每聽得有人說，祝家莊那廝，要和俺山寨敵對。」「如今山寨人馬數多，錢糧

缺少」，「若打得此莊，倒有三五年糧食」。他要求領兵去打祝家莊，「一是與山寨報仇，不折了銳氣。二乃免此小輩被他恥辱，三則得許多糧食，以供山寨之用。四者就請李應上山入夥。」宋江又撫慰楊雄石秀，說明山寨號令，不敢容情，賞功罰罪，已有定例，就是宋江也不例外，教楊石二位「休生異心」。宋江既救了楊雄石秀性命，又教育安撫二人。打祝家莊的結果，一是擴大了隊伍，二是增加了錢糧。所救的時遷，其人後來在梁山發揮了別人難以替代的偵察兵作用。

救魯達史進

宋江時期，各地聚山為王的義軍不少，他們都像小溪匯入大河一樣歸於梁山泊。這其中，宋江起了關鍵性作用。

九紋龍史進和朱武、陳達、楊春在少華山聚義。史進為畫匠王義抱打不平，被華州知府賀太守設計擒拿監在牢裏。魯智深去救，也被賀太守捉了，押在死囚牢中。

宋江批准魯智深和武松去少華山看望史進後，「一時容他下山，長自放心不下，便喚神行太保戴宗隨後跟來，探聽消息。」戴宗得知魯智深被捉，連忙回梁山，告知宋江。宋江失驚說：「既然兩個兄弟有難，如何不救？我今不可耽擱，便須點起軍馬，作三隊而行。」

宋江和吳用等看到華山「城池厚壯，形勢堅牢，無計可施。」適逢殿司太尉宿元景受朝廷差遣，將領禦賜金鈴吊掛來西嶽降香，宋江想起九天玄女「遇宿重重喜」之言，心中喜道：「今日既見此人，必有主意。」宋江和眾頭領將宿元景連哄帶嚇地請上少華山，宋江吳用等人假扮成宿元景及其隨從人員來到西嶽廟中。賀太守信以為真，前來拜見梁山一小嘍囉假扮的宿太尉，被解珍解寶踢翻割了頭。宋江等趕到華州救出史進魯智深。史進等少華山頭領同歸梁山泊。

救孔明孔賓

白虎山下孔太公兒子孔明、孔亮，因和本鄉一財主爭競，殺了財主一門良賤，聚集起五七百人，占住白虎山，打家劫舍。因為青州城裏的叔叔孔賓被慕容知府捉在牢裏，孔明孔亮領兵攻打青州，來救孔賓。為慕容知府守衛青州的呼延灼活捉了孔明，和孔賓一起監收。

孔亮敗逃，去求宋江。孔亮見了宋江，先拜後哭，宋江說：「賢弟心中有

何危厄不決之難，但請盡說不妨。便當不避水火，力為解救，與汝相助。」並領孔亮拜見晁蓋，一同商議。晁蓋要親自領兵下山相助，宋江說：「哥哥是山寨之主，不可輕動。這個是兄弟的事。既是他遠來相投，小可若自不去，恐他弟兄們心下不安。」宋江帶領二十個頭領，三千人馬分五路進發。採用吳用計策，智捉了呼延灼。

宋江不擺主將架子，而是與呼延灼陪話，叫呼延灼賺開青州城門，救孔明孔賓叔侄，道：「非是宋江貪劫城池，實因孔明叔侄，陷在縲紲之中，非將軍賺開城門，必不可得。」呼延灼也不推辭，說：「小將蒙兄長收錄，理當效力。」

呼延灼假裝逃回，賺得慕容知府開了青州城門，孔明孔賓被救出大牢。慕容知府一家老小盡被斬首。

二龍山、少華山從此全歸併梁山泊。

江湖好漢入夥

35 回朝廷因反了花榮、秦明、黃信，要派大兵前來征剿，大家為燕順所佔據的清風山小寨難以迎敵犯愁，宋江建議說：「自這南方有個去處，地名喚做梁山泊，方圓八百餘裏，中間宛子城，蓼兒窪，晁天王聚集著三五千軍馬，把住著水泊，官兵捕盜，不敢正眼覷他。我等何不收拾起軍馬，去那裏入夥？」

宋江一行人去梁山泊途中經過對影山，適逢呂方和郭盛為爭山寨鬥武，花榮神箭射斷兩個人結攪在一起的畫戟絨縧，使其和解。兩個壯士比芒碭山的樊瑞等聰明，聽說宋江大名，拜倒在地。宋江說服兩人同去梁山入夥，兩人歡天喜地，慨然依允。

梁山隊伍中有相當一部分人員是從其他山頭收編來的。這些山頭或者慕宋江之名捨棄小山頭投奔梁山，或者在與梁山人並肩戰鬥後歸於梁山，或者感到獨立難支而投靠梁山。只有芒碭山的樊瑞、項充、李袞，口出大言，聲言要吞併梁山。宋江聽了大怒：「這賊怎敢如此無禮！我便再下山走一遭！」

史進與朱武陳達楊春初到梁山，要收捕這三個強人為山寨立功，結果被項充、李袞打得大敗；史進險些兒中刀，楊春被飛刀傷著戰馬，棄馬逃命；朱武中軍被殺得退走三四十裏。三人要差人向梁山求救，適逢花榮、徐寧領二千軍到，言說「宋公明哥哥見兄長來了，放心不下，好生懊悔，特遣我兩個到來幫助。」接著宋江和吳用又帶領三千人馬來到。宋江聽史進備說項充、李袞的飛刀、標槍、滾牌難攻難進，便要起兵剿捕。公孫勝晚上望見芒碭山

上都是青色燈籠，說：「此寨中青色燈籠，必有個會行妖法之人在內。」公孫勝用諸葛亮擺石為陣之法，等樊瑞作法起風，飛沙蔽日，項、李領兵殺出，宋江軍馬分做兩下，項李入陣，宋江命陳達把七星號旗一招，石陣變做長蛇之陣，項李被圍陣中，尋路不見。公孫勝又弄法作風，黑氣沖天，項李心慌亂竄，跌入陷馬坑，被撓鉤手搭將起來，綁縛俘獲。

宋江見了，忙叫解了繩索，親自把盞，說道：「二位壯士，其實休怪，臨敵之際，不如此不得。小可宋江，久聞三位壯士大名，欲來禮請上山，同聚大義，同歸山寨，不勝萬幸。」項充、李袞兩個拜伏於地，說：「已聞及時雨大名，只是小弟等無緣，不曾拜識。原來兄長果有大義！我等兩人不識好人，要與天地相拗；今日既被擒獲，萬死尚輕，反以禮待；若蒙不殺，誓當效死，報答大恩！樊瑞那人，無我兩個，如何行得？義士頭領如肯放我們一個回去，就說樊瑞來投奔，不知頭領尊意如何？」宋江說：「壯士，不必留一人在此為當，便請二位同回貴寨，宋江來日專候佳音。」兩個看宋江如此信任，拜謝說：「真乃大丈夫！若是樊瑞不從投降，我等擒來，奉獻頭領麾下。」項充李袞騎馬回寨途中對宋江感恩不盡。樊瑞也是個明白人，聽兩人說明來意，又稱頌宋江多麼義氣，樊瑞說：「既然宋公明如此大賢，義氣最重，我等不可逆天，來早都下山投拜。」三個人見了宋江，沒半點相疑之意，彼此傾心吐膽，訴說平生之事，像老朋友一樣。樊瑞還拜公孫勝為師，宋江立主教公孫勝給樊瑞傳授五雷天心正法，樊瑞非常高興。

宋江對不順從他的「草賊」先兵後禮，化敵為我。

收伏官軍將領
秦明黃信落草

宋江要走「殺人放火受招安」的路，就要引起朝廷關注。身邊只有出身底層的一批人，沒人理睬你。但如果再有官軍將領，那朝廷就不敢小看了。所以他上山後特別注重爭取官軍將領。

花榮是第一個上山落草的朝廷命官。如果說花榮上山落草是劉高事件所逼，惡逼善反，是宋江和花榮兩個人誰都想不到的一種結果，那麼，秦明落草就是宋江有意促成的。

秦明被捉上山首先是花榮的功勞。

擔任青州兵馬總管的秦明秦統制領兵攻打清風山，花榮出馬挺搶出陣，很有禮貌地朝秦明「聲個喏」。秦明喝道：「花榮，你祖代是將門之子，朝廷

命官，教你做個知寨，掌握一境地方，食祿于國，有何虧你處？卻去結連賊寇，反背朝廷。我今特來捉你，會事的下馬受縛，免得腥手汙腳。」花榮不但不氣憤，反而笑著向他說明情況：「總管容複聽稟：量花榮如何肯反背朝廷？實被劉高這廝，無中生有，官報私仇，逼迫的花榮有家難奔，有國難投，權且躲避在此，望總管詳察救解。」從這兩人的以上對話中，可看出花榮秦明這些官軍將領對朝廷都是很忠的，在這一點上他們和宋江是一致的，沒有宋江，他們不會上梁山，沒有他們，宋江後來的投降行徑未必能實現。

秦明認為花榮是「花言巧語，煽惑軍心」。兩相交戰，不分勝敗。花榮一箭射落秦明盔頂上那顆斗來大的紅纓，算是報個信與秦明，秦明吃了一驚。

花榮力敵秦明之後，接著又設計智取，活捉秦明。他先派小嘍羅一會兒在東搖旗打鑼，一會兒在西打鑼搖旗，引誘的秦明東奔西跑，人困馬乏，策立不定，難以造飯。花榮卻陪宋江在山嘴上飲酒，吹笛打鼓。秦明因怕花榮弓箭不敢上山，氣得只在山下罵。花榮又派人預先把土布袋堵住溪水，等到夜深，把秦明的人馬逼趕到溪裏，上面放下水來，五百人馬一大半淹死，逃上岸的都當了俘虜。秦明也連人帶馬攧進陷馬坑，被活捉了。

花榮向秦明介紹了宋江，秦明慌忙下拜道：「聞名久矣，不想今日得會義士。」當他聽說宋江被劉高拷打，搖頭說：「若聽一面之詞，誤了多少緣故，容秦明回州去對慕容知府說知此事。」燕順向他說明現在回去，不會為慕容知府所容，不如「權就此間落草，論秤分金銀，整套穿衣服，不強似受那大頭巾的氣？」秦明堅決不幹，說：「秦明生是大宋人，死是大宋鬼。朝廷教我做到兵馬總管，兼受統制使官職，又不曾虧了秦明，我如何肯做強人，背反朝廷？你們眾位要殺時，便殺了我，休想我隨順你們。」宋江見秦明說服不了，便在留秦明醉宿山寨時，用了一個絕後計，使秦明不得不上山落草。

當晚，宋江叫一個貌似秦明的小卒穿了秦明行頭，騎了秦明的馬，拿著秦明的狼牙棒，直奔青州城下，指揮紅頭子（所謂強人）殺人放火；燕順王英帶領五十餘人助戰，假裝要去秦明家中搬取妻小。慕容知府見秦明反叛，一氣之下殺了秦明妻子。

秦明第二天從梁山回到青州城下，叫慕容知府開門放他進城，慕容知府罵他「反賊」，聲言已經差人奏聞朝廷，早晚拿住秦明，要「碎屍萬斷」，還把秦明妻子的頭挑在槍上，讓秦明看。秦明回城不得，回馬徘徊在瓦礫場上，無路可走，只好隨順宋江等再回清風山。宋江向秦明承認這條計策是自己定

的。秦明被這些人軟困，以禮相待，又鬥不過他們，只得服輸，無可奈何地說：「你們兄弟雖是好意，要留秦明，只是害得我忒毒些個，斷送了我妻小一家人口。」宋江說：「不恁地時，兄長如何肯死心塌地？」秦明見眾人相親相愛，才放心歸順。後來宋江主婚賠禮，把花榮之妹說與秦明為妻，以安因妻被殺而懷恨的秦明之心。秦明是朝廷命官，花榮妹妹是朝廷命官之後，正好門當戶對。

秦明上山歸順後，主動提出說服自己治下的黃信（秦明教其武藝，兩人交情最好）入夥投降。秦明對黃信說：「山東及時雨宋公明疏財仗義，結識天下好漢，誰不欽敬他？如今現在清風山上，我今次也在山寨入了夥，你又無老小，何不聽我言語，也去山寨入夥，免受那文官的氣。」黃信竟然毫不猶疑，說：「既然恩官在彼，黃信安敢不從？」又聽說自己押送去青州的鄆城張三就是宋江，黃信跌腳道：「若是小弟得知是宋公明時，路上也自放了他。一時見不到處，只聽了劉高一面之詞，險些壞了他的性命。」

秦明被宋江使絕後計逼上山，黃信被宋江仗義美名感召上了山。

雷橫朱仝入夥

雷橫朱仝是當年幫助過晁蓋宋江的兩個都頭。雷橫往東昌府公幹回鄆城，經過梁山泊，被朱貴請上山，宋江宛曲用話說雷橫入夥，雷橫以母年高婉拒。晁蓋宋江及眾頭領各以金帛相贈，雷橫得了一大包金銀下山。雷橫回到鄆城縣後，帶枷打死白秀英。與白秀英通姦的知縣教當牢節級朱仝解送雷橫去濟州，朱仝在一酒店放了雷橫，雷橫上梁山入夥。

朱仝被刺配滄州牢城。滄州知府四歲的小衙內喜愛朱仝，知府便留朱仝在身邊，帶小衙內玩耍。七月十五日盂蘭盆大齋之日，朱仝抱小衙內往地藏寺裏去看點放河燈，在水陸堂放生池邊，吳用和雷橫來了，朱仝放下爬在欄杆上笑耍得高興的小衙內，和雷橫說話，吳用請朱仝一起上山寨同聚大義。朱仝先是「半響答應不得」，接著又說：「先生差矣！這話休題，恐被外人聽了不好。雷橫兄弟，他自犯了該死的罪，我因義氣放了他，出頭不得，上山入夥。我亦為他配在這裏。天可憐見，一年半載，掙扎還鄉，復為良民。我卻如何肯做這等的事？你二位便可請回，休在此間惹口面不好。」雷橫說：「哥哥在此，無非只是在人之下，伏侍他人，非大丈夫男子漢的勾當。」朱仝說：「你不想我為你母老家寒放了你去，今日你倒來陷我於不義！」吳用說都頭既然不去，「我們自告退，相辭了去休。」

像雷橫這樣一些下級軍官，雖在體制內討生活，但又和現存體制不容的人講義氣，交朋友，原因是他們也看到了現存體制的腐敗，給自己留一條後路。但不到萬不得已，他們又不會輕易離開現存體制，扔下現成飯碗，到江湖上討飯吃。當狗雖不自由，有主人管飯；當狼自由，要自己找飯。這些下級軍官甯吃現成，不要自由。

誰知就在他們說話期間，李逵已抱走小衙內，殺死在林子裏。朱全追趕李逵到柴進莊上。柴進向朱全說明這是宋公明設計，令吳用、雷橫、李逵禮請朱全上山，共聚大義。因見朱全推阻不從，故意讓李逵殺了小衙內，以絕朱全歸路，上山坐把交椅。吳用雷橫向朱全陪罪，朱全說：「是則是你們弟兄好情意，只是忒毒些個。」朱全要求殺了李逵才上山，李逵說：「晁宋二頭領將令，干我屁事！」朱全擔心家中老小被知府捉拿，吳用說：「足下放心，此時多敢宋公明已都取寶眷在山上了。」朱全到了朱貴酒店，晁蓋宋江帶領大小頭目，打鼓吹笛，到金沙灘迎接。朱全又提起家眷老小，宋江大笑說：「我教兄長放心，尊嫂並令郎已取到這裏多日了。」「養在家父太公歇處。」朱全見了一家老小及細軟行李，非常高興，妻子說：「近日有人齎書來，說你已在山寨入夥了，因此收拾星夜到此。」朱全拜謝眾人，眾人筵慶朱新頭領。

賺徐寧上山

54 回高太尉向道君皇帝報告了梁山英雄打高唐州殺死高廉的事件後，道君皇帝降旨要高俅調兵剿捕，高俅舉薦汝寧州都統制、河東名將呼延贊嫡派子孫呼延灼為兵馬指揮使，掃清梁山。徽宗賜呼延灼踢雪烏騅馬一匹。呼延灼又向高太尉舉保陳州團練使韓滔和穎州團練使彭玘為正副先鋒，三個押下必勝軍狀，領兵殺奔梁山泊。

這是一次防禦戰。宋江教秦明打頭陣，林沖打二陣，花榮打三陣，扈三娘打四陣，孫立打五陣。五陣輪番作戰，如紡車般轉作後軍。宋江引十多個兄弟，左軍五將，右軍五將，水路五將，步軍李逵楊林分兩路埋伏，等待官軍到來。

第一陣，一丈青用紅錦套索把彭玘拖下馬，孫立領軍捉了彭玘。因呼延灼使連環馬，宋江收軍。

宋江對彭玘以禮相待，彭玘被感動了說：「素知將軍仗義行仁，扶危濟困，不想果然如此義氣！倘蒙存留微命，當以捐軀保奏。」他還想回去見呼延灼，

想在皇帝面前爲宋江說好話。宋江派人把彭玘送上梁山去見晁天王，再也回不去了。

第二陣，宋江軍馬被呼延灼三千連環馬軍打敗，「眉頭不展，面帶憂容」。

呼延灼報功請賞，並薦轟天雷凌振製造炮火飛打梁山。凌振安排三等炮石攻打，第一風火炮，第二金輪炮，第三子母炮。

宋江派李俊、張橫張順及三阮，分作兩隊，一隊誘使凌振來搶船，凌振划船至水中心，被拽下水。二隊阮小二從水中鑽出，翻船捉人，凌振被索子捆綁押解上山。已做了頭領的彭玘對凌振說：「晁宋二頭領，替天行道，招納豪傑，專等招安，與國家出力。既然我等到此，只得從命。」凌振擔憂京師老母妻子，宋江說：「限日取還」，凌振表示：「若得頭領如此周全，死而瞑目。」

湯隆會造破連環甲馬的鈎鐮槍，但不會使用，他舉薦會使鈎鐮槍的金槍班教師姑舅哥哥徐寧，「他家祖傳習學，不教外人，或是馬上，或是步行，都有法則，端的使動，神出鬼沒。」而要徐寧上山，除非盜得他家那「世上無對」的鎮家之寶「雁翎砌就圈金甲。」

盜甲非時遷莫屬。別看他過去飛檐走壁盜人財物，現在飛檐走壁爲梁山做好事。時遷輕而易舉地盜得那副雁翎鎖子甲，交給前來接應的戴宗，先拿回梁山。自己挑著裝甲的空皮匣子沿路故意讓人看得見，湯隆則去登門拜訪徐寧，徐寧正因失甲心憂。湯隆和徐寧追趕擔挑紅羊皮匣子的時遷。時遷假說金甲被李三拿去獻泰安州財主，於是三人一起去泰安州尋甲，離梁山泊不遠處，假扮車客的樂和用麻藥把徐寧麻翻，送上梁山。湯隆向徐寧說明宋江無計可破呼延灼連環甲馬，故設此計。宋江向徐寧敬酒陪話，又答應爲徐寧接取家眷，徐寧只好在此安身立命。教眾軍漢以鈎鐮槍正法，及下面三路暗法，馬上使鈎鐮槍法，步行使鈎鐮槍法。

賺呼延灼入夥

宋江用兵有方。

爲勝呼延灼，宋江準備教步兵下山誘敵，看見呼延灼軍馬衝掩將來，都望蘆葦荊棘林中亂走，事先把鈎鐮槍軍士埋伏那裏，十個使鈎鐮槍的間十個撓鈎手，但見馬到，一攪鈎翻，撓鈎搭將入去捉人。吳用稱讚宋江這種安排，說正應如此「藏兵捉將」，徐寧也說「鈎鐮槍並撓鈎，正是此法。」

這一戰，呼延灼大敗而逃，韓滔被捉上山，做了頭領。呼延灼隻身投奔青州慕容知府，準備打通慕容貴妃關節，再來報仇。在一酒店過夜時，禦賜

踢雪烏騅馬被附近桃花山打虎將李忠與小霸王周通盜走。慕榮知府給他一匹青鬃馬，教他領二千馬步兵去桃花山奪禦賜踢雪烏騅馬。桃花山周通李忠戰他不過，求助於二龍山寶珠寺的魯智深、楊志和武松。魯智深與呼延灼鬥四五十合，不分勝負，呼延灼暗暗喝彩魯智深「這個和尚，倒恁地了得。」第二陣楊志出戰，又是四十餘合不分勝敗，呼延灼尋思楊志「好生了得，不是綠林中手段。」感歎自己運氣不好，遇到了這兩個強手。

慕榮知府因白虎山孔明孔亮領人馬到青州借糧，使人傳喚呼延灼回青州城守備。

宋江領兵到青州幫助孔亮。秦明出戰，大罵慕榮知府「濫官，害民賊徒！把我全家誅戮，今日正好報仇雪恨！」秦明與呼延灼鬥四五十合，不分勝敗，慕榮知府怕呼延灼有失，鳴金收兵入城。秦明退回本陣。

呼延灼被吳用設計所捉。

左右群刀手把呼延灼推將過來，宋江見了，連忙起身，喝叫：「快解了繩索！」親自扶呼延灼上帳坐定，宋江這個勝將像個敗將一樣拜見懇求呼延灼，呼延灼這個敗將倒像勝將一樣神氣，原來宋江是想教他投降、落草，在梁山坐一把交椅。呼延灼沈思了半響，一者是意氣相投，二者見宋江禮貌甚恭，語言有理，歎了一口氣，跪在地下道：「非是呼延灼不忠於國，實感兄長義氣過人，不容呼延灼不依，願隨鞭鐙。事既如此，決無還理。」

收關勝等

宋江爲救身陷死牢的盧俊義，領兵攻打北京城。

梁中書派兵馬都監聞達、李成前往迎戰。被梁山軍馬四面圍追，逃進北京城，堅守不出。

宋江引軍圍城，東西北三面下寨，只空南門未圍。梁中書差首將王定向東京蔡太師請求援兵，蔡京差兵馬保義使宣贊禮請蒲東巡檢關勝。關勝同拜義兄弟郝思文赴京見蔡太師，獻圍魏救趙之計。不料此計已爲吳用識破。

戴宗向宋江報說關勝攻打梁山的信息，宋江按吳用計策，一面退兵回保梁山，一面在飛虎峪兩邊埋伏。李成聞達奉梁中書之命從東西兩路追殺宋江軍馬，被宋江伏兵殺得大敗歸城。宋江領軍回至梁山泊邊，迎著宣贊攔路，權且下寨，派人暗中赴水上山，約會水陸軍兵，兩下救應。

關勝親自出戰，宋江見關勝儀錶非俗，與吳用暗暗喝彩，對眾將說：「將軍英雄，名不虛傳。」秦明林沖雙鬥關勝，關勝「力鬥二將不過」。宋江恐傷

關勝，鳴金收兵，林沖秦明不解，宋江對林沖秦明解釋說：「賢弟，我等忠義自守，以強欺弱，非所願也。縱使陣上捉他，此人不伏，亦乃惹人恥笑。吾看關勝英勇之將，世本忠臣，乃祖為神（關勝為關羽之後），若得此人上山，宋江情願讓位。」他又想用讓位換得關勝上山。

關勝也對宋江勝而收兵之舉不解，便問俘虜張橫、阮小七：「宋江是個鄆城小吏，你這廝們如何伏他？」阮小七說：「俺哥哥山東、河北馳名，都稱做及時雨呼保義宋公明。你這廝不知禮儀之人，如何省得！」關勝聽了，不但不怒，「低頭不語」，心有所動。當晚在寨中「納悶」，「坐臥不安」，出寨觀看，「月色滿天，霜華遍地，嗟歎不已。」這時，呼延灼單騎來見，向他說明「宋江專以忠義為主」，「此人素有歸順之意，獨奈眾賊不從」，「二人剖露衷情，並無疑心」。第二天，呼延灼鞭打黃信落馬，取得關勝信任，又約關勝當晚偷營，關勝劫寨中計被捉，郝思文被扈三娘所俘，秦明捉了宣贊，張橫阮小七等被救出。

宋江又開始了他的化敵為友的拿手好戲。他見關勝、宣贊、郝思文被押解到忠義堂，「慌忙下堂，喝退軍卒，親解其縛，把關勝扶在正中交椅上，納頭便拜，叩首伏罪」，說道：「亡命狂徒，冒犯虎威，望乞恕罪。」弄得關勝「連忙答禮，閉口無言，手腳無措。」呼延灼也向前伏罪，乞望關勝「免恕虛誑之罪。」關勝見一班頭領，個個「義氣深重」，回頭問宣贊郝思文說：「我們被擒在此，所事若何？」宣贊郝思文表示「並聽將令。」關勝對宋江說：「無面還京，俺三人願早賜一死！」宋江說：「何故發此言？將軍倘蒙不棄微賤，一同替天行道。若是不肯，不敢苦留，只今便送回京。」關勝說：「人稱忠義宋公明，話不虛傳。今日我等有家難奔，有國難投，願在帳下，為一小卒。」

宋江飲宴中，因想起盧俊義、石秀陷在北京，潸然淚下。關勝為報不殺之罪，願為前部攻打北京。關勝與索超交戰，索超中計被俘，伏兵解押索超來中軍帳見宋江，宋江大喜，連忙喝退軍健，「親解其縛，請入賬中，致酒相待」，好言撫慰，楊志曾經在梁中書那裏和索超比過武，可算是老相識了，這時也向索超敘禮相勸，索超降了宋江。

收水火二將

蔡京經皇帝批准，派人到凌州調遣聖水將軍單廷珪和神火將軍魏定國征討梁山泊。已經投降宋江的關勝深感宋江厚待之恩，要為梁山立功，主動請求先在凌州路上截住單魏二將，「若肯降時，帶上山來。若不肯降時，必當擒來。」

關勝見了單魏二將，先禮後兵，問候「二位將軍，別來久矣！」單魏二將卻指罵關勝「無才小輩，背反狂夫！上負朝廷之恩，下辱祖宗名目，不知死活！」關勝不怒，回答說：「兄長宋公明，仁德施恩，替天行道，特令關某到來，招請二位將軍。倘蒙不棄，便請過來，同歸山寨。」單魏大怒出戰，關勝大敗而退。

關勝二次與單廷珪交戰，用刀背只一拍，單廷珪落馬。關勝下馬扶起單廷珪，叫道：「將軍恕罪。」單廷珪「惶恐伏禮，乞命受降」。有本事的人服更有本事的人。有本事的人不吃敗仗不服軟，吃了敗仗才服輸。關勝對他說：「某與宋公明哥哥面前，多曾舉你。特來相招二將軍，同聚大義。」單廷珪做了俘虜未被殺頭，感激尚且來不及，再不像初見關勝時那麼神氣了，表示「不才願施犬馬之力，同共替天行道。」

李逵等五人趁關勝與魏定國交戰時攻破淩州，魏定國雖勝關勝，卻回城不得，退走中淩縣屯駐。單廷珪單人匹馬，前來中陵縣，好言勸告魏定國說：「我等歸順宋公明，且居水泊。久後奸臣退位，那時去邪歸正，未為晚矣。」宋江的「忠義」及「替天行道」還真有些號召力。魏定國聽後「沈吟半晌」，提出投降條件：「須是關勝親自來請，我便投降。他若是不來，我寧死不辱。」關勝聽到後說：「大丈夫做事，何故疑惑？」同單廷珪匹馬單刀去見魏定國。做事謹慎有點像趙雲的林沖提醒關勝「三思而行」，不要中了圈套，關勝則說：「好漢做事無妨。」魏定國見了關勝果然很高興地投降了，還同關勝共敍舊情，設筵管待。關勝開始對單魏先禮後兵，失敗後則是先兵後禮，終於降服了單魏二將。其中最有說服力的說詞是宋江的「替天行道」。

收董平

宋江要讓捉了史文恭的盧俊義坐第一把交椅遭到眾將反對，無奈之下，只好退一步說：「目今山寨錢糧缺少，梁山泊東，有兩個州府，卻有錢糧；一處是東平府，一處是東昌府。」「今寫下兩個鬮兒，我和盧員外各拈一處，如先打破城子的，便做梁山泊主，如何？」宋江拈著東平府，盧俊義拈著東昌府。大家也只好順從天意。

宋江派郁保四和王定六去東平府下戰書，借錢糧。守將董平要殺來使，程萬里太守不讓殺，「兩國相戰，不斬來使」。董平喝人把郁保四王定六打了一頓推出城去。宋江大怒，同意史進先去東平府找妓女李瑞蘭家，以便等董

平出城交戰時去更鼓樓上放火，「裏應外合，可成大事。」不料李瑞蘭一家密告程太守，把史進下入死囚牢。

董平主動出戰。宋江見董平一表人品，心中喜歡，先後差韓滔徐寧迎戰董平，董平被圍陣中，沖出回城。宋江連夜攻城，對董平說：「你看我手下雄兵十萬，猛將千員，替天行道，濟困扶危，早來就降，免汝一死。」董平怒舉雙槍，直奔宋江，宋江軍馬佯敗，董平追至離壽春縣十數裏一村鎮，中了埋伏，被絆馬索絆倒，一丈青扈三娘、孫二娘捉了董平來見宋江。

宋江立即喝退兩員女將，說：「我教你去請董將軍，誰教你們綁縛他來！」宋江慌忙下馬，親自解了繩索，把護甲錦袍給董平穿上，「納頭便拜」，董平也「慌忙答禮」。宋江對董平說：「倘蒙將軍不棄微賤，就爲山寨之主。」他一說讓山寨之主，別人會認爲他造反不是爲了稱王，而是替天行道。再加之他的態度誠懇。對方容易被他感動，不得不降。果然，董平受寵若驚，說：「小將被擒之人，萬死猶輕！若得容恕安身，實爲萬幸。」宋江向他說明攻打東平府只是爲了借糧，沒有其他意思。董平因要娶程萬里女兒被拒，對程萬里早有不滿，現在被宋江所俘，便說：「程萬里那廝，原是童貫門下門館先生，得此美任，安得不害百姓？若是兄長肯容董平今去賺開城門，殺入城中，共取錢糧，以爲報效。」宋江非常高興，董平宋江，一先一後，破了東平。董平殺了程太守一家，奪了程女爲妻。弗洛伊德的心理學在這裏起作用了。宋江救出史進，得了不少金銀糧米。

收張清

盧俊義攻打東昌府很不順利，東昌府有個猛將張清，善於飛石打人，第一陣郝思文額角中石，輸了一陣；第二陣張清手下副將丁得孫標又正中項充，又輸一陣。吳用派人請宋江救應。

宋江領兵到東昌府，張清便來搦戰。宋江見了張清，禁不住在門旗下喝彩。張清指罵宋江「水窪草寇，願決一陣！」宋江問誰可去戰張清？徐寧出馬，宋江暗喜道：「此人正是對手。」不料徐寧眉心被石擊中。宋江大驚失色，問「那個頭領接著廝殺？」燕順、韓滔、彭玘接連上陣，或敗歸，或中石。宋江見輸了數將，「心內驚惶」。接著，宣贊又被石擊中嘴邊。宋江發怒掣劍，割袍爲誓：「我若不拿得此人，誓不回軍」。呼延灼出戰，手腕被石擊中。宋江說：「馬軍頭領，都被損傷。步軍頭領，誰敢捉得這張清？」劉唐手拈朴刀出戰，被石擊中遭俘。宋江大叫：「那個去救劉唐？」楊志拍馬舞刀直取張清，

雖未被石擊中，卻喪膽歸陣。宋江看了心想：「若是今番輸了銳氣，怎生回梁山泊？誰與我出得這口氣？」朱仝、雷橫、關勝、董平、索超，輪番上陣，都沒占到便宜。

宋江對吳用盧俊義說：「我聞五代時，大梁王彥章，日不移影，連打唐將三十六員。今日張清無一時，連打我一十五員大將，雖是不在此人之下，也當是個猛將。」他說這話，用的是激將法。眾將聽了，無語以對。張清手下副將龔旺被林沖花榮活捉，丁得孫被呂方、郭盛活捉。宋江說：「我看此人，全仗龔旺丁得孫爲羽翼。如今手足羽翼被擒，可用良策，捉獲此人。」

吳用使計，捉了張清。

宋江領軍殺入城中，救了劉唐，饒了清廉太守。

被張清石子擊中的頭領都要殺張清，宋江卻親自下堂階迎接，還陪話說：「誤犯虎威，請勿挂意。」魯智深要打張清，宋江隔住，連聲喝道，不教下手。張清見宋江如此義氣，叩頭下拜受降。宋江取酒奠地，折箭爲誓：「眾弟兄若要如此報仇，皇天不佑，死於刀劍之下。」大家這才不敢再說什麼。宋江又說：「眾兄弟勿得傷情。」眾將大笑，「盡皆歡喜。」

張清當下向宋江推薦了獸醫皇甫端，皇甫端見宋江如此義氣，「心中甚喜，願從大義」。宋江又叫放出丁得孫、龔旺，用好言撫慰，二人叩首拜降，至此，梁山正好一百單八將，形成了可以向朝廷請求招安的規模。

大財主入夥

救柴進入夥

梁山隊伍中有幾個大財主，有名望，有武藝，對宋江來說，他們的加入，不僅擴大了梁山影響，也等於掌握了更多的投降資本。這其中有柴進、李應和盧俊義。

柴進被高廉下在死囚牢中。晁蓋說柴進自來與山寨有恩，他要親自領兵下山去救；宋江說：「哥哥是山寨之主，如何可便輕動？小可和柴大官人舊來有恩，情願替哥哥下山。」

宋江領了二十二位頭領來到高唐州，第一陣林沖刺殺了高唐州的統制官于直，秦明打殺了另一統制官溫文寶。高廉見連折二將，行起神法，黑風頓起，三百神兵趁勢追殺，宋江兵敗。

第二陣，宋江運用天書上寫的回風返火破陣之法，高廉黑風法被破，又改用驅獸法，宋江又敗。高廉一更時分帶領三百神兵劫寨，宋江吳用設計埋

伏，高廉被楊林、白勝領三百伏兵亂箭射中左肩臂，回城養病。宋江兩敗一勝，折了人馬，心中憂悶。

戴宗和李逵請來了公孫勝，破了高廉妖法，殺死高廉三百神兵。宋江領兵奪了城池，高廉被雷橫砍爲兩段。

宋江進駐高唐州，從關鍵時刻救了柴進性命的當牢節級藺仁那裏得知柴進下落，李逵下井救出柴進。

柴進從此上山入夥，從一個皇家後代變成了梁山頭領。

72 回柴進爲宋江到東京探路，在皇宮素白屏風上發現禦筆親書「山東宋江，淮西王慶，河北田虎，江南方臘」所謂四大寇的名字，心中暗想道：「國家被我們擾害，因此時常記心，寫在這裏。」他用身邊暗器把「山東宋江」四個字刻寫下來交給宋江看，宋江看罷，「歎息不已。」可見柴進和宋江在忠於皇帝、「棄暗投明」方面是一致的。

李應入夥

柴進是身陷牢獄被宋江救出後上了梁山，李應則是被宋江用計賺其上山。

李應也是個有名的「疏財仗義」英雄漢。他作爲與祝家莊結盟共防梁山的李家莊莊主，在杜興主管介紹下，禮待前來求助的楊雄石秀，答應救出時遷。他先教門館先生修書一封，填寫名諱，使個圖書印記，派了一個副主管去祝家莊討要時遷，他還很有把握地對楊石二人說：「二位壯士放心，小人書去，便當放來。」

祝家莊莊主祝朝奉倒想放人，他的三個兒子祝龍祝虎祝彪不回書，不放人，還要把時遷作爲梁山盜賊押解州裏去。李應感到吃驚，懷疑副主管不會說話導致如此，便命杜興主管帶上自己的親筆信討人，並對楊石說：「二位放心，我這封親筆信去，少刻定當放還。」

誰知杜興不但沒討回時遷，還受了一肚子氣，祝氏三傑連李應的書看也不看就扯得粉碎，聲言要把李應捉來，也當梁山泊強盜押往州裏去。李應「心頭那把無明業火，高舉三千丈」，全副披掛，持槍上馬，帶領二十餘騎親往祝家莊，結果被鬥他不過的祝彪一箭中臂。楊石二人只得上梁山請求晁宋爲李應報仇並救出時遷。臨別，李應以金銀相贈楊石。

宋江一打祝家莊未勝，楊林黃信被俘；二打祝家莊前先去拜訪李應，李應不願與梁山泊造反的人相見。說：「他是梁山泊造反的人，我如何與他廝見，無私有意。」宋江表示理解：「他是富貴良民，懼怕官府，如何造次肯與我們

相見？」但李應也沒有像扈家莊的扈三娘一樣幫祝家莊打梁山好漢。李應箭瘡平息後，閉門不出。宋江三打祝家莊取勝，派人扮成知府，帶人把李應賺上梁山。晁蓋宋江向李應下廳伏罪，「久聞官人好處，因此行出這條計來，萬望大官人情恕。」事已至此，李應只得隨順。

盧俊義上山

北京大名府在城龍華寺僧人大圓，被請到梁山寨內做道場，提起河北玉麒麟盧俊義，宋江言說此人「一身好武藝，棍棒天下無對。梁山泊寨中若得此人時，何怕官軍輯捕，豈愁兵馬來臨？」

吳用設計捉了盧俊義。盧俊義雖成了俘虜，卻受到特殊優待，穿錦衣繡襖，坐著轎子上山。宋江等眾頭領下馬迎接，盧俊義慌忙下轎。宋江先跪下了，後面眾頭領排排下跪，盧俊義這才跪下還禮說：「既被擒捉，願求早死！」宋江大笑，說道：「且請員外上轎。」到了忠義堂廳上，宋江向盧俊義陪話說：「小可久聞員外大名，如雷貫耳，今日幸得拜識，大慰平生。」

宋江請盧俊義坐梁山第一把交椅。盧俊義還以為宋江和他這個俘虜開玩笑。宋江陪笑說這不是開玩笑，「實慕員外威德，如饑如渴。萬望不棄鄙處，為山寨之主，早晚共聽嚴命。」盧俊義則明確表示：「寧教死亡，實難從命。」因為此時的盧俊義認為梁山這夥人都是「賊男女」，他原要特地來捉，現在雖然做了「草寇」「賊男女」的俘虜，但不肯投降，更不會去做「草寇」「賊男女」的領導。第二天，宋江又大排筵宴，向盧俊義把盞陪話：「夜來甚是衝撞，幸望寬恕。雖然山寨窄小，不堪歇馬，員外可看『忠義』二字之面，宋江情願讓位，休得推卻。」宋江想用讓位表示請盧俊義上山是誠意，盧俊義則堅決表示：自己「生為大宋人，死為大宋鬼，寧死實難聽從。」

盧俊義回到北京，因被管家李固及盧妻賈氏誣告，梁中書判他死刑押在大牢，有兩院押獄兼行刑儈子手蔡福及其兄弟蔡慶關照；加之燕青冒死相救，在押往沙門島途中，沒有被李固收買的防送公人薛霸董超所害；後來欲逃未成，卻又被梁中書差人捉拿，危在旦夕。宋江差往北京打探盧俊義消息的石秀，關鍵時刻，從酒樓跳下，救了盧俊義。但寡不敵眾，雙方被捉。宋江吳用得到燕青楊雄報信，領軍相救。

吳用使計打破北京，救了盧俊義、石秀。

宋江見了盧俊義，「納頭便拜」，說：「我等眾人，欲請員外上山，同聚大義，不想卻遭此難，幾被傾送，寸心如割。皇天垂祐，今日再得相見，大慰

平生。」盧俊義拜謝說：「上託兄長虎威，深感眾頭領之德，齊心並力，救拔賤體，肝膽塗地，難以報答。」當下宋江又要盧俊義為尊，盧俊義推辭說：「盧某何等之人，敢為山寨之主？若得與兄長執鞭墜鐙，願為一卒，報答救命之恩，實為萬幸。」

盧俊義後來做了第二把手，成了宋江的得力助手。

（4）輿論準備

達爾文說過：「科學就是整理事實，從中發現規律，做出結論。」（達爾文《生活信件》）

我感到要對經典長篇小說做出「準確」解讀，這三個環節是不能少的。人物的所有言行，情節發展的整個過程及其聯繫，細節的畫龍點睛作用，這些都是不可忽視的事實。

魯迅說過，《水滸》和《紅樓夢》的有些地方，是能使讀者由說話看出人來的。魯迅是從人物語言的個性化程度高的角度講的。我在閱讀中發現，《水滸傳》中宋江的一系列言談只要按先後次序羅列出來，甚至不需要任何多餘的點評和解釋，就可以看出作者塑造這個人物的用意。對宋江過高過低的評價，其不恰當之處一下就可以分辨出來。這是《水滸傳》不同於其他幾部經典長篇小說的一個顯著特點。

早在 32 回，武松要去二龍山落草，宋江就對武松說：「兄弟，你只顧自己前程萬里，早早的到了彼處。入夥之後，少戒酒性，如得朝廷招安，你便可攜掇魯智深、楊志投降了。日後但是去邊上，一刀一槍，博得個封妻蔭子，久後青史上留一個好名，也不枉了為人一世，我自百無一能，雖有忠心，不能得進步。兄弟，你如此英雄，決定做得大事業，可以記心，聽愚兄之言，圖個日後相見。」

宋江未上山，就給要上山的武松灌輸投降思想。

還沒造反，就想到投降；還沒上山，就準備著下山，他上山後堅決走投降之路也就不奇怪了。所謂「我今上山者，預為下山謀。」

當時宋江因殺閻婆惜事逃難在孔明孔亮莊上，對重走由吏到官，再由小官到大官的路心存幻想。而武松要去上山落草，等於選擇了造反之路。這條路又有三種前途，一是當個草澤英雄，了此一生；二是像方臘一樣推翻趙宋王朝，改朝換代，或擁護別人為王，或自己稱王；三是把事情弄大，朝廷無

法剿滅，將其招安，為朝廷所用。宋江這裏給武松指出的是最後一條路。他自己當時還沒有走上這一條路。

55 回宋江等殺高廉後，呼延灼與彭玘韓滔領兵征剿梁山泊，彭玘被捉，宋江親解其縛，以賓禮相待，彭玘不理解，宋江說：「某等眾人，無處容身，暫占水泊，權時避難，遭惡甚多。今看朝廷遣將軍前來收捕，本合延頸就縛，但恐不能存命，因此負罪交鋒，誤犯虎威，敢乞恕罪。」「某等眾兄弟也只待聖主寬恩，赦宥重罪，忘生報國，萬死不辭。」宋江做為忠臣義士卻要走仕途歪路，而那些奸臣卻走的仕途正路，這是一種不正常現象。宋江是人在江湖，心系君王；那些奸臣卻是人在廟堂心生邪想。宋江雖上梁山，但不做強盜，不造反稱王，而是曲線忠君救國。

56 回朝廷金槍班教師徐甯被賺上山，宋江執酒杯向徐甯陪話說：「現今宋江暫居水泊，專待朝廷招安，盡忠竭力報國。非敢貪財好殺，行不仁不義事。萬望觀察憐此真情，一同替天行道。」

58 回呼延灼被俘，宋江喝令解去繩索，親自扶呼延灼上帳坐定，宋江拜見，呼延灼對其舉動不解，宋江說：「小可宋江怎敢背負朝廷？蓋為官吏汙濫，威逼得緊，誤犯大罪，因此權借水泊裏隨時避難，只待朝廷招安。不想起動將軍，致勞神力。實慕將軍虎威。今者誤有冒犯，且乞恕罪。」呼延灼還以為宋江要他往東京向皇帝告請招安赦書，宋江說：「將軍如何去得？高太尉那廝，是個心地匾窄之徒，忘人大恩，記人小過。將軍折了許多軍馬錢糧，他如何不見你罪責？如今韓滔、彭玘、凌振，已多在敝山入夥。倘蒙將軍不棄山寨微賤，宋江情願讓位與將軍；等朝廷見用，受了招安，那時盡忠報國，未為晚矣。」他把梁山寨主這個草頭王根本不當一回事，他夢寐以求的是朝廷命官。

59 回宋江設計把去華嶽燒香的宿太尉「請」上山，扶宿太尉在聚義廳當中坐定，宋江拜了四拜，跪在宿太尉面前說：「宋江原是鄆城縣小吏，為彼官司所逼，不得已哨聚山林，權借梁山泊避難，專等朝廷招安，與國家出力。」這那裏像個起義軍首領，儼然是朝廷命官的下級。這是宋江第一次與宿太尉零距離接觸，不僅借宿太尉之名打下華州，殺了賀太守，救了史進魯智深，而且為後來宿太尉奉旨招安埋下伏綫。

64 回宋江與關勝對陣，關勝喝問宋江：「汝為小吏，安敢背叛朝廷？」宋江答道：「蓋為朝廷不明，縱容奸臣當道，讒佞專權，佈滿濫官汙吏，陷害天

下百姓，宋江等替天行道，並無異心。」他忠於趙宋，大言不慚，勝過朝廷命官。

65 回，索超受梁中書派遣與宋江相戰，落入陷坑被俘，宋江以禮相待，好言撫慰索超說：「你看我眾兄弟們，一大半都是朝廷命官，蓋為朝廷不明，縱容濫官當道，汙吏專權，酷害良民，都情願協助宋江，替天行道。若是將軍不棄，同以忠義為主。」難怪不少朝廷命官願意追隨他，原來他和這些朝廷命官心有靈犀一點通。

67 回吳用對盧俊義說明自己奉宋江之命，到北京以賣卦為名，「賺員外上山，共聚大義，一同替天行道。」68 回宋江要盧俊義為山寨之主，「他時歸順朝廷，建功立業，官爵升遷，能使兄弟們盡生光彩。」

宋江這種見人就表白的作法讓人想起《祝福》裏的祥林嫂，祥林嫂見人便說她怎麼失去阿毛，一是自責，二是痛惜；宋江這裏的表白有著同樣的動機，對自己不幸走上「殺人放火」之路的自責和痛惜，和祥林嫂不同的是他還抱有「受招安」的希望和追求，沒有像祥林嫂那樣絕望。再就是有追隨他的一般弟兄，足以引起趙宋王朝的重視；三是他的這種表白有利於爭取官軍將領，因為正直而有本領的官軍將領對時局和他有一致的看法，不過一走正路，一走彎路罷了。他的這種表白也是在教育非官軍將領，認請梁山泊的出發點和歸宿，把他們的思想統一到忠義雙全替天行道的軌道上來。還有，就是這種表白也是一種有意識所造的輿論，讓更多人知道他們不是嘯聚山林的盜賊或反叛，他們是偶然失足的忠臣義士，同時也讓有條件和最高統治者接觸的人將下情上達，讓皇帝有朝一日能高擡貴手，赦罪招安。他的這一反復申明的投降輿論對後來的投降行動是非常必要的。一旦時機成熟，他便不失機地由大造投降輿論到採取投降行動了。

108 人群居，在任貪官斂民之財，害民財主盤剝之財，暴富商人不義之財，是他們的主要生活來源。至此梁山泊達到一個高潮，作者盛讚道：

> 八方共域，異姓一家。天地顯罡煞之精，人境合傑靈之美。千裏面朝夕相見，一寸心生死可同。相貌語言，南北東西各有別；心情肝膽，忠誠信義並無差。其人則有帝子神孫，富豪將吏，並三教九流，乃至獵戶漁人，屠兒劊子，都是一般兒哥弟稱呼，不分貴賤；且又有同胞手足，捉對夫妻，與叔任郎舅，以及跟隨主仆，爭鬥冤仇，皆一樣的酒筵歡樂，無問親疏。或精靈、或粗鹵、或村樸、或

風流，何嘗相礙，果然認性同居；或筆舌、或刀槍、或奔馳、或偷騙，各有偏長，真是隨才器使。可恨的是假文墨，沒奈何著一個聖手書生，聊存風雅；最惱的是大頭巾，幸喜得先殺卻白衣秀士，洗盡酸慳。地方四五百里，英雄一百八人。昔時常說江湖上聞名，似古樓鐘聲聲傳播；今日始知星辰中列姓，如念珠子個個連牽。在晁蓋恐託膽稱王，歸天及早；惟宋江肯呼群保義，把寨為頭。休言嘯聚山林，早願瞻依廊廟。

當忠義還沒有和替天行道在實際行動上聯繫在一起的時候，為梁山贏得了全盛的局面，形成了一支囊括各類人員的規模可觀的隊伍。這個 108 人的隊伍，和諧共處，不分貴賤，情同手足，儼然一個大家庭。它雖然始于晁蓋，但卻興盛于宋江，而且也顯示了兩者在稱王還是投降上的根本不同。作者賦詩曰：

忠為君王恨賊臣，義連兄弟且藏身。

不因忠義心如一，安得團圓百八人。

（二）替天行道——實施投降

宋江對晁蓋個人及其領袖地位和梁山開創之功都是很尊重的，沒有架空晁蓋的任何表現。但他對晁蓋的稱王路線是不贊同的。

晁蓋死前，宋江只是製造替天行道的輿論，晁蓋死後，宋江便把替天行道落實到行動。

60 回晁蓋剛死，宋江被林沖提議擁為山寨之主，宋江有了改變晁蓋路線的條件，馬上宣佈：「聚義廳今改為忠義堂」，「忠義堂上，是我權居尊位。」

71 回何玄通道士說石碣上所鐫蝌蚪文字除眾人大名外，側首一邊是「替天行道」四字，一邊是「忠義雙全」四字。宋江於是與吳用朱武等計議，堂上要立一面牌額，大書「忠義堂」三字；山頂上立一面杏黃旗，上書「替天行道」四字。上合天意，下符人心，名正言順，正式改變了晁蓋託膽稱王的路線。

「菊花會」是他由投降準備階段到實施階段的轉折點。也是由口頭宣傳替天行道到行動落實替天行道的轉折點。投降是為了替天行道，替天行道就要投降。

早在「菊花會」之前，梁山泊人要不要投降，將來走那條路，就有分歧。有戴宗這種和宋江主張投降思想一致的人，也有反對招安的人。64 回呼延灼

假投降，取得關勝信任，對關勝說宋江專以忠義爲主，不幸從賊無辜，「此人素有歸順之意，獨奈眾賊不從。」呼延灼爲取得關勝信任說的這些話，虛中有實，假中有眞。

爲了統一思想，統一行動，宋江要做羅天大醮，其中第一條祈保眾兄弟身心安樂；第三條上薦晁天王早生天界，世世生生，再得相見。這兩條沒有什麼實際意義，重點是第二條，這一條就是「惟願朝廷早降恩光，赦免逆天大罪，眾當竭力捐軀，盡忠報國，死而後已。」還聚眾焚香，對天盟誓：「各無異心，死生相托，患難相扶，一同保國安民。」「自今已後，若是各人存心不仁，削絕大義，萬望天地行誅，神人共戮，萬世不得人身，億載永沈末劫。但願共存忠義於心，同著功勳于國，替天行道，保境安民，神天鑒察，報應昭彰。」

這就是把大家捆綁在一起，跟著宋江這個領頭的走。誰如果出列，或見異思遷，天誅地滅。

樂和所唱宋江滿江紅中寫道：

> ……願樽前長敘弟兄情，如金玉。統豹虎，禦邊幅。號令明，軍威肅。中心願，平虜保民安國。日月常懸忠烈膽，風塵障卻奸邪目。望天王降詔，早招安，心方足。

對天設誓還不夠，看不出各人心思。樂和所唱宋江的滿江紅詞是對 108 人心思的檢驗，是民意調查。

1. 兩大投降障礙

第一重障礙是奸臣作祟。奸臣開始反對招安，破壞招安，武力征剿；招安後一是拖延皇帝封賞指令，二是在皇帝面前說壞話，使忠義蒙屈，三是一有機會就要置其於死地。

從理論上講忠臣和皇帝好像不應該有矛盾，實際上矛盾始終存在。如果說皇帝在招安前因只聽奸臣一面之詞，認爲梁山人這夥「賊寇數辱朝廷，累犯大逆」，把宋江作爲四大寇之一寫在屏風上，是因爲不瞭解眞情，受了蒙蔽，那麼招安後表面上承認他們是忠臣義士，實際上是根據個人需要決定宋江等人的待遇和命運。宋江等人的命運掌握在奸臣手裏，皇帝借刀殺人裝糊塗。和皇帝的矛盾有皇帝本身的原因，也是奸臣製造障礙的結果。奸臣使奸，忠義難申。

　　第二重障礙就是內部反對派反對投降。梁山內部人員組成可分為五種類型，一種類型是逼上梁山的下層人士，如魯智深、武松、林沖、史進、吳用、三阮兩張二李等；第二種類型是有錢有名人士，如李應、盧俊義、柴進等；第三種是官軍將領，如呼延灼、秦明、關勝等；第四種是有一技之長的人士，如安道全、皇甫端、時遷、樂和、蕭讓等；第五種類型是有靈異高招的人才，如公孫勝、樊瑞、喬道清等。招安後作為一支武裝力量由「山中賊」變成皇家犬，「山中賊」不存在了，但不意味著「心中賊」也不存在了，許多將領人雖投降，反心未除，這和宋江的忠義觀是不相容的。

2. 裹挾團隊投降

　　要實施投降，當然要粉碎奸臣陰謀，衝破奸臣這一道障礙。但首先還是要統一內部人員的思想和行動。宋江統一內部的辦法是「裹挾」，雖不強制，大夥還不得不跟著他走。裹挾的方式有：權力裹挾，忠義裹挾，感情裹挾，官祿裹挾，征戰裹挾。

（1）權力裹挾

　　宋江的領袖地位是長期自然形成的，不是有意識爭來的，更不是陰謀篡奪的。相反，他對梁山一把手這個地位倒是不大在意的。而越不在意，越不去爭，越受人擁戴。

　　宋江上梁山後，晁蓋感宋江救命之恩，要宋江坐第一把交椅，宋江寧死不就，說：「仁兄，論年齒，兄長也大十歲，宋江若坐了，豈不自羞。」自己坐了第二把交椅。

　　晁蓋戰死後，眾人擁他為主，他執意不就。後來勉強坐了頭把交椅。

　　盧俊義上山，宋江一再推讓，要盧俊義坐第一把交椅，引起眾弟兄不滿。首先反對的是李逵。他說：「哥哥若讓別人做山寨之主，我便殺將起來。」其次是武松，說：「哥哥只管讓來讓去，讓得弟兄們心腸冷了。」宋江不像過去未作頭領之前那麼耐心了，他大喝道：「汝等省得甚麼！不得多言。」盧俊義是個有自知之明的人，他看見眼前情景，連忙拜說：「若是兄長苦苦相讓著，盧某安身不牢。」多虧吳用這時出來打圓場，說「等日後有功，卻在讓位。」

　　打破曾頭市後，宋江按照晁蓋臨終遺言：「但有捉得史文恭者，不揀是誰，便為梁山泊之主」，要立捉了史文恭的盧俊義為尊，盧俊義推辭不就，宋江說：「非宋某多謙，有三件不如員外處：第一件，宋江身材黑矮，貌拙才疏；員

外堂堂一表，凜凜一軀，有貴人之相。第二件，宋江出身小吏，犯罪在逃，感蒙眾弟兄不棄，暫居尊位；員外生於富貴之家，長有豪傑之譽，雖然有些兇險，累蒙天佑。第三件，宋江文不能安邦，武又不能附眾，手無縛雞之力，身無寸箭之功；員外力敵萬人，通今博古，天下誰不望風而服。尊兄有如此才德，正當為山寨之主。他時歸順朝廷，建功立業，官爵升遷，能使弟兄們盡生光彩。宋江主張已定，休得推託。」

從他這一段話可以看出他讓盧俊義坐主位態度是真誠的，不是故作姿態，不是「作秀」。他所列舉三條不如盧俊義之處，都是事實，不是為裝樣子給別人看而故意貶低自己擡高別人的虛偽作法，雖然他的這些理由不是能否為尊的必要條件。盧俊義死不從命，吳用表示態度說：「兄長為尊，盧員外為次，人皆所伏。兄長若是再三推讓，恐冷了眾人之心。」吳用還給眾人使眼色，讓大家給宋江施加壓力。李逵首先大叫：「我在江州捨身拼命，跟將你來，眾人都饒讓你一步。我自天也不怕！你只管讓來讓去，做甚鳥！我便殺將起來，各自散夥！」武松也叫道：「哥哥手下許多軍官，受朝廷誥命的，也只是讓哥哥，如何肯從別人？」劉唐說：「我們起初七個上山，那時便有讓哥哥為尊之意，今日卻要讓別人！」魯智深大叫：「若還兄長推讓別人，洒家們各自撒開！」

最後大家還是按照宋江的提議，宋江盧俊義二人各拈一鬮，宋江拈著東平府，盧俊義拈著東昌府，誰先打破城子，誰為山寨之主。眾人只好「聽從天命」。結果宋江順利打破東平府，盧俊義卻在攻打東昌府時遇見張清，難以取勝，宋江不無遺憾地歎說：「盧俊義直如此無緣！特地教吳學究、公孫勝幫他，只想要他見陣成功，山寨中也好眉目，誰想又逢敵手，既然如此，我等眾兄弟引兵都去救應。」宋江幫盧俊義打下東昌府後，才不再謙讓。

不願為尊，是宋江義氣的最典型的表現，也是大家擁護他的重要原因。

宋江這個梁山一把手雖然不是公選的，但確實是大家一致擁立的，不管是贊同他投降的還是不同意他投降的，都真心實意尊他為首。他堅持忠義雙全、替天行道不動搖，而對做不做一把手卻不在意，他相信道德和路線的力量。越是這樣，大家越擁護他。他一旦掌握了梁山大權，而且據說這是天意，就和他在晁蓋生前不一樣了，手中有了權，對於反對投降的人，他要用權來壓服了。

菊花會上，宋江高唱投降老調，首先站出來反對招安的是宋江未上山前就教其將來接受招安投降的武松。武松叫道：「今日也要招安，明日也要招安，

冷了弟兄們的心。」可見武松雖拜宋江為兄，但多年經歷告訴他，受招安之路走不通，他已對官府不抱幻想，對宋江當年所說投降已不認同。

宋江對武松說：「兄弟，你也是個曉事的人，我主張招安，要改邪歸正，為國家臣子，如何便冷了眾人的心？」武松雖然沒有回答他，魯智深一番話等於代武松作了回答，魯智深說：「只今滿朝文武，多是奸邪，蒙蔽聖聰，就比俺的直裰染做皂了，洗殺怎得乾淨？招安不濟事，便拜辭了，明日一個個各去尋趁罷。」魯智深和宋江的關係不及武松和李逵與宋江的關係那麼深，武松受過宋江好處，又尊宋江為兄長，不好一再頂撞。魯智深沒有這些顧慮，他是個直腸子人，雖尊宋江為頭，但不同意就是不同意，宋江拿他沒法，但還是表態說：「眾弟兄聽說，今皇上至聖至明，只被奸臣閉塞，暫時昏昧，有日雲開見日，知我等替天行道，不擾良民，赦罪招安，同心報國，青史留名，有何不美！因此只願早早招安，別無他意。」大家聽了，誰還能說什麼呢，只有稱謝的份兒。不過氣氛並不融洽，「終不暢懷。」宋江的話對眾人是一種壓服。

神醫安道全為宋江「美玉滅斑」，使一個文面囚犯變成了光面忠臣。宋江於是理直氣壯地為趙宋王朝開始滅「心中賊」。（明代王守仁有所謂「破山中賊易，破心中賊難」的說法，山中賊指造反隊伍，心中賊指造反思想。）

71 回宋江進京去見李師師，和燕青、戴宗在樊樓閣子裏飲酒，聽到史進、穆弘在隔壁閣子裏吃得大醉，口出大言道：「浩氣沖天貫鬥牛，英雄事業未曾酬。手提三尺龍泉劍，不斬奸邪誓不休。」這分明是反心未泯。宋江近前喝道：「你這兩個兄弟嚇殺我也！快算還酒錢，連忙出去！早是遇著我，若是做公的聽得，這場橫禍不小。誰想你這兩個兄弟也這般無知粗糙！快出城，不可遲滯。」史進穆弘「默默無言」，付錢下樓，出城。

史進穆弘對宋江急於招安，「病急亂投醫」，並不完全認同，但又不得不服從。狼群被領頭犬引入歧途，狼群中雖有頭腦清楚的狼，也不敢冒然一個離開狼群去獨自走向正確的路線。離開狼群的狼極有可能被吃掉，而夾裏在狼群的狼即使走錯了方向也不一定被吃掉。就像非洲角馬群中的角馬離群只能被獅子吃掉，而裏挾在角馬群中間無論走哪條路都不一定被獅子吃掉一樣。

83 回宋江奉旨征虜破遼，中書省兩員廂官到陳橋驛賞勞三軍，把禦賜官酒每瓶克減半瓶，肉每斤克減六兩。被梁山一軍校發現後，責罵廂官是「好利之徒，壞了朝廷恩賞」，「佛面上刮金」，廂官則罵軍校是：「剮不盡，殺不

絕的賊！梁山泊反性，尚不改！」軍校殺死廂官。如在投降之前，軍校殺廂官不會有人追究。投降後宋江站在朝廷一邊處理此事，軍校不會占到便宜。宋江責怪軍校說：「他是朝廷命官，我兀自懼他，你如何便把他殺了！須是要連累我等眾人！」軍校叩頭伏死，宋江又哭道：「我自從上梁山以來，大小兄弟，不曾壞了一個。今日一身入官所管，寸步也由不得我。雖是你強氣未滅，使不得舊時性格。」命軍校痛飲一醉，樹下自縊，斬下頭來號令，于陳橋驛梟首示眾，以一儆百。

當年不忠不義的趙匡胤兄弟兩個在陳橋驛密謀策劃兵變，從後周孤兒寡母手中奪得王位，趙家從此世代為王。現在，作者讓宋江投降後也駐軍陳橋驛，引人深思。自幼讀經讀史的宋江難道不知道陳橋兵變嗎？趙家可以搶奪別人的江山，別人為什麼不能搶奪趙家的江山？一生忠義的宋江可以幹但沒有幹趙宋開國皇帝幹的事，把忠義二字發揮到了極致。後周小皇帝如果有個宋江這樣的忠臣義士、鐵杆保皇派，趙家人恐怕只能做夢作皇帝了。宋徽宗比小周皇帝運氣好。宋江不但不搶他的江山，還鎮壓對他的江山有威脅的人。

110 回李俊張順張橫阮氏三兄弟幾個水軍頭領對軍師吳用說：「朝廷失信，奸臣弄權，閉塞賢路。……就這裏殺將起來，把東京劫掠一空，再回梁山泊去，只是落草倒好。」是的，在梁山泊，終日吃酒肉，長年穿綢錦，不受拘束，伸縮自主，現在行動生活都受拘束。這幾個將領只是要求打劫一下東京便走人，還沒有提出推翻趙宋王朝，像方臘一樣稱帝。其實當時要再膽大一點，一舉奪了趙宋王權，改朝換代，中國歷史可能大進一步。

宋江聽了，馬上表態：「若是兄弟們但有異心，我當死于九泉，忠心不改！」第二天一早又召集大家，說：「俺是鄆城小吏出身，又犯大罪，託賴你眾弟兄扶持，尊我為頭，今日得為臣子。自古道：『成人不自在，自在不成人。』」他還為朝廷出榜禁止諸將入城的作法辯護，認為應該如此，「我等山間林下，鹵莽軍漢極多，倘或因而惹事，必然依法治罪，卻又壞了名聲。如今不許我等入城去，倒是幸事。」他用帶有威脅口味的語氣說：「你們眾人，若嫌拘束，但有異心，先當斬我首級，然後你們自去行事。不然，吾亦無顏居世，必當自刎而死，一任你們自為！」狼想自由，狗想主子。狼愛吃肉，狗愛吃屎，本性難移。但因狗為狼之首，狼只好屈從狗。眾人聽了，垂淚設誓，反心被壓抑下去。

至於對李逵，那就更不客氣了。因為李逵和他是心腹兄弟，訓斥教育李逵對其他人有不可低估的警示作用。

41 回宋江初上梁山，李逵就跳起來說：「放著我們有許多軍馬，便造反，怕怎的？晁蓋哥哥便做了大皇帝，宋江哥哥便做了小皇帝，吳先生做個丞相，公孫道士便做個國師，我們都做個將軍，殺去東京，奪了鳥位，在那裏快活，卻不好？不強似這個鳥水泊裏？」這李逵簡直就是梁山裏的方臘、田虎、王慶！怎能不受到朝思暮想投降當官將領的訓斥！戴宗就把李逵訓斥威嚇了一頓，他要李逵「須要聽兩位哥哥的言語命令」，否則，「胡言亂語，多嘴多舌，再如此多言插口，先割了你這顆頭來為令，以警後人。」李逵自我解嘲地說：「阿哎！若割了我這顆頭，幾時再長的一個出來。我只吃酒便了。」當時晁宋雙峰對峙，反降不明，宋江不好說什麼。

60 回晁蓋死後，宋江繼位，李逵又叫：「哥哥休說做梁山泊主，便做了大宋皇帝，卻不好！」宋江這時成了一山之主，他要用權了，喝道：「這黑廝又來胡說！再休如此亂言，先割下你這廝舌頭！」他這裏不是謙虛不想當王，而是出於忠心，想造反當官，而不是要造反當王。

67 回盧俊義上山，李逵立即提出建議：「今朝都沒事了，哥哥便做皇帝，教盧員外做丞相，我們都做大官，殺去東京，奪了鳥位，卻不強似在這裏鳥亂！」這話激怒了宋江，喝罵李逵。他造反本來就不是要奪皇位，李逵教他當皇帝，這不是要篡改歸順朝廷的路線了嗎？

71 回菊花會上，宋江表示要招安，李逵睜圓怪眼，大叫道：「招安，招安，招甚鳥安！」一腳把桌子踢得粉碎。宋江對李逵不像對其他人，命人把李逵推下「斬訖報來」，因眾人跪下求情，才叫「把這廝監下。」吳用勸了宋江幾句，宋江見李逵輕易斬殺不得，馬上改變態度，說李逵與他「情分最重」，江州吟反詩，李逵為救他出力最多。今日吟滿江紅李逵反對，幾乎壞了李逵性命，說到這裏，潛然淚下。但第二天又警告李逵說：「我手下許多人馬，都似你這般無禮，不亂了法度？且看眾兄弟之面，寄下你項上一刀，再犯必不輕恕！」他過去只收買了李逵的「義」心，還沒有收買李逵的「反」心。現在可以用權力抑制李逵的「反」心。

110 回，李逵對宋江說：「哥哥好沒尋思！當初在梁山泊裏，不受一個的氣，卻今日也要招安，明日也要招安，討得招安了，卻惹煩惱。放著兄弟們都在這裏，再上梁山泊去，卻不快活！」

宋江大喝道：「這黑禽獸又來無禮！如今做了國家臣子，都是朝廷良臣。你這廝不省得道理，反心尚兀自未除。」李逵也不服輸，說：「哥哥不聽我的話，明朝有的氣受哩。」

還真讓李逵說對了，接著就有天子禁約敕旨榜文，貼到陳橋門外，不許眾將入城。「宋江轉添愁悶，眾將得知，亦皆焦躁，盡有反心，只礙宋江一個。」

義軍如果一直是晁蓋為首，不會走投降招安路線。而自從宋江為首後，便明確地宣佈了要走投降招安路線的決心。宋江從上山的那一天起，就想著招安，坐了第一把交椅後更是念念不忘招安，大聚義後便千方百計尋求招安。他在義軍的首領地位，使其他反投降招安的人無法取代他而實行推翻趙宋腐朽統治，以順應「人心思亂」的形勢。那些反招安的將領要麼像吳用這樣的謀才，要麼就是領兵打仗的將才，而缺乏統領眾將的帥才，更沒有像黃巢那種敢於與王仙芝以投降為條件謀求當官的路線決裂的雄才。

（2）忠義裹挾

忠義觀念對聯絡義軍、分化官軍、團結內部、統一思想行動起過積極作用。但這種觀念封建性強，局限性大。有什麼樣的思想觀念就會有什麼樣的行動路線。宋江的忠義路線使他不投降遼國，但使他投降趙宋。使他抗遼立功，也使他征剿其他起義軍而犯罪。其他義軍將領願意跟他走也是忠義思想支配的結果。由於忠義觀念，這些英雄生時緊跟宋大哥，或者以死相報答，或者死了也要和他在一起。

84 回，在征遼前線，宋江把歐陽侍郎奉郎主之命封賞招降梁山人的一席話說與吳用，吳用聽了，「長歎一聲，低頭不語，肚裏沈吟。」宋江問他為何歎氣，吳用說：「我尋思起來，只是兄長以忠義為主，小弟不敢多言。我想歐陽侍郎所說這一席話，端的是有理。目今宋朝天子，至聖至明，果被蔡京、童貫、高俅、楊戩四個奸臣弄權，主上聽信。設使日後縱有成功，必無升賞。我等三番招安，兄長為尊，只得個先鋒之職。若論我小子愚意，棄宋從遼，豈不為勝，只是負了兄長忠義之心。」吳用的話傾向性很明確：棄宋從遼，堅守忠義，二者擇一，投遼為勝。

宋江不同意吳用看法，死不從遼，忠宋之心不改。吳用看他態度堅決，只好放棄自己的想法。

其實，宋江投降趙宋和投降遼邦沒有什麼本質區別。和江南方臘相比，趙宋遼邦都是一樣的。作者這裏還是表現宋江對宋徽宗的忠心不二。

110 回，幾個水軍頭領不滿皇帝失信，對軍師吳用說：「俺哥哥破了大遼，剿滅田虎，如今又平了王慶，止得個皇城使做，又未曾升賞我等眾人。如今

倒出榜文，來禁約我等，不許入城。我想那夥奸臣，漸漸的待要拆散我們兄弟，各調開去。」他們要吳用做主張，背著宋江殺回梁山。

吳用說：「宋公明兄長斷然不肯。你眾人枉費了力，箭頭不發，努折箭杆。自古蛇無頭而不行，我如何敢自主張？這話須是哥哥肯時，方才行得；他若不肯做主張，你們要反，也反不出去！」

但吳用還是委婉地把六個水軍頭領的意思給宋江說了。吳用說：「仁兄往常千自由，百自在，眾多兄弟亦皆快活。自從受了招安，與國家出力，為國家臣子，不想倒受拘束，不能任用，兄弟們都有怨心。」又說：「古人雲：『富與貴，人之所欲；貧與賤，人之所惡。』觀形察色，見貌知情。」宋江聽了，堅決反對，吳用沒有堅持。

吳用要是接受了遼國使臣招降要求，或接受水軍頭領建議再反，一種可能是導致 108 人分裂，也可能像王仙芝與黃巢那樣的結果，再一種可能是內部互殘。無論哪種後果，對宋江的「忠義雙全」「替天行道」都是致命打擊。

116 回阮小二怕被俘受辱，自刎身亡，宋江煩惱，阮小五阮小七勸宋江說：「我哥哥今日為國家大事，折了性命，也強似死在梁山泊，埋沒了名目。」阮小二阮小七就唱過「酷吏贓官都殺盡，忠心報答趙官家」，「先斬何濤巡檢首，京師獻于趙王君。」他們在忠君上和宋江是一致的。

同回解珍解寶要上山放火奪烏龍嶺，對宋江說：「我弟兄兩個，自登州越獄上梁山泊，託哥哥福蔭，做了許多年好漢，又受了國家誥命，穿了錦襖子，今日為朝廷，便粉骨碎身，報答仁兄，也不為多。」宋江教他們不要說這「凶話」，只願早立大功回京，「朝廷不肯虧負我們，你只顧盡心竭力，與國家出力。」二解上嶺時身死。

120 回奸臣送藥酒要毒死宋江，宋江知情後首先想到的不是除掉害他的奸臣，而是想到讓李逵也喝藥酒和他一起死。他說：「我死不爭，只有李逵見在潤州都統制，他若聞知朝廷行此奸弊，必然再去嘯聚山林，把我等一世清名忠義之事壞了。」李逵得知此情，大叫一聲：「哥哥，反了罷！」還說「我鎮江有三千軍馬，哥哥這裏楚州軍馬，盡點起來，並這百姓，都盡數起去，並氣力招軍買馬殺將去！只是再上梁山泊倒快活！強似在這奸臣們手下受氣！」

宋江在請來李逵的當天就已經給李逵喝下了摻有慢藥的接風酒，李逵不知，次日相別時還問宋江幾時起兵，他來接應，宋江對他說：「兄弟，你休怪

我！前日朝廷差天使，賜藥酒與我服了，死在且夕。我為人一世，只主張『忠義』二字，不肯半點欺心。今日朝廷賜死無辜，寧可朝廷負我，我忠心不負朝廷。我死之後，恐怕你造反，壞了我梁山替天行道忠義之名。因此，請將你來，相見一面。昨日酒中，已與了你慢藥服下，回至潤州必死。」他還要李逵死後與他合葬楚州蓼兒窪。此時的李逵，只有垂淚，說：「罷，罷，罷！生時伏侍哥哥，死了也只是哥哥部下一個小鬼。」至此，宋江不僅滅了李逵的心中賊，連其身體一併滅了。

被封武勝軍丞宣使的吳用，夢見宋江扯住他衣服說：「軍師，我等以忠義為主，替天行道，於心不曾負了天子。今朝廷賜飲藥酒，我死無辜。」「軍師若想舊日交情，可到墳墓，親來看視一遭。」宋江知道，吳用動搖於投降與反投降之間，他拉一下可能不反，他不拉，說不定吳用要在他死後率眾造反。但吳用又不能像李逵那樣除掉，只好用夢中託咐的辦法。

吳用哭祭宋江：「吳用是村中學究，始隨晁蓋，後遇仁兄，救護一命，坐享榮華。到今數十餘載，皆賴兄之德。今日既為國家而死，托夢顯靈于我，兄弟無以報答，願得將此良夢，與仁兄同會於九泉之下。」

吳用是個高才大略的人，可惜作了宋江的陪葬人。

任應天府兵馬都統制的花榮也來到蓼兒窪，言說宋李托夢於他。吳用說：「吳某心中想念宋公明恩義難舍，交情難報，正欲就此處自縊而死，魂魄同仁兄同聚一處。」花榮也說：「小弟尋思宋兄長仁義難舍，恩念難忘。我等在梁山泊時，已是大罪之人，幸然不死。感得天子赦罪招安，北討南征，建立功勳。今已姓揚名顯，天下皆聞。朝廷既已生疑，必然來尋風流罪過。倘若被他奸謀所施，誤受刑戮，那時悔之無及。如今隨仁兄同死於黃泉，也留得個清名於世，屍必歸墳矣！」

兩人大哭一場，雙雙懸於樹上，自縊而死，葬于蓼兒窪宋江墓側。108 人都是忠義的犧牲品。忠義使 107 人把命運交給了宋江，忠義使宋江把命運交給宋徽宗，宋徽宗把 108 人的命運交給了奸臣。

宋江的死讓人想起岳飛。

岳飛生活在宋高宗年間，比小說中的宋江稍晚一些，但二人同處民族危亡的關鍵時刻。宋江在北宋時抗遼，岳飛在南宋時抗金。不同的是，岳飛開始因為不堪入侵者的踐踏蹂躪，三次投軍，在趙宋抗金將領的指揮下抗金，是有名的民族英雄。他不滿皇帝與金妥協講和，多次上書抗爭，最後還是頂

不住一天十二道金牌宣召，遵旨回朝，以「莫須有」罪名，飲毒酒身亡，死前叮嚀其他將領不要在他死後反叛，壞其「忠」名。宋江之死和岳飛結局如出一轍，可能《水滸傳》作者是借鑒岳飛事跡和結局寫宋江的吧？但是岳飛和宋江畢竟有本質區別，岳飛是爲抗金而忠君，宋江則是爲忠君而抗遼；岳飛死前以「天日昭昭，天日昭昭」表示相信天理，警告奸邪；宋江則堅守忠義，死而無怨，兩者根本不同。《水滸傳》產生于兩宋滅亡若干年後的元末明初，宋徽宗斷送北宋許多年了，作者還肯定宋江對他的忠，把宋江和岳飛混爲一談，實在令人費解。

（3）感情裏挾

宋江和梁山眾弟兄在長期的抱團群居生活中建立了難分難舍的情誼和相互依賴性，這也是眾兄弟願意跟著他走到底，那怕前面是懸崖，也願意一起跳下去的重要原因。

110 回宋江平王慶後領軍回東京，在秋林渡，「見空中數行塞雁，不依次序，高低亂飛，都有驚鳴之意」。燕青射下十數隻鴻雁，宋江對燕青說：「此禽仁義禮智信，五常俱備：空中遙見死雁，盡有哀鳴之意，失伴孤雁，並無侵犯，此爲仁也；一失雌雄，死而不配，此爲義也；依次而飛，不越前後，此爲禮也；預避鷹雕，銜蘆過關，此爲智也；秋南春北，不越而來，此爲信也。此禽五常足備之物，豈忍害之。天上一群鴻雁相呼而過，正如我等弟兄一般。你卻射了那數隻，比俺兄弟中失了幾個，眾人心內如何？兄弟今後不可害此仁義之禽。」

宋江的話，既是說教，更具深情。他和眾兄弟已經情難割捨。

他還口占一詩：

山嶺崎嶇水眇茫，橫空雁陣兩三行。

忽然失卻雙飛伴，月冷風清也斷腸。

又作詞一首：

楚天空闊，雁離群萬里，恍然驚散。自顧影欲下寒塘。正草枯沙淨，水平天遠。寫不成書，只寄的相思一點。暮日空濠，曉煙古壍，訴不盡許多哀怨。揀盡蘆花無處宿，歎何時玉關重見。嘹嚦憂愁鳴咽，恨江渚難留戀。請觀他春畫歸來，畫梁雙燕。

詞意悲哀憂戚，宋江心中鬱鬱不樂。108 人就是一隊鴻雁。哀鴻雁就是哀梁山。不忍鴻雁離散，就是不忍 108 人分離。

95 回田虎手下喬道清和孫安，都是反貪官污吏而出走造反投奔田虎的，和梁山諸人經歷一樣。李逵不聽降將唐斌勸阻，衝殺過去，被喬道清使妖術活捉，宋江聞報大驚，哭道：「李逵等性命休矣！」宋江不聽吳用苦諫，領兵望昭德城南殺去，要救李逵，結果被喬道清打敗，危及生命，宋江仰天歎道：「宋江死不足惜，只是君恩未報，雙親年老，無人奉養。李逵這幾個兄弟，不曾救得。事到如此，只拼一死，免得被擒受辱。」宋江欲自刎，爲土神所救。

李逵雖在反招安一事上屢遭宋江斥責，但因他對宋江就像宋江對趙宋皇帝一樣忠心不二，提著腦袋跟著宋江去拼命，所以宋江關鍵時刻才會捨著命去救他。

114 回，張順要從西湖水底去抻（chēn）水門，入城放火，裏應外合破城。不想至湧金門外越城，被方臘守城軍士發現，射死水池中，頭被割下，挑在竹竿上，挂在西湖城上號令。宋江做夢，張順鬼魂來辭，宋江料定張順這個精靈的人，「必然死於無辜。」與吳學究議論不定，坐而待旦。第二天果然李俊派人報來張順死訊，宋江「哭的昏倒」，說：「我喪了父母，也不如此傷悼，不由我連心透骨苦痛！」宋江在靈隱寺請僧人誦經，追薦張順。次日天晚，派小軍去湖邊揚一首白幡，上寫道：「亡弟正將張順之魂。」插於水邊，在西陵橋上排下許多祭物。宋江挂了白袍，金盔上蓋著一層孝絹，同戴宗，並幾個僧人，從小行山轉到西陵橋上，軍校已都列下黑豬白羊，金銀祭物，點起燈燭焱煌，焚起香來。宋江在當中證盟，朝著湧金門下哭奠，僧人搖鈴誦咒，攝招呼名，祝贊張順魂魄，降墜神幡。戴宗宣讀祭文，宋江親自把酒澆奠，仰天望東而哭。

攻打方臘，不足爲訓；哭奠張順，情意感人！

110 回，征方臘前夕，皇帝要去了能鑴玉石印信的金大堅，能識良馬的皇甫端；蔡京又派人索取了聖手書生蕭讓；王都尉要去了善能歌唱的鐵叫子樂和；張清被賊將厲天閏殺死于獨松關。宋江因爲失去了這五個兄弟，「心中好生鬱鬱不樂」。

111 回，征方臘奪潤州時，宋萬焦挺陶宗旺三將在亂軍中身亡，宋江說：「我等一百八人，天文所載，上應星曜。當初梁山泊發願，五臺山設誓，但願同生同死。回京之後，誰想道先去了公孫勝，禦前留了金大堅、皇甫端，蔡太師又用了蕭讓，王都尉又要了樂和。今日方渡江，又折了我三個弟兄。

想起宋萬這人，雖然不曾立得奇功，當初梁山泊開創之時，多虧此人。今日作泉下之客！」宋江命令軍士在宋萬犧牲的地方，「搭起祭儀，列了銀錢，排下烏豬白羊」，親自祭祀奠酒，把擒獲的方臘部將斬首瀝血，「享祭三位英魂」。

112回，宋江大戰毗陵郡時，魯智深困於陣上，不知去向；折了鄭天壽、曹正、王定六，「宋江聽得又折了三個兄弟，大哭一聲，驀然倒地」，「半晌方才蘇醒」。對吳用等說：「我們今番必然收伏不得方臘了！自從渡江以來，如此不利，連連損折了我八個弟兄。」又說：「我想一百八人，上應列宿，又合天文所載，兄弟們如手足之親；今日聽了這般兇信，不由我不傷心。」

113回蘇州大戰，「宋江見折了醜郡馬宣贊，傷悼不已」，派人安排花棺彩槨，迎去虎丘山下殯葬。

三阮打常熟，施恩、孔亮不識水性，落水淹死，宋江見又折了二將，心中大憂，嗟歎不已。武松念起舊日恩義，也大哭了一場。

114回宋江在秀州計議攻取杭州時，皇上偶然得了一點兒小病，可能影響逛艮嶽逛妓院吧，派人索要神醫安道全回京，駕前給皇上看病，宋江不敢阻擋，只得照辦。徐甯項中藥箭暈倒，七竅流血，宋江仰天歎道：「神醫安道全已被取回京師，此間又無良醫可救，必損吾股肱也！」又傳來郝思文被方臘杭州守將方天定碎剮的消息，徐寧也死了，宋江好生傷感。

同回宋江從呼延灼報告得知折了雷橫龔旺兩兄弟，「淚如雨下」，他對眾將說：「前日張順與我托夢時，見右邊立著三四個血污衣襟之人，在我面前現形，正是董平、張清、周通、雷橫、龔旺這夥陰魂了。我若得了杭州甯海軍時，重重地請僧人設齋，做好事，追薦超度眾兄弟。」

盧俊義林沖等攻打候潮門，劉唐身死，宋江聽說劉唐被候潮門閘死，痛苦地說：「屈死了這個兄弟！自鄆城縣結義，跟著晁天工上梁山泊，受了許多年辛苦，不曾快樂。大小百十場出戰交鋒，出百死，得一生，未嘗折了銳氣。誰想今日卻死於此處！」

116回宋江紮駐桐廬寨柵，聽說阮小二孟康失利身亡，「在帳中煩惱，寢食俱廢，夢寐不安」，吳用和眾將「苦勸不得」。

同回解珍解寶死在烏龍嶺，宋江哭得幾番昏暈，教關勝花榮領兵直取烏龍嶺關隘，與解珍解寶報仇。吳用認為賊兵將屍風化，恐怕有計，不可造次，宋江不聽，連夜進兵到烏龍嶺，搶奪解珍解寶屍首，中計被圍，吳用派去的眾將捨死把他救出。宋江稱謝：「若非我兄弟相救，宋江已與解珍解寶同為泉下之鬼。」

117 回攻打睦州，追趕鄭魔君，折了項充、李袞，雖救出李逵，卻不見了魯智深，武松也被劍砍左臂，「宋江聽罷，痛哭不止」。對吳用說：「折了將佐，武松已成了廢人，魯智深又不知去向，不由我不傷感。」

117 回，爭奪烏龍嶺時，石寶刀砍馬麟，錘死燕順，宋江「扼腕痛哭不盡」。

118 回宋江得睦州，將方臘水軍總管成貴、謝福割腹取心，致祭兄弟阮小二、孟康，以及在烏龍嶺死亡的所有將佐，「前後死魂，俱皆受享。」宋江又見折了呂方、郭盛，「惆悵不已。」

118 回，在昱嶺關，史進、石秀、陳達、楊春、李忠、薛勇等六人被亂箭射死。屯駐睦州的宋江，得知此情，「煩惱不已，痛哭哀傷」，吳用以「生死人皆分定」相安慰，宋江說：「雖然如此，不由人不傷感！我想當初石碣天文所載一百八人，誰知到此，漸漸凋零，損吾手足。」

宋江對眾兄弟情深意篤。眾兄弟對他也是知恩報恩，不忍離棄。這正是宋江感情裏挾能夠湊效的原因。奸臣多次企圖把梁山 108 人拆散，都遭到眾將和宋江本人的共同反對。

114 回方臘治下太湖榆柳莊費保等勸李俊了身達命，功成身退。李俊聽罷，倒地便拜，說：「仁兄，重蒙教導，指引愚迷，十分全美。只是方臘未曾剿得，宋公明恩義難拋，行此一步未得。今日便隨賢弟去了，全不見平生相聚的義氣。若是眾位肯姑待李俊，容待收伏方臘之後，李俊引兩個兄弟，徑來相投，萬望帶挈。」

同回柴進主動要求深入方臘腹地時對宋江說：「柴某自蒙兄長高唐州救命以來，一向累蒙仁兄顧愛，坐享榮華，不曾報得恩義。今願深入方臘賊巢，去做細作，或得一陣功勳，報效朝廷，也與兄長有光。」

同回李俊勸阻張順獨自一人潛水入杭州放火，張順說：「便把這命報答先鋒哥哥許多年情分，也不多了。」張順此去湧金門外水池中被箭射死。托夢宋江：「小弟跟隨哥哥許多年，恩愛至厚。今以殺身報答，死于湧金門下槍箭之中，今特來辭別哥哥。」

至於李逵和宋江的感情，更不待說了。

義軍內部長期形成了一種抱團求生，抱團取勝的集體思維模式，不管對投降持何種態度的人，都在哥們弟兄的稱呼中保持行動一致了。

《三國演義》中的三結義就是魯迅說的三國氣，《水滸》中的四海之內皆兄弟就是魯迅說的《水滸》氣，都是一種落後的結幫組派，拜把子結兄弟，不管青紅皂白，都是同生共死。

感情裏挾，作用大過說教。

（4）官祿裏挾

宋江經常對眾將以升官發財相裏挾。

盧俊義對被俘田虎部將耿恭說：「宋先鋒招賢納士，將軍若肯歸順天朝，宋先鋒必行保奏重用。」

宋江對耿恭說：「將軍棄邪歸正，與宋某等同替國家出力，朝廷自當重用。」

關勝給宋江寫信，言說田虎手下抱犢山守將唐斌「久慕兄長忠義，本欲歸順天朝，投降兄長麾下，建功贖罪。」

壺關被攻破後，宋江對唐斌說：「將軍歸順朝廷，同宋某蕩平叛逆，宋某回朝，保奏天子，自當優敘。」宋江自己被人家列入另冊，虧他還以朝臣自居給人打保票。

田虎殿帥孫安到百谷嶺神農廟勸喬道清投降宋江，言說：「宋先鋒等十分義氣，我等投在麾下，歸順天朝，後來亦得個結果。」這些投降宋朝的人都想得個所謂的「結果」，就是在帝王家譜（歷史）上留個名，和宋江同屬一類。

蕭讓等三人被王慶荊南守將糜勝俘獲，義士蕭嘉穗領人殺死城中守將梁永，把蕭讓等三人背到正在圍城的宋江營中。宋江置酒款待蕭嘉穗，說：「足下鴻才茂德，宋某回朝，面奏天子，一定優擢。」他自己和其弟兄還要別人在皇帝面前說好話，他這裏口氣蠻大，實是瞎吹。

宋江對本營壘中人也是以升官發財相鼓勵。

盧俊義征田虎得陽城、沁水後，宋江執酒對盧俊義說：「今日出兵，卻得陽城、沁水獻俘之喜。二處既平，賢弟可以長驅直抵晉寧，早建大功，生擒賊首田虎，報效朝廷，同享富貴。」這最後兩句話就是宋江投降趙宋王朝並為趙宋王朝征討起義軍的真正動機，是所謂忠義的實質所在。

征方臘時，柴進主動請求深入方臘巢穴，裏應外合，報效朝廷。

宋江大喜說：「若得大官人肯去直入賊巢，知得裏面溪山曲折，可以進兵，生擒賊首方臘，解上京師，方表微功，同享富貴。」

110回宋江剿滅王慶後，回到京師，屯駐兵馬于陳橋驛。正旦節至，蔡京奏准皇帝，只准宋江盧俊義隨班朝賀，其餘人員因系白身不得入朝。宋江回營，心情不好，對吳用說：「想我生來八字淺薄，命運蹇滯。破遼平寇，東征西討，受了許多勞苦，今日連累眾兄弟無功，因此愁悶。」他關心的不僅是自己的官和祿，他也關心其他弟兄的官和祿。

李逵這個頭號反投降英雄，爲什麼後來也投降了？其中有一個重要原因是因爲李逵在「造反爲當官」這一點上與宋江是一致的，區別在於李逵要擁護宋江當皇帝，自己在他手下當官；宋江則是要大家都在趙宋王朝名下做官。一個要推翻趙宋，取而代之，一個是維護趙宋甘爲其奴。

54 回李逵在武岡鎮遇到鐵匠湯隆，對他說：「你在這裏，幾時得發跡，不如跟我上梁山泊入夥，叫你也做個頭領。」

43 回李逵回家接雙目失明的老娘上山，對老娘說：「鐵牛如今做了官，上路特來取娘。」

74 回李逵私自去泰安州接應與擎天柱任原相撲的燕青，事畢後一人跑去壽張縣，喬裝知縣審案，過了一下官癮。

41 回宋江上了梁山，李逵大叫晁蓋做大皇帝，宋江做小皇帝，吳用做丞相，公孫勝做國師，「我們都做個將軍，殺去東京，奪了鳥位，在那裏快活，卻不好？」

67 回盧俊義上山，宋江要讓盧俊義坐第一把交椅，李逵說宋江做皇帝，盧員外做丞相，「我們都做大官，殺去東京，奪了鳥位，卻不強似在這裏鳥亂！」

可見李逵殺人放火上梁山，目的是要改變自己的地位，這和戴宗宋江從吏到官，由小官到大官的人生追求，目標是一致的。

93 回征田虎時，立春筵宴，李逵做夢被皇帝封爲值殿將軍，還給母親說他受了招安，做了官。

44 回戴宗與流落薊州賣柴度日的石秀相識，說：「如此豪傑流落在此賣柴，怎能夠發跡？不若挺身江湖上去，做個下半世快樂也好。」石秀說自己：「只會使槍棒，別無甚本事，如何能夠發達快樂？」戴宗說：「這般時節認不得眞，一者朝廷不明，二乃奸臣閉塞。小可一個薄識，因一口氣去投奔了梁山泊宋公明入夥，如今論秤分金銀，換套穿衣服，只等朝廷招安了，早晚都做個官人。」戴宗李逵等入夥造反和宋江有相通之處，都是爲了追求「當官」和「快樂」，所以宋江的官祿裏挾才能在他們身上起作用。

（5）征戰裏挾

從進京到征遼、討田虎、討王慶、討方臘，一波又一波，幾乎不間斷的征戰，使將領們的心思全在打仗上，每天面對敵人的槍刀弓箭，你死我活，有人立功，有人負傷，有人被俘，有人犧牲。至於奸臣們如何搞鬼，昏君如何聽信奸臣，要不要再反上梁山，這些問題再也無暇去考慮了。

毛澤東曾經說過，要預防驕傲自滿的滋長，有效的方法就是不斷有新任務下來，使其忙得不亦樂乎，沒有時間驕傲（見《毛主席的書房》）。宋江的隊伍就是在不間斷的戰爭中沒有時間考慮前面的路如何走，只能先顧眼前的勝敗死生。如果在京城外陳橋驛，各種各樣的事情、想法就都出來了。所以宋江認為閒居不宜，請求征戰。而且是連續征戰。

93 回征田虎期間，宋江駐軍蓋州，正好宣和五年元旦，眾將在宜春圃中雨香亭飲酒賞玩，宋江追論昔日被難，多虧眾兄弟，感慨地說：「我本鄆城小吏，身犯大罪，蒙眾兄弟于千槍萬刀之中，九死一生之內，屢次捨著性命，救出我來。當江州與戴宗兄弟押赴市曹時，萬分是個鬼。到今日卻得為國家臣子，與國家出力。回思往日之事，真如夢中。」說到此，不覺潸然淚下，百味雜陳，有酸有辣也有甜，雖有痛苦之感，不乏自得之情，這種平和心態也只有在作戰間歇才能有。而這種主帥心態又會傳染給眾兄弟。

同回，宣和五年元旦次日，適逢立春，眾頭領看雪。蕭讓說：「這雪有數般名色，一片的是蜂兒，二片的是鵝毛，三片的是攢三，四片的是聚四，五片喚做梅花，六片喚做六出。這雪本是陰氣凝結，所以六出，應著陰數。到立春以後，都是梅花雜片，更無六出了。今日雖已立春，尚在冬春之交，那雪片卻是或五或六。」樂和向簷前用皂衣袖兒接那落下來的雪片看時，真個雪花六出，也有五出，樂和連聲叫道：「果然！果然！」眾人都擁上來看，李逵鼻中一陣熱氣衝滅了雪花，眾人大笑。大家在戰鬥之餘，也有閒情逸致賞雪花。這種心態駐在京城外不可能有。

眾英雄立春筵宴，李逵酣醉睡著，做夢到天池嶺，砍殺了搶奪兩老人女兒的眾強盜，婆子願把女兒許他為妻，李逵拒絕，他為人抱打不平，義氣第一，毫無私意。來到文德殿，朝皇帝端端正正拜了三拜，心想：「阿也！少了一拜。」天子聽李逵敘說救人女兒一事，道：「李逵路見不平，剿除奸黨，義勇可嘉，赦汝無罪，敕汝做了值殿將軍。」李逵心中喜歡道：「原來皇帝恁般明白！」一連磕了十數個頭，起身立于殿下。適值四大奸臣說宋江壞話，李逵砍死四大奸臣，大叫：「皇帝，你不要聽那奸臣的說話。我宋哥哥連破了三個城池，現今屯兵蓋州，就要出兵，如何恁般欺誑！」眾文武見李逵斧砍四奸，要捉李逵，不敢動手。李逵大笑道：「快當！快當！那四個賊臣，今日才得了當，我去報與哥哥知道。」

李逵又在林子裏遇見老娘，說她不曾被虎吃掉，李逵對娘說：「鐵牛今日

受了招安，眞個做了官，宋哥哥大兵，現屯紮城中，鐵牛背娘到城中去。」李逵在京城外駐紮時不可能做這種夢，只有在作戰間歇期間可能做這種夢。

李逵、魯智深、武松、劉唐等幾個反招安激進派被喬道清俘虜後，喬道清先勸他們投降，許願奏請晉王田虎封他們官職，李逵大叫如雷道：「你看老爺輩是甚麼樣人？你卻放那鳥（diǎo）屁。你要砍黑爺爺，憑你拿去，砍上幾百刀，若是黑爺爺皺眉，就不算好漢。」魯智深、武松、劉唐等齊聲罵道：「妖道，你休要做夢！我這幾個兄弟的頭可斷，這幾條鐵腿屈不轉的。」喬道清大怒，喝教推出斬首。魯智深呵呵大笑道：「洒家視死如歸，今日死得正路。」喬道清從來未見過這樣的硬漢，改變主意，教軍士不要斬首，監禁聽候。武松不但不領情，還罵喬道清：「醃臢反賊，早早把俺砍了乾淨！」喬道清反而軟下來了，「低頭不語」。一征三討，將士們注意力被轉移了，此種寧死不屈行爲如果發生在京城外的陳橋驛，面對朝廷和奸臣，恐怕又要惹麻煩了，至少也要被宋江斥爲不忠不義了。面對田虎部將喬道清，卻是寧死不屈的忠義行爲。尤其是像魯智深、武松、李逵這種與奸臣不共戴天的反招安勇士，讓他不打仗，閒居京城外面，還不知鬧出多大的「亂子」。

後來武松捉了蘇州的三大王方貌，魯智深捉了方臘，都是宋江說的「不世之功」，都是在征方臘時幹的事。

作者專門描寫這幾個反招安英雄被俘後寧死不屈，很有深意，說明征戰裹挾的作用。

一征三討，不間斷的打仗，正好給宋江用忠義觀念把一支造反武裝改造成爲一支忠義救國軍提供了大好機會。

魯智深這個當年大鬧五臺山的人在一征三討中磨礪得沒有當年的粗豪了，由鬧佛變成尊佛。

武松由過去反招安變得隨大流。

許多不務正道的人員在一征三討中成了幹忠義大業的英雄。張橫張順打劫過江人爲生，張青夫婦以賣人肉包子爲生，時遷以偷盜爲生，等等。這些人都在一征三討中發揮了不可替代的作用。以時遷爲例，多次深入對方內部，或偵察，或放火做內應，稱得上是「英雄」得志；戴宗從一個貪酷節級變成了快遞交通能手；李逵從一個殺人不眨眼的魔王變成打頭陣的英雄。

征戰裹挾，對這些以打仗爲樂事的人，卓有成效。

3. 緩解奸臣破壞

（1）一求招安

宣和年間，內憂外患，無力平息。

83 回。據宿元景給皇帝報告，遼國興兵十萬，侵佔山後九州所屬縣治。各地申達表文求救，調兵征剿，如湯潑蟻。賊勢浩大，官軍無策，損兵折將，瞞上不報，形勢危急。

河北田虎造反，趙宋王朝「文官要錢，武將怕死」，「上下相蒙」，「殺良冒功」，無惡不能，「百姓愈加怨恨，反去從賊，以避官兵」。

王慶造反，討王官兵，「將軍怯懦，軍士餒弱」，「殺良冒功」，「騷擾地方」，「反將赤子迫逼從賊」。王慶部將劉敏攻打宛州時，蔡京兒子蔡攸和童貫領兵來救宛州，因「兵無節制，暴虐士卒，軍心離散，被劉敏等殺得大敗虧輸，陷了宛州，東京震驚。蔡攸、童貫懼罪，只瞞著天子一人。」

江南方臘，造反已久，獨霸一方，非同小可，佔據江南八郡，又隔著長江天塹，兵勢浩大，官兵無奈他何。

以徽宗為代表的最高統治集團已經衰朽無能到極點，只能把所謂「四大寇」的名字寫在屏風上，根本無力剿滅。在一次又一次的征討失敗之後，便採取類似於玉皇大帝對孫悟空採用的招安策略。

72 回李逵鬧東京，74 回燕青鬧泰安，各處州縣都有「宋江等反亂，騷擾地方」的申奏表文，禦史大夫崔靖建議招安宋江，使抵遼兵，「公私兩便」。皇帝便差殿前太尉陳宗善前往梁山泊招安宋江等。蔡京怕陳宗善到梁山「失了朝廷綱紀，亂了國家法度」，派了身邊心腹人張幹辦一同前往；高俅反對招安，皇帝玉音已出，不敢唱對臺戲，便派身邊心腹人李虞侯隨同招安。濟州知府張叔夜對陳宗善提議不要帶領張幹辦李虞侯前去梁山，陳宗善怕蔡、高疑心，只好帶去。

宋江聽知消息大喜，酒食招待報信人，又送彩緞二匹，花銀十兩，對眾人說：「我們受了招安，得為國家臣子，不枉吃了許多時磨難！今日方成正果！」他對做國家臣子已經向往已久，有點迫不及待了。不過，他高興得也太早了。

蕭讓、裴宣、呂方、郭盛領人在廿裏外「俯伏道旁迎接」。張幹辦斥道：「你那宋江大似誰，皇帝詔敕到來，如何不親自來接？甚是欺君！」接著便是惡言惡語：「你這夥本是該死的人，怎受得朝廷招安？請太尉回去！」

蕭讓等俯伏謝罪，請求太尉「與國家成全好事」。李虞侯不屑地說：「不成全好事，也不愁你這夥賊飛上天去了。」

呂方郭盛不滿地說：「是何言語！只如此輕看人！」

陳太尉昂昂然，旁若無人地坐在阮小七監督的船中間。梁山人也不示弱，眾人開船，水手唱歌，李虞侯又罵人了：「村驢，貴人在此，全無忌憚！」水手只顧唱，李虞侯拿藤條去打，為頭水手說：「我們自唱歌，干你甚事。」李虞侯身後有高太尉作靠山，顯得不可一世：「殺不盡的反賊，怎敢回我話！」

宋江見了陳太尉，納頭便拜，說道：「文面小吏，罪惡迷天，屈辱貴人到此，接待不及，望乞恕罪。」

陳太尉沒說話，對宋江不屑一顧。李虞侯張幹辦「在宋江面前指手畫腳，你來我去」，眾好漢都有心要殺兩個傢夥，「只是礙著宋江一個，不敢下手。」

詔書中有「近為爾宋江等嘯聚山林，劫掠郡邑，」「詔書到日，一切交官，」「拆毀巢穴，率領赴京，原免本罪」，「倘或仍昧良心，違戾招制，天兵一至，齏齪不留」等語。這哪裏叫招安，而是取締！企圖不動一刀一槍，用皇帝一道聖旨便讓梁山人繳械就擒。

蕭讓剛讀罷詔書，除了宋江，大家都很氣憤。李逵表現最激烈，他不知什麼時候爬到梁上，跳了下來，把蕭讓手中詔書奪來扯得粉碎，又揪住陳太尉拽拳便打，宋江盧俊義橫身抱住，硬是解拆開來，李虞侯喝問：「這廝是甚麼人。敢如此大膽！」李逵正尋人要打，正好劈頭揪住李虞侯便打。喝問這詔書「是誰說的話！」張幹辦說：「這是皇帝聖旨。」李逵沒有被嚇到，說：「你那皇帝，正不知我這裏眾好漢，來招安老爺們，倒要做大！你的皇帝姓宋，我的哥哥也姓宋，你做得皇帝，偏我哥哥做不得皇帝！你莫要來腦犯著黑爺爺，好歹把你那寫詔的官員，盡都殺了！」

宋江趕忙請陳太尉寬心，不會出什麼問題，「且取禦酒，教眾人沾恩。」這才發現十瓶禦酒全是淡薄村醪，眾好漢被激怒了，一個個走下堂去，魯智深手捉鐵禪杖，高聲叫罵：「入娘撮鳥？忒煞是欺負人！把水酒做禦酒來哄俺們吃？」

劉唐挺著樸刀殺上來；武松掣出雙戒刀；穆弘、史進及六個水軍頭領，罵著下關去了。大小頭領一大半鬧將起來。宋江一看局面失控，趕緊叫轎馬送陳太尉下山，唯恐傷犯，和盧俊義騎馬親自把太尉送下三關，又拜又認罪：「非宋江等無心歸降，實是草詔的官員不知我梁山泊的彎曲。若以數句善言撫恤，我等盡忠報國，萬死不怨。太尉若回到朝廷，善言則個。」

後面幾句倒像濟州知府張叔夜說的話，哪里像梁山頭領說的話。儘管如此，人家也未必買賬。

宋江把陳宗善當伯樂，陳宗善是個名符其實的窩囊廢。他以能保住性命官位爲萬幸，那裏還管什麼招安不招安。

（2）二求招安

高俅被梁山人第二次打敗，住在濟州，適逢天子第二次降詔招安，高俅想借此機會殺死宋江，拆散眾人。

宋江一聽濟州差人來山上說「朝廷特遣天使，頒降詔書，赦罪招安，加官賜爵。」「喜從天降」，「笑言逐開」，賞賜來人銀兩緞匹，下令大小頭領到濟州去聽開讀天書。盧俊義建議宋江不要去，以防高太尉的圈套，宋江非去不可，說：「你們若如此疑心時，如何能夠歸正？還是好歹去走一遭。」

詔書中有只赦眾人不赦宋江等語，眾位好漢一齊叫「反！」二次招安失敗。

宋江投降是誠心誠意，一點兒假都沒摻。奸臣卻千方百計破壞招安，使宋江的投降意願兩度落空。

（3）投降後奸臣使壞

82 回宋江等被招安駐在城外新曹門外的軍寨，可惜回到主人身邊的流浪犬還近不得主子，原想爲主人看家，怎奈家犬不容，只能爲主人看門。樞密院官始則欲建議皇帝將 108 人遣散，遭到抵制後又建議皇帝將 108 人賺入城內剿除；83 回梁山軍校殺死克扣酒肉廂官，中書省院請皇帝降旨拿問。

97 回宋江征田虎接連得勝，蔡京、童貫、高俅在皇帝面前誣稱宋江「覆軍殺將，喪師辱國，大肆誹謗」

110 回宋江征王慶得勝回京，駐軍陳橋驛。正旦節百官朝賀，蔡京恐宋江等來朝賀時天子見了重用，奏聞天子，不准宋江、盧俊義以外出征人員朝賀；又奏過天子，傳旨教省院出榜禁約，不許出征官員將軍擅自入城。

（4）奸臣不給封官

82 回，宋江受了招安，皇上本來要在接見的第二天封官進爵，可是樞密院官上奏皇帝，認爲「新降之人，未效功勞，不可輒便加爵」，封官進爵被擱置。

90 回宋江破遼後，回到京師，天子命省院官計議封爵，蔡京、童貫以「酌議」宋江等封爵之事爲藉口「只顧延挨」。

　　淮西王慶造反。101 回亳州太守侯蒙直言童貫蔡攸喪師辱國之罪，建議將宋江等先行褒賞，薦舉宋江征討淮西王慶。天子降旨下省院，議封宋江等官爵。省院官同蔡京等商議後，回奏徽宗皇帝：「宋江等正在征剿，未便升受，待淮西奏凱，另行酌議封賞。」

　　宋江剿滅了王慶，收復了八十六個州縣，回京駐軍陳橋驛，陳瓘、侯蒙、羅戩順利封升官爵，只有宋江等人的封賞問題又遇到麻煩。天子命省院等官計議給宋江等封爵，蔡京童貫商議後奏稱：「目今天下尚未靜平，不可升遷。且加宋江為保義郎，帶禦器械，正受皇城使；副先鋒盧俊義加為宣武郎，帶禦器械，行營團練使」。

　　江南方臘造反，宿太尉又保奏宋江為前部先鋒隨張總兵、劉都督前往征剿，宋江、盧俊義平了方臘，獲了大功，班師回京，紮營于舊時陳橋驛。108 人只剩下 27 員將佐。宋江第三次入城朝見天子，獻表「乞歸田野，願作農民」。這一次，皇帝沒有讓省院官酌議封賞之事，而是自己直接給宋江等封官受爵。宋江還衣錦還鄉，回老家轉了一趟，光宗耀祖。

　　皇帝給宋江等親自封賞，招來了奸臣的更大嫉妒和迫害。

（5）兩贏三敗為招安

　　對於奸臣的破壞，宋江採取了吳用一打二揭的策略。「打」是先兵後禮，所謂「先打後商量」。「揭」是揭真相，揭陰謀。表白自己的忠義之心，替天行道之志。

對童貫只贏不追

　　陳宗善太尉招安未成，蔡京、高俅、楊戩保舉，童貫挂帥征剿梁山泊。

　　梁山泊地處濟州之內，作為濟州太守張叔夜對梁山人很有瞭解，主張招安，反對征剿，他對童貫說：「此寇潛伏水泊，雖然是山林狂寇，中間多有智謀勇烈之士，樞相勿以怒氣自激，引軍長驅，必用良謀，可成功績。」童貫罵張叔夜「懦弱匹夫，畏刀避劍，貪生怕死，誤了國家大事，以致養成賊勢。吾今到此，有何懼哉！」張叔夜被臭罵了一頓，不敢再說什麼，趕忙備酒食供送。

　　童貫兩戰兩輸，膽寒心碎，夢裏也怕，畢勝保他逃回東京。

　　作者寫宋江「有仁有德，素懷歸順之心，不肯盡情追殺；唯恐眾將不捨，要追童貫，火急差戴宗傳下將令，布告眾頭領，收拾各路軍馬步卒，都回山寨請功。」

酆美被盧俊義活捉解上寨來，跪在堂前，宋江自解其縛，請入堂內上坐，親自捧杯陪話，奉酒壓驚。留酆美住了兩日，備辦鞍馬，送下山去，酆美大喜。宋江陪話說：「將軍陣前陣後，冒瀆威嚴，切乞恕罪。宋江等本無異心，只要歸順朝廷，與國家出力，被這不公不法之人逼得如此，望將軍回朝，善言解救。倘得他日重見恩光，生死不忘大恩。」為了受招安，求爺爺告奶奶，低聲下氣，陪盡小心。因為打不是目的，投降才是目的，所以對童貫只打不滅。

童貫吃了敗仗，不再反對招安。

對高俅又捉又放

童貫征剿梁山泊失敗，蔡京向皇帝舉薦高俅征剿梁山泊。

高俅所領十節度使，「舊日都是綠林叢中出身，後來受了招安，只做到許大官職，都是精銳勇猛之人，非是一時建了些小功名。」難怪李逵說萬千造反的都做了大官。

宋江對高太尉先鋒王煥說：「王節度，你年紀高大了，不堪與國家出力，當槍對敵，恐有些一差二誤，枉送了你一世清名。你回去罷！另教年紀小的出來戰。」宋江的話有嘲弄，有自信，王煥被激怒罵，宋江答道：「王節度，你休逞好手，我這一班兒替天行道的好漢，不到得輸與你。」

第一仗，統制官黨世雄被捉，高俅大敗。

第二仗，雲中節度使韓存保被捉。高俅二次大敗。

宋江坐在忠義堂上，見韓存保被縛來，喝退軍士，親解其縛，請坐廳上，殷勤相待。韓存保感激無地，宋江又請出黨世雄相見，一同管待。宋江說：「二位將軍，切勿相疑，宋江等並無異心，只被貪官污吏，逼得如此。若蒙朝廷赦罪招安，情願與國家出力。」宋江還向韓存保說明陳太尉來招安，未趁機會「去邪歸正」的原因是，「朝廷詔書，寫得不明，更兼用村醪倒換禦酒，因此弟兄眾人，心皆不伏。那兩個張幹辦、李虞侯，擅作威福，恥辱眾將。」韓存保說：「只因中間無好人維持，誤了國家大事。」宋江設筵管待，備馬送出谷口，韓存保黨世雄在路上談論宋江許多好處。但回濟州後被高太尉削去本身職事，發回東京泰乙宮聽罪。

第三次交戰，水路張順捉了高太尉，來到忠義堂。

宋江見了，慌忙下堂扶住，便取過羅緞新鮮衣服，與高太尉重新換了，扶到堂上，請在正面而坐。宋江納頭便拜，口稱「死罪」，高俅吃了敗仗，成了俘虜，只好放下架子，慌忙答禮。

　　宋江為了順利投降，把奸臣當座上客招待。他會集大小頭領，都來與高太尉相見。宋江對高太尉說：「文面小吏，安敢叛逆聖朝，奈緣積累罪尤，逼得如此。二次雖奉天恩，中間委屈奸弊，難以縷陳。萬望太尉慈憫，救拔深陷之人，得瞻天日，刻骨銘心，誓圖死報。」高俅見林沖楊志怒目而視，先有十分懼怯，不那麼神氣了，說：「宋公明，你等放心，高某回朝，必當重奏，請降寬恩大赦，前來招安，重賞加官，大小義士，盡食天祿，以為良臣。」宋江聽了大喜，拜謝太尉。

　　高俅吹噓自己相撲本領天下無對，結果被燕青扭搾得定，只一交，攧翻在地褥上，做一塊，半響掙不起，這一撲，叫做守命撲。大長梁山人的志氣，大滅高俅威風。

　　第二日又排筵為高俅壓驚，宋江說：「某等淹留大貴人在此，並無異心；若有瞞昧，天地誅戮。」高俅保證回朝保奏，定來招安，國家重用。「若更翻變，天所不蓋，地所不載，死於槍箭之下」，還要留下眾將為當，宋江說：「太尉乃大貴人之言，為肯失信？何必拘留眾將。」

　　第三日送高俅下山，筵宴送行，擡出金銀彩緞之類，約數千斤，專送太尉，為折席之禮；節度使以下，另有饋送。高俅假意推卻一番後收了。飲酒中間，宋江又提起招安一事，高俅說：「義士可叫一個精細之人，跟隨某去，我直引他面見天子，奏知你梁山泊衷曲之事，隨即好降詔敕。」宋江一心要招安，便和吳用計議，教聖手書生蕭讓跟高太尉去，吳用又教樂和作伴。高太尉說：「既然義士相托，便留聞參謀在此為信。」

　　高俅下山後，宋江說：「我看高俅此去，未知真實。」吳用笑說：「我觀此人，生得蜂目蛇形，是個轉面忘恩之人。他折了許多軍馬，廢了朝廷許多錢糧，回到京師，必然推病不出，朦朧奏過天子，權將軍士歇息，蕭讓、樂和軟監在府裏。若要等招安，空勞神力！」吳用建議派人多拿金寶去京師探聽消息，鑽刺關節，「把衷情達知今上，令高太尉藏匿不得。」

　　高俅回京後，那裏有臉去見皇帝，躲在太尉府不出門，更不會管什麼招安不招安的事。

　　先打後商量還是有效。

（6）走李師師門路

　　掃除奸臣障礙除了打，再就是設法請求皇帝下決心招安。途徑有兩條，一條就是通過宿元景這種所謂正直官僚下情上達，讓皇帝瞭解其忠義之心。

二是通過與皇帝打得火熱的京城角妓李師師，爲他打通枕上關節。因爲宿元景不是隨便就可以見面，宋江所能走的只有第二條途徑。

72 回第一次見李師師是元宵佳節，宋江和柴進扮作閑涼官，戴宗扮作承局，李逵燕青扮作伴當，來到東京。宋江派燕青以隨從身份向虔婆介紹：燕南河北第一大財主宋江，要拿千百兩金銀送上，會見李師師。李師師約定皇帝因去上清宮不來她家的第二天相會。第二天燕青給虔婆送了一百兩黃金，宋江才得與李師師對坐飲酒，李師師唱「大江東去」，宋江作樂府詞一首曰：

> 天南地北，問乾坤何處，可容狂客？借得山東煙水寨，來買鳳城春色。翠袖圍香，絳綃籠雪，一笑千金值。神仙體態，薄倖如何銷得？想蘆葉灘頭，蓼花汀畔，皓月空凝碧。六六雁行連八九，只待金雞消息。義膽包天，忠肝蓋地，四海無人識。離愁萬種，醉鄉一夜頭白。

宋江滿腹心事，李師師不曉其意，等於對牛彈琴。恰在這時，皇帝沒有去上清宮，又從地道中溜到李師師家來了。李師師趕忙打發宋江出門，接待皇上。宋江對躲在黑地裏的柴進戴宗說：「今番錯過，後次難逢，俺三人就此告一道招安赦書，有何不好！」宋江心急如火，柴進畢竟是皇家出身，知道性急吃不下熱豆腐，說：「如何使得？便是應允了，後來也有翻變。」宋江和柴進戴宗正在黑影裏商量，不料黑旋風李逵一把火「驚得趙官家一道煙走了」。宋江欲求一紙赦書，沒有如願。給李師師送的一百兩黃金打了水飄。

在《水滸傳》作者筆下，妓女也是有優劣的。和史進打交道的妓女是劣質妓女，和皇帝打交道的妓女是優質妓女；和安道全打交道的妓女可以隨便殺掉，和皇帝打交道的妓女卻是要拿上錢財去拜見和祈求的。

（7）二求李師師

宋江親自找李師師求助落空，便派戴宗燕青拿上宿太尉同窗好友聞煥章的親筆信，收拾金珠細軟之物兩大籠子，扮做公人前往東京。一大籠金銀細軟送李師師，另一籠送宿元景。

燕青向李師師實訴衷曲道：「俺哥哥要見尊顏，非圖買笑迎歡，只是久聞娘子遭際今上，以此親自特來告訴衷曲，指望將替天行道、保國安民之心，上達天聽，早得招安，免致生靈受苦。若蒙如此，則娘子是梁山泊數萬人之恩主也！如今被奸臣當道，讒佞專權，閉塞賢路，下情不能上達，因此上來尋這條門路。」燕青拿出金珠寶貝器皿相送，李師師得了錢財，也樂得順情

說好話，親自招待，表示同情：「你這一班義士，久聞大名，只是奈緣中間無有好人，與汝們眾位作成，因此上屈沈水泊。」

燕青趁機向李師師首先訴說兩次招安不成的原因，第一次招安，詔書上沒有撫恤詔諭的言語，禦酒又換成村醪；第二次招安，詔書被故意斷讀，只赦眾人，不赦宋江，因此沒有歸順。其次，燕青說明兩贏童貫，三敗高俅的情況。童貫被殺得片甲不回；高俅被殺得手腳無措。燕青說明的第三點是高俅被捉上山，受到重待，設下大誓，許了招安，還帶了兩個人回家，留聞煥章參謀在梁山做質當。

恰好此時道君皇帝打扮成白衣秀士又來到李師師家，李師師把燕青作為姑舅兄弟介紹給徽宗，燕青為博得徽宗歡喜，先唱了一曲淫詞豔曲，滿足皇帝淫樂欲望，逗其喜歡；又唱一曲減字木蘭花，直奔主題道：「聽哀告，聽哀告！賤軀流落誰知道，誰知道！極天罔地，罪惡難分顛倒。有人提出火坑中，肝膽常存忠孝，常存忠孝！有朝須把大恩人報。」李師師撒嬌撒癡，求天子親書一道赦書給燕青：「特赦燕青本身一應無罪，諸司不許拿問。」這一紙赦書雖赦燕青一人，實是宋江投降成功的前奏曲。燕青沒有滿足於自己拿到一紙赦書，他還要為眾兄弟爭到赦書，他是講義氣的人，向徽宗皇帝說：「宋江這夥，旗上大書『替天行道』，堂設『忠義』為名，不敢侵佔州府，不肯擾害良民，單殺贓官汙吏讒佞之人，只是早望招安，願與國家出力。」又說明兩次招安不成及兩贏童貫三敗高俅的真情。天子感歎說自己不知道這些情況，童貫回京報告說軍士不伏暑熱而罷戰，高俅說患病不能征進而罷戰。話中口氣，他被蒙蔽了。

李師師在一旁為燕青敲邊鼓：「陛下雖然聖明，身居九重，卻被奸臣閉塞賢路，如之奈何？」徽宗知道了內情，嗟歎不已，肯定宋江一夥人「不侵州府，不掠良民，只待招安，與國家出力」。枕頭上關節大起作用。

柴進第一次進京時把皇帝宮中屏風上四大寇之一的宋江用刀刮去了，這一次燕青進京，使皇帝從心中把宋江從四大寇名字中勾銷了。

（8）走宿太尉門路

燕青打通李師師關節大獲成功，但李師師只能在皇帝面前說好話，不可能奉旨去梁山招安。所以燕青又來找宿元景。說明「宋公明等滿眼只望太尉來招安，若得恩相早晚與天子前題奏此事，則梁山泊十萬人之眾，皆感大恩！」

濟州府尹張叔夜主張招安，但官職太小，見不到皇上；禦史大夫崔靖在李

逵弄了東京,燕青等又弄了泰安後,雖建議招安,皇帝派陳宗善招安未成,拿崔靖問罪。宿元景是皇上心愛的近侍官員,早晚與天子寸步不離,他已看過了聞煥章的信,知道了梁山人的諸多委屈,又收了燕青的金銀珠寶,在皇帝面前為梁山人說了好話。現在皇帝詢問誰願意前往梁山招安,他便主動承擔。

給宿元景寫信的聞煥章,是高俅第一次被宋江打敗後,上党節度使徐京推薦給高俅做軍前參謀的。雖是個村學先生,但深通韜略,善曉兵機,有孫吳之才,諸葛之智。王瑾建議高俅讀斷詔書,計殺宋江,聞煥章堅決反對,認為「堂堂天使,只可以正理相待,不可行詭詐於人。倘或宋江之下有智謀之人識破,翻變起來,深為未便。」後來的事實證明聞煥章有先見之明。高俅卻不識不容高才,把聞煥章作為人質留在梁山泊,沒想到給梁山泊做了好事。梁山泊人利用聞煥章與宿太尉的同窗好友關係,寫信求助宿元景,取得成功。

皇帝親書丹詔,稱自己用「仁義以治天下」,「切念宋江、盧俊義等,素懷忠義,不施暴虐,歸順之心已久,報效之志凜然。雖犯罪惡,各有所由,察其衷情,深可憐憫」,「將宋江等大小人員所犯罪惡,盡行赦免。」「赦書到日,莫負朕心,早早歸順,必當重用。」

宋江得知宿太尉前來招安,又是焚香,又是祈禱,因與九天玄女天書中「遇宿重重喜」相合,為之大喜,料事必成,「以手加額道:『宋江等再生之幸!』」傳令從梁山泊直抵濟州,紮縛起二十四座山棚,上面結綵懸花,下面笙簫鼓樂,每一山棚有一小頭目監管。

宿元景對受宋江委派來濟州迎接他的吳用說:「下官知汝弟兄之心,素懷忠義,只被奸臣閉塞,讒佞專權,使汝眾人,下情不能上達。目今天子悉已知之,特命下官齎到禦筆親書丹詔、金銀牌面、紅綠錦緞、禦酒表裏,前來招安。汝等勿疑,盡心受領。」

宋江率眾跪迎宿太尉。蕭讓讀罷丹詔,宋江等山呼萬歲,再拜謝恩,感激涕零,慶倖流浪犬的生活快要結束了。

宋江對宿元景說:「宋江昨者西嶽得識台顏,多感太尉恩厚,于天子左右力奏,救拔宋江等再見天日之光。銘心刻骨,不敢有忘。」宿元景敘說了事情經過,眾皆大喜,拍手稱謝。

宿元景誠恐義士見疑,先飲一杯禦酒,再斟酒勸宋江等,宋江舉杯跪飲。

宋江親捧一盤金珠到宿太尉幕次,再拜上獻。宿太尉先不肯受。宋江再

三獻納，方才收了。這是宿元景第三次從宋江那裏收受金銀財物。隨從也都得到許多金銀財帛。宋江將金寶齎送聞參謀，亦不肯受。宋江堅執奉承，才肯收納。

宋江投降心切，眾好漢不輕易就範，期待「識貨」的。陳宗善虛偽、平庸，招安不成。宿元景坦誠、睿智，招安成功。

梁山泊大設筵宴，「雖無炮龍烹鳳，端的是肉山酒海，」喝的盡皆大醉，又分金大買市，像過盛大節日一樣。一路人馬，打著「順天」、「護國」兩面大旗，入京朝覲。徽宗先在宣德樓檢閱，讚揚梁山 108 人「英雄豪傑，為國良臣。」又在文德殿接見。作者寫道：

> 風清玉陛，露把金盤。東方旭日初升，北闕珠簾半卷。南薰門外，百八員義士歸心；宣德樓前，億萬歲君王刮目。肅威儀乍行朝典，逞精神猶整軍容。風雨日星，並識天顏之霽；電雷霹靂，不煩天討之威。帝闕前萬靈鹹集：有聖、有仙、有哪吒、有金剛、有閻羅、有判官、有門神、有太歲，乃至夜叉鬼魔，共仰道君皇帝。鳳樓下百獸來朝：為彪、為豹、為麒麟、為猰貐、為犴狸、為金翅、為雕鵬、為龜猿，以及犬鼠蛇蠍，皆知宋主人王。五龍夾日，是為入雲龍、混江龍、出林龍、九紋龍、獨角龍，如出洞蛟、翻江蜃，自逐隊朝天。眾虎離山，是為插翅虎、跳澗虎、錦毛虎、花項虎、青眼虎、笑面虎、矮腳虎、中箭虎，若病大蟲、母大蟲，亦隨班行禮。原稱公侯伯子的，應諳朝儀；誰知塵舞山呼，亦許園丁、醫算、匠作、船工之輩。凡生毛髮須髯的，自堪寵命；豈意緋袍紫綬，並加婦人、浪子、和尚、行者之身。擬空名，則太保、軍師、郡馬、孔目、郎將、先鋒，官銜早列；比古人，則霸王、李廣、關索、溫侯、尉遲、仁貴，當代重生。有那生得好的，如白面郎插一枝花，擎著笛扇鼓幡，欲歌且舞；看這生得醜的，似青面獸蒙鬼臉兒，拿著槍刀鞭箭，會戰能征。長的比險道神，身長一丈；狠的像石將軍，力鎮三山。髮可赤，眼可青，俱各抱丹心一片；摸得天，跳得浪，決不走邪佞兩途（邪指起義，佞指奸臣）。喜近君王，不似昔時無面目；恩寬防禦，果然此日沒遮攔。試看全夥裏舞槍弄棒的書生，猶勝滿朝中欺君害民的官吏。義士今欣遇主，皇家始慶得人！

最後兩句「義士遇主，皇家得人」是此時期的主題，也是《水滸傳》作者的寫作用意。

宋江上梁山後，無法盡忠了，便把老父接上山以盡孝；現在要下山了，又把老父送回老家做良民，自己去給皇帝盡忠賣命，這就是所謂的忠孝不能兩全。

（三）替天行道——功成身死

1. 投降後的尷尬處境

家犬棄山回家，卻進不了門，是一件很難受也很尷尬的事情。

首先，梁山武裝人員不是禁林軍，不是城防部隊，不是地方部隊，也不是野戰部隊。108 人既不是官，也不是民，也不是強盜。元代無名氏的《陳州糶米》雜劇，主角包拯唱詞中說那些權豪勢要是「打家的強賊」，「俺便似看家的惡狗。」包拯把清官比做看家的「惡狗」，雖有點自我解嘲的意思，這個比喻還是比較恰切。宋江以功臣自居，也應該是看家的「惡狗」，可是狗主人卻給他沒有正名，而名不正則言不順。

其次，雖被皇帝招安，卻駐在城外。想為皇帝「咬賊」，還要偷偷摸摸地先找宿元景，由宿元景啟奏皇帝，再由皇帝召見，下達指令。如果沒有宿元景，簡直不知道他們如何生活下去。

作為老百姓，還可以自由出入城內。梁山 108 人卻不能，因為天子有禁約令，如果違反，要依軍法處置，連將士們的行動自由也給剝奪了。

再次，對皇帝很忠，皇帝也稱讚有加，命運卻掌握在奸臣手中，皇帝對他們的命運沒有決定權。

皇帝每次在宋江出征前或出征後都用好言撫恤，又誇獎，又許願，但最後卻把封官交給省院官去酌議，省院官說不封就不封，省院官說以後再議就以後再議，一拖再拖，不了了之。直到最後征方臘歸來，這次皇帝才沒有再讓省院官討論封什麼官，而是自己親自封賞。現在可以封賞，過去為什麼不親自封賞，而是交給不樂意封賞的省院官？因為 108 人變成了 27 人，這 27 人造反意志已消磨殆盡，對自己的統治已沒有什麼威脅了。

110 回宋江和盧俊義領了征剿方臘的聖旨，回營途中，宋江自我解嘲地說自己和盧俊義像街市上一個漢子玩弄的那個「胡敲」，「兩條小棒，中穿小索，以手牽動，那物便響」，「一聲低了一聲高，嘹亮聲音透碧霄。空有許多雄力氣，無人提挈謾徒勞。」他兩個也是「空有衝天的本事，無人提挈，何能振響！」盧俊義說：「據我等胸中學識，不在古今名將之下。如無本事，枉自有

人提挈，亦作何用？」宋江馬上一本正經地駁斥盧俊義的看法，說自己等人得力宿太尉保奏，得到天子重用，「爲人不可忘本！」宋江當過押司，和官場打交道多，比大財主出身的盧俊義更懂得中國官場的規則。正如人們常說的：「朝裏有人好做官，朝裏沒人乾撩亂（乾急沒用）。」但他只記得宿太尉的得力保奏，卻閉口不提李師師的枕上功勞，難免讓人感到勢利不公。

宋江的話有幾分自我解嘲，有幾分自我安慰，還有幾分自我滿足，也不乏身處尷尬境地、無法主宰自己命運的無奈。

宋江對此種尷尬處境心知肚明，但他爲了堅守忠義的做人原則，「寧教朝廷負我，我忠心不負朝廷」，仍然對皇帝忠義有加，無怨無悔。我有時候想，徽宗真有福氣，有宋江這樣一個忠臣，不操一點心，四大寇除了，侵邊遼軍敗了，你對他不相信，他對你忠心不改。是一隻忠得不能再忠的忠犬，是一個貨真價實的鐵杆保皇派。

這種人只怕打著燈籠也難找！

2. 對皇帝表忠心

《水滸傳》的作者和《三國演義》的作者都有迎合明代開國皇帝朱元璋的動機。《三國演義》作者表現卑賤者左右歷史進程的強者風範（曹操、諸葛亮、司馬懿三個主要人物皆出身寒微）與朱元璋出身低下而能佔有天下比較吻合；《水滸傳》的作者寫「忠孝」典型宋江與朱元璋提倡「忠孝」爲立國之木，理念相通。但兩書價值不同，《三國演義》取材於人心思治，英雄獻身統一而不是僅僅忠於皇帝個人的歷史時期，諸葛亮爲統一而忠於阿斗，不是爲忠於阿斗去北伐，曹操、司馬懿也都是爲了統一天下而不取代皇帝，這正是《三國演義》的價值所在。《水滸傳》取材於使北宋由盛而衰的宋徽宗時代，這是一個皇帝昏庸奢靡，天下人心思亂的時代，書中主人公宋江卻力保皇帝以盡忠留名，不惜得罪天下人，這是它與《三國演義》無法相比的要害。

有人也許會拿南宋滅亡前的文天祥忠於南宋皇帝爲宋江辯解。文天祥身處國破家亡的形勢下，絕大部分國土淪喪，生民塗炭，天下、人心、民族和南宋皇帝三者在此特殊歷史條件下有了一個契合點，南宋皇帝成了天下、人心、民族的一種象徵，皇帝滅則國家亡，民望絕，文天祥因忠於民族，順應天下人心而忠於南宋皇帝。事實上要想恢復被占山河，也只能從忠於南宋小朝廷，打起忠於皇帝的旗號開始，這和宋江忠於宋徽宗不可等同看待。宋徽

宗和天下、人心、民族沒有契合點，倒是方臘和天下、人心、民族完全契合，宋江忠錯了人。

投降後一有機會，宋江就迫不及待地向皇帝表白忠心，以消除皇帝對他這個忠臣義士的誤會。

83回宿元景向宋江傳達了皇帝命其征遼的聖旨，宋江說：「某等眾人，正欲如此，與國家出力，建功立業，以為忠臣。」

同回，宋江又向皇帝表態說：「臣乃鄙猥小吏，誤犯刑典，流遞江州。醉後狂言，臨刑棄市，眾力救之，無處逃避，遂乃潛身水泊，苟延微命。所犯罪惡，萬死難逃。今蒙聖上寬恤收錄，大敷曠蕩之恩，得蒙赦免本罪。臣披肝瀝膽，尚不能補報皇上之恩。今奉詔命，敢不竭力盡忠，死而後已！」這段話有一點兒像諸葛亮的《出師表》，但和諸葛亮並不是一回事。諸葛亮念先主三顧之恩，托孤之重，受人之托，忠人之事，《出師表》既表忠心，又多規勸，不失相父身份。宋江則感昏君招安之恩，報庸主赦罪之詔，忠義其表，奴性其中。劉備是把孔明當人才去求、請、敬，劉禪是遵父命把孔明當相父而孝、從、靠，趙宋皇帝三次招安則是把宋江作為流浪犬、忠犬、鷹犬、看門犬相對待。阿斗和徽宗庸碌如一，但阿斗對諸葛亮和宋徽宗對宋江態度完全不同。諸葛亮不是為了忠於阿斗而北伐，是為了完成統一大業看在劉備的面子上而忠於阿斗，和宋江為了忠於徽宗而去抗遼，出發點和性質都不同，兩者天壤之別，宋江怎能和孔明相比？

《水滸傳》的作者有意識地把宋江當諸葛亮來寫，從人物出場，「鞠躬盡瘁，死而後已」的精神，不稱王，忠於皇帝，給人的印象，好像宋江和諸葛亮有相通之處。

晁蓋去世之前，宋江的地位相當於諸葛亮。但他內心深處忠於趙宋皇帝，他雖然不會取代晁蓋，卻也不忠於晁蓋，只和晁蓋保持哥們弟兄及領導與被領導的關係。如果他處於三國諸葛亮的位置，他不會忠於劉備，而會忠於漢獻帝。諸葛亮卻是相反，忠於打著「恢復漢室」旗號，志在統一天下的劉備，而不忠於有名無實軟弱無能的漢獻帝，像董承、伏完等人一樣。如果讓諸葛亮處於宋江的位置，他會全心全意忠於晁蓋，而不會忠於宋徽宗，不會為宋徽宗「鞠躬盡瘁，死而後已」。宋江和諸葛亮不可同日而語。

諸葛亮不搞拜把子結兄弟那一套庸俗做法。他器重雖忠於劉備統一大業但和劉備沒有結拜兄弟的趙雲，勝過器重與劉備結為兄弟的關羽、張飛，他

對劉關張結義的個人行為表面上未置可否，實際上不以為然。他把劉備為報關張私仇看作是破壞統一大業的不明智的愚蠢行為。而宋江則繼承了劉備拜把子結兄弟的庸俗做法，並把它發揚光大到 108 人，還要在死後拉上拜把子兄弟在一起。

晁蓋死後，宋江成了梁山一把手，和劉備地位相當。他不聽地位相當於諸葛亮的吳用棄宋投遼或棄宋回山的勸告，堅持效忠趙宋皇帝。劉備在曹丕稱帝、獻帝去向不明的情況下，不願稱帝。諸葛亮則支持他稱帝，並以躺倒不幹相威脅，劉備還是稱帝了。劉備、諸葛亮是以天下蒼生為己任，以統一天下為擔當，這和宋江只為自己做朝庭臣子，封妻蔭子，揚名後世，完全是兩碼事。

諸葛亮要是處於宋江時代，也許會輔佐方臘，而不會輔佐宋江。因為他知道順應歷史潮流，順應民心，而不是抱住「忠義」這種僵死的封建教條不放，逆潮流，背人心，打著「替天行道」的旗號去效忠一個漢獻帝式的人物宋徽宗。

《水滸傳》作者把宋江當作諸葛亮一樣的人物來寫，只看到二人表面上的相似，卻看不到兩個人物本質的不同。

當然他征遼倒是有正義性的一面。但和諸葛亮北伐為統一而不是為阿斗個人也不相同。

84 回，宋江征遼得檀洲後，皇帝派去督戰的趙樞密誇宋江道：「將軍如此勞神，國之柱石，名傳萬載。卜官回朝，寸天子前必當重保。」宋江答說：「無能小將，不足掛齒。上託天子洪福，下賴元帥虎威，偶成小功，非人能也。」這些話既像是謙虛，更像是媚上。所謂「天子」並不像他那樣把遼邦入侵看得那麼嚴重，皇帝是得樂且樂，那管入侵者踐踏百姓。

84 回遼國郎主派歐陽侍郎為使，招降宋江，言說宋朝「奸黨弄權，讒佞僥倖，嫉賢妒能，賞罰不明，以治天下大亂。」「今將軍統十萬精兵，赤心歸順，止得先鋒之職，又無升受品爵。眾兄弟劬勞報國，俱各白身之士。」「將軍縱使赤心報國，建大功勳，回到朝廷，反坐罪犯。」「歐某今奉大遼國主，特遣小官齎敕命一道，封將軍為遼邦鎮國大將軍總領兵馬大元帥。贈金一提，銀一秤，彩緞 108 匹，名馬 108 騎。便要抄錄一百八位頭領姓名赴國，照名欽授官爵。」

面對高官厚祿，宋江不肯背宋投遼，表示「縱使宋朝負我，我忠義不負

宋朝。久後縱無功賞，也得青史上留名。若背正順逆，天不容恕！吾輩當盡忠報國，死而後已。」

85 回宋江征遼得霸州後，對被俘的定安國舅和歐陽侍郎說：「汝遼國不知就裏，看的俺們差矣！我這夥好漢，非比嘯聚山林之輩。一個個乃是列宿之臣，豈肯背主降遼？」在這裏，他把自己和那些造反稱王的「嘯聚山林之輩」相區別，表明自己是忠於皇帝的。

89 回宋江征遼得勝，但對皇帝處置不當有微詞，對宿元景說：「非是宋某怨望朝廷，功勳至此，又成虛度。」宿元景說「天子前必當重保」，趙樞密也說「放著下官爲證，怎肯教虛費了將軍大功。」宋江說：「某等一百八人，竭力報國，並無異心，亦無希恩望賜之念。只得眾兄弟同守勞苦，實爲幸甚。若得樞密肯做主張，深感厚德。」

他想讓眾弟兄從皇帝那裏得到好處才爲皇帝賣命的，好像可以理解。問題是皇帝會給你好處嗎？能給你多大好處？給你的好處能否得到保證？

90 回皇帝派宋江征剿田虎，雖無實際官職，但宋江依舊叩頭感激：「臣等蒙聖恩委任，敢不鞠躬盡瘁，死而後已！」又學諸葛亮那一套。

征田虎期間，正好宣和五年元旦，宋江和穿戴公服襆頭的眾頭領望闕朝賀，行五拜三叩頭禮，儼然朝廷命官。

97 回，皇帝派陳瓘爲安撫，統領禦營軍馬二萬，前往宋江軍前督戰助滅田虎。陳安撫見宋江謙恭仁厚，愈加欽敬，說：「聖上知先鋒屢建奇功，特差下官到此監督，就齎賞賜金銀緞匹，車載前來給賞。」宋江等拜謝道：「某等感安撫相公極力保奏，今日得受厚恩。皆出相公之賜，某等上受天子之恩，下感相公之德，宋江等雖肝腦塗地，不能補報。」皇帝撒一點骨頭給他，他就感激涕零，這正是鷹犬的特徵。

110 回眾將不滿朝廷虧待，欲反回梁山，宋江堅決表示寧死不負朝廷。

119 回宋江征方臘回京在給皇帝的表文中說：「伏念臣江等愚拙庸才，孤陋俗吏，往犯無涯之罪，幸蒙莫大之恩。高天厚地豈能酬，粉骨碎身何足報！股肱竭力，離水泊以除邪；兄弟同心，登五台而發願。全忠秉義，護國保民。」

他給皇帝表文裏，所錄梁山死去人員名單中沒有晁蓋，不是疏忽，而是有意爲之。

給皇帝寫表文用一些肉麻字眼可以原諒，下面的事就叫人費解了。

120 回宋江飲毒酒後知道中了奸計，自己歎曰：「我自小學儒，長而通吏，

不幸失身于罪人，並不曾行半點異心之事。今日天子輕聽讒佞，賜我藥酒，得罪何辜。」他對皇帝不滿，對奸臣不滿，但既不反皇帝，也不反奸臣，而是想法除掉可能造反的心腹兄弟李逵。

宋江對皇帝的忠到了人死心不死的程度。

同回宋江死後魂靈啓奏夢中皇帝說：「臣等雖曾抗拒天兵，素秉忠義，並無分毫異心。自從奉陛下救命招安之後，先退遼兵，次平三寇，弟兄手足，十損其八。臣蒙陛下命守楚州，到任已來，與軍民水米無交，天地共知。今陛下賜臣藥酒，與臣服吃，臣死無憾。但恐李逵懷恨，輒起異心；臣特令人去潤州喚李逵到來，親與藥酒鴆死。……今臣等陰魂不散，俱聚於此，伸告陛下，訴平生衷曲，始終無異。乞陛下聖鑒。」

他除了向皇帝表功、表忠，還把害死李逵當作功勞向皇帝報告，可見結義兄弟在他心目中和方臘一樣。他的做法使人想起諸葛亮死前除掉魏延。不同的是諸葛亮除掉魏延是怕統一大業被毀，宋江除掉李逵完全是爲宋徽宗能奢靡無擾。

從表面上看，宋江好像和明代《西遊記》中的孫悟空有點像，孫悟空由反叛到歸降，由爲惡到除惡，由不忠到忠。但兩個人物其實有本質的區別，孫悟空開始爲自身利益「作惡」，後來爲他人（唐僧）、爲眾生除惡，由小善、中善到大善、至善，以至成佛，達到完全爲天下蒼生的最高境界。而宋江則始終堅持做官揚名的利己卑微目的，始終堅持忠於只爲個人極端享樂，不顧蒼生死活的封建皇帝，他不但不爲蒼生除惡，反而征剿爲天下蒼生除惡的所謂「強盜」。孫悟空達到的人生境界是崇高的，宋江的人生境界是渺小的。

有人說宋江是「狼狗」，其實宋江始終都是一隻忠犬。他又是一隻義犬，和狼講義氣，爲狼所救，被狼們擁立爲頭。他雖然爲了生存帶領狼群覓食，發展壯大了狼群，但他時時不忘主子，人在狼山，心系朝廷，和關羽「人在曹營心在漢」差不多，「處江湖之遠，則憂其君」。時時想在主子家譜上留名，所以他通過多種辦法取得主子諒解和歡心，被主子召回，但爲其他家犬所妒，只能蹲在主人家門外，做不了家犬，只能做個守門犬。但又不安於做守門犬，主動去爲皇帝當鷹犬。他不忘爲主子盡忠，最後卻爲其他家犬所害。主子實際上默許了對他的毒害，只不過爲了掩人耳目，在他死後到狼山考查一下，立個牌坊，表揚死者，教育生者，希望更多的人前仆後繼，爭做忠犬。主子仍然是信用賊犬，多了個不忘忠犬。

宋江一生堅持忠義思想道德觀念，無論是在梁山還是回京城都沒有改變。他的上山只能說是「離隊」，暫時被逼離開趙宋王朝體制；下山投降是「歸隊」，重新回到趙宋王朝體制，「離隊」、「歸隊」就是他的一生。

3. 降後立功

（1）征遼

83回，宋江奉旨領兵征遼，連克檀州、薊州（公孫勝、李逵、朱貴故鄉）、霸州、幽州。如果沒有四奸臣受賄通遼，燕州也收回歸宋了。

征遼解除了北方被擾之憂，皇帝大加讚賞，「寡人多知卿等征進勞苦，邊塞用心，中傷者多，寡人甚爲憂戚。」梁山弟兄也因征遼取勝，士氣稍振，奸臣欲害，暫時無隙。

征遼算是一件擺得到桌面上的功勞。但就宋江來說，目的還是替天行道的忠義之舉。有人爲宋江投降行爲辯解時說，宋江投降趙宋王朝，是因爲當時民族矛盾上升爲主要矛盾，階級矛盾退居於次要地位，宋江爲顧全民族大局所作出的正確選擇；這是一種錯誤的判斷。

宋江和趙宋王朝不存在階級矛盾，是皇帝不理解忠臣，奸臣作梗，使忠義蒙屈，君臣間阻，龍虎難會。對宋江來說，抗遼是爲了忠，在方臘與趙宋王朝的階級鬥爭中站在趙宋一邊征討方臘，也是忠，根本談不上什麼主要矛盾和次要矛盾的互相轉化、顧全大局之類。

（2）三討

田虎、王慶、方臘實際上是晁蓋再生，是活著的晁蓋。宋江則是活著的王仙芝。

征田虎、滅王慶、打方臘，對「忠義雙全」、「替天行道」的宋江來說，是一種必然的行動。

當年他不得不去幹自己不願幹的事——落草爲王，就是爲了今天能幹自己願意幹的事——替天行道。

征田虎是宋江主動要求的。

91回戴宗石秀把河北田虎造反的消息告訴宋江，宋江與吳用商議道：「我等諸將，閒居在此，甚是不宜。不若奏聞天子，我等情願起兵前去征進。」吳用說：「此事須得宿太尉保奏方可。」

宋江對宿太尉說：「上告恩相，宋某聽得河北田虎造反，佔據州郡，擅改

年號，侵至蓋州，早晚來打衛州。宋江等人馬久閑，某等情願部領兵馬，前去征剿，盡忠報國。望恩相保奏則個。」

宿太尉大喜道：「將軍等如此忠義，肯替國家出力，宿某當一力保奏。」宋江謝道：「宋某等屢蒙太尉厚恩，雖銘心鏤骨，不能補報。」

天子在披香殿接見宋江、盧俊義。封宋江平北正先鋒，盧為副先鋒。宋盧領兵滅了田虎。

征方臘也是宋江主動要求的。

宋江聽說江南方臘反了，占了八州二十五縣，自號為一國，朝廷已差張招討、劉都督去剿捕。駐在京城外陳橋驛的宋江對眾將說：「我等諸將軍馬，閑居在此，甚是不宜。不若使人去告知宿太尉，令其于天子前保奏，我等情願起兵，前去征進。」諸將盡皆歡喜。我們前面說過，宋江駐軍陳橋兵變發生地，但其作為則和趙宋開國皇帝完全相反。如果方臘推翻了趙宋皇帝，在全國範圍內而不只是在江南稱帝，宋江可能會像忠於宋徽宗一樣忠於方臘。僵死的忠義道德觀是他把已然的看得神聖不可侵犯，把將然未然而必然的看成是大逆不道，而不區分腐朽與新生，只承認應該被打破的舊事物舊秩序，不承認應該建立的新事物新秩序。

宋江見宿太尉，稟道：「近因省院出榜，但凡出征官軍，非奉呼喚，不敢擅自入城。今日小將私步至此，上告恩相。聽的江南方臘造反，佔據州郡，擅改年號，侵至潤州，早晚渡江，來打揚州。宋江等人馬久閑，在此屯紮不宜。某等情願部領兵馬，前去征剿，盡忠報國，望恩相于天子前題奏則個。」

天子聞奏，封宋江為平南都總管，征討方臘正先鋒；封盧俊義為兵馬副總管，平南副先鋒。方臘最後被擒受剮。

只有征王慶是道君皇帝下令正在征討田虎前線的宋江不必班師回京，統領兵馬征討王慶。

宋江緊跟照辦，平了田虎，又人不下馬，馬不解鞍，領兵複奪宛城，殺了劉敏，又領三隊人馬殺奔山南城。直到把王慶剿滅。

一征三討使宋江擺脫了投降後的尷尬處境，建功立業，實現了替天行道的政治目標。替天行道對宋江來說就是一征三討。沒有一征三討，替天行道就是一句空話。

一征三討之前的替天行道還只是停留在口頭上，一征三討使替天行道真正落實到了行動上。

　　過去宋江下情上達的唯一通道是在皇帝面前能說上話的宿太尉。現在一征三討中又結識了趙樞密、陳安撫等，趙陳又是在前線目睹宋江殺敵立功的見證人，他們和宿元景不約而同地爲宋江在皇帝面前說好話，很容易取得皇帝信任。

　　一征三討用事實粉碎了奸臣的誣陷。

　　更重要的是，在一征三討的討方臘這最後一討中，忠奸對立的局面變成忠奸合流共同對敵的局面。118回宋江領兵攻打烏龍嶺不能取勝，還折了燕順馬麟等大將。正在這關鍵時刻，童貫領兵馬從烏龍嶺嶺西殺上嶺去，烏龍嶺的方臘守將石寶因只顧在嶺東和宋江軍馬廝殺，沒料到嶺西童貫領兵殺上嶺來，嶺上大亂，宋江手下郭盛雖在奪嶺時被石擊死，關勝卻趁亂從嶺東殺了上去，與童貫軍兩面夾攻，烏龍嶺被奪，石寶自刎。想想兩贏童貫那驚心動魄你死我活的場面吧！沒有討方臘，宋江手下眾將和童貫不可能成爲同一戰線的戰友。

（3）非正義戰勝正義

　　在三征中，宋江及其部下，處處以天兵自居，而田虎王慶方臘等則把他們當做「小寇」、「草賊」。

　　林沖喝罵田虎壺關守將山士奇：「助虐匹夫，天兵到來，兀是抗拒。」山士奇則叫罵林沖等是「水窪草寇，敢來侵犯我邊疆。」

　　王慶部將糜勝叫罵宋江軍：「你們這夥是水窪小寇，何故與宋朝無道昏君出力，來到這裏送死。」

　　宋江陣中河北降將金鼎、黃鉞喝罵王慶部將袁郎：「反國逆賊，何足爲道。」

　　宋將所說的「國」就是宋徽宗一人一姓之國，既然是「無道昏君」，爲什麼不能叛逆？

　　關勝罵方臘常州守城統治官錢振鵬：「反賊聽著！汝等助一匹夫謀反，損害生靈，人神共怒！今日天兵臨境，尚不知死，敢來與我抗拒！我等不把你這賊徒誅盡殺絕，誓不回兵！」

　　錢振鵬聽了大怒，罵道：「量你等一夥，是梁山泊草寇，不知天時，卻不思圖王霸業，倒去降無道昏君，要來和俺大國相並。」

　　錢振鵬的話比關勝的話更有震撼力。因爲他說的話符合實際。按照小說的描寫，宋朝若沒有宋江這種鷹犬和這支忠義救國軍，早就改朝換代了。雖然改朝換代以後的某姓王朝不會比趙宋王朝好多少，但趙宋王朝一直半死不

活地延續，其狀更糟。雖然奴才做了主子比主子更壞，但奴才推翻了主子自己做主子至少給人們證明了皇權並不是神聖不可侵犯的。天下不能一直是一家一姓世襲的家產。而在宋江眼中，皇權不獨不可侵犯，而且簡直是不能動他一根汗毛，那怕這根汗毛已經壞到危機皇權本身的生命也不能動。

方臘的蘇州守將、三大王方貌罵宋江：「量你等只是梁山泊的一夥打家劫舍的草賊，宋朝合敗，封你爲先鋒，領兵侵入吾地，我今直把你誅盡殺絕，方才罷兵。」

宋江則在馬上指道：「你這廝只是睦州一夥村夫，量你有甚福祿，妄要圖王霸業，不如及早投降，免汝一死！」

方貌和宋江這一段對罵，誰更有理？明眼人一看便知。宋江本來就是打家劫舍起家，小打小鬧，跪著造反不敢奪城略地，目的只是想引起朝廷注意，投降做官。虧他還從出身上揭人家不能稱王，陳勝說得好：「天下帝王，寧有種乎！」

方臘在昱嶺關的守將龐萬春罵史進等說：「你這夥草賊，只好在梁山泊裏住，揹勒（強迫）宋朝招安誥命，如何敢來我這國土裏裝好漢！」龐萬春這段罵語雖短，但擊中了梁山人的要害。

（4）醜化王慶否定不了王慶起義的正義性

《水滸傳》作者用男女關係、不忠不孝等醜化王慶，以王慶不光彩的出身經歷表現王慶起義的非正義性。就像把劉邦寫成無賴，難以否定劉邦起義的事業的正義性一樣，醜化王慶個人並不等於就能否定他的起義事業。古今中外，任何進步性質的革命行爲，其發起者並參與者的個人出身經歷品德，都可能有這樣那樣被人挑剔的地方，從這些方面難以確定其行爲正義與否。只有其行爲對歷史是否起推動作用，對廣大人民群眾是否有益，也就是說，他們行爲的大方向是邪是正，才是判定其行爲正義與否的標準。王慶和田虎方臘一樣，他們的行爲是順應歷史、順應民心，他們的大方向是正確的。正是基於這種看法，我們否定宋江的三討，肯定王慶田虎方臘的起義。

（5）方臘和宋江

歷史上的方臘以誅主持花石綱的朱勔爲名，號召起義。他對大家說：天下國家，是一個道理，子弟們一年辛勤耕田織布，缺衣少食，作爲父兄的卻拿來揮霍掉，稍不遂他意，就隨便打人，打死了也不在乎，你們樂意嗎？大家回答：不行！

他又說：揮霍之餘，還把它送給敵人（指遼和西夏統治者），敵人養肥了，又來打我們，卻叫子弟對付。子弟對付不了，就挨罵受氣。你們樂意嗎？大家回答：豈有此理！

方臘哭著說：現在賦役繁重，官吏貪暴，種田栽桑不夠吃用，我們只能依仗漆楮竹木為生，又被他們拿走，一點不留。這樣的暴政，大家能忍受嗎？那皇帝一天到晚只知道聲色走馬，蓋宮殿，築寺觀，養軍隊，玩花石，種種靡費之外，每年還給西、北二敵百多萬的銀和絹，這都是我們東南老百姓的膏血啊！二敵得銀絹，越瞧不起我們，年年欺負我們。朝廷越得伺候他們，宰相反認為這是安邊的好辦法。可我們老百姓一年勞動，妻子凍餓，一天飽飯也吃不到，大家覺得怎樣？大家非常氣憤，同聲說：聽你的！

李逵接娘時，薊州尚屬宋朝，到了宋江征遼時，薊州已屬遼邦佔有。宋江收回薊州，宋徽宗又聽奸臣之言，把薊州讓還遼邦，宋江征遼等於無功。如果方臘掌權，肯定不會把薊州等再交給遼邦佔有。宋江是趙宋皇帝的投降派，趙宋王朝是遼邦入侵者的投降派，在外族入侵面前是有作為變為無作為。

方臘又說：朝廷上儘是奸邪之官，地方上無非貪污之吏。我們東南老百姓被剝削得夠苦了。近來花石綱的騷擾，更是難忍。大家若能仗義而起，四方必然聞風響應。……我們佔據江南，輕徭薄賦，十年之內，定可統一。不然，也是叫貪官污吏害死。大家合計合計吧。群眾齊聲說：好極了！（見《青溪寇軌》，引自人民出版社 1979 年 9 月版《中國古代史》下）

朱勔主持蘇州的供奉局，搜羅奇花異石；蘇州、杭州的造作局，為皇帝製造奢侈品；由運河運往開封，稱為「花石綱」。方臘起義後，取消了供奉局、造作局和花石綱。

方臘這些話精闢地道出了民族矛盾與階級矛盾的關係，民族鬥爭說到底是個階級鬥爭問題。他的話貼近實際，貼近百姓，比宋江的忠義道德觀更具人性。

方臘是摩尼教的首領。摩尼教從整體上看，不是科學理論；但其部分內容不乏科學性。比如教義中有「二宗三際」之說，二宗是指明和暗，三際是說光明與黑暗鬥爭過程中的三個階段。認為通過鬥爭，光明才能制服黑暗，還主張對貧窮的教徒，大家應斂財予以幫助；同教中人稱為「一家」。（見翦伯贊《中國史簡編》人民出版社 1979 年 1 月 2 版）。方臘的指導思想雖是宗教教義，但其中光明與黑暗鬥爭的內容，符合社會發展規律，符合歷史辯證

法，宋江的忠義觀念則是僵死的矛盾的封建教條，再加上「替天行道」的政治路線，使忠義觀念完全成了鷹犬奴才的指導思想。

方臘和宋江同處於宋徽宗宣和年間，是趙宋王朝衰敗腐朽，人心思亂，社會需要變革的一個歷史時期，方臘正好順應了這一歷史潮流，方臘起義打破舊的封建秩序，順應民心，推動歷史前進，起到了積極的作用。而宋江則盡力保護應該打破的封建舊秩序，保護腐朽衰敗的舊事物，逆潮流，違民心，起的是阻礙歷史前進的負作用。

宋江等的死宣告了忠義觀的徹底破產。你把奸臣當朝廷命官尊重，奸臣把你當眼中釘除掉。你希望皇帝除奸，皇帝需要奸臣迎合。你雖忠於皇帝，皇帝也不喜歡你，頂多死後說你幾句好話，給你一個空名，誘使後來人為他賣命。

方臘反對皇帝，宋江忠於皇帝；方臘依靠廣大貧苦老百姓打碎舊世界，自己解放自己；宋江則效忠趙宋王朝，108 人在梁山整天大酒大肉，與老百姓脫離，所以不為天下蒼生謀利益，不代表天下蒼生說話辦事，只求自己能在皇帝家譜上留名。宋江一切言行以迎合封建皇帝為出發點和歸宿，方臘則以推翻皇帝，有利於百姓為其出發點和歸宿。方臘要自己做大樹教天下人乘涼。宋江是要弟兄們和自己在皇帝老兒這棵大樹下乘涼。方臘是英雄，宋江是奴才。

方臘佔據了八州二十五縣，造宮殿，稱國王，和封建皇帝沒什麼兩樣。但他的起義稱霸行為，是對君權世襲的一種反動。農民起義，王朝更替，是對君權世襲、子孫蛻變的一種自然調節，就像價值規律對不合理價格的自然調節一樣。中國封建社會沒有所謂皇帝「公選」，也沒有「競選」，我們可以稱農民起義是武裝公選，或者叫「武裝競選」。一家一姓的世襲鏈條中斷了，未必是壞事。如果大家都和宋江一樣，自己不稱王，也反對別人稱王，中國可能永遠是秦始皇的後代統治著，尚輪不到趙宋王朝的子孫統治。皇帝如果不是世襲而是投票公選，就不會出現由農民起義推翻舊王朝建立新王朝這種武裝公選的現象發生。

魯迅把王朝更替稱做搶椅子。問題是沒有歷代搶椅子的人你爭我奪搶舊椅子坐，就不會產生批判搶椅子的魯迅，更不會出現搶椅子並把搶的椅子交給人民的共產黨。農民起義這種對封建王朝的更替起一種自然的民主調節作用的行為好得很，從這個意義上說，方臘一類農民起義是現代民主制度的先驅。而宋江則只是個反對民主更替這種自然調解的可憐蟲。

諸葛亮、曹操、司馬懿不稱帝，是因為他們本身可以左右歷史的發展進程，不稱帝比稱帝更有利於統一大業，他們不稱帝正是其英明之處。

宋江是該稱帝而不稱帝，是奴才心理。

宋江打敗方臘，是忠義打敗叛逆，非正義打敗正義。

方臘失敗一是寡不敵眾，二是謀略有誤。不能以成敗論英雄。

作者曾將宋江和方臘作一對比道：

> 宋江重賞升官日，方臘當刑受剮時。
>
> 善惡到頭終有報，只爭來早與來遲。

曾幾何時，宋江雖然沒有受剮而死，卻是飲藥酒而亡。

飲藥酒而亡有點像今天的安樂死，宋江死前頭腦清楚，好像沒有方臘受剮而死那麼難受，還有一段堅持忠義、視死如歸的自我表白。但就其實質而言，方臘之死重於泰山，宋江之死輕於鴻毛。

皇帝賜藥酒毒死宋江，宋江賜藥酒毒死李逵，這是忠義觀念的勝利，還是忠義觀念的悲哀？

宋江一心要留忠義美名於後世，萬萬料想不到八百五十年後的 1975 年 8 月，深通中國古代文學的中國人民的最高領袖對《水滸傳》及宋江本人作出了如下評價：

> 《水滸》這部書，好就好在投降，做反面教材，使人民都知道投降派。
>
> 《水滸》只反貪官，不反皇帝，屏晁蓋於一百零八人之外。宋江投降，搞修正主義，把晁的聚義廳改為忠義堂，讓人招安了。宋江同高俅的鬥爭，是地主階級內部這一派反對那一派的鬥爭。宋江投降了，就去打方臘。
>
> 這支農民起義隊伍的領袖不好，投降。李逵、吳用、阮小二、阮小五、阮小七等是好的，不願意投降。
>
> 魯迅評《水滸》評得好。他說：「一部《水滸》，說得很分明：因為不反對天子，所以大兵一到，便受招安，替國家去打別的強盜——不替天行道的強盜去了，終於是奴才。(《三閒集·流氓的變遷》)」
>
> 金聖歎把《水滸傳》砍掉了二十多回。砍掉了不真實，魯迅非常不滿意金聖歎，專寫了一篇評金的文章。(《南腔北調集·金聖歎》)

　　《水滸》百回本、百二十回本和七十一回本三種都要出，把魯
迅的那段評語印在前面。
應該說明的是，毛主席及魯迅這裏是對《水滸》整體內容和精神也即中心主
題的評價，和對部分章節內容的肯定不矛盾。

　　宋江如果死而復生，看了這些評價恐怕要氣得昏死過去了。他也可能會
後悔早知後人這樣評價他，還不如當初和方臘一起造反，可能趙宋王朝早就
完蛋了，中國歷史可能要翻開新的一頁了，他宋江也不至於被人用藥酒「安
樂死」了。宋江忠心為趙宋王朝賣命，既沒有除掉奸臣貪官污吏，也沒有給
人民帶來什麼好處，只給皇上帶來逛妓院遊艮嶽的安心，給 108 人帶來全軍
覆沒，自己被藥酒毒死，忠義美名也沒有千古傳揚。這就是堅持「替天行道
為主，忠義雙全為臣」的二為方針的結果。恩格斯說得好：「錯誤的思維一旦
貫徹到底，就必然要走到和他的出發點恰恰相反的地方去。」（《馬克思恩科
斯選集》第 3 卷 282 頁）

　　宋江的靈魂可能要後悔為什麼不對人民講忠義而向宋徽宗一人講忠義，
為什麼非要吊死在一棵大樹上才甘心呢！雖然當時沒有馬列主義取代忠義觀
念，沒有代表人民的共產黨，但像方臘起義那樣反抗趙宋王朝也不錯啊！

　　宋江投降，只有利於一人——宋徽宗。

　　宋江形象的積極意義：把一個鐵桿保皇派逼上梁山當了造反派頭頭；做
了造反派頭頭的保皇派把一支造反派隊伍改造成一支替天行道，為皇帝賣命
的忠義救國軍，為皇帝穩坐江山立下汗馬功勞，平定了內憂外患後，雖被封
官，卻被害死，這樣的皇帝還能做長遠嗎？這樣的皇帝難道不應該取代嗎？
民主選掉他不可能，那就通過農民起義的方式武裝「選」掉他。主張西方民
主選舉的人都反對農民起義這種武裝「選舉」，認為農民起義使社會不安定，
生產力難發展，這是一種自相矛盾缺乏公正的所謂理論。

　　真正擁護民主政治反對專制政治的人不應該反對方臘這種農民起義，而
應該反對宋江這種「農民起義」。

　　歷史上的宋江軍力不足以推翻趙宋王朝，《水滸傳》中的宋江軍力完全可
以推翻趙宋王朝。可以推翻，但不推翻，可以取代，卻要擁護，正是《水滸
傳》作者表現宋江「偉大」的地方。這又是一種對諸葛亮和阿斗關係的不高
明的模仿。

4. 功成身死

一征三討，使宋江擺脫了當看門犬的尷尬，顯示了做鷹犬的威風，使他替天行道的事業達到頂峰，但也意味著末日的來臨。征方臘中，大部分弟兄死了，有的因各種原因沒有回京，有的全身而退。

110 回田虎降將孫安暴卒，喬道清痛哭不已，對宋江說：「孫安與貧道同鄉（陝西涇源人），又與貧道最厚」。「今日他死，貧道何以為情。」「願乞骸骨歸田野，以延殘喘。」降將馬靈也提出要與喬法師同往。宋江「慘然不樂」，「十分挽留不住」，只得允放，置酒餞別。公孫勝在旁，只不做聲。喬道清、馬靈拜辭了宋江、公孫勝，又去拜辭了陳安撫。喬道清和馬靈後來都到羅真人處從師學道，以終天年。

宋江眾人在京受恩回營，公孫勝提出回歸山中，「從師學道，侍養老母，以終天年。」宋江因有許諾在先，不敢翻悔，潛然淚下，對公孫勝說：「我想昔日弟兄相聚，如花始開；今日弟兄分別，如花零落。吾雖不敢負汝前言，心中豈忍分別？」公孫勝道：「若是小道半途撇了仁兄，便是寡情薄意。今來仁兄功成名遂，只得曲允。」宋江再四挽留不住，只得設宴送別。眾人各以金帛相贈，公孫勝不受，眾兄弟只顧打進包裹。公孫勝走後，宋江連日思憶，淚如雨下，鬱鬱不樂。

征方臘破杭州後，宋江兵馬引至蘇州城外，李俊詐中風疾，請宋江留下童威童猛看視自己。宋江諸將上馬赴京去後，李俊二童尋見費保四人，盡將家私打造船隻，從太倉港乘駕出海，自投化外國去了，後來為暹羅國之主。童威費保等都做了化外官職，自取其樂，另霸海濱。

宋江同諸將離杭州回京師，燕青要和盧俊義一起「納還原受官誥，私去隱跡埋名，尋個僻淨去處，以終天年。」盧俊義說：「自從梁山泊歸順宋朝已來，俺兄弟們身經百戰，勤勞不易，邊塞苦楚，弟兄損折，幸存我一家二人性命。正要衣錦還鄉，圖個封妻蔭子，你如何卻尋這等沒結果？」燕青笑說：「主人差矣！小乙此去，正有結果，只恐主人此去無結果耳。」

盧俊義說：「燕青，我不曾存半點異心，朝廷為何負我？」燕青說：「主人豈不聞韓信立下十大功勞，只落得未央宮裏斬首；彭越醢為肉醬；英布弓弦藥酒？主公，你可尋思，禍到臨頭難走！」盧俊義說：「我聞韓信三齊擅自稱王，教陳豨造反；彭越殺身亡家，大梁不朝高祖；英布九江受任，要謀漢帝江山。以此漢高祖詐遊雲夢，令呂后斬之。我雖不曾受這般重爵，亦不曾

有此等罪過。」燕青說：「既然主公不聽小乙之言，只怕悔之晚矣！」燕青納頭拜了八拜，當夜收拾了一擔金珠寶貝挑著，竟不知投向何處去了。

阮小七曾穿戴方臘衣冠，被追奪官誥，罰爲庶民；柴進因曾在方臘處做駙馬，爲防見責受辱，納還官誥，求閑爲農；李應回獨龍崗村，與杜興一處作富豪。

戴宗被除授兗州都統制，對宋江說：「今情願納下官誥，要去泰安州嶽廟裏，陪堂求閑，過了此生，實爲萬幸。」到泰州嶽廟裏，陪堂出家，每日殷勤奉祀聖帝香火，虔誠無忽。後數月，一夕無恙，請眾道伴相辭作別，大笑而終。

沒有功成身退的有宋江、盧俊義、吳用、李逵、花榮等。

征方臘後，宋江入京第三番朝見天子。當年初受招安時，奉聖旨都穿禦賜的紅綠錦襖子，懸挂金銀牌面，入城朝見；破遼兵後，天子宣命披袍挂甲戎裝入朝朝見；這一次三討得勝回朝，天子特命文扮，都是樸頭公服，入城朝觀。三次朝見皇帝的不同著裝，說明宋江地位在不斷提升。

皇帝把先鋒使宋江加授武德大夫、楚州安撫使，兼兵馬都總管；盧俊義加授武功大夫，廬州安撫使，兼兵馬副總管。宋江盧俊義人生追求的目的達到了，志得意滿，但好景不長。

120回宋江飲了奸臣下入毒藥的禦酒，知道中了奸計，卻也無可奈何了。盧俊義比宋江更冤枉，自己不知怎麼死的，別人也不知怎麼死的，只有天知地知奸臣知罷了。他的結局不幸被燕青言中。

梁山108人跟宋江投降的結果是：死的死，殘的殘，隱的隱，只有宋江盧俊義少數幾個享受了幾天榮華富貴，但也沒有多久，便被害而死。這種結局比方臘及其部下，好在何處？現在有人主張理解宋江爲眾弟兄出路著想的好心，實在叫人弄不明白！

宋江如果敢於像方臘那樣造反奪權當皇帝，人民少受壓迫，外族難以入侵，眾兄弟攀龍附鳳，不更是爲眾弟兄著想嗎？宋江給自己的定位是替天行道，給皇帝當鷹犬，其他弟兄能跟他沾多少光？！孫悟空是佛祖給他戴了個緊箍兒，宋江是自己給自己戴了個「忠義」的緊箍兒，還把這個緊箍兒給每個弟兄戴一個。

120回梁山泊起蓋廟宇，禦筆親書「靖忠之廟」：

> 金釘朱戶，玉柱銀門。畫棟雕梁，朱簷碧瓦。綠欄幹低繞軒窗，
> 繡簾幕高懸寶檻。五間大殿，中懸敕額金書；兩廡長廊，彩畫出朝

入相。綠槐影裏，欞星門高接青雲；翠柳陰中，靖忠廟直侵霄漢。黃金殿上，塑宋公明等三十六員天罡正將；兩廊之內，列朱武爲頭七十二座地煞將軍。門前侍從猙獰，部下神兵勇猛。紙爐巧匠砌樓臺，四季焚燒楮帛。桅竿高豎挂長幡，二社鄉人祭賽。庶民恭禮正神祇，祀典朝參忠烈帝。萬年香火享無窮，千載功勳表史記。

詩曰：

天罡盡已歸天界，地煞還應入地中。

千古爲神皆廟食，萬年青史播英雄。

不盡人意的是：

煞曜罡星今已矣，讒臣賊子尚依然！

這就是梁山 108 人的最後歸宿。這種虛幻的盛宴完全是騙局。

梁山武裝就是野狼雄獅由家犬變成的野犬領導，狼變得狼不狼，獅變得獅不獅，狗變得狗不狗，最後被狗拖進死胡同。

五、結　語

皇帝愛奸臣

　　皇帝需要三種犬：一是看家犬，忠如宿太尉；二是寵物犬，蔡京、蔡攸、楊戩；三是鷹犬，童貫，宋江，高太尉，宋江是編外鷹犬，童貫是編內鷹犬。三種犬互相爭鬥，皇帝根據需要取捨。

　　76、77 回寫奸臣樞密使童貫，統帥八路軍馬征剿梁山泊，被梁山軍馬兩陣打得屁滾尿流，逃回東京，先找高俅，又同高俅去找蔡京，「童貫拜了太師，淚如雨下」，請求太師遮蓋，「救命則個」。蔡京向皇上奏說「天氣暑熱，軍士不伏水土，權且罷戰退兵」。皇帝說天氣這麼熱，就不要再去了。蔡京又向皇帝奏說讓童貫于泰乙宮聽罪，推薦高俅領兵征伐，得到皇帝批准。童貫再沒有人問責。

　　78 回高俅征伐梁山泊，「選教坊司歌兒舞女三十余人，隨軍消遣」，「于路上縱容軍士，盡去村中縱橫擄掠，黎民受害，非止一端。」高俅在濟州帥府內定奪征進人馬，沒有給他銀子的，派去打頭陣；給他送銀兩的，留在中軍，虛功濫報。葉春造大小海鰍船後，本來是要和梁山軍第三次決戰的，但高俅先把帶來的歌兒舞女，叫到船上作樂侍宴，「一面教軍健車船演習，飛走水面，一面船上笙簫聒品，歌舞悠揚，遊玩終夕不散」，當夜就在船上歇宿，第二天又設席面飲酌，一連作樂了三天。違背兵貴神速、出其不意的常識，延誤時間，失去戰機。一旦與梁山軍交鋒，敗不成軍。高俅三戰三敗，還被俘虜上山，放回京後，推病不出，連天子面都不敢見，皇帝也不查問。

　　82 回皇帝當面質問童貫兩次征戰梁山泊的情況，童貫重復所謂軍士不伏

暑熱而罷戰的謊言，又為羞見皇帝的高俅辯解說「因病而返」。已經從燕青那裏得知真實情況又從宿太尉那裏印證了這些實情的皇帝怒責童貫奸佞之臣，兩征敗績，「瞞著寡人行事」，「妒賢嫉能」；又責高俅「廢了州郡多少錢糧，陷害了許多兵船，折了若干軍馬，自己又被寇活捉上山」，「都是汝等不才貪佞之臣，枉受朝廷爵祿，壞了國家大事」。別看皇帝聲色俱厲，把奸臣罵得狗血噴頭，最後卻是「本當拿問，姑免這次，再犯不饒！」童貫高俅於是穩坐高位。

宋江等招安後駐在城外，樞密院官奏請皇帝傳旨把宋江等分開軍馬，各歸原所，遣散各地。梁山眾將不服。皇帝大驚。樞密使童貫奏將 108 人賺入京城，盡數剿除，天子「沈吟未決」。這時宿元景奏差宋江等征遼建功，以解國危。天子聽了宿元景的話「龍顏大喜」，又大罵樞密院童貫等是「讒佞之徒，誤國之輩，妒賢嫉能。閉塞賢路，飾詞矯情，壞盡朝廷大事！」罵得痛快淋漓，最後仍是「姑恕情罪，免其追問。」奸臣又沒事了，高官照當。

89 回宋江征遼獲勝，遼主派褚堅往京師買通四奸臣，蔡京奏天子：「自古及今，四夷未嘗盡滅」，「可存遼國，作北方之屏障」，天子差宿元景齎擎准和丹詔，直往遼國開讀。另敕趙樞密使令宋先鋒罷戰回京。「將應有被擒之人釋放還國。原奪城池，仍舊給遼邦歸管。每年坐收歲幣牛馬等物。」關鍵時刻，皇帝還是聽奸臣的。

101 回武學諭羅戩向皇帝揭露童貫及蔡京之子蔡攸，征討淮西王慶「全軍覆沒，懼罪隱匿，欺誑陛下」；蔡京子蔡攸「複軍殺將，辱國喪師」，蔡京儼然「上坐談兵，大言不慚，病狂喪心」，道君皇帝聞奏大怒，「深責蔡京等隱匿之罪」；但蔡京等巧言宛奏，矯詞掩飾，天子「不即加罪」。亳州太守侯蒙奏請差宋江征討王慶，天子准奏。蔡京與童貫、楊戩、高俅商量後，請天子派羅戩侯蒙到陳瓘軍前聽用，目的是想在宋江征王慶敗績後，連同羅戩侯蒙一起治罪，「一網打盡」。天子又一一準奏，派羅戩侯蒙去河北。「道君皇帝剖斷政事已畢，複被王黼、蔡攸二人，勸帝到艮嶽娛樂去了。」這一次皇帝似乎接受了忠臣的建議，但最終還是按奸臣的意見辦事。因為享樂遊玩離不開奸臣。沒有了忠臣不影響享樂，忠臣不會陪他逛艮嶽，逛妓院，整天嘟嘟囔囔要他節欲。沒有了奸臣享樂生活就要受影響了。不為享樂，當皇帝幹啥？！

110 回宋江征王慶回京師後軍馬屯駐陳橋驛。正旦節到了，百官都要朝賀，蔡京怕宋江等朝賀皇帝見了重用，奏聞天子，只准宋江盧俊義兩個有職

人員隨班朝賀，其餘人等，因系白身盡皆免禮，皇帝立即降旨照辦。第二天宋江領數十騎進城到宿太尉趙樞密及省院各官處賀節，蔡京知道了，奏聞天子：凡出征官員將軍頭目，非呼不得擅自入城，否則，「定依軍令擬罪施行」，天子又立即降旨照辦，陳橋驛門外也張挂了禁約榜文。皇上在這些重大問題上對蔡京等奸臣是百依百順。

120 回四奸臣在皇帝面前污蔑盧俊義「意欲造反」，皇上開始不信，認爲「其中有詐，未審虛的，難以准信。」高俅楊戩又說盧嫌官小，複懷反意，還胡說「被人知覺」。皇上要喚盧俊義親問，高楊建議可賺盧來京，賜禦膳禦酒，窺其虛實動靜。皇上馬上准奏，下旨招盧，盧因吃了奸臣下有水銀的禦膳而斃命，四奸臣報告皇上說盧酒醉墜水而死，皇帝也不深究，竟然又聽奸臣之言，派人送下有毒藥的禦酒給楚州的宋江喝。事後皇帝也只是追問送酒的使臣，送酒的使臣已被奸臣殺人滅口，此事也就不了了之。

宿太尉把宋江被藥酒毒死的事向皇帝報告後，「天子大怒，當百官前，」責罵高俅、楊戩：「敗國奸臣，壞寡人天下！」蔡京童貫編謊說省院昨夜才收到宋江死亡的申文，剛準備啓奏。皇帝因四賊「曲爲掩飾，不加其罪。」屈死忠臣，不罪奸臣。

宋江一征三討，每次凱旋，皇帝都命省院官議封官爵，四奸臣每次都找理由不予封官，而天子竟然都按奸臣的意見辦了。

宋徽宗爲享樂，需要忠臣，更需要奸臣。對奸臣，心慈手軟，斥責歸斥責，重用歸重用。遂使天下盜賊蜂起，人心思亂。

這樣的皇帝，方臘等人：反，宋江則是：忠。

小說中寫了幾個忠臣，67 回，諫議大夫趙鼎主張對梁山義軍降敕赦罪招安，命作良臣，以防邊境之害。蔡京開始也想招安，功歸女婿梁中書，自己也有「榮寵」，後來因梁山人馬打入北京，又殺人又搶金銀糧米，蔡京見事情弄大了，無法遮掩，便又主戰，臭罵趙鼎的招安建議是「滅朝廷綱紀，猖獗小人，罪合賜死。」皇帝面對兩種意見，肯定奸臣蔡京，下令把趙鼎立即趕出朝廷，革了官爵，罷爲庶人；74 回李逵燕青等大鬧泰安州後，禦史大夫崔靖主張差人招安梁山人馬，以敵遼兵，公私兩便。皇帝說「卿言甚當，正合朕意」，派殿前太尉陳宗善前往招安，結果失敗而歸，皇帝大怒，不責陳宗善，卻問：「當日誰奏寡人，主張招安？」堂堂皇帝，昏庸健忘，毫無定見，聽侍臣說是大夫崔靖主張招安，馬上教拿崔靖送大理寺問罪。

84 回宋江收回被遼侵佔的檀州後，天子大喜，又有宿太尉保奏，欽差東京府同知趙安撫統領二萬禦營軍前往監戰。這個趙安撫祖先是趙家宗派，「爲人寬仁厚德，作事端方」，幫了宋江不少忙。

97 回宋江征田虎，連克數城，四奸臣卻劾奏宋江「覆軍殺將，喪師辱國」，想讓皇帝加罪。右正言陳瓘上疏彈劾四奸臣排擠善類，蔡京請求天子治陳瓘罪。多虧宿元景向皇帝說明宋江克敵功勳，又爲陳瓘辯護，皇帝才依宿太尉言，陳瓘在原官上加封樞密院同知，派陳瓘爲安撫，統領禦營軍馬二萬，前往宋江軍前督戰，犒賞軍卒。

再一個忠臣就是宿太尉，多次叱奸護忠，是宋江等人下情上達的主要通道。還有羅戩、侯蒙也是不滿奸臣的忠臣。

但以上幾位所謂忠臣遠沒有四大奸臣受寵，也就是爲宋江說幾句好話而已，作用極其有限，比不上四大奸臣說話頂用。因爲對宋徽宗來說，少幾個忠臣無所謂，但奸臣一個也不能少。

從以上事例看出，皇帝罵奸臣只是做戲騙人，他的靈魂深處是喜愛這些奸臣的，奸臣所作所爲都是得到他的默許和庇護的。否則，這些奸臣能胡作非爲這麼久嗎？皇帝要罷一個人就那麼難嗎？趙鼎和崔靖不是一句話就被罷爲庶人了嗎？趙鼎和崔靖的話被後來的事實驗證有理，皇帝再也不把趙鼎和崔靖提起，而招安受挫，馬上想到罷免當初建議招安的人。是皇帝糊塗嗎？

徽宗重用奸臣，擾亂朝綱，天下人有目共睹。

90 回宋江領軍破遼還京途中，經過雙林鎮。燕青舊友許貫忠，在大名府屬下浚縣的大伾山茅舍中對燕青說：「奸臣專權，蒙蔽朝廷」，「妒賢嫉能」，「如鬼如域的，都是峨冠博帶；忠良正直的，盡被牢籠陷害」。他自己心灰意冷，也勸燕青功成身退。

108 回壯士蕭嘉穗殺死王慶荊南城守將梁永，救出被梁永俘虜的蕭讓、裴宣、金大堅，幫助宋江奪了荊南城。蕭嘉穗對要回朝保舉他做官的宋江說：「這個倒不必。」「方今讒人高張，賢士無名，雖材懷隨和，行若由夷的，終不能達九重，赴公家之難者，倘舉事一有不當，那些全軀保妻子的，隨而媒孽其短，身家性命，都在權奸掌握之中。」

113 回征討方臘時，李俊與童威童猛在榆柳莊遇見費保等四個人，幫助宋江奪了杭州，不願爲官，「爲因世情不好。有日太平之後，一個個必然來侵害你性命。自古道：『太平本是將軍定，不許將軍見太平』，此言極妙。」他勸

李俊「趁此氣數未盡之時，尋個了身達命之處」。後來的事實應了費保之言。

許多人因為對皇上重用奸臣不滿，才上了梁山。

44回戴宗動員石秀上山時就說：「這般時節認不得真，一者朝廷不明，二者奸臣閉塞。」第一條指皇上，第二條指奸臣。這是較早認識皇帝重用奸臣的。

63回梁山人給北京散發的沒頭帖子上就寫道：「今為大宋朝濫官當道，汙吏專權，毆死良民，塗炭百姓。」這個可算是梁山人的造反宣言。

64、65回宋江本人也多次向被俘官軍將領揭露朝廷不明，縱容奸臣，酷害百姓。

67回關勝說服單廷珪魏定國投降宋江時說：「目今主上昏昧，奸臣弄權，非親不用，非仇不談。」同回聖水將軍單廷珪說神火將軍魏定國投降梁山泊時說：「朝廷不明，天下大亂，天子昏昧，奸臣弄權。」以上三人都是官軍首領，可謂深知朝廷內情之人。

宋徽宗重用奸臣擾亂朝綱，遼國君臣也都洞若觀火，歐陽侍郎就對郎主說：「如今童子皇帝，被蔡京、童貫、高俅、楊戩四個奸臣弄權，嫉賢妒能，閉塞賢路，非親不進，非財不用」；他又對宋江說：「今日宋朝奸臣們閉塞賢路，有金帛投于門下者，使得高官重用（其實宋江三敗高俅送其下山時也送了高俅不少金銀財帛）。無賄賂投于門下者，總有大功于國，空被沈埋，不得升賞。」

歷史上的皇帝都是只講享樂不講道德，歷史上的奸臣都是只講利益不講道德，他們都是滿嘴仁義道德，一肚子男盜女娼：歷史上的忠臣大都講忠義道德較少在乎利益和享受。這就形成了皇帝、奸臣、忠臣三者之間又統一又矛盾的關係格局。

中國封建皇帝都是最大的享樂主義者。自從秦始皇企圖得到長生不老藥方失敗後，歷代皇帝都要在有限的生命中滿足無限的享樂欲望。而為滿足自個兒的享樂欲望，人會變得非常自私，許多父子兄弟爭奪皇帝寶座的醜劇鬧劇就這樣發生了。皇帝為滿足自己的享樂欲望既需要忠臣，更需要奸臣。忠臣給他們維持享樂的安定環境（包括國內國外），使他們的享樂無憂無慮，忠臣不僅為皇帝一人謀享樂，還為皇帝的子子孫孫謀享樂。而忠臣自己也在為皇帝謀享樂中得到略次於皇帝的享樂。於是乎忠臣便會主張皇帝對享樂應有所節制，以免引起中斷皇帝享樂的社會騷動，而這又會引起皇帝的不滿。奸

臣則儘量滿足皇帝眼前享樂的最大化，自己也得到享樂的最大化，爲此不顧及危及皇帝享樂永久化的因素增長，並因之與忠臣發生矛盾。皇帝永遠喜歡奸臣，因爲他即使在刀擱在脖子上時也不喜歡別人干擾他享樂，而是要抓緊死前的有限時間最大限度的享樂。他們也需要忠臣像現在的警察一樣給他們的享樂維持秩序，但當警察要干擾他的享樂時，他就不客氣了。所以只要有皇帝，就會有奸臣，只要有奸臣，就會有忠臣。而皇帝也正是在忠奸之間玩手腕，使自己享樂環境安定，使自己享樂主義得到滿足。當忠奸發生矛盾時，對奸臣口罵心親，對忠臣口親心罵。皇帝、忠臣、奸臣之間的骯髒博弈，使廣大百姓在任何情況下都處於被愚弄被欺騙被剝奪的可悲境地。

宋徽宗肯定感激孔子，有一部《論語》傳世，不要他操一點心，給他培養了一大批宋江這種忠於他的奴才。他肯定也很感激老莊，有道家學說傳世，使他有了糊塗混世盡情享樂的理論依據。

小說最後，寫道君皇帝在李師師家睡覺做夢，戴宗領他到梁山泊，宋江向他訴說衷曲，李逵要殺他報仇，皇帝驚醒後，給李師師說，要給宋江等建立廟宇，敕封烈侯。李師師非常贊同，說：「若聖上果然加封，顯陛下不負功臣之德。」這是一個很有諷刺意味的情節。宋江帶領眾兄弟南征北討，替天行道，不過給道君皇帝創造了一個能在李師師家高枕無憂地睡安穩覺的環境罷了。皇帝老兒找李師師再也不會擔心北遼侵擾，方臘稱帝，李逵放火了，宋江把他們都收拾了，這就是宋江一輩子的功勞。

這和方臘雖死，南方百姓不再受花石綱騷擾，孰重孰輕？

《水滸傳》的作者是反對農民起義的，他把皇帝看得神聖不可侵犯，把皇帝的話作爲判斷是非好壞的標準，這是《水滸傳》小說的最大局限，也是宋江這個人物的最大局限。

王志武　2012 年 12 月 21 日冬至

說　明：

本書稿主要內容以單篇文章形式分別發表於 2013 年 4 月 28 日《西安晚報・文化縱橫》（蔣漫冰主編），2013 年 4 期《西北學刊》（陳合營主編），2013 年 3 期 4 期《藝文志》（韓效祖主編）。

附錄：名著導讀

關於經典長篇小說

　　平庸文學作品是作者對生活現象的隨意演繹；優秀文學作品是作者對生活本質的真實反映；經典文學作品是作者對生活哲理的深刻感悟。

　　經典文學作品的作者對生活的感悟具有獨特性、普遍性和長久性特點。獨特性是指不可替代的唯一性、「這一個」；普遍性指人人都會遇到的人生課題；長久性指反復出現，永無止境。

　　《三國演義》作者認為歷史由亂到治的關鍵時刻「上報國家，下安黎庶」的是曹操、諸葛亮、司馬懿這樣一些出身低微的人，而不是諸如皇帝及其子孫、皇親國戚、朝廷命官及其後代一類有政治背景的人，所謂「卑賤者最聰明，高貴者最愚蠢」；

　　《水滸傳》作者所要表現的是忠臣多磨義士薄命，終不免悲劇命運，並非「善有善報，惡有惡報」；

　　《西遊記》作者寫孫悟空由妖仙變為神佛的歷程，認為只有善改造不了人，改造不了天下，善惡並用才可以改造天下，改造人。

　　《金瓶梅》作者揭示人的性欲自由化必然導致社會悲劇、家庭悲劇和個人悲劇；

　　《儒林外史》作者反映最高當權者制度設計的重要性，正如王冕所說：「這個法（指八股取仕）卻定的不好，將來讀書人既有此一條榮身之路，把那文（真才實學）、行（道德品質）、出（做官）、處（退隱）都看得輕了。」「一代文人有厄」。也就是說八股取仕制度是導致學風、官風、民風敗壞的根源。

在中國，一部分人先富起來的歷史從夏商周算起，到清代還在延續。《紅樓夢》就是清代盛世出現的一部表現先富起來的一家人的生活、心理和命運的小說。這一家先富起來的人希望自己的家庭長盛不衰，擔心生活資料遞減，唯恐落入貧困群體，爲此不惜剝奪子孫對人生的自由追求，使他們如陷牢籠。優裕的生存條件沒有給他們帶來幸福，而是痛苦。《紅樓夢》作者痛感人的生存條件和生存目的之間的矛盾以及生存條件對生存目的的制約，是人生的大悲劇。

《紅樓夢》是中國長篇小說的頂峰之作，如日中天，此後的長篇小說則江河日下，量多質差。只有二十世紀五六十年代的《創業史》循著《紅樓夢》的路子，放出了異樣的光彩。小說《創業史》認爲農民階層與私有制聯繫在一起時，顯得自私、狹隘、猥瑣、自卑、無情，愚昧落後，貧窮而無助；但一旦與公有制相聯繫，則顯得寬宏無私、聰明友愛、能幹進取、自尊自豪。

魯迅曾經想寫長篇小說，但終於沒有寫，他在給楊霽雲的信中說過：「我以爲一切好詩，到唐已經做完，此後倘非能翻出如來掌心之齊天大聖，大可不必動手。」聯繫魯迅對《紅樓夢》的評價，他沒寫長篇小說的原因也許可以從這裏得到一些解釋。但魯迅以其對生活感悟的獨特性、普遍性和長久性開創了中國文學史上中短篇小說創作的高峰，雜文創作的高峰和散文詩創作的高峰。

《三國演義》、《水滸全傳》、《西遊記》是中國古代長篇小說中情節類小說的代表作，主要以寫叱吒風雲的人物和驚心動魄的故事取勝；《紅樓夢》、《金瓶梅》、《儒林外史》是中國古代長篇小說中細節類小說的代表作，主要以寫平民百姓的生活命運、生活瑣事取勝。後者尤其是像《紅樓夢》這種需要看一遍想三遍、看五遍想十五遍，還不一定看明白的書，不適於改編爲影視及評書，只適合於案頭閱讀。

又：近讀 2013 年 12 月出版的《毛澤東年譜》，首次得知毛澤東晚年「爲向身邊工作人員講中外文學史，讓人借過長篇小說《創業史》、《飄》、《紅與黑》、《基度山恩仇記》和《辛棄疾集》、《全宋詞》、《全唐詩》。」當代中國文學作品只有一部《創業史》。作者 2014 年 5 月 20 日補記。

2009 年 9 月 14 日《西安晚報・文化縱橫》 責任編輯：蔣漫冰

如何閱讀經典小說

讀小說經典首先是要讀懂。讀懂的標誌是抓住了主腦、主旨、主題。

葉聖陶說：「讀一篇文章，如果不明白它的主旨，而只知道一點零碎的事情，那就等於白讀。」(《文章例話》)

清代劉熙載在《藝概》中說：「凡作一篇文，其用意俱要可以一言以蔽之，擴之則爲千萬言，約之則爲一言，所謂主腦者是也。主腦既得，則制動以靜，制煩以簡，一線到底，萬變不離其宗。」

毛澤東說：「任何過程如果有多數矛盾存在的話，其中必定有一種是主要的，起著領導的、決定的作用，其他則處於次要和服從的地位。因此，研究任何過程，如果是存在著兩個以上矛盾的複雜過程的話，就要用全力找出它的主要矛盾。捉住了這個主要矛盾，一切問題就迎刃而解了。」

「萬千學問家和實行家，不懂得這種方法，結果如墮煙海，找不到中心，也就找不到解決矛盾的方法。」(《矛盾論》)

「綱舉目張」可以概括主題的重要性。

閱讀要把欣賞和研究結合起來，研究解決「是什麼」的問題，揭示主腦、主旨、主題，欣賞回答「怎麼樣」的問題，不同人對不同小說及人物會有不同感受。研究要以欣賞爲基礎和歸宿；欣賞如果不以對主題的準確把握爲前提，那就只能是霧裏看花。(朱自清語)

感覺到了的東西，我們不能立刻理解它，而只有理解了的東西我們才能更深刻地感覺它。(毛澤東《實踐論》)

以上這些都是講閱讀名著掌握其主題的重要性。改革開放以來，有一種「無主題」的說法，違背藝術創作的實際。已產生的偉大作品都有主題，就像人都有心臟，細胞都有細胞核一樣。沒有主題的偉大作品還沒有產生，就像沒有心臟的人還沒有誕生一樣。

三、要掌握名著主題，首先是多讀作品，「書讀百遍，其意自現。」毛澤東說「《紅樓夢》至少要讀五遍才有發言權。」

其次是把握作品的整體，黑格爾說：「全體才是眞理。」讀名著最忌諱的就是肢解作品，以偏概全，只見樹木不見森林，像瞎子摸象一樣去理解作品。

再次，不能把素材當做主題，《紅樓夢》考證派犯的就是這個毛病。不能把題材當主題，前一段有人要從課本中刪除《赤壁之戰》，有人要刪除武松打虎等，犯的是把表現主題的題材當做主題的毛病。任何時代的作品題材都是

有局限性的，但作者從中提煉出來的主題卻是具有普遍性和長久性的。就像蘋果落地是偶發事件，但從中悟出萬有定律卻有必然性普遍性特點一樣。也不能把作品的意義、價值當做主題。主題是確定的、唯一的，意義價值是可變的、多樣的。因時因地因人而異的。認為一個人心中就有一個《紅樓夢》，一百個人心目中就有一百個賈寶玉，從其作品意義講是對的，從主題角度講則是不對的，就像我們說阿斯匹林的成份性能是確定的，是唯一的，但阿斯匹林在一些人那裏是治感冒的，在另一些人那裏是預防心血管病的，將來也可能是預防癌症的。維生素 C 在一些人那裏是補充人體維生素的，在有的人那裏是治乙型肝炎的。但維生素 C 的主要成分及特徵在哪里都是一樣的。

找准主題還有個找准角度的問題，「不識廬山真面目，只緣身在此山中。」有人把找准角度簡單化為用一種中國的或外國的什麼方法到處亂套，這是一種方法教條主義，要害是忽略每一部作品創作的獨特性、創新性。

對長篇小說主題的理解還要在動態中進行。作品的傾向是在人物命運的演化和情節進展中流露出來的，不能抓住一點凝固地去理解。

關於《紅樓夢》

《紅樓夢》人物衝突論（內容提示）

　　《紅樓夢》所表現的是賈寶玉和王夫人圍繞「棄釵娶黛」還是「棄黛娶釵」而展開的衝突。衝突的原因是兩人考慮問題的角度不同，審美觀不同，婚姻觀不同，擇配條件不同。寶玉崇尚天性自由，要求實現與黛玉的知己愛情；王夫人則要通過給寶玉選擇婚配對象選擇一個能使賈府長盛不衰的管家婆，她就是德、才、財、體幾者兼備的薛寶釵。這就是小說的主線和主題。小說揭示的是要求自由的生存目的，由於先天和後天生存條件的制約，不能順利實現的悲劇。

　　本書 1985 年 11 月由陝西人民出版社出版，責任編輯姜民生，1987 年 12 月重印，1993 年 2 月第三次印行。2000 年 4 月和《三國演義人物競爭論》、《金瓶梅人物悲劇論》合編爲《小說三論》一書，由陝西人民教育出版社出版，責任編輯姚雪琴，2003 年 5 月重印，2005 年 6 月第三次印行。2010 年 6 月由東方出版社出版，書名爲《中國人的失敗原因》，責任編輯楊慧子。

《紅樓夢》的主要矛盾衝突

　　世界上的事物儘管千變萬化，總有一個主要矛盾在起主導作用；《紅樓夢》雖然錯綜複雜，也有一個主要矛盾貫穿全書。這個主要矛盾歷來論者多認爲是賈政和賈寶玉圍繞所謂功名舉業所進行的鬥爭，寶玉挨打被認爲是這一鬥

爭的一次激烈表現。其實這種看法是不符合作品實際的。就拿寶玉挨打來說吧，賈政開始訓斥寶玉，本出於往日之習慣，「原本無氣的」。接著忠順王府的長史官來追尋琪官，賈政「又驚又氣」，「目瞪口呆」，再加之賈環一番「淫辱女婢，強姦不遂」的誣衊不實之詞，賈政這才「氣的面如金紙」，下狠心置寶玉於死地。可見寶玉挨打根本與功名富貴無關。不錯，賈政有時也說幾句要寶玉讀書的話，但沒有一次認真檢查過兒子的學業。平時在外，縱然寄回「萬金」家書，也無一字提及寶玉讀書舉業之事。回到家裏，不是同清客相公閒談消遣，就是與其母共度天倫之樂，從不過問兒子的功課。而對寶玉那些與舉業無關的「歪才」卻頗為賞識，大觀園題額、閑征姽嫿詩、經常帶寶玉會客作詩，就是明證。賈環賈蘭叔侄較之寶玉是在舉業上用功較多的。但賈政多次要求環、蘭在作詩上學習寶玉，而從未叫寶玉在讀書舉業上學習環、蘭。賈政這樣做並非沒有道理，賈家的榮華富貴不是通過舉業之路所取得，不需要也不可能通過仕進之路來維持。賈雨村的升降浮沈沒有導致大富大貧即可作為旁證。我不否認賈政和寶玉之間存在矛盾，他們的矛盾是維護還是褻瀆封建家長尊嚴的矛盾，父子二人在輕舉業重詩賦上倒是一脈相承的。

王夫人和賈寶玉的矛盾是貫穿《紅樓夢》全書的主要矛盾。矛盾的焦點是「棄黛娶釵」還是「棄釵娶黛」。作者在前五回多次點明這一矛盾：第一回的還淚之說表明寶黛愛情是知音酬報，冰清玉潔，但歷盡曲折坎坷，最後以淚盡人逝而了結；第二回介紹了主要矛盾發生的地點——賈府的情況；第三回通過黛玉之眼介紹主要矛盾雙方的王夫人和寶玉的大概情況及各自與周圍的各種聯繫；第四回通過賈雨村徇情枉法一事預示寶玉敗於王夫人的深刻根源；第五回的寶黛判詞及《紅樓夢》曲中的《引子》和《終身誤》，強調主要矛盾的一方的寶玉對他和王夫人衝突結局的不平和憤激之情。第五回以後，作者通過金釧兒之死、晴雯之死以及雪芹不寫之寫的黛玉之死等一系列重大情節來表現這一矛盾。打金釧兒、撞晴雯都是針對黛玉的。王夫人平時視金釧兒如親女一般，她打金釧兒的理由是「勾引」壞了寶玉，金釧兒一句調笑話就能把寶玉「勾引」壞，恐怕王夫人本人也未必相信。我們如果聯繫在此以前的一系列情節就會發現，王夫人痛恨的是黛玉整天和寶玉沒明沒夜地糾纏在一起，違背了她當初叮嚀的不要理睬寶玉的指示，而這才是「勾引」壞寶玉的最大危險。但黛玉又有賈母護著，不好發作，因此藉故在金釧兒身上發洩。鳳姐就很理解王夫人的隱衷，硬是要用給黛玉做生日的衣服妝裹金釧

兒。至於晴雯，寶玉是視其爲未來之妾的，如果「木石前盟」變爲現實的話。晴雯不爲王夫人所容，其中當然有襲人的嫉妒和告密，但從王夫人一提起晴雯便想起黛玉的「眉眼」，而且在她向賈母回報驅趕晴雯的理由中，什麼「懶」呀，「不穩重」呀，「害女兒癆」呀，並不符合晴雯實際，卻與黛玉情況相投，因此，這些誣衊之詞與其說是指晴雯，不如說是影射黛玉更符合王夫人的眞正用意。黛玉之死雖爲雪芹所未寫，抑或是不忍寫，抑或是哀痛已極無法寫，但黛玉爲王夫人逼死是無疑的，其悲慘情景將遠遠超過晴雯之死也是不難想象的。

王夫人和寶玉圍繞「棄黛娶釵」還是「棄釵娶黛」所展開的矛盾衝突，大體上經過如下幾個階段：第一階段，兩種方案的形成和對立。寶黛之間不考慮任何附加條件的愛情日趨成熟。而王夫人卻和薛姨媽散佈「金玉」之說，內定「棄黛娶釵」。元妃端陽節賜禮唯寶玉與寶釵同，與「金玉」之說不謀而合。有意成全「木石前盟」的賈母則借清虛觀打醮之機和「金玉姻緣」唱對臺戲，當著薛氏母女和鳳姐的面向張道士宣佈寶玉「不早娶」，將來娶妻不挑根基富貴只挑性格模樣，王夫人也背著賈母提拔襲人同周趙姨娘同列，作爲實現「金玉姻緣」的重要步驟。第二個階段，賈母變卦。愛吃愛樂愛聽奉承話的賈母在王夫人、鳳姐、薛氏母女投其所好的糖衣炮彈的進攻下，在因玩樂揮霍等原因造成的錢財日盡的嚴重局面的壓力下，欲爲寶玉求配寶琴，對薛、王作出鮮明讓步，使寶黛的「木石前盟」失去唯一的靠山。黛玉目睹現實，開始向寶釵妥協，不而與之爭衡。第三個階段，薛姨媽提出新方案。王夫人讓寶釵理家，加快了實現「金玉姻緣」的步伐。而寶玉則在紫鵑以語相試後表示即使老太太放黛玉走他也不依。在此情況下，薛氏母女去「看望」黛玉，寶釵提出嫁黛玉給薛蟠，遭到黛玉拒絕。薛姨媽提出願作月下老人把黛玉定與寶玉。薛姨媽在寶玉因聽黛玉要回老家而急痛攻心、痰迷心竅時說過：寶黛一塊長大，比別的姊妹不同，這會子熱刺刺地說一個要去，不要說實心的傻孩子寶玉，「就是冷心腸的大人也要傷心」。可見她說把黛玉定給寶玉出於眞心。賈母也表示要娶薛家的人，寶琴已許梅翰林，剩下的只有寶釵了。薛氏母女一直呆在賈府不走，又不給寶釵提親，足見其實現「金玉姻緣」的決心並未動搖。那麼薛姨媽現在又要說黛玉給寶玉，這究竟是怎麼回事呢？當紫鵑跑來催她通過老祖宗作成寶黛之事時，薛姨媽說紫鵑催黛玉出嫁爲的是自己早點尋個小女婿。古之女子出嫁作妻要帶陪房丫頭，作妾則不帶丫頭。

薛姨媽用和紫鵑開玩笑的方式表明她是要黛玉給寶玉作妾，調和「金玉姻緣」和「木石前盟」的矛盾，使「釵黛合一」。黛玉當時只臉紅不反駁，後來又心安理得地喝下寶釵所剩下的半杯茶水，與寶釵相處如同胞姐妹，說明她默許了。但她的欲哭無淚而只是心裏難過說明她這樣作是啞巴吃黃連。賈母入朝隨祭時託黛玉給薛姨媽，對釵黛和睦親熱非常滿意，表示老祖宗也同意這種「皆大歡喜」的「兩全」之策。第四個階段，王夫人否定新方案。寶玉放縱丫頭下人「作亂」，提醒王夫人不能讓一個趙姨娘式的美妾待在寶玉寶釵身邊，而只能讓一個周姨娘式的粗粗笨笨的襲人把寶玉寶釵陪伴，於是便借繡春囊之事抄撿大觀園，攆走晴雯，意在黛玉，殺雞給猴看。賈母這時已如百年好參，成為「糟朽爛木」，自身尚且不保，那裏顧得外孫女。薛氏母女也都趕忙回避，不再與賈母、黛玉共樂。寶釵建議王夫人免掉園中開支，預示了黛玉的悲慘結局。黛玉連作妾的可能性都沒有了。可憐她還在寶玉改「紅綃帳裏，公子多情；黃土壟中，女兒薄命」為「茜紗窗下，我本無緣；黃土壟中，卿何薄命」時，「怳然變色」，心中產生了「無限的狐疑亂猜」，以為晴雯有代她作妾之嫌。其實是王夫人在根絕她兩人為寶玉共同作妾的可能。寶玉並不知道薛姨媽與黛玉達成的作妾協議，仍視黛玉為未來之正妻。但從他為香菱「耽心慮後」、向王道士討要妒婦方來看，他決不會同意林妹妹如香菱一樣受作妾之罪。高鶚續作完成了原作中王夫人和寶玉矛盾衝突的高潮。但他要黛玉與寶釵在誰為寶玉正妻上你死我活，卻和原作大相違背。

寶玉是封建階級中的民主派。他親近秦鍾、琪官、柳湘蓮，疏遠賈雨村；親近小廝，疏遠賈政；親近未嫁無權之女，疏遠已嫁有權之婦；親近丫環婢妾，疏遠為主效忠的奴才、婆婆、媽媽；反對以出身論貴賤的王夫人，討嫌以金錢論貴賤的王熙鳳，不滿以嫡庶論貴賤的賈探春。他的這種以平等觀為核心的民主思想集中體現在對婚配對象的選擇上。凡是知道他的女兒都喜愛他，他也喜愛所有的女子。但他已經悟出「人生情緣，各有分定」，所愛並非沒有重點，而以黛玉為「至尊」。他對黛玉開始是知己相愛，黛玉父亡之後，雖然因有賈母的存在而暫時保持著小姐的身份，但在都長著一雙富貴眼的賈府人心目中已和香菱相去不遠了。香菱的今天就是黛玉的明天。在這種情況下，寶玉對黛玉的愛情又增加了新的意義。

寶玉要實現自己高尚的愛情，而王夫人則要以寶玉為「奇貨」，挑選一個合適的管家婆。鳳姐無德（封建階級之德）無才，但開始還能弄來錢，後來

弄不到錢時便爲王夫人所厭棄；李紈較鳳姐有德，但無錢無才。探春有才，但無錢無德。黛玉錢德才三者俱無，薛寶釵三樣皆備。王夫人「棄黛娶釵」，爲的使錢財日盡、倫常不振、無人籌劃的賈家長盛不衰。寶玉在這場衝突中失敗了，有情者未成眷屬，無意的卻結姻緣。但是王夫人也沒有如願以償，賈家還是不以任何人意志爲轉移地衰敗了，「落了片白茫茫大地眞乾淨」。

原載師大中文系《中學語文教學參考資料》1983 年 5 期　責任編輯　張彩毅
《古典文學知識》2002 年 1 期　責任編輯　陳文瑛

《紅樓夢》的矛盾衝突

　　哲學家宋振庭先生在給紅學家胡文彬先生《紅樓探微》所寫卷首弁言中說：「如果牽來一頭鹿，人們討論它是公鹿還是母鹿，是梅花鹿還是馬鹿，是亞洲鹿還是美洲鹿，究竟還是在鹿這個種屬內爭論；可對《紅樓夢》的研究，卻有些指鹿爲馬，指鹿爲牛，指鹿爲兔，指鹿爲象，指鹿爲貓的區別了。」宋振庭先生這裏所說的就是作品的主題問題。

　　現代文學大師茅盾 1950 年 8 月 9 日在北京語文教員講習會上所作的「怎樣閱讀文藝作品」的學術報告中說：「這部小說（指《紅樓夢》──筆者注）主要寫的是兩種思想的衝突，而用三角戀愛的方式表現出來；這兩種思想，一是以賈政爲代表的傳統的封建思想，另一種是以賈寶玉爲代表的反抗封建思想的虛無主義的思想」。茅盾的這一觀點後來被許多論者所認同，只不過這些人在肯定賈政和賈寶玉矛盾是小說的主要矛盾的同時，對矛盾內容和性質作了修正，認爲父子二人主要圍繞走不走功名仕進之路發生衝突。

《紅樓夢》的主要矛盾衝突

　　實際上，《紅樓夢》的主要矛盾並不存在于賈政和賈寶玉之間。就拿寶玉挨打這個被認爲是賈政和賈寶玉劇烈衝突的情節來說吧，賈政開始訓斥寶玉，本出於往日爲父之習慣，「原本無氣的」（人民文學出版社 1982 年《紅樓夢》新校本，以下引文同）。只是因爲賈政見寶玉行爲惶悚，「應對不似往日」，「這一來倒生了三分氣」。接著忠順王府的長史官來追尋琪官，賈政「又驚又氣」，「目瞪口呆」，再加之賈環對寶玉的一番誣衊不實之詞，賈政這才「氣的面如金紙」，下狠心置寶玉於死地。可見寶玉挨打根本與功名仕進無關。不錯，

賈政有時也說幾句要寶玉讀書的話，但沒有一次認眞檢查過兒子的學業（高
鶚後 40 回續書賈政檢查寶玉功課並不符合曹雪芹的構思）。平時在外，縱然
寄回「萬金」家書，也無一字提及寶玉讀書舉業之事。回到家裏，不是同清
客相公閒談消遣，就是與其母共享天倫之樂，從不過問兒子的功課。而對寶
玉那些與舉業無關的「歪才」卻頗爲賞識，大觀園題對額、閑征姽嫿詩、經
常帶寶玉會客作詩，就是明證。賈環、賈蘭叔侄較之寶玉是在舉業上用功較
多的。但賈政多次要求環、蘭在作詩上學習寶玉，而從未叫寶玉在讀書舉業
上學習環、蘭。賈政這樣做並非沒有道理，賈府的榮華富貴不是通過舉業仕
進之路取得的，不需要也不可能通過舉業仕進之路來維持，賈雨村的升降浮
沈，沒有導致大富大貧，即是旁證。我並不否認賈政和寶玉之間存在矛盾，
他們之間的矛盾正如王朝聞在《論鳳姐》中所說，是維護還是褻瀆封建家長
尊嚴的矛盾。父子二人在輕視舉業熱中詩賦上倒是一脈相承的，這一點作者
在「閑征姽嫿詩」一回中已有表述。

　　《紅樓夢》的主要矛盾衝突是在王夫人和賈寶玉之間展開的。因爲婚姻
觀不同，審美觀不同，考慮問題角度不同，標準不同，王夫人爲賈寶玉選擇
的未來婚配對象是薛寶釵，賈寶玉爲自己選擇的未來婚配對象是林黛玉。母
子倆圍繞「棄黛娶釵」還是「棄釵娶黛」問題而進行的衝突是貫穿《紅樓夢》
全書的主要矛盾衝突。

小說的情節結構貫穿主要矛盾衝突

　　作者在前 5 回用不同手法從不同角度概括介紹了這一主要矛盾衝突。第 1
回，作者用神話和現實相結合的方法介紹賈寶玉對林黛玉的選擇，「還淚之說」
表明寶玉和黛玉是知音酬報，雙向選擇。甄英蓮由於家庭變故地位一落千丈
則預示著寶玉所選擇的黛玉未來地位的變化；第 2 回，作者用冷眼旁觀人介
紹談論賈府人事關係的方法揭示王夫人選擇薛寶釵的現實依據。賈府的危機
促使王夫人要通過給寶玉選擇婚配對象給自己選擇一個滿意的管家婆，以維
持賈府這個賈寶玉也要賴以生活的生存環境。第 3 回作者把寶玉選擇的黛玉
送進賈府，並通過黛玉之眼一一領略賈府各色人等，而王夫人對黛玉的冷和
賈母對林黛玉的熱引人注目。作者還特別揭示了黛玉的性格基調——讀書知
禮，循規蹈矩。第 4 回作者把王夫人選擇的薛寶釵送進賈府，賈雨村的徇情
枉法則是爲寶釵出場蓄勢。這一回所表現的寶釵的財勢和前一回中黛玉的無
勢恰成鮮明對比。第 5 回作者用虛擬的太虛幻境影射後來的大觀園，並初步

暗示寶釵和黛玉以及與他們命運相當（或爲當事人選擇，或爲家長選擇）的眾多女兒命運的大致走向。前 5 回中第 1 回的「好了歌」和「好了歌注」肯定和讚揚自由瀟灑的神仙生活，否定名、利、妻、子這些身外之物，正是小說主題的點睛之筆。

從第 6 回開始，作者具體深入地展開描寫王夫人和賈寶玉在「棄黛娶釵」還是「棄釵娶黛」問題上發生的矛盾衝突。小說以這一主要矛盾衝突發展過程的不同，可以分爲三個大的階段。劉姥姥一進榮國府至第 36 回「夢兆絳雲軒，情悟梨香院」爲第一階段，寫賈寶玉選擇林黛玉的經過——從兩小無猜、耳鬢廝磨、朝夕相處，到正式戀愛，互相試探，再到寶玉送舊帕定情（見何其芳《論紅樓夢》）；寫王夫人對現任管家婆鳳姐不能不用但又不可能長期使用，因此才和薛姨媽早就商定「金玉姻緣」，以薛寶釵代王熙鳳。而林黛玉的中途降臨增加了王夫人選擇薛寶釵的難度。雖然元春暗示「金玉姻緣」，賈母卻以賈府長者的身份支持「木石姻緣」。在此情況下，王夫人和賈寶玉堅持各自的選擇，互不相讓。

從第 36 回結社吟詩到第 70 回林黛玉重建桃花社，寫兩個婚配對象候選人薛寶釵和林黛玉的競爭，以及黛玉屈服於薛寶釵的經過。這是環境對兩種不同選擇所作的裁定。薛姨媽則在紫鵑試寶玉之後爲黛玉預謀歸宿，黛玉拒絕嫁給薛蟠，而默認了薛姨媽提出的「釵正黛次」方案。尤二姐尤三姐的悲劇則是林黛玉兩種可能命運的預演，尤二姐嫁給賈璉作次妻，因爲鳳姐不容，吞金而逝。黛玉若嫁寶玉爲次妻，命運不會比尤二姐更好；尤三姐在賈府之外覓求知音柳湘蓮，但因柳湘蓮懷疑她不貞而悔婚，尤三姐自刎身亡。黛玉自小與寶玉朝夕相處，連王夫人都懷疑她和寶玉「作怪」，如捨棄寶玉另覓知音，尤三姐便是她的榜樣。尤氏姐妹的故事雖然也具有獨立意義，但在《紅樓夢》的整體藝術構思中，則是與王夫人和賈寶玉選擇婚配對象的主要矛盾衝突密切關聯的。

第 71 回「鴛鴦女無意遇鴛鴦」至 80 回，主要寫王夫人不容林黛玉。兩宴大觀園，如同演了一齣貧富對比戲，賈母和劉姥姥的強烈反差，使冷眼旁觀的王夫人更加堅定了實現「金玉姻緣」的決心，以使自己的晚年如福壽雙全的賈母，而不能因爲家庭衰敗，墜入貧困階層，和劉姥姥一樣失掉人格尊嚴。寶玉放縱丫頭下人「作亂」，提醒王夫人不能讓一個趙姨娘式的美妾待在寶玉寶釵身邊，而只能讓一個周姨娘式的粗粗笨笨的襲人把寶玉寶釵陪伴。

抄檢大觀園，驅逐晴雯，意在黛玉，正是在此情況下發生的。賈母這時已如百年好參，成了「槽朽爛木」，自身尚且不保，那裏顧得外孫女。寶釵建議王夫人省掉園中開支，連黛玉如同妙玉一樣帶髮修行的路也堵死了。

小說高潮集中表現了主要矛盾衝突

《紅樓夢》前 80 回的第一個高潮是金釧兒之死，而不是寶玉挨打。寶玉挨打是金釧兒之死的餘波。金釧兒是王夫人的心腹丫頭，和王夫人女兒差不多：金釧兒死後王夫人破例賞銀 50 兩，趙姨娘的弟弟趙國基死後探春按規矩才只給了賞銀 20 兩；王夫人還要用姑娘們的衣服妝裹金釧兒屍首；又把金釧兒生前的月銀讓她妹妹玉釧兒拿了。可是金釧兒就因為和寶玉說了幾句調笑話，被王夫人又打又撵又逼，直到金釧兒投井身亡。按照王夫人的說法，是因為「好好的爺們，都教你教壞了」，一兩句調笑話能「教壞」寶玉，恐怕連王夫人也不會相信；金釧兒又是王夫人身邊的丫頭，不是寶玉身邊的丫頭，要說「教壞」寶玉也輪不上她。王熙鳳要用黛玉生日衣服妝裹金釧兒屍首，一語道破了玄機：林黛玉置初進賈府時王夫人叮囑她不要沾染寶玉的話於不顧，和寶玉整天廝混，搞得寶玉神魂顛倒，大有因她毀掉「金玉姻緣」的勢頭。黛玉又有賈母護著，王夫人拿她沒法，只好借金釧兒之事發泄她對黛玉的不滿，金釧兒是黛玉的替死鬼。金釧兒死後接著就是寶玉挨打，王夫人和賈母合流，「棄黛娶釵」和「棄釵娶黛」的對立劍拔弩張。

晴雯之死是《紅樓夢》前 80 回中的第 2 個高潮，被人們誤認為是高潮的抄檢大觀園只是高潮前的序幕。王夫人抄檢大觀園的真正原因並不是繡春囊事件，因為王熙鳳建議用暗中訪察的方法解決繡春囊事件已得到了王夫人的同意。促使王夫人下決心抄檢大觀園的原因是因為王善保家的誣衊晴雯「能說慣道」，「掐尖要強，妖妖趫趫，大不成個體統」，一下觸動了王夫人那根最敏感的神經，馬上把晴雯和黛玉連系了起來。其實在大觀園裏，黛玉像唱戲的齡官，晴雯又像黛玉，那麼齡官肯定也和晴雯相像。而王夫人沒有把晴雯和齡官連系起來，卻把晴雯和黛玉連系起來，這決不是偶然的，說明她心裏一時一刻也忘不了要除掉林黛玉，於是才決定抄檢大觀園。王善保家的抄了一遍還不解恨，王夫人又親自出馬，二次搜檢怡紅院，趕走四兒、芳官，重點當然是驅逐晴雯，目的是殺雞給猴看。王夫人事後回稟賈母時說晴雯「一年之間病不離身」，「懶」，「害女兒癆」，沒有一條符合晴雯情況，倒是黛玉確實害的是肺癆，一年間「藥吊子不離火」，「舊年好時一年做一個香袋兒」，「今

年半年還沒見拿針線呢」。王夫人這裏明說晴雯，暗指黛玉。她驅逐晴雯就是威逼黛玉，回稟賈母就是要賈母放棄對外孫女的保護。

《紅樓夢》的第 3 個高潮是黛玉之死，這是金釧兒之死、晴雯之死的繼續，是王夫人和賈寶玉這一主要衝突發展的必然結果。黛玉之死有無原稿至今爭議不休，曹雪芹給讀者留下了無限的想像空間，這種不寫之寫比寫出來可能更好，再高明的續書和探軼學之類充其量也只不過是代替讀者想像的蛇足之筆，與曹雪芹的 80 回《紅樓夢》已經沒有關係了。讀者通過晴雯之死完全可以想像黛玉之死的悲慘程度。黛玉死了，在 57 回就發誓與黛玉一起化灰化煙的寶玉也不會苟活於世。而不會像未定情前所說的黛玉死了他去當和尚。

其它矛盾衝突圍繞主要矛盾衝突

王夫人和賈寶玉圍繞婚配對象選擇問題而進行的衝突是《紅樓夢》的主要矛盾衝突，但不是唯一衝突。圍繞這一主要矛盾衝突還有其他許多矛盾衝突，這些矛盾衝突和主要矛盾衝突互相影響，互相制約，形成了一個有機的矛盾衝突網絡。這些矛盾衝突因其與主要矛盾衝突關係的不同，可以把它們分別概括為：

背景性矛盾衝突

其中又包括：

嫡庶間的矛盾衝突。主要是趙姨娘母子（寶玉挨打之前還包括賈政）與王夫人及探春的矛盾衝突。這是一種爭奪家庭財產繼承權的矛盾衝突。賈環把蠟燭油推向寶玉臉上欲使寶玉瞎眼；趙姨娘勾結馬道婆毒設魘魔法欲置寶玉鳳姐于死地；賈環向賈政誣告寶玉強姦不遂，逼死金釧兒，以借賈政之手打死寶玉；探春管家時趙姨娘為了多要幾兩銀子又哭又鬧；趙姨娘借茉莉粉之事與芳、葵、豆三官撕撞，以泄私憤，都是嫡庶矛盾的表現。賈政由偏向趙姨娘轉而偏向王夫人，趙姨娘才偃旗息鼓，但矛盾並未止息。

親疏間的矛盾衝突。是本應執掌家政大權但因不受賈母寵愛而未掌握家政大權的賈赦、邢夫人夫婦與本來不應掌握家政大權但因受到賈母偏愛而掌握家政大權的王夫人、賈政及鳳姐的矛盾衝突。誰握有家政大權，就意味著握有財產的分配權以及人事處置權，從而也就決定了他在家庭的地位和影響。寶玉挨打之前因為王夫人與賈母若即若離的微妙關係，親疏間的矛盾衝突還不明顯；寶玉挨打之後，由於王夫人賈母關係趨向密切而使親疏矛盾日

漸表面化。賈赦欲娶賈母心腹丫頭鴛鴦為妾，一方面表現了他的荒淫，但更重要的是為了「算計」賈母（賈母語），挖老娘的牆角。廚房風波，是賈赦女兒迎春的丫頭司棋與傾向于王夫人、鳳姐一邊的廚師柳家的爭奪膳事權的鬥爭；賈母 80 大壽，邢夫人當著眾人給鳳姐下不了臺，發洩對賈母親近王夫人和鳳姐而冷淡自己的不滿；賈赦在賈璉偷娶尤二姐後，把丫頭秋桐賞給賈璉為妾，使為王夫人效忠的鳳姐「心中一刺未除，又平空添了一刺」；中秋節擊鼓傳花說笑話，賈赦很有針對性地說了個用針灸之法醫治母親偏心病的笑話，賈赦還和賈政公開作對，獎勵因詩作不佳而受到賈政批評的賈環，拍著賈環的頭笑道：「以後就這麼做去，方是咱們的口氣，將來這世襲的前程跑不了你襲呢。」露骨地表白了親疏嫡庶間矛盾衝突的實質。但因為得不到賈母的支持，郝邢夫婦的主動出擊總以失敗告終。

主奴間的矛盾衝突。《紅樓夢》中主奴矛盾衝突的一個特點是與親疏、嫡庶間的矛盾相關聯，如鴛鴦因深得賈母信賴並與王夫人鳳姐站在一起取得抗婚勝利；司棋因依附于賈赦之女迎春而被趕出大觀園。主奴矛盾的又一特點是和王夫人與賈寶玉這一主要矛盾衝突相聯繫，晴雯、芳官等因為和寶玉關係密切而遭到王夫人驅逐；襲人麝月等因為投合王夫人心意而得以在賈府站穩腳根，但卻為寶玉所不齒。《紅樓夢》中主奴矛盾本身雖不乏階級鬥爭色彩，但在賈府這種特定的環境下，它們總是通過王夫人和賈寶玉這一主要矛盾以及嫡庶親疏矛盾來表現的，奴隸們的悲劇也與後者鬥爭結果相關，有的就是後者的犧牲品。

貴族和農民之間的矛盾衝突。《紅樓夢》中沒有正面描寫貴族和農民間的矛盾衝突，烏進孝交租、劉姥姥二進榮國府可以幫助我們從側面瞭解這一矛盾衝突的大概情況。

貴族家庭和皇室間的矛盾衝突。元春用青春和生命為賈府換來了「烈火烹油，鮮花著錦」之盛，也為賈府招來了沒完沒了的外祟，周太監夏太監劉備借荊州式的向賈府借錢，使替王夫人管家的璉鳳夫婦苦不堪言；江南甄家被抄也好像是為賈府的未來厄運予作暗示。

《紅樓夢》是把背景性矛盾衝突作為王夫人和賈寶玉矛盾衝突的典型環境來表現的。背景性矛盾衝突的存在和發展對王夫人選擇薛寶釵賈寶玉選擇林黛玉這一主要矛盾衝突誰勝誰負，起著非常重要的影響，而哪種選擇占上風又反過來影響背景性矛盾衝突的存在和發展。

從屬性矛盾衝突

從屬性的矛盾衝突主要是作爲主要矛盾衝突在某一方面的表現而存在的，是爲主要矛盾所規定、所影響、所制約的。

寶玉與襲人的矛盾衝突：襲人和寶玉關係可分爲三個階段，第一階段是襲人第一次回家之前，寶玉和襲人平等相處，矛盾不甚明顯；第二階段，襲人儼然以寶玉身邊人自居，向寶玉提出三項要求，不喜歡寶玉和姊妹們「黑家白日的鬧」，對寶玉和黛玉的關係更是「可驚可懼」。而寶玉對襲人或者表面應付，或者以批「文死諫」、「武死戰」含沙射影予以抨擊，行動上還是我行我素。寶玉挨打之後，二人關係發生重大變化，襲人被王夫人看中，充當王夫人代理人，看管寶玉；寶玉則在讓晴雯給黛玉送舊帕時避開襲人；晴雯被驅逐後，當面質問襲人；在《芙蓉女兒誄》中對襲人進行了譴責。寶玉和晴雯的關係與寶玉和襲人的關係恰呈相反方向發展。

寶玉與寶釵的矛盾：寶玉是個追求天性自由的人。寶釵則是個按照環境需要矯飾偽裝的人；寶玉的嫡庶、主奴觀念非常淡薄，在處理與賈環的關係上他不以兄長自居。在處理與丫頭小廝關係上，「沒上沒下」，經常呵護下人。寶釵嫡庶、主奴觀念特別強，判斷是非以封建等級爲標準，不管誰有理，總是站在嫡出的主子一邊；寶玉最討厭別人在他面前談論仕途經濟。而寶釵則一有機會便向寶玉鼓吹讀書仕進。寶玉因此而罵寶釵「一個清淨女兒」入了國賊祿蠹之流；寶玉堅持婚配對象當事人自己選定，不願爲家庭犧牲自己的選擇。寶釵則爲家庭放棄自己選擇的權力；寶玉對人眞誠，不討好權勢者。寶釵則只知多方討好權勢者，待人誠心不多。

寶玉對寶釵並無感情，羞籠紅麝串一回不是表現他見了姐姐忘了妹妹，而是希望寶釵具有的優點如健康嫵媚之類能爲黛玉所具有，這種現象心理學上謂之「假借」，就是希望自己喜歡的人具有自己不喜歡或不大喜歡或者談不上喜歡不喜歡的人所具有的優點；寶釵不願爲寶玉所說的給黛玉治病的有效藥方作證，寶玉對寶釵爲了迎合王夫人而說謊卻贏得王夫人贊其不說謊非常反感，讓她去陪老祖宗抹骨牌，表示了對寶釵的極大蔑視；寶釵在寶玉熱天午睡時，一人坐在寶玉身邊，做鴛鴦兜肚，熟睡中的寶玉說「和尚道士的話如何信得，什麼金玉姻緣，我偏要說木石姻緣」，給正在做金玉姻緣美夢的寶釵當頭一棒。

寶釵對寶玉也沒有眞正的感情，她責寶玉「素日不正，肯和那些人來往」

（指金釧兒、琪官等）；眾姊妹作詩，她給寶玉起名「無事忙」，「富貴閒人」；惜春作畫，她當著眾姐妹的面說寶玉「沒用」，「越幫越忙」；香菱學詩，他責寶玉讀書仕進不如香菱刻苦等等，說明她從內心深處看不起寶玉。但她還非嫁給寶玉不可，倒不是她果真相信「金玉姻緣」的「神話、鬼話、騙人話」，而是為了家庭和母親的需要：薛家雖有錢勢卻缺少權勢，父親去世無人管教薛蟠，薛蟠惹禍需要有權勢的男性為之了結；呆兄不爭氣，母親需要她孝敬侍奉，而如果嫁於別人難以照顧母親。寶釵「進京待選」只是掩人耳目之詞，實現金玉姻緣才是真正目的。

寶玉和黛玉的矛盾衝突：寶玉和黛玉的矛盾衝突主要發生在贈帕定情之前。黛玉和寶玉衝突的原因完全是出於擔心。黛玉首先擔心的是寶玉對自己的愛是否出於真心？這種擔心產生的原因是因為她的地位和寶玉相距甚遠。20 回寶釵生日時，鳳姐湘雲等視黛玉為貧民丫頭，黛玉不怪，怪的是寶玉也攪和在裏邊，這對黛玉來說才是難以忍受的，這就難怪她事後和寶玉鬧矛盾了。黛玉的第 2 個擔心是怕寶玉對她感情不專一。賈府內外追逐寶玉的女孩不是一個兩個，最讓黛玉擔心的是薛寶釵；其次還有襲人；再次，在一段時間裏史湘雲也是令林黛玉不放心的人物。

黛玉和寶玉鬧矛盾的第 3 個擔心是「金玉姻緣」的干擾。金玉之說不絕於耳，寶釵整天戴著金鎖招搖過市，這些都是令黛玉鬧心的事。金玉之論使她變得格外敏感，而這些煩惱只能向寶玉發泄。

黛玉的第 4 個擔心是無人為之主張。清虛觀打醮雖對她有利，但賈母的表態只是一種傾向性的表態，具體所指並未點破，不確定性很大。正因為如此，不但沒有讓黛玉喜出望外，反而又引起她和寶玉大吵大鬧。黛玉畢竟是個讀書知禮的人，她想讓自己做主的愛情婚姻通過封建的「父母之命」的途徑來實現。所以每每悲傷父母早逝，雖有「銘心刻骨之言，無人為我主張」。

黛玉和寶玉鬧矛盾的第 5 個原因是她生活在賈府這個特定的環境中，不能將真情吐露，只有以假意試探，與眾不同的是他們每鬧一次矛盾，相互瞭解便加深一層，每經一次波折，感情反而變得更專更純，這是一對性格特殊的青年男女在特殊環境下雙向選擇的特殊形式。

寶釵和黛玉的矛盾衝突：寶釵進住賈府後的言行都是圍繞著實現「金玉姻緣」，黛玉日夜向往的是「木石姻緣」；釵、黛追逐的對象又是同一個寶玉；寶玉選擇的是林黛玉，但王夫人卻已為他選定了薛寶釵。釵黛矛盾由此而生。

黛玉投靠的是不掌實權的賈母，寶釵投靠的是掌握實權的王夫人；黛玉要自己選知己做終生伴侶，寶釵聽命父母裁定；黛玉單純厚道，熱情。寶釵有城府，與誰都合得來，與誰都談不上感情篤深，與人交往功利色彩很重；黛玉與寶玉關係在明裏，誰都看得見。寶釵卻避開家長，暗中使勁；黛玉靠當事人，寶釵靠掌權人；黛玉讀書知禮，循規蹈矩，雖有個人選擇意向，沒有向任何人表露；寶釵則對封建禮法陽奉陰違，對寶玉的寶玉引人注目的注意。36回之前，釵黛處於對峙狀態，互相爭強鬥勝，各不相讓；36回之後，黛玉經歷了賈府的一系列事變，在嚴酷的現實面前向寶釵服輸。兩宴大觀園說酒令時黛玉無意中說了《牡丹亭》、《西湘記》中兩句唱曲，寶釵要挾黛玉，教訓黛玉，說得黛玉「垂頭吃茶，心下暗伏，只有答應是的一字」。後來黛玉又在寶釵面前承認自己在身份、家世、親眷等方面不如寶釵。寶釵管家之後，「金玉姻緣」大局已定，黛玉只好默認「釵正黛次」方案，投向薛氏母女懷抱。

王夫人和黛玉的衝突：王夫人從其畸形的審美觀出發，認為長得好看的必不安分，在黛玉剛進賈府時就對她產生了感情上的排斥傾向，神精敏感地叮嚀黛玉不要沾染寶玉。隨著寶黛關係的不斷發展，王夫人便把黛玉視為眼中釘，肉中刺，不願意拿出 360 兩銀子為黛玉認真治病，還把對黛玉的一腔憤怒發泄到金釧兒、晴雯身上。黛玉雖然深知王夫人是她與寶玉結合的最大障礙，但是她的性格和地位決定了她不可能有一丁點思想和言行上的反抗表示流露出來，完全處於被動地位。王夫人雖然處於主動地位，因礙于賈母，也一時拿黛玉沒法。但愈是這樣，除掉黛玉的心思也就愈加強烈。王夫人和黛玉矛盾衝突與其他矛盾衝突具有不同的特點和形式。

交叉性矛盾衝突

交叉性矛盾衝突是指鳳姐、李紈、探春三個人物既與寶玉衝突，又與王夫人衝突的矛盾狀態。

王熙鳳是王夫人內侄女，又在賈府替王夫人管家，待人接物按王夫人眼色行事，一心一意效忠王夫人。但因她幼時生活在東南沿海一帶，家裏經常和外國人打交道；不識字，較少受傳統道德影響；自小當男兒教養，思維言行不同一般女流之輩。她和秦氏雖皆淫亂，但卻顯示了資產階級貴婦人和封建階段貴婦人之不同（見恩格斯致哈格納斯的信：「論巴爾扎克」）：她反對賈璉賈赦搞一夫多妻；和張道士開玩笑不顧道俗、長幼、男女之別；她打人手狠、罵人苛薄；對公婆不孝，對妯娌不和，對丈夫不賢，上下左右關係緊張；

她不以出身嫡庶論人，誇讚探春、小紅；她不顧幾重公婆在場，人未到而笑先聞；她踩著門檻剔牙縫，不信陰司地府報應，說行就行；她對晴雯、司棋的看法與王夫人不同。她又是賈赦親兒媳，「終究要過那邊去」，只是王夫人的臨時管家婆，金玉姻緣不僅威脅的是林黛玉，而且也威脅到她的管家婆地位。按照她的性格，應該支持寶玉選擇黛玉，反對王夫人選擇寶釵。但她為了效忠王夫人，為了四大家族聯姻，卻違背性格本能而支持王夫人選擇寶釵提拔襲人，反對寶玉選擇黛玉。她那些要黛玉給她家作媳婦的話，正如黛玉所說，只是拿黛玉窮開心：她故意要讓寶釵生日規格超過黛玉，在寶釵生日時比黛玉為戲子，要拿黛玉過生日衣服妝裹死去的金釧屍首，八月十五日擊鼓傳花說笑話時故意在眾人面前倡揚寶黛的不平常關係，企圖毀壞黛玉聲譽。但是她的一系列違背封建倫理道德的言行也使王夫人對她擔憂和不滿，這也是王夫人加快實現金玉姻緣的原因。王熙鳳又是王夫人選擇管家婆的參照物，她所具有的優點未來管家婆都要有，她沒有的優點未來管家婆也要有。

李紈海棠社評詩，與王夫人選人不謀而合，遭到寶玉反對，李紈以詩社社長身份壓服寶玉。在思想性格方面李紈和寶玉是矛盾的。但因她尚德不尚才，娘家又沒有什麼背景，不中王夫人之意。雖然按關係和資格，可以充任管家婆之職，王夫人卻沒有把管家大權交給她。後來陪薛寶釵管了幾天家，那是王夫人為了轉移人們對寶釵管家的注意而讓她作陪襯。王夫人平時對她冷漠，抄檢大觀園時倒沒有放過她。但李紈比較善良，她當著鳳姐的面為平兒鳴不平，她在評詩時也不乏對黛玉的同情和照顧。當然也僅止於同情和照顧，她不會支持寶玉選擇黛玉。

探春是海棠社評詩時唯一支持李紈評寶釵為魁的人；眾姊妹談論家人生日時，精明強記的探春記得寶釵生日，唯獨忘了黛玉生日，這些都不是偶然的。她只認王夫人不認親娘，認寶玉不認親弟，為寶玉所不齒。她又是個嚴格的等級論者，在芳官與趙姨娘矛盾中，祖護趙姨娘；在越姨娘邢夫人和王夫人之間，她旗幟鮮明地站在王夫人一邊。她為王夫人的事業憂心忡忡，不徇私情。但她認為抄檢大觀園是「自殺自滅」，卻不知道支持王善保家進行抄檢的不是她反對的邢夫人，而是她效忠的王夫人。她這個未出閣的閨女竟然打了邢夫人心腹陪房王善保家的耳光，這種違背封建禮法的作為也未必不引起王夫人的反感。

轉化性矛盾衝突

賈母開始暗中支持寶玉選擇黛玉，後來因各種原因又默認王夫人選擇薛寶釵。黛玉母喪之後，賈母主動接她來賈府寄居，為黛玉和寶玉朝夕相處提供條件和保護，清虛觀打醮是賈母對寶玉婚配對象選擇的第一次表態；欲為寶玉求配寶琴，是賈母在賈府一系列事變面前所作的第二次表態，說明她向薛家靠攏了一大步，放棄了對寶玉選擇黛玉的支持。但她不求寶釵而求寶琴，說明她未拋棄清虛觀宣佈的標準和條件，也不同意王夫人選擇薛寶釵。批「鳳求鸞」，說「巧媳婦喝猴兒尿」的笑話，則表明她雖不再支持寶玉選擇黛玉，但也不容許任何人傷害她外孫女的聲譽。抄檢大觀園之後，王夫人向她回稟驅逐晴雯之事，她開始有點不以為然，最終承認了既成事實，加之她年老力衰，寶玉和她又是隔代，這就意味著對寶玉選擇何人作婚配對象她再也不會像過去那樣深管，就像迎春嫁孫紹祖，她不贊成，但賈赦堅持，她也沒有深管一樣。

賈母轉變與王夫人對她的策略改變有關。王夫人開始不理賈母，自搞一套，不和賈母一起吃飯；清虛觀打醮不陪賈母；端陽節賞午不請賈母。後來發現要抵擋來自賈政和趙姨娘及赦邢夫婦的攻擊，離不開賈母，金玉姻緣的成功繞不開賈母，而賈母晚年也需要王夫人，於是一頓蓮蓬荷葉湯把賈母和王夫人撮合到了一起。從此王夫人在吃喝玩樂上對賈母百依百順，以便在寶玉婚配對象選擇問題上，使賈母不好與自己作對。王夫人的目的達到了。賈母的轉變還與薛氏母女及鳳姐陪著她吃喝玩樂，潛移默化地使賈母感到離不開薛氏一家有關。加之賈府的入不敷出日益嚴重，賈母還要保持福壽雙全，薛家正好能滿足她的需要。

賈母對寶玉婚配對象選擇問題的三次重要表態是既明確又不明確，這是符合賈母的性格和地位的。賈母態度的轉變，意味著王夫人和賈寶玉在婚配對象選擇問題上的衝突已見分曉。《紅樓夢》以婚配對象選擇問題作為切入點，反映貴族家庭複雜微妙的利害關係。王夫人和賈寶玉矛盾衝突的實質是人的生存條件和生存目的的矛盾。《紅樓夢》的悲劇是人的生存目的因為受到生存條件的制約而難以實現的悲劇。

2004 年 3 期《中國文學研究》　責任編輯：羅敏中

王夫人和賈寶玉矛盾衝突的成因、特點和性質

《紅樓夢》寫的是王夫人和賈寶玉圍繞婚配對象選擇問題而進行的衝突，王夫人給賈寶玉選擇的婚配對象是薛寶釵，賈寶玉為自己選擇的婚配對象是林黛玉。那麼，王夫人和賈寶玉為什麼做出不同的選擇？

首先，他們的婚姻觀不同。賈母的婚姻觀是才子配佳人，不講究「根基富貴」，聽任當事人自己選擇，但最後要由家長拍板定案；王夫人的婚姻觀是門當戶對，父母包辦，不給當事人知情權和參與權；賈寶玉的婚姻觀是男女雙方互為知己，心情相對，自己做主，自己選擇，自己決定。賈寶玉在自己選擇婚配對象這一點上和賈母一致，但最後由自己決定婚配對象一條又和賈母不同；王夫人在家長拍板定案一條上和賈母一致，在不給當事人知情權選擇權方面和賈母相矛盾。王夫人和賈寶玉處於對立的兩極，賈母則介於二者之間，這是賈母開始傾向于支持賈寶玉而不支持王夫人，但後來又默認了王夫人的選擇的重要原因之一，也是王夫人和賈寶玉始終處於對立衝突的原因。

其次，王夫人和賈寶玉的審美觀不同。在《紅樓夢》之前出現的短篇小說集《聊齋志異》中，蒲松齡寫了一篇「羅剎海市」，表現兩種審美觀的對立，海市國以美為美，羅剎國以醜為美。《紅樓夢》之後出現的「病梅館記」，也反映了兩種不同審美觀的對立，即以自然之美為美和以人工修剪為特徵的病態之「美」為美的對立。《紅樓夢》中的王夫人，以「粗粗笨笨」為美，以矯飾偽裝為美；認為風流俏麗的人必不安分，亟欲除之而後快。賈寶玉則以美為美，以不加修飾的自然美為美，最討厭的就是偽裝和嬌飾。

再次，他們考慮問題的角度不同。王夫人作為實權派，處於入不敷出、少人謀劃、子孫不肖的賈府，考慮的是選擇一個合適的管家婆，使賈府長盛不衰，安定和諧。現任管家婆王熙鳳雖是王夫人的親侄女，卻是賈赦親兒媳，正如平兒所說，終究要過那邊去；王熙鳳把賈府上下左右關係搞得很緊張，也使王夫人因其風聲不雅而深為憂慮。王夫人的大兒媳李紈尚德不尚才，難以充任管家婆之職，她連自己身邊的丫頭也「調教」不好，那能管好幾百口的大家。因此未來的管家婆就只能是寶玉的配偶了，這是王夫人特別關注寶玉婚配對象的原因。與其說她為寶玉選擇婚配對象，還不如說她是在為自己選擇心腹管家婆更合適。賈寶玉是無才補天的頑石脫生而來的，他現在雖為賈政公子，卻仍保持著先天頑石那種天性自由的性格。（賈寶玉的自由是精神的自由，是主宰自己思想言行的自由，是尊重他人人格的自由，是尊重他人

自由的自由，又是誓和卑賤同生死、甘與弱者共存亡的自由，這是他和杜麗娘那種要求滿足人的自然欲望的自由不同的地方，也是和西門慶那種性自由不同的地方，更是和老莊那種追求個人自由超脫、混沌無爲、不辨是非的人生哲學不同的地方）婚配對象的選擇是一個人一生中的第一個重大選擇，從某種意義上說，也是決定一個人一生旅程的選擇。一個人如果連陪伴自己走過一生的伴侶的選擇，都沒有自由的話，也就談不上其他方面的自由選擇和追求了。這正是《紅樓夢》作者把婚配對象的選擇作爲小說切入點的原因所在。

第四，王夫人和賈寶玉各自選擇的條件不同，這也是由以上三方面的原因造成的。王夫人爲賈寶玉選擇婚配對象的第一個條件是娘家必須有錢。因爲賈府現在雖有人做官，元妃又被封爲貴妃，有權勢，錢勢卻不能與之匹配。選擇薛寶釵，不但不需要賈府接濟，還會時不時的接濟賈府。恰好薛家現今雖有財勢，卻少權勢助威。兩家正好優勢互補（見張畢來《漫說紅樓》）。再則，用賈母、秦邦業和劉姥姥的話說，賈府裏的人都是「一雙富貴眼」，誰有錢就服誰，誰娘家無錢，再有本事也未必有人服從，賈府是有錢就有權。王熙鳳雖有一定的才幹，但她在遠見性方面不如秦氏，在調查處理矛盾糾紛方面不如平兒，在不殉私情、能拿出有效治家辦法方面，不如探春。她卻能在一段時間裏赫赫揚揚，威重令行，與其娘家廣有錢財分不開。正像她誇口的，把王家地縫子掃一下，就夠賈家用幾年了。而尤氏、邢夫人、探春等人，之所以在賈府無權無威，就因爲娘家或生母貧窮困窘。寶釵雖爲親戚，在管家實習時尚能使上下人服，其中一個原因是因爲薛家有錢，連愛挑人不是的黛玉也不敢對她說三道四。王夫人爲寶玉選擇婚配對象的第二個條件是德，即本人必須有封建階級所要求的道德，並且能以封建倫理道德治家，處理上下左右關係。薛寶釵不僅自己裝做很有封建道德的樣子，在管家實習中也能做到深得眾人之心。這種和諧的關係和安定的局面，正是王夫人所希望的。第三個條件是有管家才能。薛寶釵在代工熙鳳管家時，探春提出類似於今天的「家庭承包責任制」，她從「朱子治家格言」的理論高度給以說明和支持。她不僅爲賈府斂了錢，還爲管家婆子們增了收。從此大觀園各負其責，主人不在家也有人互相監督，盡職盡責，一絲不苟。在贈送薛蟠從老家帶來的土產時，連趙姨娘這種「沒時運」的人她也沒拉下；她在不到六百字的管家演說中，七次提到姨娘，可見她對王夫人之忠。王夫人怎能不以她爲未來心腹助

手！而黛玉則只有寫詩才能，她寫的那些不拿稿費的詩對王夫人來說毫無用處。第四個條件是身體健康，賈府幾百口之家，大小事情一天至少幾十件，連王熙鳳這種男人萬不及一的人，也勞累得不時要借病休息幾天。薛寶釵家本來物質生活就很好，再加上常年服用各種營養長壽花蕊配成的冷香九，林黛玉怎能與她相比！作者曾寫薛寶釵每天早晚省候服侍賈母王夫人，日間同姊妹們陪坐說話，每晚女工必至三更，沒有好的身體支持不下來。林黛玉本來身體就先天不足，到了賈府，在風刀霜劍中生活，心情壓抑淒苦，正像她自己所說，整天藥罐子陪著。縱然其他條件具備，也難勝任管家之職。

賈寶玉為自己選擇婚配對象的第一個條件是面貌好看，賞心悅目。選擇終生伴侶畢竟和選擇朋友不同；寶玉又看了那些「邪書僻傳」，不少是講才子配佳人的；寶玉在「遠親近友之家所見的那些閨英閨秀，皆未有稍及林黛玉者」，這裏的「遠親近友」當然包括寶玉姨媽家的薛寶釵，說明薛寶釵長相不如林黛玉。寶玉選擇婚配對象的第二個條件是互相瞭解。他和林黛玉「耳鬢廝磨，心情相對」，日則同起同坐，夜則同止同息，比別的姊妹關係更顯親密。寶玉選擇婚配對象的第三個條件是，對方不能說要他走仕進之路或多與做官為宦者打交道一類「混賬話」，否則就是入了國賊祿鬼之流。林黛玉不說這些混賬話，因此互為知己。第四個條件是處於被人瞧不起的地位。寶玉交的三個男朋友秦鍾、柳湘蓮、琪官兒地位都很低下。他平時所喜歡親近的是所有的女孩子，而特別關心的卻是平兒之類地位特別低下的。他在初會秦鍾時油然而生的那種「老天不公」的感慨，就不是一般人所能理解的。在賈府，林黛玉在人們心目中的地位是低賤的，所以有人敢於把她和當時最被人看不起的唱戲女孩子聯繫起來，而她自己也感到別人這樣看她，是欺她為「貧民丫頭」。正如紫鵑所說，只是因為賈母的健在，她才保持著小姐的身份；若無賈母，也只好任人欺負罷了。作者每寫到諸如平兒、尤二姐之類不幸女兒的命運時，總要寫寶玉聯想到黛玉，這決不是偶然的。寶玉正是要選擇一個地位低賤但心境高邈的林黛玉，他空虛的感情生活需要黛玉這種人來填補，就像賈母需要劉姥姥來調節生活一樣。只不過前者永遠，後者短暫罷了。

王夫人和賈寶玉矛盾的特點是什麼呢？又統一又矛盾，也就是「離不得的見不得」。

王夫人對兒子的不滿不是走不走仕進之路的問題，因為這對賈府並不重要，賈府的榮華富貴不是那個人士進做官取得的，也不可能靠那個兒孫仕進

做官所能保持。對王夫人來說，寶玉能仕進做官最好，如不能讀書當官也無所謂，只要不惹事生非就行。她對兒子最不滿的就是整天和女孩「廝混」，這是既不利於寶玉的名聲，也不利於她的名聲。但因爲寶玉和賈母住一起，有賈母護著，作爲兒媳的王夫人又不好深管，因此就更讓她沒有一天不憂心。賈政打寶玉雖出乎她之所料，卻也等於替她教訓了寶玉；但她又不願意賈政打死寶玉，因爲打死寶玉，等於絕了她。在賈府這樣的大家庭，作爲一個女性當權派，要想保住自己的地位，必須要有男孩，那怕是一個傻小子，也比聰明超群甚至當上貴妃的女孩對她更有用。王夫人本來喜愛的賈珠死去了，不喜愛的寶玉卻活下來了，真是愛不是，恨又不是。

賈寶玉對王夫人也是「見不得的離不得」。寶玉深知金鎖要與有玉的作爲正配的神話是王、薛二姊妹的得意傑作，王夫人是她選擇林黛玉的最大障礙。只有賈母在開始一段時間裏是他們的唯一靠山，所以當他和黛玉鬧彆扭和解後，便拉著黛玉去賈母那裏，而不去王夫人那裏。當他意識到金釧兒之死、晴雯之死都與黛玉有關時，這種視王夫人爲最大障礙的看法就更明顯了，這一點在「芙蓉女兒誄」中就有所流露，「鉗詖奴之口，豈討從寬。剖悍婦之心，忿猶未釋」，前者還可說指襲人之流，後者就不僅是指王善保家的了。王夫人驅逐晴雯，不正是悍婦的一場絕妙的表演嗎？

但賈寶玉又離不開王夫人，離不開王夫人所主宰的包括他也生活其間的生存環境。賈寶玉衣來伸手，飯來張口，沒有生活自理能力，連小紅這個服侍他多年的丫頭都不認識，可見服侍他的人究竟有多少，誰也說不清。要他像司馬相如偕卓文君私奔不可能，要他效法張生與鶯鶯私結夫妻也不可能。他還要依靠現存的生存環境維持生命。

王夫人和賈寶玉雖處於矛盾衝突狀態，卻從未發生過類似於寶玉挨打那樣的劇烈對抗，但他們的矛盾衝突雖不劇烈但卻深刻，難以調和。《紅樓夢》表現矛盾衝突的特點正是這樣，劇烈衝突的矛盾未必是帶根本性質的矛盾，帶根本性質的矛盾反而不一定「針鋒相對」，「刺刀見紅」，這是《紅樓夢》寫矛盾衝突和《三國演義》、《水滸傳》、《西遊記》一類情節小說不同的地方。

王夫人要以犧牲兒子的自由追求、自由選擇保持現有的生存條件；賈寶玉卻不顧生存條件而堅持自己的自由追求、自由選擇。前者未必如願以償，後者也難心想事成，王夫人和賈寶玉矛盾衝突的實質就是自由追求的人生目

的因爲生存條件的制約而不能順利實現的悲劇。這決不是「愛情婚姻悲劇說」、「貴族家庭衰亡說」所能概括的。

2003 年 4 月 30 日《光明日報 · 文學遺產》　責任編輯：曲冠傑

薛寶釵和林黛玉

　　早在《紅樓夢》流傳初期，就有所謂朋友間因爲對林黛玉和薛寶釵褒貶不同而「幾揮老拳」的說法。俞平伯則認爲薛林爲一，作者對薛林一視同仁，無所謂褒貶，對這兩個人物產生不同看法的原因是因爲讀者自己的眼光不同，「麻油拌韭菜，各人心裏愛」。與此相對的看法則認爲薛寶釵是封建階級衛道者，林黛玉是封建階級叛逆者，從而揚黛抑薛。新時期以來，則多有抑黛揚薛之論盛行，甚至網上有調查顯示，認同薛寶釵者在 80％以上，認同史湘雲者 10％以上，只有不到 10％的人認同林黛玉。我們姑且不論選擇婚配對象不是選民議代表，沒有必要取得多數人的認同；我們要探討的是林薛二人究竟誰遵守封建禮法，誰更寬容，誰更順應環境。

　　在《紅樓夢》中，王夫人把男女廝混視爲有違封建禮法之大忌，薛寶釵在王夫人面前總是裝做和寶玉保持一定距離的樣子，而林黛玉總是給人以整天和賈寶玉廝混的印象。究竟薛寶釵和林黛玉誰在和賈寶玉關係上有違封建禮法？讀過《紅樓夢》的人都會記得，林黛玉從來沒有一個人跑到怡紅院單獨和寶玉相處，只有賈寶玉跑到瀟湘館和林黛玉單獨相處。而賈寶玉從未跑到蘅蕪苑與薛寶釵單獨相處，只有薛寶釵跑到怡紅院和賈寶玉單獨相處。而且薛寶釵找賈寶玉一般都在熱天寶玉午休時，或傍晚賈寶玉睡覺前。小說中寫薛寶釵第一次中午找寶玉，襲人告訴她寶玉被賈政叫去會見客人（賈雨村），薛寶釵當時說：這個客人也太沒意思，大熱天不在家歇著。請問你薛寶釵一個未出閣的女孩大熱天不在家歇著跑來找一個未婚男孩，又是什麼意思？還有一次，也是大熱天午休，薛寶釵又來找寶玉，這一次沒有白跑，寶玉光著身子只穿了一個肚兜（神功元氣袋一類護腹所用之物），花襲人坐在身旁椅子上埋頭繡鴛鴦肚兜，薛寶釵在與襲人寒喧了幾句後，襲人藉口有事離開，薛寶釵竟然坐在襲人坐過的椅子上接著襲人繡的鴛鴦肚兜自己繡起來了。寶玉在夢中說：「和尚的話如何信得，什麼金玉姻緣，我偏說木石姻緣」，正在如癡如醉地給寶玉繡鴛鴦肚兜的寶釵聽後一下子「怔」了，「怔」者，全

身血液如凝固了一般、全身細胞如麻木了一般之謂也。但過了一會兒，寶釵竟然像沒事兒人一樣和林黛玉、史湘雲、花襲人說說笑笑，好像壓根兒沒有剛才所發生的事似的。還有一次傍晚，林黛玉去找賈寶玉，不想賈寶玉和薛寶釵在怡紅院說說笑笑，林黛玉吃了晴雯閉門羹賭氣回房。關於這一點，襲人和晴雯最有發言權。寶玉挨打後襲人在向王夫人回稟寶玉情況時曾提出讓寶玉搬出大觀園，是怕和薛林之間發生不測，當時她是薛林並提的，說明她也感到寶釵與寶玉關係接觸有非同一般之處。至於晴雯就說得更直了，她在黛玉叫門不開時，發牢騷說寶釵有事沒事來一說半夜，弄得她們沒法按時休息，這說明寶釵不是一次兩次晚睡前找寶玉，也不是有什麼事非要找寶玉，更不是說幾句話就走。這一點很能說明林薛之間性格、心機和為人。

薛寶釵十五歲生日，王熙鳳當著賈府眾多人的面，羞辱林黛玉，比林黛玉為戲子，史湘雲、薛寶釵等也都心領神會地以一動一靜與之配合，連賈寶玉也參和在裏邊。林黛玉不是傻大姐，她有自己的尊嚴。她雖深知其中惡意，但沒有發作，她可以反唇相譏，也可以拂袖而去，如果那樣，眾人尷尬，寶釵的生日也會變得不歡，但因黛玉是賈母非常喜愛的外孫女，誰也拿她沒法。然而黛玉沒有那樣作，而是選擇了沈默，既給了眾人以面子，也沒有使寶釵生日氣氛受到影響。不僅如此，第二天當寶玉感到應付幾個姐妹力不從心而產生出家想法時，黛玉竟然不計前嫌，主動邀史湘雲、薛寶釵一起去說服賈寶玉打消呆想。黛玉的寬容和涵養於此可見。

可是被史湘雲稱作「真真心地寬大」、「真真有涵養」的薛寶釵就不是這樣了。寶玉和黛玉鬧彆扭主動和好後來到賈母等人中間，寶玉深知他和黛玉和好寶釵心中不會高興，為了給寶釵一點面子，寶玉主動和寶釵套近乎，開玩笑說難怪人家稱寶姐姐為楊妃，原來也體豐怯熱。寶玉的討好竟然惹惱了寶釵，她當時就憋得滿臉紫脹，便借丫頭靚兒找扇之機指桑罵槐地把寶玉羞辱一番，弄得寶玉非常尷尬地訕訕離開了。黛玉對寶玉和寶釵的關係雖然也很在意，但還沒有在眾人面前給寶玉下不了臺。再則寶玉比寶釵為楊妃無絲毫污辱寶釵人格尊嚴之意，完全是討好的口氣，寶釵經過拼死奮鬥也未必能達到楊妃的地位，就這寶釵還如此動怒，如果黛玉過十五歲生日，有人把她比做「戲子」，那她又該作何惱怒之狀呢？寶釵心胸可見一斑。

前 80 回《紅樓夢》中史湘雲幾次來賈府，第一次和黛玉住在一起，後來就不和黛玉住了，和薛寶釵住在一起，寶釵從討好賈母出發對她也顯得很熱

情，出錢爲她設計螃蟹宴，幫她爲詩社擬題限韻，史湘雲也對寶釵大有好感，在襲人面前褒釵抑黛，誇寶釵有涵養，心地寬大，說黛玉愛耍小性兒，行動愛惱的人，等等。還有意無意地挑撥釵黛關係。史湘雲最後來賈府又和林黛玉在一起了，因爲薛寶釵不理她了，她又在黛玉面前發泄對寶釵食言的不滿：「可恨寶姐姐說冷道熱，明明說八月十五和姐妹們一起賞月，到時卻不辭而別，一家人團圓去了。」黛玉不僅不計較湘雲的反覆，還勸說湘雲，「事若求全何所樂」，「人皆有不如意之事，不獨你我客居之人，連老太太老爺太太探丫頭也都有不如意之事」。兩人一起在凹晶館聯句，雖然冷淒，卻也一唱一和，配合默契。林黛玉待人寬厚，薛寶釵待人功利心太重。

薛寶琴來賈府後，賈母異乎尋常的喜歡，逼著王夫人認做幹女兒，跟自己一起住，宣佈要養活她。史湘雲以己之心度人之腹，說賈母此舉可能引起林黛玉「多心」，而事實上林黛玉倒沒有什麼，作爲薛寶琴的姐姐薛寶釵卻對寶琴說：「我不知道我哪里不如你，來了這麼長時間還未受到老祖宗如此寵愛。」嫉妒之情溢於言表。薛寶釵嫉妒之心甚于林黛玉，而且這種嫉妒之情按捺不住地表現出來，對寶黛關係的嫉妒也是如此，只不過對不同人表現的方式不同罷了，對依附於她家生活的薛寶琴嫉妒之情表現得很露骨，對林黛玉的嫉妒表現得較爲隱蔽，辟如寶玉因魘魔法而致病恢復後，林黛玉念了一聲佛，她諷刺說佛祖管起人間的婚姻來了；在王夫人面前讓寶玉快到賈母那裏去，林妹妹在等你。林黛玉對寶釵和寶玉關係也不無嫉妒之心，但她只是在寶玉面前表露；寶釵管家之後，她不但不嫉妒，還投向薛氏母女懷抱，背後說寶釵是好人，她自己錯怪人家「心裏藏奸」，默認了釵正黛次的安排。凹晶館聯句，黛玉在湘雲發泄對寶釵不滿時還勸解史湘雲。而寶釵則在看到王夫人底牌後「臥塌之側不容他人酣睡」，不容于林黛玉。

姐妹們結社吟詩，李紈利用自己詩社社長的權力以「溫柔渾厚」爲標準強評薛寶釵爲首，寶釵無一字謙詞；菊花吟評林黛玉爲魁，黛玉還自謙自己的詩「失於纖巧」，稱讚未拿上名次的史湘雲詩中不乏佳句。寶釵也誇獎過林黛玉譏諷劉姥姥爲「母蝗蟲」是「春秋筆法」，誇獎過賈母比鳳姐「巧」，但那種誇獎沒有實質內容，沒有誠意，別有一番用心。同樣是誇獎別人，黛釵截然不同。

《紅樓夢》描寫人物的角度是不斷轉換的，而不同角度的描寫所表現的作者對人物的褒貶感情也是很不相同的。第五回的林黛玉和薛寶釵以及林薛

兩類不同女性在作者的筆下都是命運不能自主任人選擇的可憐人，作者正是從這個角度同情她們，「無所愛憎」，「無所褒貶」，「一視同仁」，「悲金悼玉」。在以後各回的描寫中，角度不盡相同，對她們各自處世的態度也就不是「無所愛憎，無所褒貶」，「一視同仁」了，而是有褒有貶，有愛有憎，並非一視同仁。這就需要我們閱讀時細心體味。

2007 年 4 月 27 日《光明日報·文學遺產》　責任編輯：曲冠傑

「釵正黛次」說

《紅樓夢》第 57 回「慧紫鵑情辭試忙玉，慈姨媽愛語慰癡顰」是前 80 回《紅樓夢》的一個重大轉折，讀懂這一回是準確地把握後來一系列人物情節的關鍵。在此之前，王夫人委託薛寶釵管家，表明她加快實現「金玉姻緣」的決心。林黛玉的出路何在？第 57 回正是回答這個問題的。紫鵑試寶玉本來是逼寶玉表態的，出乎紫鵑所料的是賈母和薛姨媽也表了態。賈母不讓黛玉離開賈府可以理解，薛姨媽不讓黛玉離開賈府，值得研究。黛玉一旦離開賈府，寶玉便會變得又呆又傻，看著自己的女兒嫁給一個又呆又傻的人，作母親的心中又該是何滋味呢？為了保全自己的女兒而保全寶玉，為了保全寶玉就必須留下黛玉。那麼，留下黛玉又該作何安排？薛姨媽雖和王夫人是同胞姐妹，但性格迥異。王夫人不大愛說話，像個「木頭人」，平時吃齋念佛，但做事心狠霸道。薛姨媽則軟善厚道，她既要讓黛玉留在賈府，不使寶玉變呆變傻，又要使黛玉能有一個「四角周全」的歸宿。以含蓄不露見長的薛寶釵試探性地要黛玉嫁給薛蟠，黛玉做出拒絕的表情和動作，性格厚道的薛姨媽不願勉強黛玉，一旦發現黛玉拒絕嫁給薛蟠，她馬上說了一番要黛玉嫁給寶玉的話。這不能說是薛姨媽狡猾騙人，其用意還是真誠可信的。既然戴金鎖的要嫁與有玉的作正妻，那麼黛玉就只能作二房了。對此作者雖然沒有點破，但卻在多處作了一系列暗示和照應，以便提醒讀者注意。

首先一處，是紫鵑聽了薛姨媽說要讓黛玉嫁給寶玉後，催促薛姨媽和賈母去說，薛姨媽「哈哈笑著」對紫鵑說：「你這孩子，急什麼，想必催著你姑娘出了閣，你也要早些尋一個小女婿去了。」在中國的一夫多妻制家庭，為了防止作次妻的有越禮言行，明媒正娶的正妻帶陪房丫頭作丫頭，作次配的不能帶陪房丫頭，伏侍她們的丫頭由正妻調撥自己房裏的丫頭充任。《金瓶梅》

中伏侍潘金蓮的丫頭龐春梅原是吳月娘房裏的丫頭,《紅樓夢》中趙姨娘房中的丫頭彩霞原是王夫人房中的丫頭,尤二姐住進大觀園後,伏侍她的是鳳姐房中的丫頭善姐。紫娟給寶玉說過,她試寶玉,催黛玉早嫁寶玉,目的是既不離開本家,又和黛玉在一起。現在薛姨媽說要黛玉嫁給寶玉,卻讓紫鵑自尋女婿,讓黛玉給寶玉作次妻的用意不言自明。薛姨媽「哈哈笑著」對紫鵑說的原因是她笑紫鵑沒有領會她的深意。

第二處,早在 34 回「錯裏錯以錯勸哥哥」中,薛蟠就對薛寶釵說過:「從先媽和我說,你這金要揀有玉的才可正配。」這裏的「正」,正是針對「次」而說的,有正必有次,無次也就無所謂正了。這裏的「正配」是為 57 回薛姨媽提出的「釵正黛次」預設伏線。

第 37 回眾姐妹結社吟詩,第一次海棠詩李紈評寶釵為魁,第二次菊花吟評黛玉為首,這一先一後也是賈府人對釵黛二人先後次序的定位。李紈未必料到後來有釵正黛次的方案,但她和薛姨媽思想觀念一致卻是沒有疑義的。

黛玉在薛姨媽說出釵正黛次方案後臉紅,顯得不好意思,但沒有像對寶釵讓她嫁給薛蟠時那種拒絕的動作和表情,說明她默認了。這一點還可以從後來的一系列情節中得到印證:59 回寶釵命丫頭鶯鶯向黛玉要薔薇硝,黛玉則要鶯鶯帶話給寶釵說,她要同「媽媽」(指薛姨媽)一起去寶釵處吃飯,「大家熱鬧些」,此種話語,為過去所未聞。62 回襲人給黛玉送來一鍾茶,沒想到黛玉和寶釵在一處,襲人說誰渴了誰先接,她再倒去。寶釵本來不渴,卻當仁不讓地首先接過那鍾茶喝了一口,嗽嗽口,把剩下的半杯遞給黛玉。她的這種以老大自居的作法連襲人都感到不好意思,要再倒茶給黛玉,而黛玉竟毫不在乎地笑說,這半鍾茶盡夠了,心安理得地把半杯茶飲乾。這一不為歷來研究者注意的細節正表明黛玉對釵正黛次方案的默認。64 回黛玉作《五美吟》,以西施、虞姬、明妃、綠珠、紅拂五個才色兼備而命運不濟的女子為題,感到她們的「終身遭際令人可欣可羨可悲可歎」,她為什麼不以呂後、長孫皇后為題作詩?顯然是她感到同這五個皆為侍妾的薄命紅顏同病相憐之故。67回寶釵給眾姊妹贈送薛蟠從南方老家帶來的各種玩意兒。「只有林黛玉的比別人不同,且又加厚一倍」,使人想起元春端陽節賜禮時寶釵與寶玉相同的描寫;黛玉得到寶釵所贈土物後,要和寶玉一起「到寶姐姐那邊去」,寶玉還以為一起去謝寶釵,黛玉則說「自家姐姐,這倒不必」,泰然以次處之。

釵正黛次也為賈母所認可。58 回賈母入朝隨祭,把她喜愛的寶琴託付給

李紈照管，卻把黛玉託付給薛姨媽照管，薛姨媽搬來瀟湘館與黛玉同住，「一應藥餌飲食十分經心」。而黛玉則對薛姨媽感戴不盡，一改以往寶姐姐、琴妹妹的稱呼，呼寶釵爲姐姐，呼寶琴爲妹妹，尊薛姨媽爲「媽媽」，「儼似同胞共出，較諸人更似親切。賈母見如此，也十分喜悅放心」。「喜悅放心」就是認可。

寶釵未必認同釵正黛次，但對母親的安排她也只有違心地順從。64 回寶釵知道黛玉作了《五美吟》後，還未看詩，先教訓黛玉說：「自古道，『女子無才便是德』，總以貞靜爲主，女工還是第二件。其餘詩詞，不過是閨閣中遊戲，原可以會可以不會。咱們這樣人家的姑娘，倒不要這些才華的名譽。」寶釵在此還是以老大自居。

黛玉認同釵正黛次決不是偶然的。寶玉挨打之前，黛玉還和寶釵爭強鬥勝，32 回她就感歎自己和寶玉既爲知己，「則又何必有金玉之論哉：既有金玉之論，亦該你我有之，則又何必來一寶釵哉！」大有有我無你的味道。兩宴大觀園之後，她在嚴酷的現實面前低頭了。42 回「蘅蕪君蘭言解疑癖」中林黛玉被寶釵一番「看雜書移了性情就不可救了」的「開導」說得「心下暗伏」，只有答應「是」的一字。45 回「金蘭契互剖金蘭語」一回，她在與寶釵談話中承認自己過去對寶釵看法不對，寶釵勸她不要看雜書是對的，往日竟是她錯了，「實在誤到如今」。還說她長了十五歲，沒有人像寶釵前日那樣教導她。自己無依無靠，客寄賈府，一草一紙全和賈府小姐一樣，被人多嫌，不如寶釵有母兄，有房地，一應大小事情不要賈府一文半個。這說明她認識到自己無法與薛寶釵抗衡，她在寶釵的實力面前認輸了。不僅如此，她還對寶玉說寶釵「竟真是個好人，我素日只當他藏奸。」寶玉對她與寶釵的和解不理解，黛玉則心平氣和地向寶玉講了寶釵對她的許多「好處」。56 回寶釵管家，更使她感到形勢已難扭轉，要實現與寶玉的知己愛情，只有投入薛姨媽的懷抱。所以 57 回薛姨媽給她謀出路時她要認薛姨媽做乾媽，後來也確實認了媽媽。

作者在 64 回之後穿插了一個尤氏姊妹的故事，這個故事雖有其獨立意義，但作爲《紅樓夢》這個藝術整體的一個組成部分，則是預示林黛玉兩種可能命運的不可行。尤二姐嫁給賈璉後，安分守己，和安于作次妻的林黛玉相似，但最後卻爲鳳姐所不容，吞金而逝；黛玉作次妻若變成事實，雖然會受到寶玉的寵愛，根據臥塌之側豈容他人酣睡的規律，決不會爲薛寶釵所容。薛寶釵表面溫柔和平，實則嘴甜心冷，遠比嘴辣心辣的鳳姐更難提防。至於

尤三姐的命運，則預示黛玉外嫁之不可能。柳湘蓮懷疑三姐不貞而悔婚，黛玉自小與寶玉朝夕相處，如另覓知音，下場不會比尤三姐更好，縱然像出污泥而不染的芙蓉一樣清白，也難免被人懷疑見棄。

寶玉對黛玉與薛姨媽及賈母的作次妻的構想蒙在鼓裏，但從他對芳官、藕官、春燕、鶯兒、五兒、彩雲、香菱、平兒等丫環姬妾的百般呵護看，如果釵正黛次的方案變爲事實，必然揚次抑正，家反宅亂。這無異于提醒王夫人：不能讓一個趙姨娘式的次妻林黛玉生活在寶玉寶釵身邊，而只能讓一個周姨娘式的粗粗笨笨的襲人把寶玉寶釵陪伴。

抄檢大觀園是王夫人對釵正黛次的表態。晴雯因眉眼與黛玉長的像而觸動了王夫人那根最敏感的神經。人謂襲人是寶釵的影子，晴雯是黛玉的影子。王夫人提拔襲人是愛屋及烏，驅逐晴雯是恨屋及烏。她抄檢大觀園是殺雞給猴看，她誣稱晴雯「懶」、「一年四季病不離身」、「害女兒癆」，實際都是指桑罵槐，針對的是黛玉。因爲黛玉說自己一年四季是藥養著；襲人說她舊年好時作了個香袋，現在半年還沒拿針線呢；至於害女兒癆，大觀園裏只有林黛玉。王夫人事後給賈母回稟的這些精心羅織的驅逐晴雯的罪名，目的是讓賈母放棄釵正黛次的設想。

抄檢大觀園後，薛寶釵建議王夫人省掉大觀園這筆開支，表面上看是爲賈府節省開支，實際後果是在絕林黛玉的後路。因爲此時的大觀園只剩下寶玉黛玉，寶玉搬出大觀園猶有住處，黛玉搬出大觀園將無處安身。她連像妙玉一樣帶髮修行的路也被堵死了。從這裏我們也可看出薛寶釵當初順從薛姨媽釵正黛次的構想是違心的，她在骨子裏對林黛玉是排斥的。單純幼稚的林黛玉卻被她對自己的表面「好處」所迷惑，可悲可歎。

2005 年 5 月 27 日《光明日報·文學遺產》　責任編輯：曲冠傑

關於後 40 回

現在一般人都習慣于把曹雪芹的前 80 回《紅樓夢》和高鶚補續的後 40 回《紅樓夢》作爲一個藝術整體來看待。當初高鶚補續《紅樓夢》也是爲了使表面上沒有故事結尾的前 80 回變得有頭有尾。而事實上後 40 回和前 80 回互相矛盾，難以構成一個藝術整體，尤其是在人物描寫方面，後 40 回只有前 80 回人物之名，而無前 80 回人物之實。

前 80 回《紅樓夢》的主要人物是王夫人和賈寶玉。王夫人因其背景和性格的原因，似不如主要人物賈寶玉引人注目，所以很少有人把她作為主要人物看待。其實，在女尊男卑的賈府，賈母和賈政對王夫人都有幾分懼怕；王熙鳳探春等人則更是唯王夫人之命是從；賈府下層人物的命運都掌握在王夫人手中；像賈寶玉婚配對象的選擇和決定這種牽動賈府全局而又非常敏感的問題更是王夫人不容他人插手的大事。王夫人利用生母和賈府女皇的權力，根據自己和家庭的需要而不是根據當事人的需要，代替當事人強行擇定婚配對象薛寶釵；賈寶玉則根據自己追求自由的生存目的，自主擇定婚配對象林黛玉。沒有權利就沒有自由。這場選黛還是選釵的權利對抗權力的衝突，也是人的生存目的與生存條件之間衝突的表現。生存條件本來是為生存目的服務的，王夫人卻要寶玉放棄生存目的，屈從生存條件，這就是賈寶玉和王夫人作為兩個主要人物發生衝突的意義所在。可是後 40 回卻把王夫人和賈寶玉都變成了次要人物。在寶玉婚配問題上，開始是賈母主動提出讓賈政給寶玉相看一個女孩子，既未提黛也未提釵；接著，賈母為治寶玉因失玉所致之病，為使將赴外任的賈政放心，讓賈政王夫人向薛姨媽求娶寶釵，薛姨媽徵求寶釵兄妹意見後表示同意，於是兩下一拍即合，大功告成。王夫人和賈寶玉在娶釵問題上和其他一系列問題上完全處於被動狀態。

賈政在前 80 回只是個陪襯人物：他和賈寶玉的矛盾是維護還是褻瀆封建家長尊嚴的矛盾（見王朝聞《論鳳姐》），這一矛盾在寶玉挨打之後便中斷了；賈政主宰不了賈府各種事態發展的方向和人物的命運，也不關心寶玉功名仕進，一切聽任王夫人擺佈；回到家中不是同清客相公下棋吃酒閒聊，就是與其母共度天倫之樂，抑或是會見無聊政客賈雨村。後來乾脆「一應大小事務一概益發付於度外」。但後 40 回卻把賈政作為主要人物，大寫賈政對寶玉「應試選舉」、「習學八股」的重視，親自送寶玉上學，叮嚀教師嚴管寶玉，檢查寶玉功課作文；對於家事也是樣樣關心，迎春的嫁人，寶玉的婚娶，水月庵的風月案，都親自過問；高鶚還大寫賈政的官場活動，寫他想當清官而因上了部下李十兒的當卻不自覺地成了貪官，最後被貶回京等等。賈政由前 80 回的閒人和庸人變成了忙人和能人，他的活動貫穿於整個後 40 回，他的德行為賈府贏得了功名和富貴，「蘭桂齊芳，家道複初」。由於主要人物的改變，導致主線和主題的改變，使後 40 回成了《蕩寇志》式的續書，和前 80 回已經沒有內在的聯繫了。

　　前 80 回是通過一系列矛盾衝突來表現人物的。除了王夫人和賈寶玉這一主要矛盾衝突外，還有背景性衝突（親疏、嫡庶、主奴、貴族家庭與封建皇室、貴族和農民等矛盾衝突），從屬性衝突（寶玉與襲人、寶玉與寶釵、寶玉與黛玉、黛玉與寶釵、黛玉與王夫人等矛盾衝突），交叉性衝突（王熙鳳、探春、李紈既與王夫人又與寶玉的矛盾衝突），轉化性衝突（賈母開始傾向於支持寶玉選擇黛玉，後來又默認王夫人對寶釵的選擇），這些矛盾衝突與主要矛盾衝突互相制約，互相影響，形成了一個有機的矛盾衝突網絡，各種人物就像門捷列夫的化學元素周期表中的化學元素都有自己的位置一樣，也在這個矛盾衝突網絡上有自己的特定位置，並與其它人物發生關係，從而顯示自己的性格和命運走向。而後 40 回《紅樓夢》中這個有機的矛盾衝突網絡消失得無影無蹤，賈府這個被溫情脈脈面紗所掩蓋的「一個個像烏眼雞，恨不得你吃了我，我吃了你」（探春語）的封建貴族大家庭，變得人人通情達理，和諧融洽。王夫人和賈寶玉好像從來就不存在選釵與選黛之爭；前 80 回後期賈政與賈赦、邢夫人與王夫人劍拔弩張的緊張關係看不見了，賈赦經常去賈政房中請安議事敘寒溫，邢王二夫人親密無間地說笑話；寶黛之間沒有矛盾，寶釵給黛玉寄知音書子，黛玉視寶釵為知己而寫 4 首詞曲回贈；王夫人和黛玉也沒有什麼矛盾，王夫人給黛玉送蘭花，不同意瞞黛娶釵，怕黛玉知道後「倒不成了事了」，還和賈母去看望黛玉，為黛玉之死「掌不住哭了」；寶玉和寶釵不但沒有什麼矛盾，還認同了金玉姻緣，娶釵娶黛都無所謂，娶釵勝於娶黛，把對黛玉之愛略移於寶釵，與寶釵恩愛纏綿，惹得因夫妻關係不睦的鳳姐眼紅難過；過去從不把黛玉當回事的探春經常看望黛玉；如此等等。只有趙姨娘是眾矢之的，作者也讓她不明不白的一死了之。高鶚筆下的各種人物都成了離開自己在現實矛盾衝突網絡中所處的特定位置而遊移不定任憑作者驅使的散兵遊勇。他們的性格完全被作者作了隨意的扭曲的描寫。

　　後 40 回性格扭曲最大的人物是賈寶玉。前 80 回的賈寶玉是個外柔內剛的人，而後 40 回的賈寶玉卻變成了一個外柔內也柔的人，就像一個沒有主心骨的軟麵團。他因迎春嫁給孫紹祖竟然去瀟湘館林黛玉那裏大哭起來，後來他又因探春遠嫁而「哭倒在坑上」，這是對 77 回所寫晴雯被逐後寶玉倒在床上哭了起來的拙劣的模仿。後 40 回的寶玉一會兒罵孫紹祖「沒人心的東西」，一會兒罵賈芸「混帳」，前 80 回的賈寶玉又何曾以此語言罵人？87 回作者寫他偷看惜春妙玉下棋時突然哈哈大笑，把兩人唬了一跳，活像薛大傻；109 回

又寫他背著寶釵調戲柳五兒，讓人想起爲李瓶兒守靈時與奶子如意兒勾搭的西門慶；（令人哭笑不得的是，77 回王夫人抄撿怡紅院時曾說柳五兒短命死了，「不然進來了又連夥聚黨遭害這園子」。後 40 回卻寫柳五兒進怡紅院伏侍賈寶玉，這不是活見鬼嗎？）元春歸省時賈寶玉視有爲無，心裏挂念的是窮朋友秦鍾。而 85 回卻寫寶玉爲其父「報升郎中任」而賀喜；還有，爲巧姐講解《女孝經》、《烈女傳》也非前 80 回的寶玉所願爲。高鶚把寶玉的功名仕進看得重于自主擇偶的權利，賈政要他讀書科考，他就以功名報答父母之恩，這與前 80 回那個視勸他讀書仕進之人爲「國賊祿蠹」，把維護和堅持自主擇偶權利看得高於功名仕進的寶玉風馬牛不相及。總之，後 40 回的作者把一個有靈性的寶玉寫成了一個呆頭呆腦的寶玉；把一個有雅情雅趣的寶玉寫成了一個粗俗鄙陋的寶玉；把一個癡心不改自己的自由選擇堅持自己自主權利（他沒有像柳湘蓮向尤三姐討回祖傳鴛鴦寶劍以示悔婚一樣討回送給黛玉的兩塊定情舊帕，對黛玉他從未言棄）的寶玉，寫成了一個放棄人生追求、隨事俯抑、昏昏噩噩、沒肝沒肺的傻爺。

　　除了賈寶玉，性格被扭曲的人物還有賈母。前 80 回的賈母對賈寶玉婚配對象的選擇有三次重要表態，第一次是清虛觀打醮，利用婉拒張道士提親的機會借題發揮，傾向性明確但又引而不發的含蓄的表示了她的態度；隨著賈府事態的發展，賈母看到選擇林黛玉已不現實，但又不願意認同王夫人選擇的薛寶釵，便用欲爲寶玉求配寶琴的方式表示了自己的態度；直到抄撿大觀園，在年老力衰無力左右賈府局面的情況下，才不得不違心地默認王夫人對晴雯的驅逐和對襲人的提拔，實際上也就等於默認了王夫人對薛寶釵的選擇。賈母對寶玉婚配對象選擇經歷了一個大轉變的過程，但從未具體表明贊成賈寶玉選擇林黛玉還是王夫人選擇薛寶釵。而這並不意味著她就沒有自己的基本立場，辟如對外孫女，即使在木石姻緣、釵正黛次不能變成現實的情況下，對外孫女還是「心肝兒肉」一樣疼愛，對外孫女的前途充滿擔擾，對外孫女的聲譽竭力維護，這才是前 80 回那個有大家風度、表態做事留有餘地但又不失基本立場的賈母。而後 40 回的賈母卻充滿了小家子氣，整天絮絮叨叨，說三道四，在寶玉面前褒寶抑環，在薛氏母女面前褒釵抑黛，就連黛玉死後也不放過說其壞話的機會，對外孫女非常薄情，活脫脫一個碎嘴小女人。79 回迎春嫁孫紹祖，賈母不同意，但賈赦堅持，賈母因年邁，又是隔代，便沒有再加深管，這就意味著後來她不會像清虛觀打醮時那樣深管寶玉擇偶之

事。而後 40 回的賈母卻像吃了返老還童丸一樣，和兩宴大觀園以前一樣精力充沛，事事插手，竟然親自主張娶釵瞞黛。她一會兒說黛玉小心眼死得早，一會兒又說是她害了黛玉，也是自我矛盾，說明高鶚對賈母的性格把握不定。

性格被扭曲的人物不止寶玉和賈母。後 40 回還把前 80 回那個宣稱不管陰司地府報應，「我說行就行」的鳳姐，寫成了一個又遇鬼又信神，又求籤又問卦的迷信婆；前 80 回的鳳姐按其性格本性，應該支持賈寶玉選擇林黛玉。但她爲了效忠王夫人，卻違心地支持選擇薛寶釵，還一有機會便羞辱林黛玉。她自從先後見棄于賈母和王夫人後，再加之平兒的兩次諫勸，決心不再像過去那樣丁是丁，卯是卯，而是要得樂且樂，當好好先生，「反正天塌下來有大個子頂著」，連抄撿大觀園那種王夫人親自督辦的事，她都袖手旁觀，根本不會像後 40 回所寫的那樣謀劃主辦掉包計這樣的鬧劇，也不會在此前給黛玉送錢使，更不會在黛玉死後爲之痛哭；還有，前 80 回那個因不說「混帳話」而被賈寶玉視爲知己的林黛玉竟然兩次三番地鼓勵寶玉讀書仕進。因肺癆耗盡津液哭不出眼淚的黛玉，動不動就「籟籟滴下淚來」：後 40 回把不苟言笑，做事兇狠，一怒死金釧兒，二怒死晴雯，不但要剝奪兒子的自由選擇權，還要剝奪兒子選擇的黛玉的生存權的王夫人，寫成了言行隨和、沒有主見、無可無不可、一切聽從賈母之命、很有同情之心的老好人；當年因擔心黛玉前途而試寶玉的紫鵑竟然說黛玉難伏侍。「此丫頭不是彼丫頭」，高鶚筆下的這些人物已不再是曹雪芹筆下的那些人物了。

在前 80 回，詩詞曲賦是作者表現人物性格、心理和命運的重要手法之一，賈寶玉的「四時即景詩」、「芙蓉女兒誄」等都是如此。尤其是林黛玉，她的「葬花詩」、「秋窗風雨夕」、「桃花行」、「柳絮詞」及諸多賽詩聯句都是她心靈的寫照。後 40 回很少有人作詩言志，作詩表情，作詩明心。黛玉未作一首詩，卻令人莫名其妙地彈琴譜曲。前 80 回寫醫生看病，詳寫其所開處方，以表現其醫術和病人的病因及性格，後 40 回卻回避具體處方而大寫不能表現病人生理心理特點及醫生醫術的病歷。前 80 回寫鳳姐的手法之一是說笑話，後 40 回鳳姐僅有的兩次笑話，說得味同嚼臘。高鶚的知識和才能遠沒有曹雪芹那麼全面和精深。

後 40 回之所以能隨前 80 回流傳至今，一是程偉元最先把高鶚續書與曹雪芹前 80 回原著對接縫合，用活字板排印，比抄本流傳廣，時間長，從而造成一種不好再把二者分開的既成事實。二是程偉元宣稱後 40 回是從舊家鼓擔

上收集整理而來，給人造成一種模糊印象，好像它就是雪芹原稿，或者是雪芹原稿的修訂，抑或是根據雪芹創作提綱寫成。第三，後40回畫蛇添足的補續迎合了相當一部分中國人不管需要與否，要求故事有頭有尾的閱讀欣賞習慣。至於說到它的水平，倒是可以用「狗尾續貂」四字來概括。

附：

《紅樓夢》問世以後，研究者甚多，以至於成了一門專門學問——「紅學」。清末到「五四」期間的「舊紅學」以索隱評點見長。索隱派認為小說中的人物暗喻明末清初的某些政治人物，其代表作是王夢阮的《紅樓夢索隱》和蔡元培的《石頭記索引》。評點派人物較多，著名的有脂硯齋、張新之等。「五四」以後的「新紅學」以「自傳說」著稱，認為賈寶玉就是曹雪芹，胡適的《紅樓夢考證》是其代表作。解放後的「紅學」研究經歷了三個階段，第一階段是「文革」前的十七年「紅學」；第二階段是「文革」中的「評紅熱」；第三階段是改革開放後的「紅學」。

《紅樓夢》中共寫了九百多個人物，其中有鮮明個性特點和典型意義的就有二三十個。按照毛澤東的說法，《紅樓夢》至少要讀五遍，否則就弄不清眾多人物的相互關係，就沒有發言權。下面我從人物矛盾衝突的角度把主要人物及其矛盾關系列一簡表，供讀者閱讀時參考。

中心矛盾衝突：
王夫人和賈寶玉圍繞
「棄黛娶釵」還是「棄
釵娶黛」而發生的衝突

背景性矛盾衝突
- 嫡庶間的矛盾衝突
- 親疏間的矛盾衝突
- 主奴間的矛盾衝突
- 貴族家庭與皇室間的矛盾衝突
- 貴族和農民的矛盾衝突

從屬性矛盾衝突
- 寶玉與襲人的矛盾衝突
- 寶玉與寶釵的矛盾衝突
- 寶玉與黛玉的矛盾衝突
- 王夫人與黛玉的矛盾衝突
- 寶釵與黛玉的矛盾衝突

交叉性矛盾衝突
- 鳳姐與王夫人、寶釵及寶玉、黛玉的衝突
- 李紈與王夫人、寶釵及寶玉、黛玉的衝突
- 探春與王夫人、寶釵及寶玉、黛玉的衝突

轉化性矛盾衝突
- 賈母開始傾向于「木石姻緣」後來又默認「金玉姻緣」而引起的衝突

摘自 1997 年 12 月陝師大出版社出版的《紅樓夢》評點本　責任編輯　任平

寶玉・黛玉・賈母──為答讀者和網友之質疑而作

活著，咱們一處活著。不活著，咱們一處化灰化煙

　　賈寶玉是個外柔內剛的人物。賈璉小廝興兒對尤二姐說他「沒剛柔」，下人「沒人怕他」；尤三姐說他「在女孩子們前不管怎樣都過的去」；鳳姐說他在眾姊妹和大小丫頭們跟前，「最有盡讓」，「再不得有人惱他的」。但他在選擇婚配對象這樣的大問題上，卻是寸步不讓。因為選擇婚配對象是他一生中第一個重大的選擇，從某種意義上說也是決定其一生的選擇。他選擇林黛玉

不僅因爲其貌壓群芳，還因爲兩人「性情相投」，互爲知己，且因他有與弱者
共命運的善心。他選擇林黛玉的 100 條理由中可能有 99 條在別人看來是不對
的，但有一條是對的，這就是他根據自己追求自由的生存目的自主擇定婚配
對象，而這一條理由就可以否決其它 99 條理由。當事人擇配也有不理想的（如
薛蟠擇配夏金桂），別人代選也有理想的（如賈璉之於尤二姐），但這不能作
爲剝奪當事人自己擇偶權利的理由，二者不是一回事。王夫人對賈寶玉來說，
具有生母和賈府女皇的雙重權力，她選擇薛寶釵的 100 條理由中可能有 99 條
在別人看來都是對的，但有一條不對，這就是她根據自己和家庭的需要而不
是根據當事人的需要，代替當事人強行擇定婚配對象，這一條理由就可以否
決其它 99 條理由。沒有權利就沒有自由。這場選黛還是選釵的權利對抗權力
的衝突，是人的生存目的和生存條件之間衝突的表現。生存條件本來是爲生
存目的服務的，王夫人卻要賈寶玉放棄生存目的，屈從生存條件，把人變成
造糞機器，變成衣服架子，變成大觀園的守門人。賈寶玉則追求的是精神的
自由和命運的自主權，這就是賈寶玉和王夫人作爲兩個主要對立面人物發生
衝突的根本原因。賈寶玉在王夫人及其主宰的環境的高壓下，給林黛玉送了
兩塊舊帕作爲定情的信物，而且在賈府的環境越來越不利於他的情況下，對
林黛玉永不言棄，沒有像柳湘蓮收回定情信物表示悔婚一樣收回定情舊帕。
他雖然在 30 回和 31 回說過黛玉死了他做和尚，但那是定情之前說的話。57
回紫鵑試寶玉，寶玉向紫鵑賭咒發誓說：「活著，咱們一處活著；不活著，咱
們一處化灰化煙。」讀者可以根據晴雯之死想像黛玉之死的悲慘程度；而黛
玉死了，寶玉也不會苟活於世。正如薛姨媽在 57 回說的，寶玉是個「實心的
傻孩子」，不是口是心非的兩面派。他不會像高鶚寫的那樣在黛玉死後過一把
與寶釵結婚的癮，又過一把科考高中的癮，兩把癮過完再出家當和尚，更不
會調戲死而復生的柳五兒（這個柳五兒在曹雪芹筆下已經死去，高鶚卻莫名
其妙地讓她活了過來，還進了怡紅院，服侍賈寶玉，有點活見鬼）。

死生有命，富貴在天

乍一看上面兩句話，恐怕有人不會把它和林黛玉連繫起來。然而這兩句
話確實出自林黛玉之口，是在 45 回薛寶釵看望她時說的。

一提起林黛玉，人們就會想起她那首著名的「葬花吟」：「一年三百六十
日，風刀霜劍嚴相逼」，「質本潔來還潔去，不教汙淖陷泥溝」；想起她在周瑞

家的送宮花時說的那句讓周瑞家的聽了「一聲兒不言語」的話：「我就知道，別人不挑剩下的也不給我」；想起她和薛寶釵爭強鬥勝，不甘示弱；想起她因「不放心」（寶玉語）而與寶玉發生的誤會衝突。但這些都是她與寶玉定情之前的事了。隨著賈府各種事態的發展，隨著薛寶釵在賈府被認同，林黛玉的心理性格也發生了變化。

首先是不再像「葬花吟」中那樣自許清高，對環境不滿，與環境抗爭，而是像 70 回「桃花行」中所寫的那樣被環境主宰而無可奈何，同一回中的「柳絮詞」則進一步寫道：「漂泊亦如人命薄，空繾綣，說風流，」「歎今生，誰捨誰收」，「嫁與東風春不管，憑爾去，忍淹留」，完全是聽天由命，順其自然了。凹晶館聯句時還勸湘雲不要事事求全，「人皆有不遂心之事，何況你我旅居客寄之人」，如果看不到林黛玉心理性格的變化，只聽口氣，倒像是湘雲勸黛玉，但事實是正好相反。

對薛寶釵，她也不像過去那樣「有我無你」了，而是在薛寶釵的實力政策面前，認輸（42 回在寶釵教訓她看雜書會移性情時低頭吃茶，只有答應「是」的一字），認錯（45 回寶釵看望她時當面向寶釵承認自己以往錯怪寶釵，誤到如今），認姐妹（認寶釵為姐姐，認寶琴為妹妹），完全投入到薛氏懷抱（認薛姨媽為媽媽），「儼似同胞共出」，連知己賈寶玉對此都不理解，質問她「是幾時孟光接了梁鴻案」，她在寶玉面前稱讚寶釵是好人，承認自己往日錯以寶釵藏奸，感念寶釵對她「多情如此」。薛姨媽後來所做的「釵正黛次」安排她未必感到滿意，但在當時環境下，在她看來也只能是如此了。而嚴酷的現實卻是：外嫁不可能，像妙玉帶髮修行不可能，釵正黛次也行不通，只有一條比晴雯更慘的路在等著她。和平年代，決定人命運的首先是環境因素，其次才是個人的性格；在《三國演義》那種動亂年代，決定人命運的首先是性格，同時也有環境因素。林黛玉生活在和平年代，個人的性格不可能完全決定她的命運，而主要是環境決定了她的命運。她說「死生有命，富貴在天」，表明她對此有了清醒認識，已沒有「葬花吟」那種自己主宰自己命運的想法了。黛玉之不被環境所容，並非她有叛逆思想，也不是她不主動適應環境，而是因為她不能滿足賈府及其主宰者王夫人的需要。

既是你深知，豈有大錯誤的

《紅樓夢》中的賈母有個轉變過程，29 回清虛觀打醮是她根據 28 回元妃

端陽節賜禮時對金玉姻緣的暗示所作的相反表態。張道士給寶玉說親時她告訴張道士寶玉命中「不該早娶」，就有利於不到及笄之年的黛玉，而不利於已過及笄之年的寶釵。她說這是「和尚說的」，也是有意要與「金玉姻緣」出自和尚之口的說法對等持平。因為在賈府，人們是把和尚的話當做最高指示看待的。她說寶玉娶親要「模樣兒性格兒難得好的」，更是有利於黛玉而不利於寶釵，因為在寶玉「所見遠親近友的閨英闈秀中皆未有稍及林黛玉者」，這其中當然不能排除作為寶玉姨媽之女的薛寶釵。性格兒方面也是賈母喜歡黛玉超過寶釵，賈母、寶玉和黛玉一樣都喜歡才子佳人戲曲，這種興趣愛好的相同表明她們在性格上的驚人一致。而寶釵則無此喜好。最後賈母所說的「至於那家子窮，無非多給他幾兩銀子罷了」，更是有現實針對性的表態，因為薛寶釵和林黛玉相比，最明顯的優勢就是富有，黛玉孤窮。但賈母這個表態只是一種有傾向性的表態。所以事後寶黛二人不但沒有因為這個表態喜出望外，相反倒是人鬧了一場，一個剪穗，一個砸玉，滿城風雨。因為賈母的表態很不確定，容易出現變數。

果然，當賈母看到為寶玉選擇黛玉已不現實，便欲為寶玉說娶寶琴，而薛寶琴也符合老祖宗清虛觀打醮時宣佈的娶親條件。寶琴已許梅翰林，她來賈府投靠薛家是因為家窮待嫁，這一點賈府人都知道。賈母欲為寶玉說娶寶琴，或者是想讓薛家改變主意，悔婚另許；也可能確實不知寶琴已許梅家；或者是故作不知。不管哪種情況，欲為寶玉說娶寶琴都是一種表態；薛姨媽在回答賈母時沒有與梅家悔婚的意思，說明她首先考慮的還是「金玉姻緣」。賈母欲為寶玉求配寶琴是要表示她雖然放棄支持寶玉選擇黛玉，向薛家邁進了一大步，但卻沒有贊同王夫人選擇薛寶釵。長住賈府的寶釵未許人，又有所謂「金玉之說」，但賈母並沒有為寶玉說娶寶釵。

賈母在抄檢大觀園後認同了王夫人對薛寶釵的選擇。抄檢大觀園，是為了拉下鳳姐，肯定襲人，驅逐晴雯，威逼黛玉，為薛寶釵升堂入室掃清障礙。其中肯定襲人、驅逐晴雯是其重點。賈母在王夫人先斬後奏時雖對此不以為然，但因為年老力衰，再加之隔代，只得承認既成事實：「既是你深知，豈有大錯誤的」，等於默認了對薛寶釵的選擇。此前作者曾寫賈赦要把女兒嫁給孫紹祖，賈母反對，賈赦堅持，因為年邁、隔代，賈母只好聽任賈赦擺佈。這意味著抄檢大觀園後對王夫人執意選擇薛寶釵排斥林黛玉她也不會再像清虛觀打醮時那樣深管了。

　　賈母不是一直支持寶玉選黛玉，也不是一直支持王夫人選擇薛寶釵，而是有一個轉變的過程。從某種意義上說，《紅樓夢》也可以說是寫賈母轉變的，如果沒有賈母清虛觀打醮時的表態，薛寶釵可能早就坐上寶二奶奶的寶座了。賈母的轉變，一是因為王夫人改變了對她的策略，由事事對立（不與老祖宗一起吃飯，清虛觀打醮找藉口不陪老祖宗，端午節賞午不請老祖宗等）到百依百從，以使老祖宗在寶玉擇偶這一關鍵問題上向她讓步。而老祖宗對她也有幾分怕（訓斥邢夫人時稍帶了一下王夫人，馬上又讓寶玉代她向王夫人下跪檢討）；二是鳳姐抓住她愛吃愛玩愛樂又愛錢的特點，不斷給她講有關錢方面的笑話，對她進行潛移默化的影響；三是薛姨媽成了她只贏不輸的理想牌伴，一刻也離不開。賈母的轉變之所以讓人不易覺察，是因為她的每一次表態都是只帶傾向性，而不點破，這是老祖宗的為人智慧，符合她的身份地位和性格。老祖宗的轉變使寶黛失去最後的靠山。但老祖宗的轉變又是有限度的，她對外孫女還是如第三回所寫的那樣像「心肝兒寶貝」一樣愛，對外孫女未來非常擔憂（紫鵑說過，老祖宗百年之後，黛玉也只好任人欺負罷了），對外孫女的聲譽竭力維護（王熙鳳在眾人面前倡揚寶黛關係不一般，老祖宗馬上一反平時愛看才子佳人戲曲的常態，針對王熙鳳大批才子佳人，緊接著又說巧媳婦喝了猴兒尿的笑話影射王熙鳳，對王熙鳳抓住不放，窮追猛打。放炮仗時把黛玉摟在懷裏以防驚嚇等）。

　　《紅樓夢》正是以婚配對象選擇問題作為切入點，反映貴族家庭溫情脈脈面紗掩蓋下的「一個個像烏眼雞一樣，恨不得你吃了我，我吃了你」（探春語）的微妙複雜的利害衝突。

　　　　（三十年前，王朝聞先生在《論鳳姐》一書中，以人物最具代
　　表性的話語做為每一節的小標題，極富創意。三十年後的今天，我
　　寫這篇短文也模仿王朝聞先生的做法，不覺過時，反覺有趣。雖有
　　東施效顰之嫌，也就顧不得了。）

　　　　2010 年 3 月 21 日《西安晚報・文化縱橫》　　責任編輯：蔣漫冰

《紅樓夢》中幾個難點問題之我見

　　「好了歌」　《紅樓夢》中的「好了歌」是頭緒較多的第一回書的歸納，

更是全書的點晴之筆。作者反復強調和肯定的是神仙那種自由蕭灑的精神狀態和生存狀態，這正是每個人應該追求的生存目的。而功名、金錢、妻子、兒孫只是人生存的條件，和生存目的相比，屬身外之物。所謂「吃飯是爲了活著，活著不是爲了吃飯」，所謂「生命誠可貴，愛情價更高，若爲自由故，二者皆於拋」，與此有異曲同工之妙。「好了歌」注是說明名利妻兒不應作爲人生追求目的的原因，一是因爲可變性大，二是不由自己所能決定。

英蓮　第一回出現的英蓮是林黛玉的影子。作者比喻林黛玉爲芙蓉，與英蓮的蓮相契合；英蓮因家境敗落，命運一落千丈，黛玉也是因爲家境敗落，命運逆轉；英蓮三歲時和尙要度她出家，父母不肯；黛玉也是三歲時和尙要度她出家，父母不肯。英蓮後來改爲香菱、秋菱，三次改名既是她命運越來越差的表現，也是黛玉命運每況愈下的寫照。黛玉沒有因爲寶玉以她爲至尊，命運越來越好，英蓮的今天就是她的明天。

寶黛矛盾　黛玉在寶釵十五歲生日時被人比爲戲子，當眾對她進行人格羞辱，欺她孤窮；但林黛玉沒有反唇相譏，也沒有拂袖而去。因有賈母在場，又不是由她挑起事端，她如果作出這兩種選擇的任一個，別人也拿她沒法。但爲了不使在場人尷尬，不使寶釵生日氣氛受影響，她選擇了沈默。而寶釵在寶玉比她爲楊妃時竟然大動肝火，如果比她爲戲子，她又將如何呢？兩者相比，黛玉心胸修養皆在寶釵之上。說黛玉心眼小，愛惱人，那是湘雲和襲人出於對寶玉親近黛玉心懷嫉妒而編造的，屬「莫須有」。

黛玉和寶玉鬧矛盾不是因爲黛玉心量狹窄所造成的。是因爲：1.黛玉擔心寶玉對她的感情不眞，以她爲玩物，而這是許多富家子弟的通病；2.擔心寶玉視她和其他姊妹一個樣。令她擔心的一是寶釵，二是湘雲，三是襲人；3.「金玉姻緣」之說不絕於耳，寶釵整天戴著金鎖招搖過市，這些都使黛玉鬧心；4.黛玉是個讀書知禮，對封建道德不敢越雷池一步的人，自由擇配的想法希望通過「父母之命」的途徑來實現，所謂「雖有刻骨銘心之言，無人爲我主張」，造成內心痛苦；5.賈府的特殊環境不允許也不可能讓她向寶玉表露心事。只能以使氣、鬧彆扭相溝通。寶玉給黛玉送了兩塊舊帕，黛玉吃了定心丸，再也沒有和寶玉鬧矛盾。

金釧兒之死　金釧兒是王夫人的心腹丫頭，和王夫人女兒差不多：金釧兒死後王夫人破例賞銀 50 兩，趙姨娘的弟弟趙國基死後，探春按規矩只給了賞銀 20 兩；王夫人還要用姑娘們的衣服妝裹金釧兒的屍首；又把金釧兒的月

銀讓她妹妹玉釧兒拿了。金釧兒就因為和寶玉說了幾句調笑話，被王夫人又打又撣又逼，直到金釧兒投井身亡。按照王夫人的說法：「好好的爺們，都教你教壞了」，此說與情理不通。金釧兒不是寶玉身邊的丫頭，要說「教壞」也還輪不上她。王熙鳳要用黛玉過生日的衣服妝裹金釧兒屍首，而按寶釵所說，金釧兒生前穿她的衣服剛合身，那麼肯定穿黛玉的衣服不合身，一個是胖楊妃，一個是瘦西施。王熙鳳的話說白了就是：金釧兒是你黛玉的替死鬼，你黛玉理應給金釧兒作出補償。而補償的辦法就是用你生日的衣服妝裹金釧兒屍首。因為黛玉沒有聽從王夫人在她初進賈府時叮嚀的不要沾惹寶玉的預先警告；元妃利用端陽節賜禮之機表示撮合金玉姻緣，而賈母竟然在清虛觀打醮時說了許多有利於黛玉不利於寶釵的話，什麼和尚說寶玉命中不該早娶呀，將來要挑選模樣兒性格兒難得好的呀，不管其根基富貴呀等等。金玉姻緣因此而拖延下來。王夫人對此雖極不滿但又無法，只好借金釧兒之事發泄怒氣，反正金釧兒是丫頭，死了也無所謂。

　　釵正黛次　王夫人讓寶釵理家，加快了實現「金玉姻緣」的步伐；寶玉在紫娟以語相試時表示要和黛玉同生同死；薛氏母女看望黛玉，寶釵試探性地要黛玉嫁給薛燔，遭到拒絕。薛姨媽提出讓黛玉嫁寶玉，紫娟催姨媽通過賈母促成寶黛之事，薛姨媽笑說紫鵑催黛玉出閣是為了自己「早些尋一個小女婿」。古之女子出嫁作妻可帶丫頭陪嫁，作妾則不能帶丫頭陪嫁，嫁後丫頭由正妻房中丫頭調任。薛氏是用和紫鵑開玩笑的方法巧妙地表示要黛玉屈從寶釵之後嫁給寶玉做二房，使「金玉」、「木石」和平相處。黛玉聽後只臉紅未反駁，後來又心安理得地喝下寶釵嗽口剩下的半杯茶，與薛氏母女相處「儼似同胞共出」，可見她默認了薛姨媽的「四角周全」的方案。賈母入朝隨祭時把黛玉託付給薛姨媽，對釵黛和睦相處十分滿意，表明老祖宗也贊成這個皆大歡喜的方案。尤二姐之死預示黛玉作次妻是死路一條，尤三姐之死則預示黛玉外嫁之路也走不通。

　　晴雯之死　寶玉聽到紫鵑說黛玉要回南方去後又呆又傻，賈母、薛姨媽都表態說不讓黛玉離開賈府，當時王夫人未表態。抄撿大觀園是王夫人的表態。王夫人抄撿大觀園的真正原因不是繡春囊事件，而是王善保家的誣衊晴雯「能說慣道」，「掐尖要強，妖妖趫趫，大不成個體統」，一下觸動了王夫人那根最敏感的神精，馬上把晴雯和黛玉聯繫了起來。黛玉像齡官，晴雯又像黛玉，晴雯肯定也像齡官。王夫人沒有把晴雯和齡官聯繫起來，卻把她和黛

玉聯繫起來，說明她心裏一刻沒忘除掉黛玉。抄撿大觀園重點是驅逐晴雯，意在黛玉，殺雞給猴看。王夫人事後回稟賈母時說晴雯「一年之間病不離身」、「懶」、「害女兒癆」，沒有一件符合晴雯情況，倒是黛玉確實害的是癆病，一年間「藥吊子不離火」，「舊年好時一年做一個香袋」，「今年半年還沒見拿針線呢」。王夫人這裏明說晴雯，暗指黛玉，驅逐晴雯就是威逼黛玉，就是要賈母放棄對黛玉的保護。薛寶釵建議王夫人省去園中這筆開支，連黛玉同妙玉一起帶髮修行的路也堵死了，說明寶釵深知王夫人抄撿大觀園的內心隱秘。

黛玉結局，可想而知，無須添足。

2011 年 10 月 30 日《西安晚報·文化縱橫》　責任編輯：蔣漫冰

關於《三國演義》

《三國演義》人物競爭論（內容提示）

　　《三國演義》表現的是曹操、諸葛亮和司馬懿這三個出身低微、沒有政治背景、和平時期難露頭角的人物，在三國這個相對自由的競爭時代，如何憑藉自身政治、軍事、外交等方面的智慧、才能及心理承受能力，成為削平群雄、推進歷史進程的強者（英雄中的英雄）。他們功高蓋世，稱帝易如反掌，但都沒有稱帝。而諸如皇帝、皇親國戚、朝廷命宮及其子孫一類有政治背景的人，大多無所作為。所謂「卑賤者最聰明，高貴者最愚蠢」。這是《三國演義》小說比各種三國史書高明的地方。

　　本書 1989 年 11 月由陝西人民出版社以《競爭中的強者——三國演義人物競爭論》書名出版，責任編輯王太平，後收入《小說三論》，由陝西人民教育出版社印行三次。2010 年 5 月由東方出版社出版，書名《中國人的競爭戰略》，責任編輯楊慧子。

《三國演義》——強者的頌歌

　　《三國演義》沒有貫穿始終的中心人物，作者從社會競爭的角度寫了 400多個人物，但重點寫了三個人物：曹操、諸葛亮和司馬懿。他們是三國這段歷史進程中不同階段的強者。

　　《三國演義》中 39 回「荊州城公子三求計，博望坡軍師初用兵」之前，

是曹操的全盛期。他在除洛陽北部尉時，不避豪貴，威名頗震，因黃巾起，拜騎都尉，引兵征剿，從此開始了剿黃巾、討董卓、除袁術、破呂布、滅袁紹、定劉表、平天下的人生歷程。56回大宴銅雀台時他表白說：「如國家無孤一人，正不知幾人稱帝，幾人稱王」，「孤敗則國家傾危」，曹操這些話不是自我吹噓，他在削平群雄中不愧強者的稱號。

漢末皇帝，是朝庭庸官的靠山，是腐朽無能的代表，是歷史前進的絆腳石；也是許多人心目中的偶像，誰要想推翻他，難免成爲眾矢之的，像黃巾起義一樣；誰要眞心維護他，就可能變成歷史前進的罪人。曹操對東漢王朝的態度，大體經歷了尊天子、保天子、挾天子、清君側這樣幾個階段，並非一開始就對漢天子大不敬。像獻帝這種只有小聰明而無大才能的人，曹操沒有廢掉他，但也不對他唯唯諾諾，不失爲一種高明之擧。試想，如果曹操像諸葛亮姜維對待阿斗那樣對待獻帝，他就不可能統一北方。

曹操具有主動進攻性格和卓爾不群的強者風範。他在與群雄周旋中主動出擊，雖吃了不少敗仗，但因他敗而不餒，終於削平群雄。他殺呂伯奢，編造夢中殺人的神話，借王垕頭以安軍心，削髮代首等作爲，也是他身處亂世，爲防不測，不應該如此，但又不能不如此的擧動，我們不好用道德觀譴責他，也沒必要爲他辯解，而只能說他的這些做法是他的以攻爲守的主動進攻型性格使然。他不但喜愛武將，也珍惜文才；不但喜愛本營壘的人才，也喜愛敵對營壘的人才；不但喜愛可以爲我所用的人才，也喜愛不能爲我所用的人才；他討厭徒有虛名並想以虛名而不是以實蹟撈取官職的禰衡，反感只有小聰明而無大聰明的楊修，不容有才無德的呂布等等。他敢作非常之事以建非常之功，也能審時度勢，不爲不可爲之事，該放棄的就放棄，赤壁之敗後他不再主動奪取江南，漢中失利後不再進攻劉備，做皇帝時機不成熟決不當皇帝等等，所有這些都不是三國時的那些稱雄一時的軍閥人人都能做到的，正是這些作爲才確立了他這個競爭中的強者的地位。

正當曹操平定北方，所向無敵，欲圖劉備時，他的競爭對手諸葛亮出場了。火燒博望，火燒新野，對諸葛亮來說只是小試鋒芒，而對曹操來說，也沒有造成大的損傷，但孫吳聯合共拒曹操的赤壁之戰，卻大大地挫傷了曹操的銳氣。赤壁之戰雖然是周瑜指揮的，但卻是諸葛亮促成的。後來曹操在與孔明爭奪漢中時，被諸葛亮折騰得晝夜不寧，不是中埋伏，就是被圍追，連吃敗仗，狼狽而歸，這才徹底領教了「諸葛匹夫」的厲害。諸葛亮是《三國

演義》中繼曹操之後的又一位競爭中的強者。諸葛亮在與曹操交戰時,有兩個特點,一是心理戰,抓住曹操多疑心理設謀定計,「以疑兵勝之」。二是根據自己的實力,決不對曹主動進攻,以打防禦戰爲主,進攻也只是防禦中的進攻。這使以打主動進攻戰見長的曹操大吃其苦。

劉備集團幾次危機關頭,都是諸葛亮轉危爲安。第一次是赤壁之戰前夕,曹操緊追不捨,劉備棄新野,走樊城,敗當陽,奔夏口,處境垂危;第二次是曹操平定漢中(東川)之後,西川百姓爲之震驚,以爲曹操必來取西川,「一日之間,數遍驚恐」;第三次是劉備死後,劉禪即位,魏調五路大軍來取西川,其勢甚危;第四次是五路兵退後,南蠻騷擾;第五次是南征之後,表面上看蜀漢政權暫時沒有什麼危機了,但當時的形勢不是漢亡,就是魏滅,不可能長期並存,蜀漢在劉備彝陵之敗後元氣大傷,加之戰將頻亡,「此誠危機存亡之秋也」;第六次是孔明早逝,使蜀漢又一次處於危機之時。這六次危機都是諸葛亮憑藉自己的謹慎和智謀轉危爲安。可以說沒有諸葛亮,就沒有蜀漢政權,就沒有三國,諸葛亮是三國鼎立中的強者。而三國鼎立是統一的必要準備,是爲統一舖路搭橋。

六出祁山是諸葛亮一生的轉折點,他遇到了另一位比他更強的強者──司馬懿。

諸葛亮初次北伐,因爲司馬懿被曹睿罷歸田裏,奪三郡,敗曹眞,折羌兵,投祁山,加之孟達暗中通蜀,欲獻金城、新城、上庸三城反魏,形勢一派大好。一旦司馬懿重新被起用,形勢逆轉,孔明棄三城,失街亭,退漢中,由勝轉敗,由攻轉守。後來幾次北伐雙方均有勝負,但諸葛亮以最終無功而告終。司馬懿勝過諸葛亮的秘密只是「堅守不出,不戰而勝」八個字而已。

司馬懿是個能屈能伸,伸中有屈,屈中求伸的人,是個能根據不同人採取不同對策的人。在曹操手下任主薄時,出謀劃策,主動巧妙地製造和利用吳蜀矛盾,使吳蜀兩敗俱傷,達到後發制人的目的。相形之下,曹操那種動輒訴諸武力的先發制人的辦法,不如司馬懿巧妙。但司馬懿深知曹操是個多謀善斷的人,不因自己的意見一次未被採納就斤斤計較,而是一有機會便積極獻計獻策,贏得了曹操的信任,臨死以後事相托。

曹丕時期的司馬懿充分顯示了自己的機變才能。曹丕急於稱帝;稱帝之後不顧主客觀條件,又急於當大中國皇帝。司馬懿知道此人急於事功,反對不如迎合,他爲曹丕出了一些主意,均無實效,但因迎合了曹丕的心思而受到重用。曹丕死時也亦如其父,以輔子曹睿重托司馬懿。

司馬懿在曹睿手中經過了被封、遭貶、複用、提拔幾部曲。曹睿多疑；大都督曹真喜歡爭功，又是曹家枝葉，兩人都不好應付。重新被用後，司馬懿注意兩頭討好，對曹睿儘量不離其左右，既去其疑，又防人讒。對在抗蜀一線的曹真，只出主意不出兵，給了曹真面子，也保存了自己的實力，還贏得曹睿對其智謀的讚賞。在曹真病危時司馬懿終於拿到了總兵將印，曹睿也只有靠他抗蜀平遼。曹睿死前希望司馬懿像孔明輔佐劉禪一樣輔佐其子曹芳，但又封曹真之子曹爽為大將軍，總攬朝政，這就為懿、爽爭權埋下禍根。但爽畢竟不是懿的對手，司馬懿趁曹芳年幼，用欲擒故縱之法除掉曹爽，被曹芳封為丞相，加九錫，父子三人同領國事。為子孫代魏稱帝掃清了道路。

《三國演義》中，曹操、諸葛亮、司馬懿像三個接力隊員一樣跑完了三國時期的大部分路程，此後的天下歸一已是水到渠成的事了。

原載《光明日報·文學遺產》2003 年 12 月 31 日　責任編輯　曲冠傑

《三國演義》的人物結構和主題

《三國演義》描寫了東漢末年黃巾起義至西晉統一約 97 年的歷史（公元 184～280），這是一段相對自由的競爭歷史。黃巾起義的發生，打亂了舊的封建秩序，起義雖然失敗了，但東漢王朝也名存實亡，封建道德觀念對人們的思想束縛較之專制時期相對鬆弛，各路諸候憑惜自己的實力爭相稱霸，靠世襲靠關係撈取地位的局面很難維持，那些出身比較低微、和平時期難有出頭之日的人物憑藉自己的才智武勇紛紛顯露頭角。戰亂給人民造成災難，戰亂也給智勇之士提供了大展宏才的機會。三國時期的人物除了黃巾起義領袖之外，都是統治集團營壘的人物，他們身處同一歷史文化背景，在一些具體事件上有仁與暴、善與惡之分，但在總體上卻無根本區別，他們都是為了一家一姓的利益而爭強鬥勝的封建軍閥，因此很難公正準確地對他們從道德上進行優劣評價，或從政治上作進步與反動的評價。但從社會競爭的角度分析他們各自的生活歷程以及他們為何成為競爭中的強者，則是符合作品客觀描寫的，也是符合作品主題的。

《三國演義》從社會競爭的角度寫了 400 多個人物，但重點寫了三個人物：曹操、諸葛亮和司馬懿。這三個人物，基本貫穿了從漢末致亂到西晉統一，成為這段歷史進程中不同階段的強者。

（一）

曹操從第一回「宴桃園豪傑三結義，斬黃巾英雄首立功」，到 78 回「治風疾神醫身死，傳遺命奸雄數終」，占了 120 回《三國演義》的多數篇幅。其中 39 回「荊州城公子三求計，博望坡軍師初用兵」之前，是他的全盛期。第一回作者引用何顒的話說；「安天下者必此人也。」有知人之明的汝南人許劭也說曹操是「治世之能臣，亂世之奸雄」。這裏所謂「亂世」就是指打亂腐朽不堪的劉漢封建舊秩序。在當時「人心思亂」的情況下打亂這種舊秩序是順乎民心的大好事，就像後來「人心思治」時統一天下是大得人心的大好事一樣。作者寫曹操除洛陽北部尉時，不避豪貴，威名頗震，因黃巾起，拜騎都尉，引兵征剿，從此開始了他剿黃巾、討董卓、除袁術、破呂布、滅袁紹、定劉表、平天下的人生歷程。他在 21 回「青梅煮酒論英雄」時說；「兵糧足備」的袁術是「塚中枯骨，吾早晚必擒之」；認爲「四世三公，門多故吏」，虎踞冀州，「部下能事者極多」的袁紹「色厲膽薄，好謀無斷；幹大事而惜身，見小利而亡命，非英雄也」；認爲「名稱八俊，威震九州」的劉景升「虛名無實」；認爲「血氣方剛」的江東領袖孫策「藉父之名」；劉璋乃「守戶之犬」；張繡、張魯、韓遂乃「碌碌小人，何足挂齒」。他認爲英雄應該是「胸懷大志，腹有良謀，有包藏宇宙之機，吞吐天地之志者」，他以龍的「大」「小」「升」「隱」諸般變化比喻英雄得志時縱橫四海的作爲。自稱和劉備同爲當世英雄。56 回曹操大宴銅雀台時表白說：「如國家無孤一人，正不知幾人稱帝，幾人稱王」,「孤敗則國家傾危」。作者的實際描寫驗證了曹操這段話的無比正確。曹操在削平群雄中不愧強者的稱號。

如何對待東漢王朝，這是曹操無法回避的難題，也是顯示曹操政治才幹的機會。曹操對東漢王朝的態度，大體經歷了尊天子、保天子、挾天子、清君側這樣幾個階段，並非一開始就對漢天子大不敬。尊天子表現在他受詔鎮壓黃巾；後來又從山東前往征剿追趕獻帝的董卓舊將李傕郭汜，保天子而立大功；他接受獻帝差官正儀郎董昭的建議移駕幸許都，開始了挾天子以令諸侯的歷程。接著他逐楊彪，殺趙彥，害死吉太醫，處決董承，勒死董妃，尊魏公，稱魏王，棒殺企圖與孫權劉備裏應外合以圖自己的伏后，酖殺其二子，把伏完等二百人處死，冊立女兒曹貴人爲正宮皇后。朝庭大權掌握在一人之手，使獻帝成了名符其實的孤家寡人。漢末皇帝，是朝庭庸官的靠山，是腐朽無能的代表，是歷史前進的絆腳石。誰要眞心維護他，就可能變成歷史前

進的罪人。他又是許多人心目中的偶像，誰要想推翻他，難免成爲眾矢之的，像黃巾起義一樣。像獻帝這種只有小聰明而無大才能的人，曹操沒有廢掉他，但也不對他唯唯諾諾，只是把他作爲自己削平群雄統一天下的傀儡，不失爲一種高明之舉，也是他之所以能統一北方的重要條件。試想，如果曹操像諸葛亮姜維對待阿斗那樣對待獻帝，他能統一北方嗎？《三國演義》把曹操作爲劉備的「忠」的對立面「奸」來寫；認爲曹操對獻帝及其爪牙和追隨者大不敬；詩文中引用了前人許多貶斥曹操爲「奸」的詩詞；借書中一些人物（如禰衡孔融等）之口罵其爲奸賊；借曹操敵對營壘中人聲討曹操時斥其爲「奸」；貶操爲「奸」的回目標題等。但這些內容只占《三國演義》整部小說的小部分；而且與作品客觀的現實主義描寫不一致，作品的客觀意義大於這些對曹操的主觀貶損，所謂要寫「曹操的奸，而結果倒像是豪爽多智」。鮮活的藝術形象曹操給讀者的整體感受超過了作者企圖強加于讀者的主觀貶斥。

《三國演義》這種貶斥曹操爲「奸」傾向的形成，一是受民間傳說的影響，民間出於民族情緒，而擁戴劉備（漢），貶斥曹操（因據北方而被作爲少數民族入侵者的代表）；二是源於受了尊劉漢爲正統的南宋袁樞編著的《通鑑紀事本末》的影響，《三國演義》的情節順序、事件排列、人物穿插基本上與《通鑑紀事本末》一致；三是源於古人擁劉反曹的詩詞的影響；四是作者和評點改削者程度雖不同但卻同樣具有的擁劉反操傾向。

曹操在削平群雄統一北方中充分顯示了他的主動進攻性格和卓爾不群的強者風範。董卓弄權，眾官都像小女子一樣啼哭，唯有曹操隻身刺卓。刺卓不成，發起討卓聯盟。當他發現袁紹優柔寡斷，無所作爲，便與之決裂，自樹旗幟；又破青州黃巾，組織起精銳之師「青州兵」；並在兗州招賢納士。與群雄周旋中主動出擊，雖吃了不少敗仗，「濮陽攻呂布之敗，宛城戰張繡之失，赤壁遇周部，華容逢關羽，割須棄袍於潼關，奪船避箭于渭水，」但因他敗而不餒，終於取得了統一北方的勝利。他殺呂伯奢，編造夢中殺人的神話，借王垕頭以安軍心，削髮代首等作爲，是他身處亂世，爲防不測，不應該如此，但又不能不如此的舉動，我們不好用道德觀譴責他，也沒必要爲他辯解，而只能說他的這些作法是他的以攻爲守的主動進攻型性格使然。就連因羞于與古人「暗合」而下令扯碎並燒毀《孟德兵書》也表現了他的這一性格特點。他不但喜愛武將，也珍惜文才；不但喜愛本營壘的人才，也喜愛敵對營壘的人才；不但喜愛可以爲我所用的人才，也喜愛不能爲我所用的人才；他討厭

徒有虛名並想以虛名而不是以實蹟撈取官職的禰衡，反感只有小聰明而無大聰明的楊修，不容有才無德的呂布等等。他敢作非常之事以建非常之功，也能審時度勢，不爲不可爲之事，該放棄的就放棄。赤壁之敗後他不再主動奪取江南，漢中失利後不再進攻劉備，做皇帝時機不成熟決不當皇帝等等，所有這些都不是三國時的那些稱雄一時的軍閥人人都能做到的，正是這些作爲才確立了他這個竟爭中的強者的地位。曹操處於東漢末年這種混亂局面中，如果恪守既定的陳腐的封建道德觀念，他將寸步難行。我們不能抽象的超越時代和具體環境對曹操作所謂「奸」、「狡」之類毫無意義和實際內容的評價。

正當曹操平定北方，所向無敵，欲圖劉備時，他的競爭對手諸葛亮出場了。火燒博望，火燒新野，對諸葛亮來說只是小試鋒芒，而對曹操來說，也沒有造成大的損傷，但孫吳聯合共拒曹操的赤壁之戰，卻大大地挫傷了曹操的銳氣。赤壁之戰雖然是周瑜指揮的，但卻是諸葛亮促成的。不僅如此，曹操在敗逃中，三次大笑諸葛亮無謀少智，結果是在烏林之西宜都之北中了趙子龍的埋伏；接著又在葫蘆口中了張飛埋伏；華容道被關羽堵截，幾乎喪命。後來曹操在與孔明爭奪漢中時，被諸葛亮用疑兵折騰得晝夜不寧，不是中埋伏，就是被圍追，連吃敗仗，狼狽而歸，這才徹底領教了「諸葛匹夫」的厲害。

（二）

諸葛亮是《三國演義》中繼曹操之後的又一位競爭中的強者。諸葛亮在與曹操交戰時，有兩個特點，一是心理戰，抓住曹操多疑心理設謀定計。「以疑兵勝之」。諸葛亮戰勝曹操的第二個特點是根據自己的實力，決不對曹主動進攻，不以硬碰硬，以打防禦戰爲主，進攻也只是防禦中的進攻。這使以打主動進攻戰見長的曹操大吃其苦。漢中之戰後，曹操再沒有和諸葛亮對戰過。

劉備集團幾次危機關頭，都是諸葛亮轉危爲安。第一次危機是赤壁之戰前夕，劉備有點像敗投遼東公孫康的袁熙袁尚，不同的是曹操沒有坐收漁人之利，而是對劉備緊追不捨，劉備棄新野，走樊城，敗當陽，奔夏口，處境垂危。孔明分析認爲：曹操勢大，急難抵敵，不如往投東吳，使南北相並，南軍勝則誅曹操以取荊州，北軍勝則乘勢取江南。孔明隻身出使從未打過交道的東吳，舌戰群儒，批駁了東吳主降派悲觀降操論調，堅定了周瑜、孫權抗操決心。又于周瑜三江水戰赤壁鏖兵之際，調兵遣將，攔截曹操，不費吹

灰之力取了荊州、樊城和襄陽，周瑜明知「吾等用計策，損兵馬，費錢糧，他去圖現成，豈不可恨？」但一怕孫劉吞併曹操得利；二怕逼之過急，曹劉聯合，共圖東吳，只好暫時作罷。但周瑜畢竟咽不下這口氣，又使出美人計，結果弄巧成拙，反而被孔明三氣而死。周瑜的氣胸狹窄隨時都可能破壞孫劉聯盟，為了維護孫劉聯盟，孔明不得不給周瑜點厲害。孔明于周瑜死後前往弔唁，一方面痛惜其才，一方面通過痛悼死者告誡生者，使孫劉聯盟得以維持，使劉備趁機向南中進軍。

曹操平定漢中（東川）之後，西川百姓為之震驚，以為曹操必來取西川，「一日之間，數遍驚恐」，這對劉備來說可謂又一危機之時。孔明這時分江夏、長沙、桂陽三郡「歸還」東吳，又派伊籍向孫權陳說利害，使孫權起兵奪了皖城，威脅合肥。曹操領兵東顧，從而為劉備在西川站穩腳根贏得了時間。益州和荊州相比，益州對劉備更重要。荊州地理條件雖好，但正如馬良所說；「荊襄四面受敵之地，恐不可久守」。再加之孔明原已答應取西川後歸還這三郡給東吳，如不兌現，孫劉聯盟難以保障，那對劉備就更加不利了。

劉備死後，劉禪即位，魏調五路大軍來取西川，其勢甚猛，後主群臣如熱鍋上的螞蟻。孔明不出府門，運籌帷幄，有效處置，使蜀漢政權不戰而安。孔明又派鄧芝出使東吳，修復由於劉備東征造成的吳蜀裂痕，使助魏攻蜀的孫吳變為助蜀伐魏的孫吳，從此兩國再也沒有互傷和氣，這對孔明南征北戰造成了極有利的條件。

五路兵退後，蜀漢仍存在著潛在危機，這就是南蠻的騷擾。孔明明察秋毫，親自南征，剛柔並濟，軟硬兼施，既平其亂，又安其心，為後來的北伐解除了後顧之憂。七擒孟獲中，孔明的軍事才能得以充分施展。

南征之後，表面上看蜀漢政權暫時沒有什麼危機了，但孔明卻居安思危，他在《出師表》中提醒後主：「先主創業未半，而中道崩殂；今天下三分，益州疲敝，此誠危機存亡之秋也。」他在《後出師表》中說；「漢賊不兩立，王業不偏安」，當時敵強我弱，「然不伐賊，王業亦亡。唯坐而待亡，孰與伐之？」這是從整個天下大勢講，統一是大勢所趨，問題是由誰來統一。與其坐以待斃，不如主動進攻，即使不能致敵死亡，也可達到以攻為守的目的。蜀漢在劉備彝陵之敗後元氣大傷，加之戰將頻亡，尚能存在 40 年之久，與孔明六出祁山起到了以攻為守的作用分不開。

孔明駐兵五丈原時因積勞成疾而不幸早逝，使蜀漢又一次處於危機之

時，一是魏延常懷不滿，必然作亂，這一點連吳主孫權也已有覺察；二是司馬懿必然進迫；三是後主難以應付局面。孔明生前對後事作了周密安排：委任姜維，安排退兵，致書後主，木像退敵，叮囑後事，計除魏延。這些料事如神的處置，使蜀漢未遭傾覆之禍。《三國演義》作者把歷史上未必是反將的魏延寫成反將，有違背歷史真實的地方，但也自有其一番道理。

可以說沒有諸葛亮，就沒有蜀漢政權，就沒有三國，諸葛亮是三國鼎立中的強者。三足鼎立沒有延誤全國統一，而是為全國統一舖路搭橋，是全國統一的必要階段。

諸葛亮六出祁山之所以未敗司馬懿，有他自身的原因，一是受挫後感情波動，表現在二出祁山時欲渡陳倉而不得，便有點急躁，與一出祁山受挫情緒波動有關，和曹操、司馬懿敗而不餒的軍事家風度相比，略輸一籌；二是不能容忍敗將，斬馬謖，殺陳式，無異於自己對自己釜底抽薪；三是不善於化敵為友，為我所用，如對張任、張郃；四是疑心太重，事無巨細，大包大攬，「汗流終日」，「形疲神困」，影響壽命；五是不如劉備知人善任，後期多用「親」中之賢；六是功名之心太切；七是忠君思想太重；八是勇氣不足，六出祁山時大勝魏兵，上方穀雖然沒有把司馬懿父子燒死，卻大挫魏兵銳氣，但他沒有像司馬懿所說的：兵出武功，依山而東；而是兵出渭南，西止五大原，這就使魏兵處於安然無危狀態，難怪司馬懿令人探知此情後以手加額曰：「大魏皇帝之洪福也」。如果說一出祁山沒有聽取魏延的建議不能算作失誤，那麼這次兵屯五大原就是明顯的失誤了。類似的例子還有二出祁山時，哨探報說陳倉把守嚴密，建議放棄進攻陳倉，從太白嶺鳥道出祁山，孔明沒有接受，後來幾次攻陳倉不下，損兵折將，只好聽從姜維之計，出斜谷至祁山，但軍士銳氣已挫。這些主觀原因中最主要的是諸葛亮心理承受能力不如司馬懿。六出祁山越到後來越變成了心理戰。主帥的心理狀態在很大程度上影響了戰爭的勝負。

軍事競爭是綜合實力的競爭。諸葛亮沒有戰勝司馬懿的主要原因還是因蜀漢綜合實力不如曹魏；又是勞師襲遠，兵力糧草不濟；武將後繼乏人；後主昏庸；前後方不能協力；孔明早逝，姜維難望其項背。諸葛亮個人的失誤和以上這些相比只是次要的。

諸葛亮和司馬懿好像兩個摔跤運動員比賽，諸葛亮跑完馬拉松，就要和站在家門口以逸待勞的司馬懿對決，本來就不佔優勢。正在決勝的關鍵時刻，諸葛亮突然發病倒地，司馬懿就成了當然的冠軍。

需要說明的是，孔明對劉漢正統的忠不完全是封建的愚忠，首先是忠於劉備三顧之恩和托孤之重，所謂受人之托，忠人之事，如他在《出師表》中所說，「先帝不以臣卑鄙，猥自枉屈，三顧臣於草廬之中，諮臣以當世之事，由是感激，遂許先帝以馳驅」；「先帝知臣謹慎，故臨崩寄臣以大事也。受命以來，夙夜憂慮，恐付託不效，以傷先帝之明」。二是忠於統一大業，他慫恿劉備奪取同宗基業荊州、益州，擁戴劉備稱孤道寡，雖有不忠於劉漢正統之嫌，卻有為統一大業樹立旗幟之志。他那些恢復漢室的口號也只是口號罷了，如同曹操也打著恢復漢室的旗號以便名正言順地討伐諸侯一樣。

（三）

六出祁山是諸葛亮一生的轉折點，他遇到了另一位比他更強的強者——司馬懿。

諸葛亮初次北伐，因為司馬懿被曹睿罷歸田裏，所向披靡，奪三郡，敗曹真，折羌兵，投祁山，加之孟達暗中通蜀，欲獻金城、新城、上庸三城反魏，形勢一派大好。一旦司馬懿重新被起用，形勢逆轉，孔明棄三城，失街亭，退漢中，由勝轉敗，由攻轉守。司馬懿在諸葛亮二出祁山時，沒有在前線直接指揮，但他抓住了蜀兵致命弱點，教人轉告抵擋蜀軍的魏都督曹真：蜀兵運糧艱難，利在急戰；魏兵則宜謹守，不予出戰，待蜀兵退，擊之可勝；追趕之時，大要仔細。並準確預料「吾兵勝。蜀兵必不便去；若吾軍敗，蜀兵必即去矣」。他的預言被後來事實所證實。諸葛亮三出祁山時，司馬懿親自指揮，主動進攻，接連被諸葛亮打敗，他趁孔明因聞張苞死而吐血，回漢中養病之機，與曹真、劉曄主動伐蜀，但天雨連綿未獲微功。孔明四出祁山，司馬懿與孔明鬥陣而敗，後用反間計使後主召孔明回成都，孔明用增竈減兵法，懿未予追趕。孔明五出祁山，雙方圍繞糧食問題鬥智鬥勇，各有勝負。孔明六出祁山，司馬懿薦夏侯淵四個兒子為先鋒、行軍司馬，堅守渭濱，下寨北原，深溝高壘，不予出戰。中間他忍耐不住主動出擊兩次，均被打敗；只有一次識破孔明虛取北原暗取渭濱之計而取勝。可是上方谷一戰，幾乎喪命，多虧天降大雨，僥倖不死，從此堅守不出，哪怕孔明以巾幗女衣相辱也將怒氣按捺，只不出戰，終於在孔明病逝後凱旋。總之，司馬懿在對孔明作戰中無進攻之力，甚至在孔明撤退時派人追趕也往往吃虧：一出祁山蜀兵撤退，魏將追趕，姜維馬岱斬了曹真先鋒將陳造，趙雲斬了郭淮先鋒蘇顒，箭

射部將萬政；二出祁山蜀兵撤退時斬了追將王雙；三出祁山孔明假做步步為營退卻，打敗追將張郃戴陵；四出祁山孔明撤軍時司馬懿未追；五出祁山蜀將撤退時于劍閣水門道射死追將張郃。儘管如此，司馬懿最後還是戰勝了諸葛亮，其祕密就是「堅守不出，不戰而勝」。

司馬懿是個能屈能伸，伸中有屈，屈中求伸的人，是個能根據不同人採取不同對策的人。曹操時代他就顯露了過人之處。他開始在曹操手下任主薄（主任祕書），67 回曹操佔領漢中後，司馬懿建議曹操一鼓作氣奪取益州，曹操以「得隴望蜀」、「苦不知足」而未採納。不久孫權派兵威脅合淝，張遼向操求援，證明曹操沒有接受司馬懿建議是正確的。但事後曹操重新提起此事時司馬懿以沈默承認了曹操的高明，顯示了他和另一位同時建議曹操奪取益州事後卻給自己亂找臺階下的劉曄不同。69 回曹操派長史王必總督禦林軍馬，以防許都失火，當時仍然身為主薄的司馬懿提醒曹操，王必「嗜酒性寬，恐不堪任此職」，曹操卻認為王必「忠而且勤，心如鐵石，最足相當」，結果王必於正月 15 日元宵夜醉酒闖禍，中箭而死，說明在知人善任方面曹操有不如司馬懿的地方。也可能曹操從王必事件中吸取了教訓，從此對司馬懿變得言聽計從了。73 回曹操在鄴郡得知劉備自立漢中王，發誓起傾國之兵討伐。司馬懿這時卻建議趁孫權劉備不和（孫權騙孫夫人回吳，劉備借荊州不還）派人說東吳取荊州，曹操則趁劉備救荊州時興兵取漢川，使劉備首尾不能相顧。曹操接受了司馬懿的建議，再加之關羽的失誤，此舉確實造成了不利於劉備的形勢。但關羽擒于禁斬龐德，華夏震驚，樊城危在旦夕，卻使曹操驚慌失措，準備遷都以避其鋒。這時司馬懿又建議曹操不要因為這點無損國家大計的失敗而遷都，可以利用孫劉失和，派人說孫權暗攝關公之後，許孫權以事成之後割江南之地給他作條件，以解樊城之圍。曹操又按司馬懿的意見辦了，使劉備連遭失荊州、死關張之禍。77 回孫權送來關公首級，曹操自謂關公已死，可以高枕無憂，並未領悟其中奧祕。司馬懿及時揭穿東吳移禍之計，建議曹操以厚禮葬關公，使劉備不恨曹而恨孫，蜀吳交兵，魏從中取利。曹操又按司馬懿的意見辦了，劉備果然改變孔明制定的先滅魏後滅吳的方針，要先滅吳後滅魏，曹魏于孫劉相爭中安然處之。78 回曹操接到孫權要他稱帝的書信，曹操不願圖虛名而招實禍，以笑置之。司馬懿這時建議曹操趁孫權稱臣歸附之機給他封官賜爵，令他抗拒劉備。曹操又聽從了司馬懿的建議，表封孫權為驃騎將軍，南昌侯，領荊州牧。果然孫劉爭端擴大，釀成彝

陵之戰。從這些事實中可以看出，司馬懿往往能夠主動巧妙地製造和利用吳蜀矛盾，使吳蜀兩敗俱傷，而自己不損失一根毫毛，達到後發制人的目的。相形之下，曹操那種動輒訴諸武力的作法雖不失為一種先發制人的辦法，但不如司馬懿巧妙。可見曹操時代的司馬懿雖然主要是出謀劃策，但已經顯露出他是個有戰略眼光的政治家，是個胸懷大略腹有良謀的政治家。他深知曹操是個多謀善斷的人，不因一次意見未被採納斤斤計較，而是積極出謀劃策，贏得了曹操的高度信任，臨死以後事相托。

司馬懿在曹丕時期充分顯示了自己的機變才能。第 80 回，曹丕設計強迫獻帝禪讓，獻帝不得已而答應了。曹丕急於稱帝；司馬懿制止說「不可」，理由是「雖然詔璽已至，殿下宜且上表謙辭，以絕天下之謗」。在這裏，司馬懿並不像荀攸荀或崔琰等反對曹操稱公稱王那樣反對曹丕稱帝，也不像華歆那樣逼迫獻帝禪讓，急於讓曹丕稱帝，他的主張比荀或華歆等更有遠見。

劉備死後，曹丕想趁機派兵討伐，賈詡認為劉備雖死，孔明尚在，不可倉促出兵。司馬懿此時卻「奮然」而出，說：「不乘此時進兵，更待何時？」並建議調動五路大兵，四面夾攻，令諸葛亮首尾不能救應，兩川可圖。司馬懿的這個建議，非常投合曹丕急於要做大中國皇帝的心思。賈詡的建議雖然符合實際，但不符合曹丕的心思。後來的事實證明，司馬懿建議調動的五路兵沒有一路頂用，只是一種花架子，經不住孔明略施小計，便告瓦解，但卻投合了曹丕的心思。雖沒有實際效果，也沒有造成多大損失。證明司馬懿不是賈詡之輩可比，很有權變之術。

第 86 回寫吳蜀通好之後，曹丕又急不可耐地準備先發制人，討伐東吳。侍中辛毗建議養兵 10 年之後，再破吳蜀。此話也是中肯之論，被後來的事實證明是正確的。但曹丕非常惱怒，不客氣地說辛毗之語乃「迂腐之論」，不願再等 10 年，立即傳旨起兵伐吳。司馬懿在曹丕與辛毗爭論時雖然沒有參與意見，但他卻看出魏主急於統一中國的心思，便順水推舟地建議「造大小船從蔡穎入淮，取壽春，至廣陵，渡江口，取南徐」。他選擇的這種迂迴曲折的路線，不是取勝之道。曹丕卻接受了他的意見。司馬懿的主意沒有幫曹丕什麼忙。曹丕到了江南，發現吳已有準備，歎說：「魏雖有武士千群，無所用之。江南人物如此，未可圖也。」這次曹丕出兵幾乎被火燒死，折了大將張遼，被徐盛打得大敗而歸。但司馬懿卻因投合了曹丕的心思升了官，被封為尚書仆射，留在許昌，贏得一個獨立決斷國政大事的機會，為後來的政變打下基礎。曹丕死時也亦如其父，以輔子曹睿重托司馬懿。

　　曹睿 15 歲登位，封司馬懿為驃騎大將軍。司馬懿發現睿性疑忌，一為避嫌，二為防蜀，上表乞守西涼等處，曹睿同意了，封司馬懿提督雍涼等處兵馬。當時，平南凱旋而歸準備北征的孔明不慮別人，只慮司馬懿深有謀略，他接受馬謖散佈司馬懿欲反的流言，曹睿果然生疑。司馬懿得知睿疑其反，「大驚失色，汗流遍體」，表示願提一旅之師先伐蜀後伐吳以表忠心。曹睿還是聽從華歆建議把他罷歸田裏，這是對司馬懿的一次沈重打擊。

　　孔明第一次北上旗開得勝，曹睿親征。太傅鍾繇以全家良賤保舉司馬懿。曹睿此時也有些後悔，便複司馬懿原職，加為平西都督，命起南陽諸路軍馬，奔赴長安與自己會合；司馬懿這時已得知孟達欲通蜀反魏的機密消息，急速進兵，給孟達以措手不及的致命打擊，再至長安與睿相會。睿檢討自己「一時不明，誤中反間之計」，表示「悔之無及」。對司馬懿「先斬後奏」以迅雷不及掩耳的速度平定孟達之舉給以極高評價，賜司馬懿金鉞斧一對，以後遇到機密事變，不必奏聞，便宜行事。司馬懿又保舉張郃為先鋒，同曹真一同征進。孔明於是失街亭，退漢中，一出無功而回。曹睿誇讚司馬懿說；「今日複得隴西諸郡，皆卿之功也。」司馬懿提議親領大兵取川，以報曹睿。曹睿大喜，令司馬懿馬上起兵。尚書孫資諫勸，認為蜀道艱難，加之孫吳隨時可能入侵，不宜用兵，應「據守險要，養精蓄銳，待吳蜀相殘，那時可圖」。曹睿徵求司馬懿意見，司馬懿認為「孫尚書言極當」。在這裏司馬懿並非自相矛盾，而是投合曹睿心理。如果他自己提出不領兵取川，曹睿容易生疑，不如自己主動提出領兵取川，一則去其疑，二則討其喜。如果別人不反對，去了以後再說；恰好有孫尚書反對，自己便順水推舟，曹睿不生疑，自己不出兵。

　　從此以後，曹睿對司馬懿已非常信任。當初聽信謠言力主除掉司馬懿的王朗已被諸葛亮罵死，華歆也不再重彈司馬懿不可付以兵權的調子；但因為司馬懿沒有掌握抗蜀總兵將印，所以不輕易離開曹睿左右，一方面防止再有人說壞話，另一方面也籠絡魏帝周圍人以擴大影響。他注意保存軍事實力，既不輕易與孫吳交戰，也不直接與蜀漢交兵，那裏取勝可能性大就奔向那裏，那裏取勝可能性小就不去或慢些去那裏。他還注意兩邊討好，既討在後方坐陣的魏帝曹睿的好，又討在前方與蜀兵對陣的掌握總兵將印的曹真之好。曹真喜歡爭功，又是曹家枝葉，司馬懿雖在一出祁山後感到此人不稱職，但又拿他沒法，於是他對曹真只出主意不出兵，如曹真勝，主意出自他，有人可以作證，曹真也心服；如曹真敗，他出師，可接替曹真為大都督。否則，現

在出兵協助曹眞，勝了功勞是曹眞的，自己還要損兵折將，如果和曹眞發生意見分歧也不好處理。他的這一著棋奏了效，曹眞在與孔明交戰中深服司馬懿先見之明，曹睿也誇讚司馬懿重點防蜀的高見，封司馬懿爲大都督，總攝隴西諸路兵馬，並令近臣取曹眞總兵將印交與司馬懿。司馬懿的目的達到了，但他並不急不可耐，而是親自到曹眞府下，很有禮貌地問侯病情，並不提受印之事。直到曹眞在他的啓發下要主動交出總兵將印，他才說出天子已有讓他接受總兵將印的聖旨，他只是不敢接受罷了。他越是這樣謙讓，曹眞越睡不安穩，最後在曹眞再三讓印的情況下，他才接受了將印，辭別曹睿去與孔明交戰。這就是司馬懿，曹睿曹眞都不是他的對手。

司馬懿在曹睿手中經過了被封、遭貶、複用、提拔幾部曲。曹眞死後，曹睿只有依靠司馬懿抵敵蜀兵。孔明死後，三國各不興兵。曹睿封司馬懿爲太尉，總督軍馬，安鎮諸邊。這時遼東公孫淵反叛稱帝，曹睿大驚，司馬懿親自領兵斬公孫淵父子，屠了襄平，再建大功。

曹睿死前封曹眞之子曹爽爲大將軍，總攝朝政。又拉著司馬懿的手希望他能像孔明忠於劉備至死方休一樣竭力輔佐 8 歲太子芳。曹睿死後，司馬懿和曹爽共同扶立曹芳繼位，接著兩人便拉開了爭權奪利的序幕。曹爽開始「事懿甚謹」，後聽門客挑撥之言，奏明曹芳，加懿爲太傅，使兵權皆歸於己，並重用親屬親信。司馬懿在此情況下，欲擒故縱，推病不出，裝聾作傻，輕慢其心，趁曹爽與魏主曹芳去謁高平陵祭祀明帝時，發動兵變。先賺曹爽進城，奪了兵權。接著，抓住曹爽三月欲反的供詞，將其兄弟親信一律斬之，滅其三族。魏主曹芳封懿爲丞相，加九錫，令父子三人同領國事。從司馬懿死前叮嚀兒子的話中可以看出他還不像曹操那樣明確表示自己要做周文王，叫兒子做周武王。曹操當時有一幫人擡轎子，包括孫權這樣的對頭也是如此。而司馬懿則不具備這些條件，當時夏侯霸造反歸蜀，自己又剛從曹爽手中奪取大權不久，司馬昭還未立功，因此他希望兒子謹愼事魏。但他生前已爲孫子司馬炎代曹魏稱帝掃清了道路。

（四）

孫權是曹操和諸葛亮之間爭鬥的砝碼，曹操利用他抄了關羽的後路，既解樊城之圍，又使孫劉相爭，從中取利。諸葛亮利用他抵禦曹操，得以向南中和兩川進軍；後來在北伐中，也經常和孫權取得聯繫，牽制曹魏。孫權更

多地還是陪襯諸葛亮。六出祁山時孫權不但多次給以配合，而且關心孔明對魏延的使用，這與其說是表現孫權的聰明，不如說表現諸葛亮明察秋毫的眼光。

至於劉備那就更是諸葛亮的陪襯了，在諸葛亮未出山前，他雖有統一天下的志氣，有結義兄弟關羽張飛，但始終沒有進展，依附他人為生，先依附公孫瓚，後依附呂布、曹操、袁紹、劉表，直至赤壁之戰前夕。當他請出諸葛亮後，平南中，得兩川，先稱王，後稱帝，一路順風。當他不按諸葛亮方針辦事時，丟荊州，失關張，敗彝陵，死白帝。他死前托孤，請孔明坐於臥榻之側而說：「朕自得丞相，幸成帝業；何期智識淺陋，不納丞相之言，自取其敗，悔恨成疾，死在旦夕，嗣子孱弱，不得不以大事相托」，「君才十倍曹丕，必能安邦定國，終定大事。若嗣子可輔，則輔之；如其不才，君可自為成都之主」。又令三個兒子「皆以父事丞相，不可怠慢」。請看，連劉備最終也認識到他們父子是諸葛亮的陪襯。

姜維是孔明事業繼承人。他的八伐中原以及與後主關係，實際都在重復孔明，沒有更多創造。作者寫他證明了司馬昭的一句話：「雖使諸葛孔明在，亦不能輔之（阿斗）久全，何況姜維乎？」

魏帝曹丕的急於事功、曹睿的猜忌多疑、曹芳年幼懦弱，都起著陪襯司馬懿的作用。鄧艾、鍾會、羊祜、杜預都是司馬懿事業的繼續。司馬師、司馬昭、司馬炎則是司馬懿終生努力之精神寄託。

《三國演義》共 120 回，曹操從第 1 回到 78 回，諸葛亮從 38 回到 104 回，司馬懿從 67 回到 108 回，三人像三個接力隊員跑完了三國的大部分路程，此後的「天下歸一」已是水到渠成的事了。

《三國演義》就是這樣頌揚了三國這個競爭時代的三個強者。《三國演義》是強者的頌歌。

載于《西北農林科技大學學報》（社會科學版）2004 年 3 期

《三國演義》中的曹操如何對待人才

提起《三國演義》，人們都會說劉備愛才，因為他有三顧茅廬的佳話流傳；人們也都會說孫權善於用人，因為他在關鍵時刻起用了魯肅、陸遜等。但很少聽到有人說曹操愛才。李希凡在「《三國演義》和為曹操翻案」（原載《文

藝報》）1959 年第 9 期，1998 年收入陳其欣編的山東人民出版社出版的《名家解讀《三國演義》一書中，說曹操「非常善於巧妙地用偽善的兩面派手法，用假仁假義籠絡人心」，「他稍不如意，就借故殺掉他平日妒嫉的人（像孔融和楊修），而當禰衡當面罵他，他卻為了避免害賢之名，把禰衡送給劉表，想借劉表之手殺禰衡。」李希凡認為曹操對陳琳、對劉備、對關羽的寬容和對典韋的思念，是為了「籠絡人心」「籠絡將心」。這裏的「籠絡」顯然不是褒義詞，也不是中性詞，而是貶義詞。這樣評價《三國演義》作者對曹操的描寫是不符合作品實際的。本文就是想通過分析曹操形象的一個主要方面如何對待人才，駁斥那種認為曹操對待人才「奸」的莫名其妙的傳統看法。

曹操攻佔冀州後，親自到袁紹墓下設祭，很恭敬地拜了兩拜，痛哭流涕，非常悲哀，看著眾官說：「當初我和本初（袁紹）一起討董卓時，本初問我說：『如果大事不成，什麼地方可以據守？』我說：『你的意思如何？』本初說：『我南靠黃河，北靠燕、代，收容外族兵力，南下奪取政權，豈不是可以成功？』我說：『我不在乎土地，而只集結天下英才，正確領導，在什麼地方都行。』這些話就像昨天說過的一樣，今天本初卻已經死了，我不能不為他難過啊！」曹操的這段話，所顯示的政治胸懷暫且不說，重要的是正確總結了他和袁紹競爭取勝的經驗：袁紹輕人重地，不識才也不會用才，結果失人失地，最後連命也保不住；曹操愛惜和正確使用人才，無往而不勝。

曹操的人才來源是多方面的。無論是主動投靠來的（如荀彧）或者是被推薦來的（如郭嘉），也無論是從對方俘虜或招安來的（如張遼），抑或是無意中得來的（如許褚），他都能加以信任和重用。滿寵在說服韓暹部將徐晃降操時，稱頌操「好賢禮士，天下所知」，決不是溢美之詞。

二十三回曹操曾對禰衡說過：「荀彧、荀攸、郭嘉、程昱，機深智遠，雖蕭何、陳平不及也。張遼、許褚、李典、樂進，勇不可當，雖岑彭、馬武不及也。呂虔、滿寵為從事，于禁、徐晃為先鋒，夏侯惇天下奇才，曹子孝世間福將。」從說話口氣中可以看出曹操是很以自己有這麼多人才而感到驕傲的。他對這些人才是非常喜愛的。

（一）

曹操在聚攏人才方面最突出的一個特點是善於化敵為友。

張遼是呂布手下將領，曾在濮陽大敗曹操，後來為曹操所俘，對曹操說：

「可惜當日火不大，不曾燒死你這國賊。」曹操聽了怒不可遏，說：「敗將安敢辱吾。」拔劍要親自斬殺張遼。張遼全無懼色，伸長脖子讓曹操殺。劉備和關羽爲張遼求情，稱頌張遼是忠義之士，曹操馬上擲劍笑說：「我也知道文遠忠義，故意和他開個玩笑。」他爲張遼親自解去捆綁繩索，拿衣服給張遼穿上，請張遼坐於上位。張遼見曹操如此厚意，也就投降了他。曹操封張遼爲中郎將，賜爵關內侯。還讓他招安臧霸。曹操開始要殺張遼是可以理解的。許多有權勢的人連部下反對的意見都聽不進去，何況一個讓他嘗過苦頭的俘虜的罵語。可貴的是曹操在劉備關羽提醒他後能馬上轉變態度，這卻是一般權勢者作不到的，正是曹操的過人之處。

曹操移駕許都途中，李傕舊將楊奉、白波帥韓暹領兵攔路，楊、韓部將徐晃當先出馬。曹操見徐晃「威風凜凜，暗暗稱奇」。許褚與徐晃交戰五十餘合不分勝負，曹令鳴金收兵，與謀士們商量說：「楊奉、韓暹誠不足道，徐晃乃眞良將也，吾不忍以力並之，當以計招之。」滿寵自告奮勇，以故人身份前往說徐晃來降。徐晃降操後，不負操望，七十六回關羽攻打樊城時，徐晃大敗關平、廖化。關羽想以過去與徐晃「交契深厚」的歷史軟化徐晃，徐晃不「以私廢公」，直取關公。樊城圍解之後，曹親自到四塚寨周圍閱視，顧謂眾將說：「荊州兵圍塹鹿角數重，徐公明深入其中，竟獲全功。孤用兵三十餘年，未敢長驅徑入敵圍，公明眞膽識兼優者也。」曹班師回摩陂駐紮，徐晃兵至，曹親自出寨迎接，見晃軍皆按隊伍而行，並無差亂，曹大喜說：「徐將軍眞有周亞夫之風矣！」遂封徐晃爲平南將軍。

第十二回曹東略陳地時，許褚將黃巾軍數百騎盡擒在葛陂塢內，典韋要他交出，許褚不交，二人激戰一天兩晌，不分勝負。操見許褚威風凜凜，便設計令典韋詐敗，誘許褚落入陷坑而擒之。曹拜許褚爲都尉，賞勞甚厚。第十四回李傕郭汜兵犯洛陽，曹操奉詔興兵護駕，第一仗打敗李郭，第二仗許褚連斬李傕侄李暹、李別兩將，雙挽人頭回陣面曹，曹操撫許褚之背說：「子眞吾之樊噲也。」後來許褚赤膊上陣，與馬超惡戰，被馬超戲稱爲「虎癡」。

龐德本是西涼馬超賬前心腹校尉，曾隨馬超東征，大敗曹操，殺死曹將多人，後來因兵敗和馬超入羌。不久馬超被楊阜借兵打敗，龐德便和馬超馬岱去投漢中張魯。葭萌關之戰時，龐德因病沒有參加，馬超和馬岱被孔明用計收降，從此龐德與馬超馬岱便各奔前程了。曹操攻打漢中時，張魯連折數將，聽從閻圃之計派龐德出戰。曹操在渭橋已領教過龐德的厲害，便叮嚀眾

將說：「龐德是西涼勇將，原屬馬超；現在雖然歸張魯，但並不稱心如意，我想得此人，你們都要與他緩鬥，使他精力疲乏，然後活捉。」張郃、夏侯淵、徐晃、許褚四員大將輪番與龐德交戰，龐德毫不懼怯，四員大將向曹操誇獎龐德武藝如何如何好，曹操聽了「大喜」，便聽從賈詡離間計和埋伏計，將龐德逼上絕路而活捉了。曹操下馬叱退軍士，親解其縛，詢問龐德願意不願意投降，龐德感到張魯不仁，表示願降。曹操親自扶龐德上馬，一塊回大寨。後來關公攻打樊城，曹操命令于禁去解樊城之危，龐德願為先鋒。領軍將校董衡認為龐德故主在西蜀為五虎將，他的哥哥龐柔也在西川，不宜作先鋒。曹操當時猛然省悟，教龐德納下先鋒印。龐德免冠頓首，流血滿面，說明與親兄故主舊義已絕，表示為報曹操厚恩，不惜肝腦塗地。曹操立即信任了龐德，把他扶起，撫著背說：我一向知道你是個忠義之人，前面的話是安眾人之心罷了。你去努力立功，你不辜負我，我肯定不會辜負你（卿不負孤，孤亦不負卿）。關公水淹七軍，于禁投降，龐德雖被周倉撞翻小船而俘獲，但寧死不屈。曹操事後感歎說：「于禁跟我 30 年，怎麼處於危難之中反而不如龐德堅強？」表示對于禁投降的不滿和對龐德不屈的嘉獎。

第三十回袁紹謀士郭圖挑撥張郃、高覽與袁紹關係，張郃、高覽投降曹操。夏侯惇對兩人投降表示懷疑，曹操說：「吾以恩遇之，雖有異心，亦可變矣！」對倒戈卸甲、拜伏于地的高張二人說：「若使袁紹肯從二將軍之言，不至有敗。今二將軍肯來相投，如微子去殷，韓信歸漢也。」遂封張郃為偏將軍、都亭侯，高覽為偏將軍、東萊侯。

孔明在六出祁山過程中，就不能化敵為友，如殺降將張任，追殺敗將張郃等，使得蜀中無大將，廖化作先鋒，比曹操略遜一籌。

（二）

也可能是吸取了強逼徐庶輔佐自己後果不佳的教訓吧，曹操雖善於化敵為友，但決不強人所難。

第四十一回，曹操得襄陽，殺劉琮母子，後打算選派一員襄陽舊將，引軍開道，追趕攜民去江陵的劉備。諸將中獨不見文聘，曹使人尋問，方才來見。曹操問他為何來遲，文聘說：「為人臣而不能使其主保全境土，心實悲慚，無顏早見耳。」說畢，欷歔流涕，曹不但沒有計較，反稱文聘「真忠臣也」，封文聘為江夏太守，賜爵關內侯，命其引軍開路。

　　張繡的謀士賈詡，多次設計打敗曹操，當賈詡第一次代表張繡見曹操時，曹操見賈詡「對答如流，甚愛之」，想讓他做自己的謀士，賈詡不忍心離開對自己言聽計從的張繡，曹操沒有勉強他，更沒有殺他。後來賈詡第二次和張繡一起投降了曹操。

　　三十二回袁譚袁尚相鬥，袁譚打不贏袁尚，派平原令辛毗向曹操求救。辛毗建議曹操不要打劉表，先助譚滅尚，再滅譚，曹操聽了心花怒放，說：「恨與辛左治相見之晚也。」三十三回袁譚困守南皮，派辛毗兄辛評向圍城的曹操約降，曹操對辛評說：「袁譚這個小子反復無常，不能輕信。你弟弟辛毗在我這裏受到重用，你也留在我這裏吧。」辛評以「主貴臣榮，主憂臣辱」為由，不肯背離袁譚，曹操沒有勉強他，讓他回見袁譚。

　　周瑜在赤壁之戰中大敗曹操，才幹非凡。可是他在派諸葛瑾說服其弟諸葛亮離開劉備輔佐孫權未能如願時，千方百計地加害諸葛亮，胸懷遠不如曹操寬闊。

（三）

　　曹操對於歸降自己的人才以禮相待，對那些雖不願歸降自己但素懷忠義的人才也不是簡單的一殺了之。

　　曹操殺袁譚後，將首級號令，宣佈有敢哭者斬。青州別駕王修布冠衰衣哭于袁譚頭下，被拿來見操，王修說自己為袁譚所任命，袁譚死了不哭是為不義，「畏死忘義，何以立世乎！」並提出如果能收葬譚屍，即使被殺也不怨恨。曹操說：「河北義士，何其如此之多也！可惜袁氏不能用！若能用，則吾安敢正眼覷此地哉？」於是命令收葬袁譚之屍，待王修為上賓，以為司金中郎將，並詢問王修何以攻取已經投袁熙的袁尚的計策，王修不答，曹操不但不惱，且誇讚說：「忠臣也。」

　　被袁紹囚禁的沮授拒不降曹，曹對沮授說：「本初無謀，不用君言，君何尚執違耶？吾若早得足下，天下不足慮也。」厚待沮授，留於軍中。沮授盜馬欲歸袁氏，曹怒而殺之。事後曹歎說：「吾誤殺忠義之士也。」命厚禮殯殮，安葬于黃河渡口，題其墓曰「忠烈沮君之墓」。

　　曹操攻下冀州後，徐晃生擒袁氏謀士審配，曹對審配先天在城上以駑箭亂射自己的作法很諒解，說：「卿忠於袁氏，不容不如此，今肯降吾否？」辛毗因一家八十餘口人被審配所殺，請求曹操殺審配以雪此恨。審配表示生為

袁氏臣，死作袁氏鬼，面北向主，跪而就刃。曹憐其忠義，葬于冀州城北。

陳宮曾輔佐呂布多次打敗曹操，但此人不如賈詡有眼光，很難說有忠有義。被俘後不說軟話、只求一死。因他對操有活命之恩，操對他有「留戀之意」。陳宮剛烈就死，操「起身泣而送之」，命令從者「即送公台老母、妻子回許都養老，怠慢者斬」，並「以棺槨盛其屍，葬于許部」。毛宗崗批語認為曹操不應殺對自己有恩的陳宮。如果陳宮一開始就輔佐呂布，現在當了俘虜，曹操未必殺他，賈詡等人就是例證。問題是陳宮在此前捉曹放曹，順曹又離曹，現在又被曹操所俘，連他自己恐怕也認識到縱然不死，也難立世為人。曹操沒有把他像呂布一樣對待，就是對他的報答了。

曹操對那些不忠不義的人，即使願意歸順自己，也不寬容。

呂布武藝超群，威震諸侯，混世魔王董卓就是憑藉呂布這個乾兒子才穩坐丞相交椅，滿朝文武拿他沒法。但呂布其人見利忘義、人品低下，有奶便是娘。被操俘虜後可憐巴巴，乞求活命，像隻癩皮狗，一點男人大丈夫的氣概也沒有。曹操因其武藝高強有所動搖，但一經劉備提醒便毫不猶豫地命令「牽下樓縊死，然後梟首」。

曹操門下侍郎黃奎與馬騰相約欲圖曹操，黃奎妻弟苗澤素與奎妾李春香私通。為娶春香，苗澤將黃奎與馬騰謀操的秘語暗告曹操，曹因此得俘馬騰、黃奎而殺之。苗澤向曹操提出「不願加賞，只求李春香為妻」的請求，曹操笑說：「你為了一婦人，害了你姐夫一家，留此不義之人何用！」將苗澤、李春香並黃奎一家皆斬於市。曹操得漢中後，念張魯封倉庫之心，優禮相待，封魯為鎮南將軍，和派于禁追殺劉琮及蔡夫人形成鮮明對比；但卻把與自己裏應外合、賣主求榮的楊松斬于市曹示眾。可見曹操對人不但重才，尤其重德。

曹操臨終前對曹洪、陳群、賈詡、司馬懿等說：「孤平生所愛第三子植，為人虛華少誠實，嗜酒放縱，因此不立。次子曹彰，勇而無謀；四子曹熊，多病難保。惟長子曹丕，篤厚恭謹，可繼我業，卿等宜輔佐之。」從操立世子和對幾個兒子的評價這件事可看出，曹操重才但決不忽視道德。

（四）

曹操從來不殺敗軍之將。

曹仁、李典被劉備連敗五次，失掉樊城，回許都見曹操，泣拜於地請罪，

具言損兵折將之事，曹只說了一句「勝負乃兵家常事」，接著詢問爲劉備出謀劃策的人是誰，商議如何使彼來歸，而不去追究曹仁、李典應負的失敗責任。

夏侯惇被諸葛亮在博望燒得焦頭爛額，回許昌自縛見曹，伏地請死，曹釋之，只是輕描淡寫地說了一句「汝自幼用兵，豈不知狹處須防火攻」，遂起兵 50 萬，分五隊征討劉備。

曹仁被諸葛亮誘入新野火燒後，派曹洪去見曹操，具言失利之事，曹操未責曹仁，大罵「諸葛匹夫，安敢如此」，遂追劉備。七十六回曹仁又在和關公交戰時吃了敗仗，引眾將見曹操，泣拜請罪，曹說「此乃天意，非汝等之罪也」，沒有和曹仁過不去，更沒有新老賬一齊算。

馬超奪潼關後，曹操要斬失關的曹洪，眾將告免。後來曹洪又在渭水之敗中救了曹操，曹操事後說：「吾若殺了曹洪，今日必死于馬超之手也。」慶倖自己未斬敗軍之將。

曹操西征張魯，前部先鋒夏侯淵、張郃在陽平被楊昂楊任劫寨擊敗，曹怒說：「汝二人行軍許多年，豈不知『兵若遠行疲困，可防劫寨』？爲何不作準備？」欲斬二人，眾將告免。曹第二天去察看，見山勢險惡，林木叢雜，不知路徑，恐有埋伏，引軍回寨向許褚徐晃表示；「吾若知此處如此險惡，必不起兵來。」實際上是對夏侯淵、張郃失陽平關的諒解。

諸葛亮在六出祁山時斬馬謖，殺陳式，不容敗將，不如曹操寬厚。其實這些人還是忠於蜀漢的，如果像曹操那樣不殺他們，還不知爲蜀漢能做多少好事呢。

（五）

曹操經常懷念有功人才，並以此激勵、教育身邊的人。

陳留人典韋是曹操鎮壓青州黃巾軍後在兗州招賢納士時，夏侯惇推薦的。典韋對曹操非常忠誠，曹操與呂布在兗州、濮陽作戰時，兩次大敗，情勢危急，被典韋兩次救出。一次曹操弟曹仁要見曹操，因曹休息，典韋不讓進，曹仁沒法。曹操與呂布戰于濮陽，兩戰吃敗，曹操被呂布手下四將攔住去路，無計脫身，典韋殺散敵軍，救出曹操。曹操欲與濮陽城中富戶田氏裏應外合，結果中計被圍，走北門北門被攔，奔南門南門被阻，再轉北門，撞見呂布，幾乎被俘。典韋因不見曹操，兩次衝進殺出，到處尋覓，第三次在東門碰見曹操，殺條血路，飛馬突火冒煙救曹出城。

　　第十六回張繡因叔父之妻被曹拉去同居，欲圖曹操，殺至轅門，曹操正與張繡叔妻鄒氏飲酒。典韋身無片甲，死拒寨門，背上被刺一槍，血流滿地而死。曹操因有典韋擋住寨門，才得以從寨後上馬逃奔。事後曹操設祭祭典韋，親自哭而奠之，看著眾將說：「吾折長子（曹昂）愛侄曹安民，俱無深痛；獨號泣典韋也。」眾皆感歎。到了許都，思慕典韋，立祀祭之；封典韋兒子典滿為中郎，收養在府。後來曹操與張繡交戰南陽、襄城一帶，領軍至淯水，下馬放聲大哭，眾驚問其故，曹操說：「吾思去年於此地折了吾大將典韋，不由不哭耳。」隨即下令屯住軍馬，大設祭筵，吊奠典韋之魂。曹親自拈香哭拜，三軍無不感歎。祭畢典韋，方祭侄子曹安民及長子曹昂，並祭陣亡軍士，連那匹被射死的大宛馬也都設祭。眾軍因此受到鼓舞，士氣大振，結果在安眾縣大敗張繡劉表兩家之兵。

　　郭嘉是程昱推薦給曹操的謀士，他在曹操平定並州、準備西擊烏桓、遭到曹洪等人反對時，力主曹操西征，曹操聽了他的意見，領兵遠征。但因征途艱難，曹操有回師之心，徵求郭嘉意見，郭嘉鼓勵曹操輕兵兼道以出，掩其不備，出奇制勝。曹操按照他的意見取得遠征勝利。難怪郭嘉死後，曹操如喪考妣地大哭道：「奉孝死，乃天喪吾也。」並對眾官說：「你們的年齡都和我差不多，只有奉孝最年輕，我打算給他託付後事，沒料到中年夭折，使我心腸崩裂。」郭嘉因不服水土而病留在易州，臨死前給曹操寫了一封信，建議曹操不要向袁尚袁熙投奔的遼東加兵，遼東太守公孫康必然獻二袁首級來降，如加兵，三人並力向敵，則難取勝。曹操按他的意見在易州按兵不動，果然公孫康派人送二袁首級到，曹操喜不自勝地說：「不出奉孝之料。」領眾官再次在郭嘉靈前設祭，使人扶郭嘉靈柩到許都安葬。赤壁鏖兵，曹操大敗，逃至南郡，曹仁置酒為操解悶，當時眾謀士都在座。曹操一路不斷遭到孫劉兩家追擊和堵截，華容道幾乎喪身，但他還不斷地「仰天大笑」，看不出氣餒的樣子。現在人得食馬得料，沒有什麼危險了，曹操卻出人意料地悲悼郭嘉，「仰天大慟」，這又是為什麼？因為赤壁之戰前夕的劉備，很像敗投遼東公孫康的袁熙袁尚。如果有郭嘉那樣的謀士提醒曹操不要提兵南下，劉備縱然不被蔡瑁蔡夫人殺死，也會被孫權或其他人懷疑其「鳩奪鵲巢」而殺死，至少要趕跑他，曹操可以坐收漁人之利。可是因為沒有郭嘉那樣的謀士提醒曹操，曹操本來是以83萬大軍追趕劉備，卻不想同時給孫權也造成威脅，結果不但沒有達到孫曹聯合消滅劉備的目的，反而促成素無來往的劉備孫權聯合起來

對抗曹操。曹操用大慟郭嘉的方式一方面表示赤壁之戰沒有必要打，打了反倒使自己成了孫劉兩家的對立面，另一方面也是對赤壁之戰中倖免於死的眾謀士的嘲弄和批評。但嘲弄雖然辛辣，批評雖然尖銳，卻採取了痛悼死人而不傷害活人的方式。也是曹操寬厚待人的表現。

（六）

曹操對自己有用的人才喜愛，對自己沒有直接用處的人才也很喜愛。

蔡邕女蔡琰，先為衛仲道之妻，後被北方擄去。她作的《胡笳十八拍》流入中原後，曹操對她的文才非常喜愛和賞識，便派人拿了一千金到北方把蔡琰贖了回來，許給董祀為妻。建安二十三年秋七月，劉備領兵取漢中，曹洪告急，曹操大驚，親自領兵 40 萬前往征討。兵出潼關，經過藍田老朋友蔡邕村莊，曹操命令軍馬先行，自己引近侍百餘騎，到莊門下馬，看望蔡琰。曹操在戰事急若燃眉的情況下，屈身看望一女子，說明他不僅重視對自己直接有用的武才、謀才，而且重視和自己統一天下沒有直接關係的文才。後來董祀犯了錯誤，曹操要殺，蔡文姬為丈夫求情，曹操看在蔡文姬面子上，免董祀一死。

陳琳曾經為袁紹起草討曹檄文，言詞激烈，又富文采，是一顆射向曹操的重型炮彈。曹操當時正患頭風，看後「毛骨悚然，出了一身冷汗，不覺頭風頓愈，從床上一躍而起」，可見檄文正中曹操要害。當曹操得知檄文出自陳琳之手，不但不氣，反而帶點幸災樂禍的口吻說：有文事者，必須以武事濟之。你陳琳文事雖好，怎奈袁紹武略搭配不上，也是枉然。後來陳琳為曹操所俘，左右人都勸曹操殺掉陳琳，曹操因為喜愛陳琳文才，不但赦了他的死罪，還留在身邊作為從事，可能他這一次感到陳琳的文事和他曹操的武略可以搭配在一起，相得益彰了吧。

（七）

曹操與人開玩笑不傷害對方；而謀士與他開玩笑，縱有不恭，他也不計較。

曹操打敗袁紹將入冀州城時，許攸縱馬近前，當著許多人的面以鞭指城門而呼操說：「阿瞞，汝不得我，安得入此門。」眾將聞言俱懷不平，曹操卻自大笑，毫不計較。許攸又對許褚說：「汝等無我，安能入此門乎？」許褚畢

竟是一介武夫，心胸不如曹操開闊，和許攸對罵起來，一怒之下，殺了許攸，去見曹操，曹操說：「子遠與吾舊交，故相戲耳，何故殺之！」深責許褚，下令厚葬許攸。曹操在這一點上勝過劉備一籌，龐統助劉備得涪關後，飲宴中間與劉備開了一句玩笑，劉備便很不高興，帶醉叱退龐統，其心量之不如曹操開闊，可見一斑。

（八）

曹操愛才，有時到了出神入化的地步，就是上了當也似乎沒有覺察。

四十七回龐統受周瑜吩咐隨蔣幹到江北營獻連環計。曹操一聽說是鳳雛先生來了，喜出望外。人謂臥龍鳳雛得一可安天下，臥龍已被劉備三請而去，今天鳳雛未請自來，愛才的曹操哪里還有心思去想其中的蹊蹺，高興還高興不過來呢，連忙親自出帳迎入。曹操先指責周瑜恃才欺眾不用良謀，表示自己久聞鳳雛大名，今得惠顧不勝榮幸的心情，接著便迫不及待地向龐統請教破敵良策．龐統提出要看軍容，曹操此時更不去想他新來乍到，便提出這個要求的用心何在，馬上命令備馬，同龐統先觀旱寨，又看水寨。看完之後，回寨置酒共飲，同說兵機。龐統高談雄辯，應答如流，曹操深為敬服，殷勤相待。曹當時正愁北軍不習水戰，聽了龐統連環妙計，下席而謝，並立即傳令，教鐵匠打造連環釘，鎖住船隻。龐統完成獻計使命，為脫身回江南，謊稱說東吳豪傑降曹，又為自己居住江邊的家屬求一紙免遭殺戮的榜文，曹操都非常痛快地答應了。孔明向劉備說過「操平生為人多疑」，此話不假，黃蓋的苦肉計詐降書他懷疑過，蔡中蔡和的內應密書他也懷疑過，但就是對龐統的連環計和來去匆匆的行跡深信不疑！不但不疑，還自鳴得意地認為如果不是天命幫助自己，怎麼能有鳳雛自天而降，進獻連環妙計！即使在高參程昱提醒他要防火攻時，他還是不以為意。人皆謂劉備思賢若渴，孫權禮賢下士，可是把他們和曹操對龐統的態度對比一下，誰更喜愛人才，不是一目了然了嗎？！有人可能會說曹操當時急於戰勝孫權醫治北軍不習水戰之病才饑不擇食地接受龐統的連環計，這種說法之沒有道理原因有二，一是曹操雖然久聞龐統大名，卻未見其人；和他在官渡之戰時熱情接待故友許攸不一樣。當時兩軍相持，互派奸細，引進龐統的又是已經讓他中周瑜之計而殺蔡瑁張允的蔣幹，龐統又是來自江南，他如果完全是取勝心切，而主要不是出於愛才，越應該懷疑龐統才是，而平生好疑的曹操竟然一點懷疑也沒有，這不能單純

以他取勝心切饑不擇食來解釋。二是龐統獻過計後馬上又要回江南，藉口是說服對周郎多有怨言的那些東吳豪傑來降。官渡之戰時曹操不疑許攸之計是因為許攸獻計後留在曹營。現在龐統卻是來去匆匆，如果不是愛才而僅看作取勝心切才饑不擇食顯然是解釋不通的。在這一點上孫權不如他，劉備也不如他。

徐庶也是個才幹出眾的人，程昱在曹操面前稱讚他比自己才高十倍。徐庶輔佐劉備，在新野連敗曹仁大軍，又佔領了樊城，使曹仁只得奔回許昌。當曹操得知是徐庶為劉備出謀定計後，非常擔憂地說：「惜乎賢士歸於劉備！羽翼成矣！奈何？」他為了讓徐庶離開劉備輔佐自己，聽從了程昱的建議，把徐庶老母接到許昌，作為人質。徐庶後來中了程昱之計離開劉備來到許昌，徐母惱怒之餘自縊身亡，曹操使人齎禮弔問，還親自去祭奠。後來徐庶雖在曹營，心向劉備，發誓終身不為曹操設謀。赤壁之戰前夕，徐庶為脫身遠避，聽從龐統建議，散佈流言說西涼韓遂馬騰謀反，要殺奔許昌來。曹操與眾謀士商討對策，徐庶自動請求去散關把住隘口，曹操非常放心地給他撥三千軍，命臧霸為先鋒，星夜前往散關，把散關原有軍兵也讓徐庶統領。這是曹操愛惜人才而至於不知上當的又一例證。

（九）

曹操喜愛人才，不限於本營壘。

十八回劉備因抵敵不過呂布的攻擊，往許昌投靠曹操，曹操對劉備以兄弟相稱，並答應和劉備一起討伐「無義之輩」的呂布。荀彧、荀攸一致認為劉備不是久居人下之人，建議曹操殺掉，否則，必致後患。曹操沒有答應，而非常高興地接受了郭嘉不殺劉備的建議，並表薦劉備為豫州牧，撥給劉備兵三千，糧萬斛，讓他去豫州赴任。他之所以這樣待劉備，理由是「方今正用英雄之時，不可殺一人而失天下之心」。而且他認為天下英雄只有他和劉備，對劉備的評價不可謂不高。

孫權是曹操的另一個對手。第六十一回曹操與孫權在濡須口對陣，曹操在山坡上遠遠看見東吳戰船各分隊伍，依次排列，旗分五色，兵器鮮明，當中大船上青羅傘下，坐著孫權，左右文武，侍立兩邊，曹操用鞭子指著說：「生子當如孫仲謀！若劉景升兒子，豚犬耳！」他的話似乎有點擺老資格，倚老賣老，但對孫權的讚美之情溢於言表。

四十一回寫曹操率兵 83 萬追殺劉備，一天，曹操在當陽縣景山頂上觀戰，「望見一將，所到之處，威不可當」，急忙問左右是誰。曹洪經過瞭解，原來是常山趙子龍。曹操聽了讚歎說：「眞虎將也！吾當生致之。」立即命令飛馬傳報各處說：「如趙雲到，不許放冷箭，只要捉活的。」人們只知道趙雲在長阪坡多麼英勇，其不知趙雲之所以隻身陷於重圍之中而沒有被射殺，主要是曹操喜愛人才的思想起作用，否則，十個趙雲也被箭射身亡了。曹操與劉備爭奪漢中，趙雲隻身殺人曹軍重圍，救出老黃忠，「所到之處，無人敢阻」。曹操在高處看見，驚問眾將；「此將何人也？」有認識趙雲的人告訴他說：「這是常山趙子龍。」曹操讚歎說：「昔日當陽長阪英雄尚在！」這一次他不再打算生擒趙雲，只是叮嚀「所到之處，不許輕敵」。

五十九回寫曹操與馬超對陣，一天。馬超挺槍縱馬，立於陣前，高叫：「虎癡（許褚）快出！」曹操在門旗下回顧眾將說：「馬超不減呂布之勇！」曹操說這句話有激發許褚戰勝馬超的意思，也有認爲馬超有勇無謀的意思，還有讚揚馬超的意思。當時的曹操剛被馬超打得割須棄袍，狼狽不堪，以至成了後來常被揭發的短處。現在他見馬超到自已寨前耀武揚威，往來如飛，擲兜鍪於地說：「馬兒不死，吾無葬地矣！」可見他對馬超多麼地恨，多麼地怕。但他卻不以感情代替對馬超的客觀評價。

關羽是劉備的結義兄弟，但出身低微，十八路諸侯討伐董卓時，雖然斬了華雄，卻被袁氏兄弟輕視。曹操據理力爭，不顧袁氏兄弟反對，關羽出征前，敬之以酒，關羽斬華雄後，又背著袁氏兄弟，暗中使人齎牛酒撫慰關羽。後來，曹操離開袁紹，自樹旗幟，與劉備交戰，奪得小沛、徐州，與眾謀士議取下邳，當時關公保護劉備妻小死守此城。荀彧健議曹操趕快奪取，否則袁紹就要趁機悄悄奪城。當時形勢對曹操很有利，取下邳如探囊取物。但曹操因爲喜愛關公「武藝人材」，不願力取。曹操從程昱計先將關公圍在一座土山上，然後派與關公有一面之交的張遼前去說服關公投降，關公當時提出三個投降的條件，一是降漢不降曹，二是供給劉備妻小衣食，三是但知劉備信息，雖遠必往。曹操雖對後一條有所遲疑，最後還是答應了，而且親自出轅門迎接，說；「素慕雲長忠義，今日幸得相見，足慰平生之望。」關羽在館驛與二嫂同處一室，秉燭達旦，他「愈加敬服」。到了許昌，待關公以上賓之禮，三日一小宴，五日一大宴，又送金銀器皿和綾錦，又送美女 10 人伏侍。聽說關公對二嫂非常敬重，曹操「又歎服關公不已」。他送異錦戰袍一領贈關公，

關公卻把劉備當日所贈舊綠錦戰袍穿于異錦戰袍之上，以不忘劉備舊恩。曹操心中雖然不悅，但還是不由自主地感歎關公「真義士也」。曹操又以紗錦作囊，與關公護髯；見關公馬瘦，將所獲呂布赤兔馬贈與關公。曹操聽說關公雖深感自己厚意，更不忘劉備舊恩。感歎說：「事主不忘其本，乃天下之義士也。」關公爲與劉備相會，「挂印封金」，護送二嫂而去。曹操得知消息後，不但不命人去追殺，反而讚揚關公是「不忘故主，來去明白，真丈夫也」，「賄賂不以動其心，爵祿不以移其志，此等人吾深敬之」，教育諸將要學習關公的榜樣。自己又親自與關公送行，以路費征袍相贈，雲長立馬橋上，用青龍刀尖挑錦袍於身上，眾將都責關羽無禮，曹操卻認爲「彼一人一騎，吾數十余人，安得不疑」，不但不讓許褚去追擒，反而「于路歎想雲長不已。又怕于路關隘攔截，兩次派人馳公文以放行」。關公過五關連斬曹將六員，曹操不但沒有動怒追殺，還派張遼親自傳諭各處關隘，任便放行。將軍蔡陽因外甥秦琪被關公在黃河渡口所斬，要殺關公報仇，曹操差他去汝南攻黃巾劉辟，以防止他追殺關公。這種愛才大度可謂古今少見，這就難怪關公華容道不殺曹操了。

<h2 style="text-align:center">（十）</h2>

三國時代，真正有才能的人很多，冒牌貨也不少。曹操的高明之處就在於不僅愛才，而且識才。著名的青梅煮酒論英雄是他識人能力的一次最突出的表現。他認爲其糧充足的袁術是「冢中枯骨」，認爲｜四世三公」，「門多故吏」，「虎踞冀州」，部下能事者極多的袁紹「色厲膽薄，好謀無斷，幹大事而惜身，見小利而忘命，非英雄也」；認爲「名稱八俊，威鎮九州」的劉表「虛名無實」；認爲孫策借父之名，劉璋守戶之犬，張繡、張魯、韓遂等輩乃「碌碌小人」，不足挂齒。曹操這些話聽起來有點自命不凡，妄自尊大，但歷史的進程卻證明了它的無比正確。他所否定的這一系列人物，當時勢力都很大，但他已經預見到他們的最後歸宿，真可謂遠見卓識！

曹操對像郭嘉之類真正有才華的人是非常喜愛的，而對於徒有虛名的人則是不喜歡的，對禰衡就是如此。《三國演義》中的禰衡是孔融推薦給獻帝招安劉表的。曹操知道禰衡「素有虛名，遠近聞名」，若果不用他，有堵塞賢路之嫌，且易失人望；於是使人召禰衡來，卻不命他坐，實際上不把他看在眼裏。禰衡很不服氣，諷刺曹操手下的文臣武將都是「衣架、飯囊、酒桶、肉

袋」，沒有一個能幹的人；自我吹噓才識廣博，「上可以致君爲堯、舜，下可以配德于孔、顏」，眞是目中無人，惟我獨尊。《三國演義》中寫了許多有眞正才能的人，但都沒有像禰衡這樣狂妄自大，壓低別人，擡高自己。孔明是小說中最高智慧的化身，但他也沒有把自己看得高於一切，對劉備說龐統「非百里之才，胸中之學，勝亮十倍」。龐統雖有驕傲的毛病，但也從來沒有自誇才幹比別人高超。如果眞的像他所說；「荀彧可使吊喪問疾，荀攸可使看墳守墓，程昱可使關門閉戶，郭嘉可使白詞念賦，張遼可使擊鼓鳴金，許褚可使牧牛放馬，樂進可使取狀讀詔，李典可使傳書送檄，呂虔可使磨刀鑄劍，滿寵可使飲酒食糟，于禁可使負版築牆，徐晃可使屠豬殺狗；夏侯惇稱爲『完體將軍』，曹子孝呼爲『要錢太守』，其餘皆是衣架、飯囊、酒桶、肉袋」，果如其言，曹操何以能擒呂布、滅袁術、收袁紹、定劉表，縱橫天下，統一北方？曹操讓他充任鼓吏之職，早晚朝賀宴享，事實證明，這正是禰衡的特長，他「擊鼓爲漁陽三撾，音節殊妙，淵淵有金石聲。坐客聽之，莫不慷慨流涕」。但如果讓他幹比擊鼓更重要的事情，就有點小材大用了。而禰衡卻無自知之明，認爲讓他充任鼓吏是大材小用，罵曹操「不識賢愚，是眼濁也；不讀詩書，是口濁也；不納忠言，是耳濁也；不通古今，是身濁也；不容諸侯，是腹濁也；常懷篡逆，是心濁也」。曹操說他「腐儒舌劍」，並不爲過。事實證明，禰衡除了擊鼓、罵人，再也沒有什麼更大的才能。曹操派他爲使去說劉表來降，如果完成使命，用他做公卿，這是對他的一次實際考驗。可是禰衡先不肯去，後來勉強去了，對劉表「雖頌德，實譏諷」，對黃祖「罵不絕口」，不但沒有完成使命，反而被黃祖所殺。後來的文人在禰衡罵曹上做文章，揚禰抑操，全是偏見。《三國演義》中曹操對禰衡的態度，是其不喜無眞才實學之人的表現。

曹操斬楊修，有人認爲是忌才，其實是不符合《三國演義》的實際描寫的。楊修在丞相府任行軍主薄，「此人博學能言，智識過人，才思敏捷。」譬如曹操在蔡琰家中看到蔡邕在曹娥碑背後所寫的八個字，問眾謀士誰能解出其中的意思，大家都說解不出來，只有楊修一人站出來說他已經知道八個字的意思了。機智聰敏的曹操，也是在馬行三里之後方才解出八個字的意思，這說明楊修確實智識過人。但此人卻有一個致命的弱點，就是愛耍小聰明，一有機會就想表現自己，出風頭，代園工猜字、分吃盒酥、揭穿曹操夢中殺人秘密，都引起曹操反感。這種事雖然不能說曹操完全正確，但也不能說楊

修非常高明。以上這些還只是些小事，更加令曹操不能容忍的是，楊修竟然參與曹丕、曹植爭奪世子的競爭之中。做法也極不高明，結果弄巧成拙，曹操怎能不對他起殺害之心呢？曹操在漢中作戰處於進退兩難境地，準備班師，便見景生情地把「雞肋」作爲夜間暗號，楊修作爲行軍主簿，知道其中之意也就罷了，卻煽動軍士收拾行裝，準備起程，這就有點近乎胡鬧了。如果漢軍知曉，前來劫寨怎麼辦？即使明天要撤退，也要作好隨時戰鬥的準備，以防追襲。進兵難，撤兵更難。楊修卻不顧這些，抓緊機會表現自己「才思敏捷」，怎能不爲曹操所殺呢？

《三國演義》中的楊修並沒有在政治、軍事、外交等方面給曹操提出過任何成功的建議，也沒有完成過出色的外交使命，更沒有什麼名篇佳作流行於世，所以他的聰明不爲大聰明。孔明之兄諸葛瑾斥其子諸葛恪時有言：「聰明皆露於外，非保家之主」，楊修也是這種「聰明皆露於外」的人物。曹操在吃了敗仗後還能想到楊修說過班師的話有正確的一面。把他的屍首收回厚葬，比起孫峻殺死諸葛恪後棄屍亂塚坑來，也算十分寬厚的了。

當代有人創作京劇《曹操和楊修》，諷刺曹操忌才，完全改變了《三國演義》中的實際描寫，多爲虛構，另有影射，和《三國演義》中曹操與楊修的關係毫無共同之處。倒是徐懋庸所寫小說《雞肋》尚有客觀的一面。

曹操殺楊修的直接導因是文人不懂「武事」，不懂軍事行動要守秘密。曹操殺劉馥則是「武人」不懂文事，不懂詩歌藝術。劉馥「久事曹操，多立功績」，赤壁之戰時爲揚州刺史。建安十三年冬十一月十五日，曹操渡江準備一切就緒，於「天氣晴朗，風平浪靜」之際，置酒設宴于長江大船之上，與眾將飲酒談笑，不知不覺已經酒醉，忽聞鴉聲望南飛鳴而去，曹操持槊立於船頭，以酒奠于江中，又滿飲了三爵，面對諸將，回顧自己用手中槊破黃巾、擒呂布、滅袁術、收袁紹、入塞北、抵遼東，縱橫天下的輝煌業績，躊躇滿志，情不自禁地吟誦了「對酒當歌，人生幾何」的著名詩歌。這首詩本來是表現曹操渴望賢才以幫助他建功立業、統一天下的意志和心懷。可是劉馥卻不理解整個詩的感情和傾向，抓住「月明星稀，烏鵲南飛；繞樹三匝，無枝可依」四句話，加以肢解和曲解，不避眾人，質問曹操：「何故出此不吉之言？」這不僅使詩興正濃的曹操大掃其興，產生對牛彈琴之感；而且他的作法對當時在場的其他許多只懂打仗不懂詩意的將領們的情緒會有極大影響；還可能動搖曹操的主帥權威。曹操本來要以詩激勵將士在即將到來的戰鬥中立功，

他卻如此不識時務，曹操怎能不惱怒？所以曹操刺殺劉馥，雖在醉中所爲，實際上也是爲了防止劉馥之言帶來的消極影響在軍中蔓延不得不採取的作法。

荀彧舊事袁紹。曹操鎮壓山東黃巾軍後，在兗州招賢納士，荀彧離開袁紹，與其姪荀攸投靠曹操。曹操和他談話後非常高興，說：「這是我的張子房啊！」讓彧作行軍司馬。曹操的另外兩個重要謀士程昱和郭嘉，就是荀彧推薦給曹操的。荀彧自投曹之後，確實出了不少好主意。曹操在向禰衡誇耀手下幾十名文官武將時，把荀彧作爲第一人，決不是偶然的。曹操移駕幸許都後，荀彧被任命爲侍中、尚書令。官渡之戰時，曹操親自領兵迎敵袁紹，讓荀彧獨當一面，留守許都，遇事難決時還寫信徵求荀彧的意見，可見對荀彧的重視非同一般。可是就是這個荀彧，卻反對尊奉曹操爲魏公，理由是「丞相本興義兵，匡扶漢室，當秉忠貞之志，守謙退之節。君子愛人以德，不宜如此」，這和當初那個勸曹操效法晉文公納周襄王使諸侯服從，劉邦爲義帝發喪使天下歸心的荀彧相比，判若兩人。按曹操當時對形勢所起的作用而言，尊爲魏公不但不爲過分，而且這樣做他的作用可能會發揮得更充分些。當時要用另一比曹操更高明的人物出來發揮作用並無可能。荀彧自己就是主動離開袁紹投靠曹操的，說明他也看到了這一點。曹操南征北戰，目的就是爲了在統一天下中建功立業，名標青史，荀彧卻讓他「守謙退之節」，這至少是不明智的。曹操其人在爲自己謀取地位上並不是一意孤行的人，而是善於掌握時機和條件的人，許田打獵就是明證。時機和條件成熟了，誰反對他也不行；時機和條件不成熟，誰擁護他也不幹。荀彧跟隨曹操多年，可謂心腹，卻不掌握這一性格特點，至少是書生氣太足，或者就是葉公好龍。

曹操和孔融的鬥爭是維護還是反對劉漢正統的鬥爭。曹操雖然口頭上也講要復興漢室，但誰都知道這只是個旗號，漢室氣數已盡，非人力可扶，遲早要被取代。因此曹操并不眞心實意地扶助漢室是符合歷史潮流的。而孔融卻固執地維護劉漢正統，曹操要攻打劉備、劉表、孫權，統一江南，他堅決反對，理由是「劉備、劉表皆漢室宗親，不可輕伐；孫權虎踞六郡，且有大江之險，亦不易取。今丞相興此無義之師，恐失天下之望」，又說：「以至不仁伐至仁，安得不敗乎！」可見，他名爲維護劉漢正統，實則維護諸侯割據，反對統一。以統一天下爲己任的曹操當然要怒而殺他！

※　　　　　※　　　　　※

曹操說過一句話:「寧教我負天下人,不教天下人負我」。有不少習慣於用「抓住一點,不及其餘,無限上綱」方法分所問題的人,一提起《三國演義》中的曹操,便抓住這句話大做文章。不錯,曹操所說的這句話確實表現了他的極端利己主義,但我們要問,整天「仁義」不離口的劉備難道就不是利己主義了嗎?其實他們在為一家一姓爭奪天下這一點上是完全一樣的,我們不能僅僅以其口中所說不同為依據評價他們,不能因為一句「寧教我負天下人,不教天下人負我」而全盤否定曹操,也不能因為一句「仁義待人」而對劉備稱頌備至。我們只能根據他們的一生作為歷史地評價他們。

平心而論,曹操早年說這句話時是情急之中殺了不該殺而又不得不殺(不殺有被報復的危險)的呂伯奢後,陳宮責其不義,順口說出來的。羅貫中從裴松之作《三國志》注所引三條不同傳說中選擇了這一條也是符合曹操當時特定環境下的心理狀態的。問題是曹操早年說的這句話不能作蓋棺論定之語看。後來他就對要去與關羽作戰的龐德說過:「卿不負孤。孤亦不負卿。」這種主從互相信賴的話不僅龐德聽了感動,讀者看了也少有不動心的。如果說要找一句能代表曹操主要性格特點的話,也只能是後者,而不能是前者。因為這正是曹操身邊之所以能聚攏眾多人才的原因所在,許多人投靠曹操就是因為他禮遇人才。如果他還像早年殺呂伯奢後所說的「寧教我負天下人,不教天下人負我」,誰還敢追隨他打天下?有才之士還不都像陳宮一樣投奔他人?我們分析文學形象要用發展的眼光去看,而不能用靜止的、一成不變的眼光去看。

魯迅在 1926 年 11 月 15 日給許廣平的信中,談到幫助親戚時,也說他自己有時幾乎想說「寧我負人,毋人負我」的憤激之語。但魯迅又說了:「然而自己也往往覺得太過,實際上或者且正與所說的相反。」我們當然不能用魯迅幾乎要說的這句憤激的話來概括魯迅一生的心理和性格。那麼對曹操這個文學形象,當然也不應該用他早年在特殊環境下所說的一句話來概括他一生的心理和性格。

要準確評價小說人物,愚以為首先是不要帶著某種傳統偏見。其次,要顧及小說對人物的整體描寫,要顧及小說中人物的性格變化。再次,要把所論及的人物和他周圍的人物加以比較分析。第四,要把人物置於他所處的特定環境中加以考察。第五,要把作者描寫人物的主觀意圖和客觀效果加以區別。

　　結論：《三國演義》中的曹操是歷史上那個有作為的曹操的真實寫照。他對人才的態度，在劉備孫權等同時代人之上。他是一個亂世英雄形象，《三國演義》作者沒有歪曲歷史上的曹操，而是把他寫得鮮和豐滿，呼之欲出。不能為了給歷史上的曹操翻案而否定《三國演義》中的曹操（如郭沫若等），也不能從維護反面人物典型的角度肯定《三國演義》中的曹操（如李希凡），因為後者還是承認《三國演義》中的曹操在本質上不同於歷史上的曹操。雖然小說作者從劉漢正統的封建觀念出發，有些地方借書中人物之口或後人詩歌罵他為「奸」，但這和整個作品中活靈活現的曹操形象是游離的，而且和作者對他的整體描寫相比，所占份量並不大。

原載《唐都學刊》2003 年 1 期　責任編輯　嚴國榮

《三國演義》五題

曹操哭郭嘉解讀

　　羅貫中把赤壁之戰寫得有聲有色，幾乎每個場面都給人留下了難以磨滅的印象。其中曹操回到南郡後慟哭郭嘉一事，雖然僅有一百字左右，但卻餘味無窮，含義至深。遺憾的是，從《三國演義》問世至今，沒有一人揭示出曹操此舉的深刻內涵。包括毛宗崗在內的許多評論家只是認為曹操哭郭嘉是把責任推卸給眾謀士的「奸」舉，而沒看到曹操哭郭嘉背後所隱藏的不易被常人所覺察的更深的含義，以至曹操哭郭嘉成了千古之迷。

　　其實，只要我們聯繫一下第三十三回「郭嘉遺計定遼東」，這個謎便可揭開。這回書寫的是曹操聽從郭嘉之計，「虛國遠征」，追剿袁紹之子袁熙、袁尚，袁熙、袁尚敗投遼東太守公孫康。遼東公孫恭建議殺熙、尚以獻曹操，公孫康卻打算在曹操來攻時以熙、尚為助。這時郭嘉病死易州，死前給曹操留遺書一封，書中說：「今聞袁熙、袁尚往投遼東，明公切不可加兵。公孫康久畏袁氏吞併，二袁往投必疑。若以兵擊之，必並力迎敵，急不可下；若緩之，公孫康、袁氏必自相圖，其勢然也。」曹操沒有聽從夏侯惇等人「速往擊之，遼東可得」的建議，而是採納了郭嘉「不戰而勝」的策略，屯兵易州，顯示他並無下遼東之意。公孫康探知此情，殺掉企圖「鳩占鵲巢」的袁熙、袁尚首級，獻給曹操，曹操坐收漁人之利，高興地說：「不出奉孝之料。」

　　赤壁之戰前夕的劉備和熙、尚處境相仿。他被曹操大軍追殺，連吃敗仗，惶惶然無立足之地。往荊州投劉表，卻爲荊州實權派蔡瑁、蔡夫人所不容，幾乎被殺；不久荊州也被曹操占了，劉備敗走江夏，欲結東吳，但因與東吳「自來無舊」，不好主動啓齒。此時的劉備雖有諸葛孔明輔佐，諸葛孔明之兄諸葛瑾在東吳謀事，但兄弟倆各爲其主，互不相擾，此門不通。如果曹操手下有一個謀士像「郭嘉遺計定遼東」那樣提醒曹操按兵不動，讓孫權感到他「無吞併江南之意」，那麼孫、劉必然互相猜疑，甚至相互殘殺，曹操便可不戰而勝，說不定還會像不久前坐得袁熙、袁尚首級，後來又坐得關羽首級一樣坐得劉備首級呢。可惜的是手下謀士雖多，卻沒有一個像郭嘉那樣清醒分析當時形勢，勸阻曹操不要大兵壓境，因爲大兵壓境的結果是給素無來往的孫劉提供了結成統一戰線的契機，共同抗操。

　　由此可見，曹操回到南郡時慟哭郭嘉，包含著他對這場戰爭沈痛而深刻的反思，這就是：這場戰爭根本就不應該打。戰則敗，不戰則勝。曹操的聰明過人之處在於他以後再無下江南之意，也不聽從孫權要他當皇帝的勸告，以免使自己再度成爲孫劉兩家的對立面。

　　曹操哭郭嘉也有對倖免於死的眾謀士的嘲弄和批評。「但嘲弄雖然辛辣，批評雖然尖銳，卻採取了傷悼死人而不傷害活人的方式，這又是曹操惜愛人才的寬厚之處。」（見拙著《競爭中的強者──（三國演義）人物競爭論》陝西人民出版社 1989 年 12 月版，第 94 頁）。

曹操焚書

　　傳統說法認爲歷史小說《三國演義》有三絕：曹操「奸絕」、諸葛亮「智絕」、關羽「義絕」。本文不談諸葛亮「智絕」、關羽「義絕」，只說曹操「奸絕」的論斷並不確切。《三國演義》中的曹操倒是有許多可愛之處的，如焚燒書稿就是一例。

　　《三國演義》第 60 回寫益州別駕張松，在劉璋控制的西川受到漢中張魯威脅時，欲暗通曹操，給自己留條後路，便拿著私自繪製的西川圖本到了許都，觀察動靜，伺機獻圖，誰知受到曹操冷遇。張松咽不下這口氣，大罵曹操無才。曹操手下隨軍主薄楊修譏諷張松住在西川那種邊遠角落，怎能知道曹丞相的大才，並出示《孟德新書》手稿一十三篇讓張松看。張松看過一遍後，胡謅說；「此書吾蜀中三尺小童，亦能暗誦，何爲『新書』？此書是戰國

時無名氏所作，曹丞相盜竊以為已能，止好瞞足下耳！」他還憑藉自己過目成誦的本領，一字不錯的背誦了一遍。楊修把情況報告給曹操後，曹操說：「莫非古人與我暗合否？」他也不深入瞭解調查一番事情真相，馬上下令把自己總結「用兵之要法」的書稿扯碎並燒掉了。我們今天看不到曹操的《孟德新書》，難知其內容如何，從曹操寫的其他許多有個性的詩文可以推測，肯定不是平庸之作。看了這個故事，除了惋惜曹操輕率，更多的恐怕還是感到丞相可愛，連文章著作與別人「暗合」的事都不幹。毛宗崗在此評點說：「今之文字多有暗合古人者，又不肯學曹操之燒之也。」毛宗崗針對的是他所生活的時代，距今已有三百多年歷史了。可悲的是用在今天仍然很有現實針對性。看看我們今天的學術雜誌，有真知灼見的文章不能說沒有，但「順口接屁，糞裏嚼喳」的所謂學術文章也不少，以至出現了不少學術打假的王海式人物。但抄襲花樣繁多，手法變化無窮，打不勝打，防不勝防。如果不拿出全國上下防治非典的勁頭，看來難以遏制。在此情景下，曹操焚書更讓人感到難得可貴。可是偏偏有些以偷竊別人成果為能事的人，在曹丞相面前不但不感到臉紅，竟然還說曹操「奸」呢！

諸葛亮的謹慎和失誤

《三國演義》中的諸葛亮對魏延是有偏見的。魏延投降劉備，諸葛亮說魏延腦後有反骨，應該殺掉。街亭之戰，本來應該派魏延守街亭，他卻分配魏延去街亭之後屯紮，如果街亭守得住，魏延等於閒置；街亭守不住，魏延有力使不上。但我們不能因此就認為諸葛亮一出祁山沒有採納魏延意見是因為他對魏延有偏見。諸葛亮是政治家、軍事家，不是鼠肚雞腸的小女人，他並不因人廢言。一出祁山沒有採納魏延建議是其用兵謹慎的性格特點的表現，也是他根據實際所作出的正確決定。魏延建議，自己領精兵五千，取路出褒中，順著秦嶺以東，從子午谷直取長安。要孔明自斜谷而進，與魏延東西夾攻，咸陽以西，一舉可定。魏延的建議有一定的道理，曹魏對蜀漢在彝陵之敗、南征孟獲之後是否會馬上北伐，缺乏思想準備。只是司馬懿看到了這種危險性的存在，乞守雍涼，以構成對蜀漢的重大威脅。但魏主曹睿誤中孔明離間之計，把雍涼兵馬付與和司馬懿有天壤之別的曹休，而把司馬懿削職回宛城閑住。當時曹魏長安守將夏侯楙是個膏粱子弟，「其性最急，又最吝」。此人本是夏侯淵之子過繼給夏侯惇做兒，後夏侯淵為黃忠所斬，曹操憐

之，以女清河公主招爲駙馬，因此朝中欽敬。他雖然掌握兵權，卻沒有打過仗，做個和平將軍可以，要做打仗將軍就有點岌岌乎殆哉了。所以魏延的建議有道理。但魏延的建議冒險性太大，而這種冒險性取勝的希望又極小。首先，出奇兵取勝必須能達到三個目的中至少一個，或者是能殲敵主力；或者是能搗毀敵方老巢；抑或是能佔據對全面取勝有決定意義作用的地理位置。鄧艾偷渡陰平成功就是因爲能達到後兩個目的而取勝的。而魏延的建議是三個目的中的任何一個也達不到。只是爲了佔據咸陽以西大片土地，縱然取勝，前途並不樂觀。其次，魏延建議是顧前不顧後，因爲曹魏控制的天水郡有個「自幼博覽群書，兵法武藝，無所不通」的姜維，連孔明都驚歎魏地有此「眞將才」，「識吾玄機」。常勝將軍趙雲吃了他的敗仗，極誇姜維槍法與他人大不相同。縱使魏延計謀實現，因沒有搗毀曹魏老巢，又無鞏固根據地，難免腹背受敵，被姜維抄了後路，極易陷入進退維艱的困境。再次，魏延的建議只看到無作戰能力的夏侯楙，沒有看到司馬懿被削職，只是因爲曹睿一時誤聽蜀國奸細散佈的謠言所致，司馬懿並沒有什麼帶根本性的不能複用的大問題。即使有根本性的大問題，在曹魏面臨危險的情況下，也完全可能重新起用，讓其立功贖「罪」。只要司馬懿還在人世，魏延的路線就不可能取勝，正如蜀漢如果有諸葛亮在，鄧艾偷渡陰平就不可能取勝一樣。第四，魏延的建議只顧一點不顧全般。因爲蜀漢當時國力疲弱，兵源不足，彝陵之戰已大傷元氣，七擒孟獲雖然取勝，安有不乏之理？現在緊接著北伐，又是遠離西川，長驅直入，缺乏牢固的後方根據地和群眾基礎，縱然僥倖取勝，也難立足，輕則被魏兵趕走，重則被圍吃掉，後者可能性更大。而各方面實力遠遠趕不上曹魏的蜀漢政權當時是贏得起輸不起，不像曹操當年赤壁之敗，全軍覆沒，但不久又可重振軍威。蜀漢政權則無此能力。諸葛亮主張的「從隴右取平坦大路，依法進兵」，進可攻，退可守，進不冒險，退無大傷。司馬懿批評孔明沒有從子午谷直取長安，表示：如他用兵，必用此路線，這正說明孔明沒有採納魏延建議有先見之明。試想，韓信明修棧道、暗渡陳倉的計謀如果已爲項羽料中，他還有取勝的可能嗎？孔明二出祁山就是因爲曹魏預先設防而難渡陳倉。事實上，司馬懿如果得知天水還有個姜維可以抄孔明後路，決不會有此想法。

當然，孔明軍事上是有失誤的，這就是六出祁山時，大勝魏兵，本來可以把司馬父子燒死在上方谷，但因天降大雨沒有燒死司馬父子，孔明膽怯了，

感歎「謀事在人，成事在天」，緊接著沒有像司馬懿所說的「兵出武功，依山而東」，擺出一個進攻的架勢，威懾魏軍。而是「兵出渭南，西止五丈原」，擺了個準備逃跑的架勢，這就使魏兵處於安然無危狀態，難怪司馬懿探知這個消息後，「以手加額曰：『大魏皇帝之洪福也』」，如果說一出祁山沒有接受魏延建議不算失誤，倒是他用兵謹慎不肯孤注一擲的表現，那麼這次「兵出渭南，西止五丈原」就是缺乏勇氣的明顯失誤。

劉備也有輕才的時候

《三國演義》中的劉備，自得孔明後，自謂「如魚得水」，對孔明言聽計從，歷來傳為佳話。但這只是劉備對待人才的一個方面。《三國演義》作者的高明在於他還真實地描寫了劉備對待人才的又一方面，這就是一旦他坐上皇帝寶座，對過去言聽計從的孔明就不那麼言聽計從了。關羽張飛遇害後，劉備發誓要為關張二弟報仇，置孔明為他制定的「聯吳抗魏」的正確方針於不顧，欲先滅吳後伐魏，孔明怎麼勸阻也不聽，還當著眾人的面把孔明的奏表擲之於地，說：「朕意已決，無得再諫」，給了孔明一個難堪，這在兩個人的關係史上可以說是空前的。不僅如此，他還不徵求孔明意見，自己決定誰去誰留，把過去一刻難離的孔明竟然擱置不理。後來他連營七百里，馬良建議他將各營移居之地，畫成圖本，徵求孔明意見，劉備不滿地說：「朕頗知兵法，何必又問丞相。」馬良以「兼聽則明，偏聽則暗」相諫勸，劉備這才勉強地讓馬良自去各營，畫成四至八道圖本，去東川問孔明。但為時已晚。正如孔明所指出的，「包原隰險阻而結營」乃兵家之大忌，況且也沒有連營七百里可以拒敵的道理，陸遜所以堅守不出，正是等著劉備這樣做以用火攻，使劉備難以解脫。事實證明孔明分析得完全正確。劉備這次失誤本來是可以避免的，但他因為作了皇帝，可能感到自己已經由「魚」變成「龍」了，魚兒離不開水，龍卻可以離開水了，可以把孔明不當一回事了。他把關張兩個「龍」的結義弟弟看得重于孔明的金玉之言。

對趙雲也是如此，想當年在長阪坡時，張飛懷疑趙雲投降曹操，棄窮就富，劉備不聽張飛的話，堅信趙雲不會背己投操。他的妻弟糜芳說，親眼看見趙雲投曹操方向去了，他仍然堅信趙雲必不相棄。劉備高度信任趙雲，最有名的就是擲阿斗於地的那個情節了。奪取益州後，劉備要把有名田宅分給眾官，趙雲諫勸，劉備非常高興地接受了。可是做皇帝後，趙雲勸他以天下

爲重，不要伐吳，他根本聽不進去，聲言「不爲弟報仇，雖有萬里江山，何足爲貴。」其實，趙雲和孔明一樣，也是爲劉備的江山著想，但劉備好像非要他的龍弟和他一起坐江山才安心，而在幫他開創江山過程中功勞超過關張的趙雲孔明和他在一起總覺得不夠味似的。這充分表現了劉備濃厚的宗法觀念和「一闊臉就變」的庸俗作風，同時也說明他對人才採取的是實用主義態度，和曹操爲做魏公和魏王而不容於反對他這樣做的有功之臣，本質一樣，只是程度不同罷了，這是劉備的悲劇，也是中國數千年專制王朝所有皇帝的悲劇。這些人自以爲做了皇帝，本領就與地位一起同步提高了，其實這完全是一種自我感覺，地位低而本事大，地位高而本事小甚至沒本事的現象，古今中外比比皆是。個別有自知之明的皇帝認識這一點，承認這一點，保持地位不高時的敬賢作風，就鞏固了自己的地位。而多數無自知之明的皇帝不承認這一點，獨斷專行，傲視一切，最後難免劉備這種悲劇下場。劉備不失爲一個典型，一個有個性特點的人物典型，而不是類型化的人物典型。

從龐統面試談起

看過《三國演義》的讀者恐怕還記得龐統這個人物，按照水鏡先生的說法，「伏龍、鳳雛，二人得一，可安天下」。伏龍是諸葛亮，鳳雛是龐統，二人才能不相上下。諸葛亮還向劉備說過：「士元非百里之才，胸中之學，勝亮十倍。」雖是過謙之詞，但也不是像今天一些人一樣爲了某種個人目的瞎吹亂棒。著名的赤壁之戰孫吳打敗兵力十倍於己的曹操，一個重要原因是曹軍多爲北方人，不習水戰，龐統進獻連環計，給孫吳火攻創造了條件。正像魯肅所說：「赤壁鏖兵之時，此人曾獻連環策，成第一功。」周瑜死後孫權要魯肅接任大都督之職，魯肅認爲自己不稱其職，向孫權推薦龐統說：「此人上通天文，下曉地理；謀略不減于管、樂，樞機可並于孫、吳。往日周公瑾多用其言，孔明亦深服其智。現在江南，何不重用？」孫權聞言大喜，說：「孤亦聞其名久矣。」提出讓龐統來面試。誰知，孫權一見龐統其貌不揚，「濃眉掀鼻，黑面短髯，形容古怪，心中不喜。」難怪毛宗崗在此批語說：「以貌取人，失之子羽，獨不思碧眼紫髯，亦自形容古怪耶？」毛宗崗這裏是說你孫權相貌也很古怪，別老鴉笑話豬黑。可咱中國的事就是這樣奇怪，孫權這個借父兄之名把持權柄的人，長相再醜別人也難奈他何。龐統雖有才學，但無權柄在握，卻要被人橫挑鼻子豎挑眼。既然是面試，還得提幾個問題吧，一見人

家長相不好馬上拒絕也太不像話了吧。於是孫權問龐統:「公之所學,比公瑾如何?」這個問題帶有刁難性質,是存心不想叫龐統過面試關。因為公瑾周瑜是孫權平生最喜歡得用的人,龐統如果說比公瑾才學高,孫權會以他驕傲不予錄用,龐統如果說才學不如公瑾,他會說連周瑜都不如,你來幹什麼?龐統畢竟是龐統,他沒有正面回答孫權的問題,而是說:「某之所學。與公瑾大不相同。」意思是說,我倆所學的東西不同,沒有可比性,就像學計算機的和學外語的沒有可比性一樣。龐統這個回答應該說是夠機敏的了,很難抓住把柄。但一個人,那怕是非常英明的人,一旦對某人有了偏見,也會荒謬到連最起碼的常識都不顧及的程度,孫權這個「聰明、仁智、雄略之主」也不例外。他因不喜龐統相貌,竟然毫無根據地認為龐統的話是輕視了他喜愛的周瑜,「心中愈不樂」。背著龐統在魯肅面前稱高才為「狂士」,「用之何益」,甚至連龐統獻連環計這一赤壁之戰的頭功也不予承認,胡說那是曹操「自欲釘船」,不是龐統之功,發誓不用龐統。魯肅只好把龐統推薦給劉備。世稱求賢若渴以三顧茅廬而聞名於世的劉備竟然在面試龐統時,也因「見統貌醜,心中亦不悅」。劉備其實也是「早聞統名」,現在竟然因為不喜龐統面貌,讓龐統去小小的耒陽縣作縣宰,雖然與孫權稍有不同,但也是讓大炮去打蒼蠅。劉備聽說龐統上任後「不理政事,終日飲酒為樂」,派結義兄弟張飛前去調查,龐統「不到半日,將百餘日之事,盡斷畢了」,而且毫無差錯,百姓人人心服。張飛大吃一驚,下席謝曰:「先生大才,小子失敬。吾當于兄長處極力舉薦。」劉備這才恍然大悟,檢討自己「屈待大賢」,重用龐統為副軍師。龐統身上帶有魯肅和孔明兩人舉薦信,只不過他不願意一下子拿出來罷了。從這件事可看出面試這個東西,主觀隨意性特別大,連孫權劉備這樣的人面試都難免以貌取人,一般人可想而知。三國時期還是個比較講究以真才實學用人的時代,真正有才學而感歎懷才不遇者少,楊修那種只知耍小聰明而無大聰明,禰衡那種不想以功績而想以虛名得官者例外。黃承彥之女貌雖醜但很有才學。諸葛亮求他為妻,還從她那裏學習了木牛流馬、連弩之法等絕招。但願後人不要重復孫權、劉備的失誤。

原載《古典文學知識》2005 年 1 期　責任編輯　周立波

附：

怎樣看待諸葛亮「能掐會算」

編輯同志：

我是一個農村青年，最近看了《三國演義》這部古典小說，覺得「諸葛亮並不會算前知後」。

在農村流傳的有關三國故事的各種書籍中，都有諸葛亮能掐會算的說法，還說他是一個扶助明君的賢才。可是，《三國演義》裏有這麼一句話：「漢室江山屬於曹」。這句話從書後看是事實。劉備和曹操都有統一祖國江山的志向，但江山終屬於曹；既然諸葛亮能掐會算，那麼他為什麼沒有掐算出這一點呢？劉備和曹操都是明君，為什麼諸葛亮不去扶助曹操而去扶助劉備呢？這些問題都怎麼解釋呢？您能不能幫助解釋一下。

寶雞縣磻溪公社上原三隊　曹宗會

曹宗會同志：

你信中提出的問題很有意思。弄清這個問題，對我們分析諸葛亮這個人物形象很有幫助，對於我們正確理解《三國演義》這部著名歷史小說的主要思想意義也有益處。

《三國演義》在描寫諸葛亮忠於劉備統一大業的同時，著力描寫了他超人的智慧。這種描寫可分三類情況：

一、描寫諸葛亮能根據對形勢的清醒分析，對事物發展作出科學預見，並因勢利導奪取勝利。表現在政治上，未出茅廬，就給劉備展現了通過三足鼎立歸於一統的藍圖，制定據蜀聯吳抗曹的戰略方針，選擇荊、襄作為跳板，稱霸兩川。後來的歷史發展從正反兩方面證明了他的這些見解的正確。軍事上，他謹慎用兵，新野一仗，把曹操人馬燒得焦頭爛額，赤壁之戰，使曹操重蹈袁紹眾敗於寡的覆轍，華容道幾乎喪身，從此天下成鼎足之勢。在與司馬懿交戰中，他隨機應變，從容對敵，使其屢遭挫折。外交上，他在劉備兵敗漢津、曹操大兵壓頂、吳主猶豫不決的關鍵時刻，出使東吳，舌戰君儒，

用智謀說服了周瑜這個吳主決策的關鍵人物，促使吳主下定抗戰決心，遂成聯吳抗曹之勢。

　　二、憑藉自己的淵博知識，利用前人的經驗，遇事靈活處置，穩操勝券。草船借箭、巧借東風、木牛流馬等，都是這種描寫的事例。

　　三、作者為了把諸葛亮神化，也寫了不少荒誕不稽的情節和細節，如觀星顯聖之類。

　　如果以上分析大概不錯的話，那麼，僅僅把諸葛亮的智慧概括為「算前知後」或「能掐會算」，就顯得很不科學了。因為這種概括把以上三類描寫混為一談，有用後一類描寫掩蓋前兩類描寫之嫌。而前兩類描寫是精華所在，應該肯定，只有後一類描寫，充滿封建迷信，應該批判地看待。

　　「漢室江山歸於曹」，這是小說作者對他所描寫的三國這一段歷史的概括。這種概括儘管還有可以挑剔之處，但大體上體現了這一段歷史的發展趨勢。實際上諸葛亮未出茅廬之前，已清醒地預見到了這種趨勢，隆中決策即是明證。他之所以輔助劉備而不輔助曹操，原因是多方面的。從當時形勢看，曹操經過官渡之戰，稱雄北方，兵強馬壯，虎視江南，不可一世；孫權佔據江東，國險民附，無統一大志，有守業條件。只有劉備惶惶然無立足之地，但卻雄心勃勃，以統一天下為己任。諸葛亮也早有管仲、樂毅之志，輔助劉備，雖如逆水行舟，正好大展宏才。曹操、劉備雖然都有統一大志，都有愛惜人才的優點，但曹操用人不能始終如一，許多他愛惜過的人才死於他的手中。劉備才略不及曹操，但用人始終如一。他求賢若渴，三顧茅廬。諸葛亮作為封建階級人物，也有「士為知己者用」的思想。劉備又是「漢室之胄」，「信義著于四海」，便於打起「恢復漢室，討伐逆賊」的旗號，名正言順地進行統一大業。這些都是促成諸葛亮輔助劉備的重要條件。

　　如果說曹操稱雄北方，「非惟天時，抑亦人謀」，那麼蜀漢最後亡國，也有許多謀之不到的地方。例如，劉備為報關張之仇，不聽諸葛亮、趙雲等人忠言相勸，置聯吳抗魏方針於不顧，欲先滅吳而後滅魏；未經諸葛亮指點，紮營密林之中，招致猇亭之敗，大傷蜀漢元氣。此後忠勇之士相繼離世。諸葛亮六出祈山，竟無先鋒之將，明知魏延不忠，卻又不得不用。後方亦無得力之人，常常缺糧斷草。再加上後主「荒淫無道，廢賢失政」。「雖使諸葛孔明在，亦不能輔之久全，何況姜維乎！」

　　儘管如此，諸葛亮在三國歸於統一的歷史進程中，功績卓著，不可磨滅，

作者對他的描寫基本上符合歷史真實。當然，和其他許多人物（如曹操、周瑜等）相比，這個人物理想化的成份較多，有些事是別人作的，作者也寫到諸葛亮身上，有的則純屬作者自己虛構。對文藝創作來說，這種方法是無可非議的；對歷史小說來說，這種方法有利也有弊，利在它使諸葛亮這一歷史人物作為一個完美的藝術形象大放異彩，永遠活在人們心目之中；弊在容易使讀者對某些歷史事實發生誤會，甚至張冠李戴。作者由於自己的偏愛而對諸葛亮所作的過分的美化，有時也難免事與願違，「要寫孔明之智，而結果則像狡猾」。再加上作者世界觀、文藝觀和所處時代的限制，給這個人物身上塗了一層很重的迷信色彩，在讀者中造成了一些消極影響，所謂「算前知後」、「能掐會算」之說即由此而產生。我們當然不能苛責六百年前的作者，但也要批判地對待這些糟粕，聽到群眾中對這些糟粕的宣揚，應作具體的有說服力的解釋，以使人們正確閱讀《三國演義》，正確看待諸葛亮這一藝術形象。

原載《陝西日報》1982 年 7 月 4 日

關於《金瓶梅》

《金瓶梅》人物悲劇論（內容提示）

《金瓶梅》作者用先揚後抑的手法，寫性自由及其造成的個人悲劇、家庭悲劇和社會悲劇。《金瓶梅》是一部警世之作。

本書 1992 年 9 月由陝西人民教育出版社出版，1996 年 6 月重印，責任編輯傅美琳，後收入《小說三論》，印行三次，2010 年 7 月東方出版社出版，書名《中國人的欲望魔咒》，責任編輯楊慧子。

警世之作《金瓶梅》

在中國文學史上，批判禁欲的作品不少，批判縱慾或曰性自由的作品卻不多。事實上，性自由在有權有錢有名的人那裡，由來已久。禁欲造成的後果主要是對個體生命（如《牡丹亭》中的杜麗娘，《春波影》中的馮小青）自然欲望的扼殺，而性自由造成的後果則是危害社會，危害他人，同時也毀滅了性自由者個人。《肉蒲團》一類小說從因果輪迴、善惡報應角度寫性自由，意義膚淺，境界低下，難避淫奔誘惡之咎。《金瓶梅》則不同，它寫的是性自由及其造成的社會悲劇、家庭悲劇和個人悲劇，振聾發聵，足以警示後人。

《金瓶梅》的主人公西門慶是個最大的性自由主義者。他的性自由包括幾個方面：一是一夫多妻，二是宿妓嫖娼，三是淫人妻女。西門慶的性自由動機不同，有的是性欲發泄，如與如意兒、王六兒、賁四媳婦等人的性關係；

有的是出於兩性之間先天色貌的互相吸引，如與潘金蓮、李瓶兒、宋惠蓮、李桂姐、鄭愛月等人的性關係；有的是爲維持一夫多妻的家庭關係，具有盡義務性質，如與孟玉樓、李嬌兒等人的性關係；有的是因有所用而以性生活維持關係，如與孫雪娥的關係，主要是爲了讓她做飯、捶腿捏腰；還有的則是性娛樂，以寄託空虛的靈魂，如與林太太、書童等。

西門慶性自由造成的社會後果之一是導致了許多家庭的破亡。武大是一個以賣炊餅爲生的弱善者，他沒有傷害他人，也無力傷害他人。潘金蓮被人轉來賣去，命運不能自主。這兩個不幸人組成的弱勢家庭，由於西門慶的插足，遭遇了更大的不幸。武大被西門慶一腳踢病，接著又被潘金蓮用藥毒死。西門慶的性自由得到了滿足，潘金蓮也從性壓抑下暫時解放了出來，而弱善的武大卻被慘無人道地剝奪了生存的權利。

西門慶的幫會兄弟花子虛在外眠花臥柳，晝夜不歸，妻子李瓶兒空守其房，西門慶乘機而入。花子虛向妓女追求性自由，西門慶向他妻子追求性自由，他倆各自性自由並沒有導致人人都得到性自由的「皆大歡喜」的美好結局。花子虛家破人亡的悲劇，一是性自由主義者夫妻不和招致的悲劇，二是另一個比自己更厲害的性自由主義者的性擴張導致的悲劇。

李瓶兒對蔣竹山未必中意，但兩人結成家庭是李瓶兒主動提出的。後來李瓶兒驅逐蔣竹山，委身西門慶，則與西門慶這個性自由主義者只許自己性自由不許別人婚姻自由，只許自己自由經商不許別人自由經商的霸道行爲分不開。

如果說武大、花子虛、蔣竹山三個家庭的破亡還與各自女主人感情不遂意不無關係，那麼宋惠蓮和來旺的家庭則是個有夫婦感情的家庭。但自從西門慶的性自由侵入到這個家庭領地後，原來和睦的家庭出現了危機。宋惠蓮也是一個性自由主義者，但她和潘金蓮不同的是不同意西門慶害死丈夫來旺。而西門慶爲了滿足性佔有的欲望，不擇手段地要置來旺於死地。來旺受盡折磨後被遞解老家徐州，宋惠蓮在家破夫離的情況下自縊身亡。宋惠蓮父親宋仁狀告西門慶，被害而死。

這幾個家庭雖然還有這樣那樣的不盡人意之處，但卻是可以維持成員個體生命的港灣。這些家庭因西門慶的性自由而破亡，沒有給當事人帶來幸福，也沒有給社會帶來進步，更沒有使社會更加人性化。

西門慶性自由導致的又一社會後果是在他周圍形成了一個寄生群體，包

括以拉皮條混飯吃的應伯爵、王婆之類幫閒媒婆，以色賺錢的李桂姐、吳銀兒、鄭愛月、鄭愛香等一批妓女，以色邀寵的潘金蓮、龐春梅、宋惠蓮等妻妾傭人，還有酒足飯飽無所事事發泄性欲以寄託空虛的靈魂並想借助西門慶挾制兒子的林太太。他們是一批寄生蟲，像癌細胞一樣，一旦在全社會擴散開來，導致精神疲軟，以至在外族入侵面前，完全失去抵抗能力，只有靠周守備這樣的人領兵抵抗侵略，可悲的是他的陞遷還要西門慶說話，他的愛妻龐春梅還在家裏和人大搞性自由。周守備抗敵身死，金兵南下，如入無人之境，落後的少數民族打敗了歷史悠久、生產力比較進步的漢民族。《金瓶梅》結尾真實再現的北宋末年也是後來明代末年那不堪回首的一幕，足鑒千古。

西門慶的性自由給自己家庭也沒有帶來幸福。潘金蓮、李瓶兒之類投身西門慶本來是為了性生活的幸福和滿足，而西門慶的性自由使她們的性生活既不幸福也得不到滿足，還引發了一系列家庭矛盾。開始是吳月娘和潘金蓮反對娶李瓶兒，李瓶兒娶進家後與潘金蓮一起反對吳月娘，後來又是吳月娘和李瓶兒一起對付潘金蓮。孟玉樓表面上超脫，實際上站在潘金蓮一邊。李嬌兒和孫雪娥則依靠吳月娥反對潘金蓮。西門慶的性自由還導致妻妾與僕婦之間、妻妾與妓女之間的矛盾。這些矛盾相互交錯，互相影響，使這個家庭從早到晚處於無休止的爭鬥中。封建家庭是以封建倫理為紐帶來維持的，資產階級家庭是以金錢為紐帶來維持的，而西門慶的家庭則是以性關係為紐帶維持的。西門慶在眾妻妾爭風吃醋的矛盾中，雖然用盡了性懲罰、性冷淡、性溫存、性調和等各種方法，有時還以大權相加，或輔之以物質刺激，但始終沒有收到預期效果。西門慶縱欲早死，撇下一大堆年齡三十上下的寡婦，禍患接二連三地降臨到他的家庭：一會兒是李嬌兒盜財出院，一會兒是韓道國倚勢拐財，一會兒是湯來保欺主背恩，一會兒秋菊報告金蓮養女媳，一會兒來旺拐了孫雪娥，一會兒玉樓愛嫁李衙內，一會兒殷天錫要調戲吳月娘，一會兒王英要月娘作壓寨夫人，一會兒云離守對月娘垂涎圖謀，一會兒吳典恩誣陷月娘與玳安有姦……正如吳月娘所說：「死了漢子，敗落一齊來，就這等被人欺負，好苦也。」西門慶性自由釀成的苦酒，卻要他的遺孀為之吞飲。

西門慶的性自由給後代造成無窮禍害。他的女婿陳經濟初到其家避難，還比較靦腆，後來，受到西門慶性自由的薰陶感染，也變成了一個性自由主義者。西門慶在世時，他還只是偷偷摸摸，不敢過分放縱自己。西門慶一旦死去，他便無所顧及，今天姦金蓮，明天占金寶，後天宿春梅，烏煙瘴氣，

儼然成了西門慶性自由的繼承人。西門慶獨生女兒西門大姐就是由於丈夫陳經濟的性自由而喪命的。李瓶兒好不容易為西門慶生了個兒子官哥，因為引起潘金蓮嫉妒，不斷受到驚嚇而夭亡。吳月娘倒是在西門慶死後為他生了個遺腹子孝哥，但孝哥卻走上了和西門慶性自由相反的生活道路——絕欲，當了和尚。父子二人兩個極端。

西門慶的性自由不但給社會、給家庭帶來悲劇，而且也給自己帶來滅頂之災。首先是結怨於人，武大、武松、花子虛、蔣竹山、來旺、小鐵棍母子等。這些弱者在西門慶勢盛時，無力與之對抗，卻在西門慶性命垂危時催命逼債，或在他死後落井下石。作者寫李瓶兒葬禮風光盛大，西門慶喪禮冷冷清清，一盛一衰，對比鮮明。當年應伯爵曾經向西門慶推薦但未被聘用的那個水秀才，還在他撰寫的祭文中，對西門慶的一生作了總的清算，使追悼西門慶的祭文變成了批判西門慶的檄文。

其次，西門慶的性自由經常引起眾妻妾的不滿。正妻吳月娘為此而和他反目，後雖和解，但一有機會便責罵他「狗改不了吃屎」；潘金蓮和西門慶是情深意篤的，但潘金蓮對西門慶的一夫多妻不滿，對西門慶姦占女僕不滿，對他嫖娼不歸不滿，一句話，對西門慶性自由不滿。潘金蓮對西門慶的不滿由敢怒不敢言到敢揭敢罵，最後乾脆以性自由對性自由，她還振振有詞地說：「上梁不正下梁歪，下梁不正塌下來」。李瓶兒雖然沒有像潘金蓮那樣發泄對西門慶的不滿，但她的死卻是對西門慶性自由的控訴。孟玉樓性格內向，喜怒不大外露，但也時不時地對西門慶冷嘲熱諷幾句，或者以害心口疼抗議。西門慶性自由的結果是眾叛親離，死後為他守節的只有生前不受寵愛的吳月娘。

再次，西門慶一生遭遇過三次政治危機，但這幾次危機不但沒有奈何他，反而成了他結交權貴，當官陞官的契機。但性自由卻斷送了他的性命。正如吳神仙為他診病時所說：「酒色過度，腎水虛竭，病在膏盲，難以治療」。所謂「一己精神有限，天下色欲無窮」，「嗜欲者深，其天機淺」，只知貪淫樂色，卻不防油枯燈盡，髓竭人亡。這一次他沒有去東京求助於乾爹蔡太師，因為蔡太師幫不了他的忙。性自由是要以生命預支作代價的。節欲型人物吳月娘和孟玉樓，分別活了 70 歲和 68 歲，西門慶等性自由主義者都只活了三十左右，這一對比，正是《金瓶梅》主題的重要表現。《金瓶梅》開始寫潘金蓮藥死武大，快結束時又寫潘金蓮用春藥藥死西門慶，一前一後，遙相呼應。對

西門慶來說，前者是性自由禍及他人，後者是性自由禍及自身；對潘金蓮來說，是性自由的禍水淹沒一切，淹沒武大時她是殘忍的，淹死西門慶時她是貪婪的。耐人回味的是，《金瓶梅》中有錢有權的性自由主義者一般都是自殺，如西門慶、龐春梅；無權無錢的性自由主義者都是他殺，如陳經濟、潘金蓮等。

早在《金瓶梅》產生之前，元朝天順帝就因爲淫欲過度，尿血而死；明朝的穆宗皇帝循用媚藥，「致損龍體」，死於縱慾；明萬曆年間的所謂改革家張居正，因嗜媚藥，恣情縱慾，死於女色。在文人墨客中，因欲過度而傷身損壽的也不少。《金瓶梅》中西門慶的典型意義，不限於官、商、霸一類人。

《金瓶梅》的寫法是先揚後抑，先寫性自由的快感，後寫性自由的後果。性自由及其後果好像是圍繞軸心擺動的對稱的兩極。西門慶性自由給本人帶來的快感一個接一個，以至於掩蓋了已經顯露或者尚在潛在之中的危機，其結果是險情一旦暴發便不可收拾。快感寫到極致，後果才會震撼人心。嗜欲如嗜毒。貪欲者必自斃。理解了這一點，我們也就不會埋怨作者對性關係的細膩描寫了。

原載《光明日報·文學遺產》2004 年 9 月 1 日　　責任編輯　曲冠傑

《金瓶梅》的主題

《金瓶梅》是一部寫性自由的書，是一部寫性自由如何釀成個人悲劇、家庭悲劇和社會悲劇的書。欲有多種，權欲、財欲、食欲等。性自由專指性欲的放縱。

《金瓶梅詞話》共一百回，其中用主要篇幅寫性自由及其後果的不下九十回。只有不超過十回的篇幅主要寫官場活動或商業活動。就是這不超過十回的篇幅裏面也都回回涉及到性自由及其後果的內容，或者與性自由及其後果有關的內容。

在《金瓶梅》中，作者沒有以政治的抑或道德的標準去褒貶人物，因爲這些標準伸縮性太大。作者以生死年限作爲判定人物的標準，這是一個客觀的、公正的、終極的判定標準，也是符合本書主題的標準。

在《金瓶梅》這個性自由的世界裏，作者寫了三種類型的人物，一種類型是全方位性自由的人物，這是小說描寫的重點：第二種類型是封建貞節型

的人物：還有一種類型是單向型性自由的人物，也即節欲型人物。我們所說的性自由，指的是第一種類型。

西門慶正妻吳月娘是封建貞節的代表。西門慶在世時，她對西門慶絕對忠貞，西門慶死後，一連串沉重打擊降臨在她的頭上，但她為夫守節不動搖，經受了守寡生活的嚴峻考驗，沒有辜負西門慶生前要她「三貞九烈」的囑咐，實現了自己「一馬一鞍」的諾言。「人活七十古來稀」，作者寫吳月娘壽年七十，善終而亡。

孟玉樓是單向型性自由的人物。她本來是販布楊家的大兒子楊宗錫的「正頭娘子」，丈夫死後，守寡一年多，經媒婆薛嫂說合，非改嫁西門慶不可，而且不惜與反對她改嫁的阿舅翻臉。孟玉樓並不是因為夫死無靠生活難以維持而改嫁西門慶的。她有錢有財產，但她認為：「世上錢財倘來物，那是長貧久富家？」她不願意象守了三四十年寡的楊姑娘那樣生活，她一旦看中了西門慶，非嫁不可。後來西門慶死了，她又嫁給李衙內，也是千肯萬肯，十頭牛拉不轉。但孟玉樓無論是給楊宗錫做妻，還是給西門慶做妾，或者後來給李衙內做妻，都沒有象潘金蓮那樣與他人發生性關係，因此我們說她是單向型性自由主義者，是性心理學意義上的貞節，是科學的貞節。作者通過算卦先生之口說她嫁給李衙內之後，「一路功名，直到六十八歲，有一子，壽終，夫妻偕老」。

一般人認為李瓶兒和潘金蓮一樣，是個性自由主義者，這種看法是不全面的，其實李瓶兒和孟玉樓屬於同一類人物。不錯，李瓶兒在嫁給西門慶前確是個全方位性自由主義者，而在嫁給西門慶後則是個對丈夫忠貞不二的賢妾，是和潘金蓮相對立的人物。

除了以上兩種類型的人物以外，《金瓶梅》的作者還寫了另外一種類型的人物，這就是全方位的性自由主義者。

《金瓶梅》中的「金」，是指主要人物之一的潘金蓮。她，就是一個性自由主義的典型。

潘金蓮自幼生得有些顏色，纏得一雙好小腳兒，因此起名潘金蓮。父親死後，做娘的教育她做針線，七歲送她在余秀才家上了三年女學，九歲時，潘姥姥度日不過，把她賣到王招宣府中，王招宣死後，潘姥姥把她三十兩銀子轉賣給六十多歲的張大戶。因主家婆不容，張大戶賭氣一文錢不要，把金蓮白白送給賣燒餅的武大為妻，但常趁武大不在家與潘金蓮廝會。潘金蓮在

張大戶死後，經常勾引左右街坊的姦詐淫浪子弟。她給武大弟弟武松打主意未能如願，不久便與西門慶私通。給西門慶做妾之後，和西門慶的女婿陳經濟眉眼傳情，多次被人衝散。西門慶一死，便無所顧忌，和陳經濟無一日不在一起嘲戲，甚至懷子墮胎。潘金蓮後來被王婆領去出賣，一時找不到買主，暫時住在王婆家，在此命運難卜的情況下，她還和王婆兒子王潮苟且。

《金瓶梅》中的「梅」，就是龐春梅。她，同樣是個性自由主義者。

龐春梅本來是吳月娘房中的丫頭，後來伏侍金蓮。春梅在被西門慶收用後，與男性接觸顯得一本正經。西門慶死後，她在金蓮慫恿下，與經濟交歡。雖給周守備做妻，卻以姑表兄弟關係為掩護與陳經濟私通。她還用銀兩勾引守備家人李安，未能如願，又與老家人周忠次子周義勾搭成姦。

從封建做人道德講，春梅高出金蓮，連潘姥姥都誇她比自己的女兒強，「有惜孤憐老的心」。她做了守備夫人，在永福寺與吳月娘寡婦孤兒邂逅相遇，仍然遵循西門慶在世時的禮節。月娘被忘恩負義的吳典恩所欺，求她通過周守備，為自己討回財物，治服吳典恩，她都照辦了。潘金蓮死後，也是她葬埋的。可是由於她雖然和月娘一樣，大略具備封建階級所要求的做人道德，但卻又受了潘金蓮的薰陶，搞性自由主義，結果二十九歲因淫而死。

西門慶女婿陳經濟本來就是一個不安分守己的人，到了西門慶家，如同野草種子撒到了適合其生長的土壤中，又遇到了風和日暖的條件，惡念因之萌發，邪心隨之騷動，先和金蓮鬼混；金蓮死後，娶金寶，姦愛姐，通春梅，不一而足，結果在與吞梅同睡時為人所殺。

《金瓶梅》雖以女性潘金蓮、李瓶兒、龐春梅的名字命名，但真正的中心人物卻是男性西門慶。此人是最大最典型的性自由主義（也就是全方位性自由主義）者。

小說一開始，就寫西門慶有一妻三妾。但他並不滿足，又瞞著眾妻妾，掛搭上潘金蓮。在潘金蓮破釜沉舟藥死武大委身於他之後，他暫時撇下潘金蓮不管，經媒婆薛嫂撮合，娶了年輕寡婦孟玉樓為第三房（孫雪娥順延為第四妾）。後來聽說武松差滿回縣，急急忙忙燒了武大屍首，把潘金蓮擡到家中作了第五房妾。不久，他花了五十兩銀子、四套衣服，梳攏了二妾李嬌兒的侄女、勾攔妓院中供唱伴客的李桂姐。又經過一番周折，把李瓶兒娶到家中做了第六妾。但西門慶沒有就此止步。他又趁月娘去喬人戶家吃酒之機與來旺媳婦宋惠蓮私會，直到宋惠蓮自縊身亡。他還包占王六兒，通姦如意兒。

鄭愛香鄭愛月姊妹也是與西門慶經常來往的妓女。鄭愛月還爲西門慶推薦了王招宣的遺孀林太太及其兒媳婦。西門慶還趁夥計賁四出遠差，與賁四媳婦朝來暮往。

縱觀西門慶的一生，不愧爲性開放、性自由的一生。《金瓶梅》中所寫的西門慶的性自由情況比較複雜，一種是性欲發泄，如與惠蓮、王六兒、賁四媳婦、林太太等；第二種是性愛，表現爲兩性之間先天色貌的互相吸引，如與潘金蓮、李瓶兒的性關係；第四種是正兒八經的夫妻關係，具有盡義務的性質，如與李嬌兒、孟玉樓等人的性關係；第五種是有所用而以性生活維持關係，如與孫雪娥的關係，主要是爲了讓她做飯，捶腿捏腰。第六種是性娛樂，以塡補精神空虛。

《金瓶梅》不僅寫了西門慶等人的性自由，而且重點寫了他們的性自由（主要是西門慶的性自由）所造成的一系列悲劇。

首先，是導致了許多家庭的破亡。在沒有遇到西門慶之前，潘金蓮雖然對武大不滿意，但在武松那裡碰了一鼻子灰後，行爲有所收斂。但由於西門慶的涉足，導致了武大這個可憐人的不幸，導致了這個家庭的不幸。潘金蓮從「性壓迫」下「解放」出來了，西門慶性自由的欲望得到了滿足，然而愚弱和善良的生命卻被扼殺了！

花子虛是西門慶的邦會兄弟，整天在外眠花宿柳，西門慶便趁機與李瓶兒勾搭上了。他和西門慶都是性自由主義者，他向妓女追求性自由，西門慶向他的老婆李瓶兒追求性自由。但是他倆各自追求性自由並沒有導致人人都得到性自由的皆大「歡喜」的「美好」結局。花子虛的悲劇具有雙重性，一是性自由主義者本身導致夫妻裂痕招致的悲劇。二是受另一個比自己更厲害的性自由主義者的性擴張招致的悲劇。

蔣竹山被李瓶兒招贅，與竹山個人的有意追求及西門慶遇禍有關，但主要還是李瓶兒自己主動提出來的。從婚姻自由的角度講，也是合情合理的。但西門慶是個只許自己性自由，不許別人婚姻自由的人，又是個只許自己自由經商，不許別人自由經商的人。所以蔣竹山與他準備娶而未來得及娶的女人結合，又在他眼皮底下開中藥鋪，又沒有西門慶那麼多錢，又不比西門慶霸道，當然不會有好結果了。蔣竹山的悲劇是性自由主義的犧牲品的悲劇。

宋惠蓮的悲劇也是西門慶一手造成的。她臨死前罵和來旺私通的孫雪娥道：「我養漢養主子，強如你養奴才！」這正是宋惠蓮的眞正可悲之處。宋惠

蓮和潘金蓮不同的是她希望與西門慶由同居到結婚，但卻不希望加害她現在的丈夫西門慶的僕人來旺兒，甚至希望通過自己嫁給西門慶能給來旺更多的好處，使來旺得到心理平衡，物質生活更好一些，地位也能改善一些，在這一點上她比潘金蓮要善良人道，但也表明了她的幼稚和天眞。西門慶爲了佔有她，千方百計加害來旺兒，使她認清了西門慶的猙獰面目，宋惠蓮想以色貌、肉欲軟化西門慶，左右西門慶，使她對來旺兒手下留情，而她越是這樣做西門慶性佔有欲望越強，心腸也越狠。宋惠蓮的悲劇是西門慶性佔有造成的悲劇。

金錢可以收買一些人的肉體和良心；金錢可以收買一些人的肉體，但不能收買其良心；金錢難以收買一些人的肉體，也收買不了其良心。人們卑視第一種人，憐憫第二種人，敬仰第三種人。同樣，權勢可以使一些人從肉體到良心上都屈服。權勢可以使一些人肉體屈服，但不能使其良心屈服；權勢難以使一些人從肉體到良心都屈服。人們卑視第一種人，憐憫第二種人，敬仰第三種人。宋惠蓮屬於第二種人。

宋惠蓮的父親宋仁是個賣棺材的下層受苦百姓，聽說女兒自縊的消息後，聲言要狀告西門慶，不准燒化屍首。西門慶大怒，還沒等宋仁告狀，他先下手爲強，叫陳經濟給李知縣寫了一個貼兒，宋惠蓮的屍首被火化了；宋仁也被打得兩腿棒瘡，回家著了重氣，害了場時疫，不上幾日，便嗚乎哀哉了。

西門慶性自由造成的第二個後果是樹了許多仇敵。首先是武松。武松得知武大被害，先向縣裏告狀；告狀不成，又去獅子街橋下酒樓尋殺西門慶。西門慶逃走，武松誤殺了陪西門慶吃酒的縣皁隸李外傳，被押解孟州。後來遇赦回家，依舊在縣裏當都頭。西門慶因死未受其戮，潘金蓮卻被剖腹砍頭。其次是蔣竹山。蔣竹山對西門慶早就很瞭解，向李瓶兒介紹他是「打老婆的班頭，坑婦女的領袖。進入他家，如飛蛾投火一般。」後來西門慶使計用謀，蔣竹山挨打賠錢吃官司，被李瓶兒潑水相逐。這些情況蔣竹山未必知道是西門慶所爲，但李瓶兒趕走蔣竹山後馬上嫁給西門慶，蔣竹山恐怕也會從中悟出些「蹊蹺」。

來旺也是妻子被姦占後與西門慶結仇的一個。來旺本來是西門慶的忠實奴才，西門慶也視他爲心腹夥計。即使在西門慶姦占其妻之後，來旺還對西門慶保持忠誠，還不忘關鍵時刻爲主子盡忠，以至於沒有考慮上當受騙的可

能性。但到提刑院後，他的被奴才氣壓倒的男子氣戰勝了奴才氣，在嚴刑逼供面前，口叫冤曲。雖然被「打的皮開肉綻，鮮血淋漓」，但他始終沒有招供認罪。這表明他對西門慶不抱什麼幻想了。

武大是被西門慶「踢中心窩」致病的。又被西門慶夥同王婆、潘金蓮用砒霜毒死了；花子虛則是被西門慶氣病而死的。這兩個人稟性懦弱，生前無力報仇，死後卻冤魂不散。西門慶死前，眼前看見花子虛、武大在他跟前站立，向他討債。冤魂索債，當然不像武松殺嫂那樣痛快，但卻加速著西門慶的死亡，加劇西門慶死前的痛苦，起了一種催命鬼的作用。冤魂不死，在現實生活中不會有，但西門慶自己做了虧心事，心中這樣想，卻是完全可能的。

西門慶的性自由不僅結怨於武大、武二、花子虛、來旺兒這些直接的受害者，而且也結冤於其他一些僕人奴隸，譬如小鐵棍兒母子等。西門慶死後第二年，小鐵棍兒母親一丈青幫助來旺兒和孫雪娥私奔，這也是對西門慶的一種報復吧。

西門慶性自由的後果之三，是引起妻妾不滿，夫妻關係出現裂痕，家庭矛盾激化。

西門慶對潘金蓮是有真情實愛的。作者寫他臨死之前，見月娘不在跟前，一手拉著潘金蓮，心中捨不得她，月娘進來後，他指著金蓮特別叮嚀說：「六兒他從前的事，你耽待他吧。」潘金蓮對西門慶也是有真情實愛的。正如她在思念西門慶時所表白的：「奴家又不曾愛你錢財，只愛你可意的冤家，知重知輕性兒乖」，「我和你那樣的恩情，前世裏姻緣今世裏該。」

但是西門慶的性自由卻使潘金蓮對他由不滿到惡罵，以至發展到以性自由對性自由。由於西門慶在妓院中與李桂姐纏綿，不回家來，才發生了金蓮與琴童私通的事。金蓮和陳經濟的關係，當然有他們自身的原因，即兩個人都是性自由主義者；但是，也與西門慶的性自由密切相關，正像金蓮所說：「上梁不正下梁歪。」只要我們仔細考察一下，就會發現，金蓮幾乎每一次和經濟調情都與西門慶寵愛他人疏遠金蓮有關。潘金蓮對西門慶不滿，歸結起來，一是對其一夫多妻不滿。二是對其淫亂不滿。三是對西門慶和自己在一起的時間相對減少不滿。一句話，是對西門慶的性自由不滿。

據說，吳月娘是個「百依百順」的賢妻。但就是這個吳月娘，也常因西門慶的性自由而牢騷滿腹。她曾因反對娶李瓶兒和西門慶反目。後來雖然和好，但對西門慶性自由仍持批判態度，說西門慶「善念頭不多」，「惡念頭不盡」，「狗吃熱矢，原道是個香甜的；生血弔在牙兒內，怎生改得。」

李瓶兒和西門慶情深意篤，這是大家公認的。李瓶兒後來生病致死，據善診脈息的何老人說，「乃是精沖了血管起，然後著了氣惱，氣與血相搏，則血如崩。」所謂「精沖血管」是經期行房所致。所謂「著了氣惱」，是因為西門慶搞性自由，大妻小妾，互相嫉恨，使李瓶兒著氣致病。西門慶的性自由斷送了對自己有愛情的李瓶兒，也斷送了自己對李瓶兒的愛情。

西門慶性自由還在妻妾內部造成無休止的矛盾與紛爭，開始是潘金蓮和李瓶兒一起對抗吳月娘，後來李瓶兒和吳月娘一起對付潘金蓮；李瓶兒死後，潘金蓮和龐春梅合夥與吳月娘做對。如此一波未平，一波又起，沒完沒了，以致連生個孩子也難以存活。

西門慶性自由的第五個後果是如一堆狗屎招來了一群蒼蠅一樣，周圍經常有一批幫閒打秋風。西門慶性自由的第六個後果是給後人遺禍無窮。

西門慶一生出現過幾次危機，第一次是東平陳文昭府尹要提他問罪，第二次是因楊提督獲罪受到牽連，第三次是受到山東巡撫曾孝序參劾。但西門慶都憑藉著錢權或錢權結合，平安地度過了。然而正在他炙手可熱的時候，他卻不打自倒了。他只知貪淫樂色，卻不防油枯燈盡，髓竭人亡。正如吳神仙所判：「酒色過度。腎水虛竭。病在膏盲，難以治療。」小說開始寫潘金蓮用毒藥藥死武大郎，小說快結束時又寫潘金蓮用春藥藥死西門慶。一前一後，遙相呼應，對西門慶來說，前者是性自由禍及他人，後者是性自由禍及自身。

有不少人責備作者寫西門慶性交細膩，太客觀，少批判，甚至抱著欣賞的筆調，趣味太低級。如果性交如同吃苦果一樣難吞難咽，連白癡恐怕也不會去幹那種事情。古今中外從皇帝到百姓，總有不少人嗜欲如狂，原因就是貪圖一時快感。作者用大量筆墨寫此，目的在為不可收拾的後果蓄勢。這是欲抑先揚的寫法。

湯顯祖的名作《牡丹亭》揭露禁欲主義給青年女子造成的嚴重後果，發出了個性自由的時代呼聲。《金瓶梅》的作者卻慧眼獨具，敏銳地發現個性自由這種正義呼聲背後掩蓋著另一種傾向——放縱性欲，或曰性自由。事實上無論是在當時的社會生活或《三言》、《二拍》等文學作品中都出現了許多放縱性欲的現象。而這種縱慾傾向造成的惡果並不比前者差。寫性自由及其後果，正顯示了《金瓶梅》作者的偉大。

（原載《古典文學知識》2003 年 4 期　責任編輯 陳文瑛）

關於《西遊記》

《西遊記》人物善惡論（內容提示）

孫悟空的「惡」是「厲害」的意思；唐僧的「善」是「好心」的意思。

凡善未必都好，凡惡未必都壞。無論「善」、「惡」，都要區分對象，都要有界限，有限度。

取經是個大學校。九九八十一難，嚴酷的現實環境，對悟空和唐僧，都是一次又一次深刻有效的善惡再教育。改造社會，改造人，要善惡並用，不可偏廢。孫悟空也正是在懲惡行善中，完成了從妖仙到神佛的轉變。

成佛未必要念經。懲惡行善，善以待人，惡以防身，善惡有界又有度，便是佛的境界。

本書 2013 年 2 月由東方出版社出版，書名《中國人的善惡困惑》，責任編輯張凌雲。

《西遊記》的主旨

一部《西遊記》，可以說是一部孫悟空從妖仙到神佛的轉變史。作者對孫悟空的轉變是通過以下五個方面表現的。

對神佛，從被迫服從到自覺服從

佛祖的無邊法力是孫悟空從妖仙轉變為神佛的前提條件。孫悟空沒有在玉帝的權力和地位面前屈服，或鎮壓或招安的軟硬兩手對他都不起作用。然

而他終於在佛祖的無邊法力下認輸了，原來他的筋斗雲翻不出如來佛手心，還被壓在五行山下五百年，十分狼狽。他再也不像當年大鬧三界時那樣無法無天了，而是可憐巴巴地乞求菩薩解救，保證「知悔」，希望菩薩「指條門路，情願修行」，滿口答應給取經人做徒弟，入佛門以修正果。他雖然對菩薩給自己戴上「緊箍兒」不滿，但又沒本事去除，只好自認倒黴，乖乖就範，再次向菩薩保證要「棄道從僧」、「改邪歸正」、「脫難消災」、「前求正果」。在取經路上，他與許多妖魔爭鬥不能取勝，求助於神佛才將其治伏。悟淨、悟能、白馬都是觀音化妖為僧。17 回觀音幫悟空降伏黑風山的熊怪；21 回靈吉菩薩幫悟空抓住黃風嶺的黃風怪；26 回觀音幫悟空復活人參果樹，使鎮元子與悟空釋怨；31 回星神幫悟空收伏私自下凡在寶象國作怪的奎木狼變成的黃袍怪；39 迴文殊菩薩收伏變作道士以報復國王浸泡自己之恨的座騎；42 回南海觀音收伏紅孩兒；49 回在通天河，觀音幫悟空收伏從自己池中走脫變成靈感大王的金魚精；52 回如來讓悟空請來太上老君收伏老君座騎青牛變成的獨角兕大王；55 回觀音讓悟空請出昴日星官現出大雄雞嚇死母蠍怪；58 回如來識破六耳彌猴變成的假悟空；59 回悟空從靈吉菩薩處得定風丹使羅剎女扇他不動；61 回眾護法神助悟空治伏牛魔王；63 回悟空在二郎神與梅山六聖幫助下鬥敗龍王附馬九頭蟲變成的九頭巨鳥；65 回彌勒佛使計收伏在雷音寺成精作怪的自己的司磬黃眉童；71 回觀音收伏因報朱紫國國王射傷孫雀大明王菩薩子女之恨而拆散國王鸞鳳的自己座騎變成的麒麟山妖精賽太歲；73 回悟空根據黎山老母所說請來毗藍婆菩薩帶走毒死唐僧的大蜈蚣精變成的道士；77 回如來令文殊、普賢二菩薩收回自己的座騎青獅、白象變成的獅怪、象怪及鵬鳥變成的鵬怪；79 回壽星罩住自己的座騎白鹿變的送狐狸變成的美女以迷惑國王的道士；83 回金星讓天王和哪吒父子收伏在黑松林變為美女要和唐僧成親的曾被天王收伏拜天王為父的鼠精；87 回悟空上訪九天應元府天尊，請來雷電雨諸神降雨三日，說服因不敬天而致久旱的鳳仙郡郡侯皈依佛門；90 回太乙天尊助悟空降了在天竺國玉華城外竹節山盤桓洞作怪的九頭獅怪和黃獅怪；92 回悟空上天請來奎木狼等 4 星降服犀牛怪；93 回太陰星君收伏變成天竺國公主要和唐僧結婚的月中玉兔；如此等等。如果說悟空被壓在五行山下，被戴上金箍咒兒時，不得不對神佛表示敬服，那麼神佛幫他降妖除怪，則使他看到了這個世界上還有自己鬥不過的妖魔，而且有可以降伏一切妖魔的神佛，使他對神佛的無上法力有了更進一步的認識，也是他對神佛從被迫服從

到心服口服而自覺服從的關鍵。他雖然一有機會就和神佛開點玩笑，那是他幽默活潑的性格表現，而不是對神佛的不恭不敬。

佛祖成了他心目中的最高權威。

三打白骨精後他被唐僧驅逐，唐僧遇妖，八戒請他降妖救師，他不但不幹，還打八戒。八戒提起海上菩薩，他「不看僧面看佛面」，去救唐僧。56回二次被唐僧驅逐的悟空找菩薩訴苦，菩薩批評他打死草寇，不仁不善；他找唐僧被拒，要如來去箍還俗，如來批評他「亂想」、「放刁」，命他好生幫助唐僧，「功成歸極樂，汝亦坐蓮臺」，他不敢造次，規矩侍立。77回他聽說唐僧被妖怪夾生而食，取經事業毀於一旦，在此絕望之際，他沒有放棄，而是去見如來，請佛定奪。總之，一有困難挫折，他便找佛祖訴委屈，聽教悔，指方向，奔前程。在金平府繳獲的犀牛角也要帶去靈山獻給佛祖。

孫悟空是一種自然力，它的特點是自發性強，有破壞性，但若引導得法，就可變自發性為自覺性，變破壞性為建設性。對於這種自發的自然力，像玉帝那樣以力服之不行，以鬨騙服之亦不行。而只能像佛祖一樣用法力治服之，以緊箍咒兒約束之，以平妖伏魔磨煉之，以向佛向善導引之，以取經成佛鼓勵之，在困難之時幫助之。這就是神佛在孫悟空從妖仙到神佛的轉變中所起的作用。

佛是一種超現實的存在。它揚善但不殺惡，而是改惡為善，使惡為善所用。這是它具有無限親和力的根源。而無限的法力又是變惡為善的必要條件。悟空到達西天後，如來佛對他說：「孫悟空，汝因大鬧天宮，某以甚深法力，壓在五行山下，幸天災滿足，歸於釋放；且喜汝除惡揚善，在途中伏魔降怪有功，全終全始，加汝為鬥戰勝佛」。這是對孫悟空從妖仙到神佛的總結和評價，也是作者塑造孫悟空形象的良苦用心之所在。被壓五行山下，又被解救出來，是肉體的受罰和解脫；歷經八十一難後被封真佛，是精神的磨煉和解脫。因為孫悟空已經成佛，頭上的緊箍兒也不摘自去了。他已經實現了由此岸到彼岸的飛躍。

對唐僧，從三心二意到一心一意

唐僧在《西遊記》裏是作為一種向善向佛的道德和信仰的象徵而存在的，是孫悟空由妖變佛的一面鏡子和參照物。他的是非不分沒有必要深責，因為妖可變佛，非可變是。對惡是改造而不是消滅。孫悟空不正是從惡變善的嗎？

　　孫悟空和唐僧關係的變化主要從三次離開三次返回體現出來，他保唐僧取經，從三心二意到一心一意，是他的作惡減少為善增多的表現。

　　第一次離開唐僧是兩人認識不久的事。孫悟空開始拜唐僧為師主要還是為了擺脫五行山的鎮壓，救其脫身，並沒有認識唐僧向善向佛的意義。他對救他的唐僧口敬行恭，也只是向善棄惡的起步。他的妖氣並沒有因為認識唐僧而有任何改變。他打死六個剪徑的強盜，唐僧責他「行兇」、「傷生」、「忒惡」，所謂「千日行善，善猶不足；一日行惡，惡自有餘」。他是造反起家的人，受不得唐僧之氣，將身一縱，說聲「老孫去也」，便離開了唐僧。但他畢竟和大鬧三界時的不聽勸告，任性妄為不一樣了。他是有過在太行山下被壓五百年經歷的人。他聽從龍王勸告：學習漢時張良，「圯下三進履」，從石公學得天書，幫助劉邦平定天下，最後棄職歸山，悟成正道。「大聖，你若不保唐僧，不盡勤勞，不受教誨，到底是個妖仙，休想得成正果。」他經過沉吟思考，聽從龍王勸告，又返回去尋唐僧。因不服緊箍咒兒，欲暗算唐僧，唐僧連念咒語，他疼痛難忍，只得服從，願保唐僧，永無退悔。

　　孫悟空第二次離開唐僧是三打白骨精之後。如果說 14 回他打死六個剪徑的強盜，唐僧因他傷生害命而不容，尚有道理，那麼 27 回三打白骨精驅逐他則毫無道理。悟空一方面對唐僧這一「過河拆橋」、「鳥盡弓藏」、「兔死狗烹」的做法不滿，有去除緊箍、斷絕關係之意，另一方面又怕自己離開後唐僧受到傷害，思想鬥爭非常激烈。這個只有在老君八卦爐裏被煙火薰出眼淚，平時不知流淚為何物，即使被壓在五行山下五百餘年也不輕彈一滴淚的硬漢，沒有像第一次那樣主動離去，而是對唐僧依依不捨，動情落淚，還叮嚀沙僧他走後如有妖怪傷害唐僧，你「就說老孫是他大徒弟，西方毛病，聞我手段，不敢傷我師父」，最後硬是拜了唐僧一拜「淒淒慘慘」地離去了。相形之下，倒顯得唐僧不近情理。這表明他頭腦裏「善」的觀念已比前番有明顯增長，他已經從妖仙向神佛又邁出了一大步。但他畢竟妖根未除，離開唐僧，沒有約束，豎旗屯糧，不提「和尚」二字，過起了「天不收，地不管，自由自在」的妖仙生活。唐僧遇妖，八戒來請，他不稱唐僧師傅，直呼其名，不願相救。但因他已有了一段取經經歷，八戒以語相激，他便決意去救唐僧，臨行還特意到東洋大海淨了淨身子，以去妖氣，生怕愛乾淨的唐僧討嫌。

　　第三次離開唐僧在 56 回。悟空因打死幫助四眾的揚老人之子及其強盜同夥，再次被唐僧驅逐。悟空雖然一時「惱惱悶悶」，但這一次他沒有回花果山

為王，而是主動回到唐僧身邊，「罷！罷！罷！我還是去見我師父，還是正果」。雖遭拒絕，對唐僧不滿，但在佛祖幫助下，治服六耳彌猴，與唐僧重歸於好。從此師徒再無猜忌，直至取經而歸。

他對唐僧看法有個過程，唐僧對他評價也有所轉變，由愛聽八戒之言轉變為喜聽悟空之語，不但不再驅逐，還言聽計從。也不稱他「潑獼猴」了，而稱其「賢徒」。經過凌雲度後，三藏感謝三個徒弟，悟空說：「兩不相謝。彼此皆扶持也。我等幸虧師父解救，才成了正果。師父也賴我等保護，喜脫了凡胎。師父，你看這面前花草松篁，鸞鳳鶴鹿之勝境，比那妖邪顯化之處，孰美孰惡？何善何凶？」至此，「花果山」三字再不提起。和唐僧關係的轉變是孫悟空由惡向善轉變的標誌。是他對取經向善由不堅定到堅定的表現。此中雖然有曲折，有反復，但也是堅定信念過程中難以避免的，最後還是取經成了正果。

對妖魔，從自己為妖到降魔伏妖

《西遊記》前 8 回主要寫孫悟空作為妖仙的所作所為。中間經過幾回轉折，12 回後寫他轉變為佛的艱難歷程。孫悟空是花果山一塊仙石所產的石卵所變的石猴，訪師得名，學成七十二變和筋斗雲，「降妖教子」，鬧龍宮，得如意金箍棒；攪地府，銷猴類名號；鬧天宮，向玉帝提出政權要求。玉帝軟硬兼施，鎮壓未成，兩次派人招安，第一次封他弼馬溫，嫌小不幹；第二次給了一個「齊天大聖」空名，他偷仙桃，喝仙酒，吃仙丹，再回花果山稱王，天兵多次被他打敗。後來雖為二郎神所俘，太上老君的煉丹爐不但沒有燒死他，還幫他煉就了一雙火眼金睛和一付鋼筋鐵骨，從此更是所向無敵，玉帝拿他沒法。

第 8 回如來給菩薩交待，金箍咒兒就是對付「勸其學好」但又「不伏使喚」的「神通廣大的妖魔」的，孫悟空正是這樣的妖魔。孫悟空自己也承認這一點，31 回對奎木狼變成的妖怪說「我是你五百年前的舊祖宗」；74 回他對一老者說自己「當年也曾做過妖精，幹過大事。」他說的大事就是指在花果山為王時，「為了躲過輪迴，不生不滅，與天地山川齊壽」，從菩提祖師那裡學得一身過硬本領；又依靠這些本領大鬧三界，「不伏麒麟轄，不伏鳳凰管，又不伏人間國王所拘束」。他打亂了正常的神界秩序。照他這樣鬧騰下去，只能越鬧越亂，越鬧越糟。而在取經的路上，他的這些本領在正確的軌道上得到了「正當」的發揮。他與妖魔作鬥爭，既是對他的考驗，也是對他的磨煉。

　　取經路上的不少妖魔與神佛有著千縷萬縷的聯繫，如神佛的座騎童子之類，他們有的背著神佛下凡作惡，有的則受神佛指使以試唐僧師徒取經之誠心，如 23 回驪山老母與觀音、普賢、文殊菩薩變成母女四人相試，八戒不堅定而被捆；35 回太上老君受觀音之託，讓兩個童子化做金角、銀角大王考驗師徒四眾。還有的妖魔是某種自然物所變化，如白骨精爲一骷髏所變，58 回的假悟空爲六耳彌猴所變，64 回荊棘嶺攝去唐僧的四老者爲柏、檜、竹、松四樹成精；67 回七絕山的妖怪爲蟒蛇成精；72 回盤絲洞毒死唐僧的道士爲大蜈蚣成精，七個女妖爲大蜘蛛成精；還有 86 回的豹精，92 回的犀牛怪，等等。它們有的給唐僧取經製造障礙，有的惑主害主，有的苦害百姓，還有不少爲吃唐僧肉以求長生。孫悟空憑藉自己的本領和對取經事業的忠誠以及神佛的幫助，戰勝了這些妖魔，給取經掃清了道路，在改造客觀世界的過程中改造了自己的主觀世界，在與妖魔鬥爭中減少妖氣，增加仙氣。他自己在 73 回對毗藍婆說當年大鬧天宮是「壞事」，今日取經是「好事」。他的最後成佛不是靠與唐僧搞好關係，按佛祖眼色行事，而是在與妖魔眞槍實棒的鬥爭中提升了自己。九九八十一難度完之日，也即妖氣根除之時。九九八十一難既是對唐僧四眾的考驗和磨煉，更是對孫悟空的考驗和磨煉。

對皇權，從推翻到維護

　　如果他當年大鬧天宮時取代了玉帝，無非是把天庭變成第二個花果山罷了，究竟也好不到那裡去。而放棄爭權奪利，保唐僧取經，向善向佛，把取代皇帝變爲幫助皇帝，對他個人來說，不失爲另一種有意義的選擇。經過取經磨煉，孫悟空再也不像大鬧天宮時那樣要求「皇帝輪流坐」了，而是竭力保駕皇位永固無虞。在金平府繳獲的犀牛角，也不忘「進貢玉帝，回繳聖旨」。他對已經做了三年烏雞國國王的青毛獅怪說：「我把你大膽的潑怪，皇帝又許你做！」完全是當年捉拿齊天大聖的灌口二郎的口氣。他搬來文殊菩薩，降服了妖魔，又去太上老君處討來「九轉還魂丹」使皇帝死而復生。在比丘國，他降服了變爲國丈的妖鹿和變做美后的白面狐狸，不僅救了舉國小兒，也救了國王本人。在滅法國，他使計弄法，教育了四個要殺和尚以湊足殺夠萬僧之數的國王，使其認識到殺生之罪過，拜四眾爲師，悟空也祝其「皇圖永固，福壽長臻」。鳳賢郡郡侯冒犯天條，三年不雨，悟空勸其從善，天降喜雨，郡侯感激不盡。在玉華王府，悟空不僅降妖救主，而且教給三個小王般般武藝，

使其王位永固,「海宴河清」。在天竺國,在地靈縣,他使寇員外復活延年。如此等等。至此,悟空已經變成上效天庭下保當權派的佛教徒了,而不是動輒反上天宮使玉帝龍位不隱使眾官膽顫心驚的肉刺和心病。

對眾生,從傷生到救生

取經事業本身被作者看作是一件於民有利的事業,正像如來最後說明取經宗旨時所說:「你那東土南贍部洲,只因天高地厚,物廣人稠,多貪多殺,多欺多詐;不遵佛教,不向善緣,不敬三光,不重五穀;不忠不孝,不仁不義,瞞心昧己,害命殺生,造下無邊之孽,致有地獄之災。我今有經三藏,可以超脫苦惱,解釋災愆。」其經是否能「超脫苦惱,解釋災愆」,我們不去管他,因為在我們看來,馬列主義產生以前的任何高明理論也不能使眾生「超脫苦惱,解釋災愆」。但佛祖對東土南贍部洲的斷語,卻是對當時社會現實的評價,有其正確的一面。其目的還是為的和平、光明和正義。這就決定了孫悟空所從事的取經事業是一件追求和平、光明與正義的事業,是為「眾生」,而不是像大鬧三界時那樣為他個人或其猴類而傷害生靈了。他戰勝了揚道抑佛或者崇道滅佛、荼毒生靈、嗜殺成性,貪財好色、邪惡不義、橫行人間、敲詐勒索、謀財害命、霸佔人妻、劫掠人女、禍國殃民、暴戾天物等等妖魔鬼怪,不但為取經的正義事業掃清了道路,在磨煉中使他自己身上妖氣減少,仙氣增多,而且直接造福於人類。孫悟空也從自己為妖傷生到為民除妖,維護眾生。而這也是他從妖仙到神佛轉變的重要標誌。

取經四眾也可看做一人。要幹成一件事業,必須具有唐僧一樣的善心和信仰,這是統帥,另有孫悟空的勇敢智慧和本領,有白馬的默默實幹,有沙僧的吃苦和正義感。當然作為一個人,也會有八戒的自私、多嘴、貪財好色、好吃懶做等,但不能讓後者占上風。如果扶持前者,不但能保持向上朝氣,連後者也可由消極因素變為積極因素。一個團體一個民族甚至一個國家又何嘗不是如此。這是對《西遊記》意義的一種解讀。一百個人可以做一百種解讀。但主題只有一個,這就是上面分析的:《西遊記》是寫孫悟空從妖仙到神佛的轉變史。

原載 2006 年 5 月三秦出版社出版的《中國古典小說戲曲研究論集》

責任編輯 高立民

雜　論

手握書卷才有讀書的感覺

　　本報昨日文化新聞版刊發「有了電子書 還用讀紙質書嗎」的報導，被人民網、中新、新浪、搜狐等 20 多家門戶網站轉發後，引起社會各界廣泛關注。著名學者、博士生導師王志武教授看到報導後認爲，手握書卷才有讀書的感覺，並希望通過本報告訴讀者：讀經典名著要提防三種傾向。

讀名著可知世事益身心增智慧

　　王志武是陝西師範大學文學院教授、博士生導師，是我國古典文學研究方面的權威之一。他因研究明清小說而聞名天下，先後出版有多部研究專著，並從 1993 年 10 月開始享受國務院特殊津貼。

　　王志武認爲，經典長篇小說四大名著《三國演義》《水滸傳》《西遊記》《紅樓夢》，是全民族取之不盡、用之不竭的精神食糧，值得反復閱讀、經常閱讀。王志武舉例說，毛澤東一生都在閱讀《三國演義》《紅樓夢》等，還讓許世友這些高級將領閱讀《紅樓夢》，晚年請蘆狄給他讀四大名著。讀四大名著可以知世事、益身心、增智慧，對健全人格、高尚情操、健康心理的形成起潛移默化的陶冶作用，還可提高人的欣賞、想像、鑒別、思維及寫作、認識能力。

　　「在網絡和數字化出版業發展的背景下，很多人學會了用鼠標瀏覽閱讀這種新方式。」王志武說，也許那位初中生家長認爲從網上讀電子版名著比買紙質的書要省錢，所以才會發出「網絡時代讀紙質名著有啥用」的抱怨。作爲一個傳統的學者，他個人傾向於中學生還是應該多讀紙質版名著的，「因爲，手握書卷才有讀書的感覺」。

閱讀名著要防三種錯誤傾向

結合自己多年的研究成果，他還提醒本報讀者在閱讀名著時要防止三種錯誤的傾向——

第一種傾向是用閱讀把名著搞成小包裝食品一樣的改編本之類代替閱讀名著本身。

第二種傾向是用看影視劇代替閱讀名著。影視劇多數是現代作者導演演員把自己許多平庸膚淺的人生見解強加於名著的產物，「化神奇為腐朽」。柳青當年就發表聲明，反對把《創業史》改編為電影，擔心歪曲他要表現的主題。眼睛永遠沒有心走得遠。閱讀給人帶來了無限的想像空間，這是單純的視覺享受無法提供的。

第三種傾向是用看研究評論文章、書籍代替對原著的閱讀。好的評論研究文章就像好的導遊和解說員一樣，能幫助我們更好地閱讀理解原著的精神內涵；不好的評論研究文章則純粹是誤導，把讀者引入歧途，使你走火入魔。好與不好怎麼鑒別呢？你把原著多讀幾遍就鑒別出來了。

2012 年 5 月 4 日《西安晚報·文娛新聞》記者 章學鋒
說明：「手握書卷才有讀書的感覺」、「眼睛永遠沒有心走得遠」兩句既有形象又具哲理的話出自章學鋒先生之手，特致謝意！

讀名著不只是讀書，更是在讀人生

王志武教授報告贏得晚報讀者熱烈掌聲

昨日下午，由本報和西安市青少年宮主辦的「閱讀名著‧啓迪人生」世界讀書日大型公益講座在少年宮 7 樓多功能廳舉行，200 多名讀者在思辨的熱烈氣氛中，與陝西師範大學文學教授王志武一同感受名著帶來的無限樂趣。

以四大名著爲主題，王志武教授引用活潑生動的例子，深入淺出地將中國經典和人生哲理間的關係詮釋得淋漓盡致，而臺下的讀者中，不僅有白髮蒼蒼的老人、放棄周末休閒的中年人，還有來自西安文理學院「紅學社」的學生們，西安市第八中學幾十名學生更自發「組團」來聽講。

正如 2012 年國民閱讀報告中發佈的，「國人最愛讀的書仍是四大名著」，昨日講座伊始，王志武教授就提出《三國演義》《水滸傳》《西遊記》《紅樓夢》確實是全民族取之不竭，用之不盡的精神食糧，「值得反復閱讀，經常閱讀」。

隨後的講座中，王志武教授觀點新穎，獨闢蹊徑，以自己多年對中國古典文學的精入研究爲積澱，深入淺出地講解經典，不僅提出，《紅樓夢》的眞正主題並非寶黛二人的愛情悲劇，而是王夫人和賈寶玉圍繞婚配對象選擇而造成的衝突，從而揭示社會時代中，人與人生存目的與生存方式的差異。更用「《西遊記》裏的孫悟空到底是個『惡』還是『善』？《水滸傳》宋江的『忠義觀』能否被借鑒？《三國演義》除了軍事與政治策略，還有哪些關於人生管理與組織技巧？」等饒有意思的話題，引發讀者思考。

王志武教授特別提出，讀名著時，除了要瞭解作品的時代背景，抓住作品所反映的時代脈搏，更需要在閱讀時有自己的思考，學會分析、評價、鑒賞作品，而不是人云亦云，「特別是四大名著，它們的內容往往與人性矛盾掛

鈎，具有時代穿透力，讀它們不只是讀書，更是在讀人生——仔細品味，就能在其中增強對生活的感悟。」

臺上教授時而旁徵博引，時而借古喻今，時而詼諧比喻，興之所至似乎忘卻時間，原定兩個小時的「講座」，王志武教授足足講了三個小時。臺下讀者似乎也很享受這種「拖堂」，聆聽到精彩之處，不少人發出恍然大悟的感歎，講座終了，所有人將一陣持續三分鐘的熱烈掌聲送給王志武教授。

記者注意到，講座時不少讀者邊聽邊做筆記。一位阿姨笑著告訴記者，她要把筆記帶回家給孫子再「復述」一遍，「孫子很愛看《三國演義》，可今天他要去學琴，走前特意叮嚀我，讓我聽完了，再回去給他講。而西安市第八中學的學生柳倩則說，自己覺得教授講解名著的角度新鮮又特別，他把名著和當下一些社會話題聯繫起來，很有意思。下次有這樣的活動，我一定還會來。」

講座結束，一名自稱「一名教育工作者」的老人還找到記者說：「晚報邀請學者給市民講中華民族傳統文化，相當好！可是我有兩個遺憾：一是為沒有來的人遺憾，二是為到場的孩子太少而遺憾。希望下次搞這樣的活動，能看到有更多的家長帶孩子來感受文化的魅力。」

記者孫歡　實習生張涵博
2013 年 4 月 22 日《西安晚報》

熱愛讀書吧，孩子！

章學鋒

聆聽王志武教授講四大名著的報告，很多讀者都和我一樣有如坐春風的喜悅感。引起我關注的是，報告後有老者特意轉告主辦方西安晚報的記者：「我為來聽讀書報告的孩子太少而遺憾！」

四大名著，作為中國古典文學的集大成者，無疑是具有引導示範作用的典範。把四大名著讀活、讀通了，我們能從名著中獲得很多服務當下的受益，就不會再因轉型期的各種表象而迷失方向了。讓人遺憾的是，現今，熱愛讀書的孩子比我孩提時那會兒少多了。

熱愛讀書吧，孩子！美國著名作家斯坦曾說過：「只要一個孩子愛上閱讀，最重要的最經典的書他總會讀到，如果他不喜歡閱讀，重要、不重要的他都不會去讀。」可見，閱讀作為一種讓人享用終生的學習能力要從孩子抓起，這是東西方都明白的道理。讀書，尤其是孩提時代的讀書，或許並不會幫你解決短期內的煩惱，但卻有可能在你未來的人生征程中，幫你創造一個個你意想不到的奇迹。讀書，能讓人脫俗志新、更上層樓。

熱愛讀書吧，孩子！要讓孩子養成良好的閱讀習慣，並不只是孩子一個人的戰鬥，還必須要有大量像西安晚報、像西安市青少年宮、像王志武教授這樣的「推手」去做大量普及和引導工作。換言之，就是需要大量看見或看不見的「推手」，去引導、去教會孩子們通過用讀書獲取的知識，將遇到的壓力化為成長的動力，進而培養出好讀書、讀好書，讀有所悟、讀有所得、讀有所成等能使他們受益終身的好品質。

熱愛讀書吧，孩子！一個愛讀書的人，無疑是富有希望的！

2013 年 4 月 22 日《西安晚報》

潛心研究，自成一家
──訪文學院王志武教授

段佳辰

　　初次見到王老師，是在文科部舉辦的經典導讀講座上，老先生主講《紅樓夢》，先生新穎獨特的觀點、通俗易懂的講解、幽默風趣的語言給同學們留下了深刻的印象。後來我選修了王老師的《紅樓夢》導讀課，老師的學術觀點很有令人耳目一新的感覺。當我冒昧地向老師提出採訪時，早已過花甲之年的王老師竟欣然同意了，並且一聊就是將近兩個小時，從對紅樓夢的見解到做人學習的經驗，實在是受益匪淺。

　　王老師研究紅樓夢已有三十多年了，他研究的最大特色就是不拘泥於前人的探究，而是著眼於原著，潛心研究，自成一家之言。

　　王老師認爲任何偉大的作品不管其題材如何，其主旨都與多數讀者的生活息息相關。《紅樓夢》的主題是每一個人都要遇到的人生課題──婚姻對象選擇問題。賈寶玉要實現自己的知己愛情，王夫人則要給他選擇一個德、才、財、體兼備的管家婆，整本書都是圍繞這一矛盾展開的。

　　當談到劉心武在《百家講壇》揭秘《紅樓夢》，從秦可卿的原型入手來分析《紅樓夢》時，王老師說：「我覺得這種研究是將文學政治化的一種表現，他將紅樓夢與康雍乾三朝的政治鬥爭聯繫在一起，偏離了作品的文學性，研究文學作品不能太做實，一個人物形象的塑造可能是多個原型的糅合，認爲秦可卿是廢太子的女兒，是一位公主，這個根本就沒有事實依據，完全是推測的。這種研究並沒有從作品本身出發，缺少實事求是的精神。」2005 年 5 月 27 日《光明日報・文學遺產》上登載過王老師的一篇研究《紅樓夢》的文

章，主要觀點是「釵正黛次」說，也就是薛寶釵做賈寶玉的正妻，而林黛玉作次妻。問到依據時，王老師告訴我們，中國古代一夫多妻制的家庭中，為了防止次妻有越禮言行，正妻常將自己的丫環調撥給次妻使用，明清小說中多有此例。如《金瓶梅》中服侍潘金蓮的丫環龐春梅原是西門慶的正妻吳月娘的丫環，而《紅樓夢》中趙姨娘的丫環彩霞原是王夫人的丫環。薛姨媽說讓黛玉嫁給寶玉後，卻對紫娟說：「你這孩子急什麼，想必催著你姑娘出了閣，你也要早些尋一個小女婿去了。」其他證據還有很多，王老師的論述在一些紅學觀點已成定勢的情況下，仍然能夠談得出自己的觀點。如一般人都認為林黛玉是封建階級反叛者，而王老師卻堅持從原著出發，得出結論：其實林黛玉才更為遵守封建禮法，這在 2007 年 4 月 27 日《光明日報‧文學遺產》上發表的《薛寶釵與林黛玉》中作了詳細的解釋。

　　王老師對同學們應如何學習研究提出了自己的寶貴經驗。他說同學們應利用好這寶貴的大學四年時光，多讀一些經典作品，對於一些經典應多看幾遍，還應養成做讀書筆記的習慣。王老師談到自己讀《紅樓夢》時，光是筆記就做了幾大本，以後還保證每一年都要再看上一遍《紅樓夢》。也許這就是王老師能取得如此高的學術成就的原因吧！讀書品味，品一點，寫一點，得一味，成一文。大家風範也正在此！

　　　　　原載陝西師大團委主辦的《大學時代》雜誌，2008 年 3 月出版

善與惡的相剋相生
──讀王志武《中國人的善惡困惑》

師　岩

　　王志武先生是陝西師範大學文學院教授、博士生導師，30 多年來一直從事中國古典文學的教學與研究。早在上世紀 80 年代中期，他的《紅樓夢人物衝突論》就榮獲首屆全國圖書「金鑰匙」獎。後來，他又陸續出版《三國演義人物競爭論》和《金瓶梅人物悲劇論》，奠定了在學界的地位和威望。

　　東方出版社 2013 年 2 月出版的《中國人的善惡困惑──西遊記人物善惡論》，是年近七旬的王志武先生近十年的學術成果。《西遊記》人物和故事可謂家喻戶曉，但王志武先生獨闢蹊徑，通過孫悟空與妖魔鬼怪、與唐僧、與豬八戒等的矛盾衝突，以及自「惡」及「善」的艱難歷程，揭示了善惡相剋、善惡互補、善惡轉化、善惡有度、善惡歸一的生活辯證法和人生哲理，從而在新的高度、新的維度上探討了《西遊記》這部古典神話長篇小說深邃的精神內涵。

　　在這本書裏，孫悟空被定義爲「惡猴」，唐僧被定義爲「善僧」。王志武先生認爲，孫悟空的「惡」是「厲害」的意思，唐僧的「善」是「好心」的意思。凡善未必都好，凡惡未必都壞。無論「善」「惡」都要有界限，有限度。西天取經是個大學校。九九八十一難，嚴酷的現實環境，對悟空和唐僧來說，都是一次又一次深刻有效的善惡再教育。改造社會，改造人，要善惡並用，不可偏廢。孫悟空正是在懲惡中行善，完成了從妖仙到神佛的轉變。

　　王志武先生從五個方面論述孫悟空的人生轉變和思想昇華：對神佛，從被迫服從到自覺服從；對唐僧，從三心二意到一心一意；對妖魔，從自己爲妖到降魔伏妖；對皇權，從推翻到維護；對眾生，從傷生到救生。王志武先

生指出，悟空之所以能降妖取勝，是因爲他的無畏氣概、韌性精神、講究策略、向善多助和菩薩指引。

關於悟空與唐僧的關係，悟空與八戒的關係，王志武先生通過評述他們三次大的恩怨糾葛和不同的「享受生活」態度，從而得出「善惡」互補、惡賴趣處的處世法則。這些獨到見解以及妙趣橫生的論述過程，都給讀者莫大的啓迪和閱讀享受。

王志武先生治學嚴謹，成果豐碩，自成一家。前幾年，因爲與中央電視臺 10 頻道《百家講壇》一位著名作家關於《紅樓夢》的「偷意」「盜名」之爭，一時成爲學界甚至娛樂界的「風雲人物」。但認識他的人都知道，他只是一個非常低調非常謙遜而又豁達敦厚的學者而已。他的爲人與治學，體現著中國傳統知識分子的良知和美德。

近年來，社會上風行一種戲說經典、惡搞名著，對經典名著不求甚解、故意歪曲，「化神奇爲腐朽」的庸俗潮流，使許多讀者不識偉大爲偉大。王志武的《中國人的善惡困惑——西遊記人物善惡論》，延續了他《紅樓夢人物衝突論》《三國演義人物競爭論》和《金瓶梅人物悲劇論》的嚴謹風格和清新文風，對於讀者認識偉大、學習偉大，提升文學鑒賞能力和自身精神境界，都有莫大的幫助。因此，我建議喜歡中國古典文學的廣大讀者，都能翻看王志武先生的著作。

《西安日報》2013 年 4 月 10 日

（作者師岩，本名程建設，《西安日報》總編，在全市公開競聘中，以高水平勝過高學歷，脫穎而出者。）

「不能讓孩子輸在起跑線上」是糊塗觀念

我在 2006 年 11 月 27 日博客上發表的「胡塎」一文中曾寫道：「人生不是百米賽，而是馬拉松，沒有必要爭一時之高下，較瞬間之短長。」

前不久，劉翔在一次 60 米跨欄賽中，起跑慢了半拍，但因平時的七步跨欄科學訓練，使他贏得了冠軍；後來的一次 60 米跨欄賽時，起跑快了半拍，違規出局。

張繼科在國家足球隊時是個三流隊員，轉入國家乒乓球隊後成了一流隊員，這也是用「不能讓孩子輸在起跑線上」的說法解釋不通的。

人生的真正起跑線在開始工作的那一天，不是上小學的那一天，更不是上幼兒園的那一天。工作之前都是訓練期，訓練期間是免不了失敗和挫折的。即使正式工作後，和馬拉松賽一樣，也不一定時時都跑在最前面，奪冠軍的往往不是開始跑在前面的人。

有一種說法，「人生三十不學藝」。齊白石 30 歲才學畫，成了大畫家。許多自小就學畫的人最後卻都沒有成為大畫家。

外國人有一句話說得好：「誰笑在最後，誰笑得最好。」

2012.1.1

爺替孫子做作業

　　學習是有規律的，一是循序漸進，由少到多，由淺入深；隨著年齡增長而增長知識；有些知識需要教，有些知識不需要教。二是少而精，抓住主要的精華，搞精通就行了，不必面面俱到。

　　但是現在的幼兒園、中小學教育教學則完全違背這些規律。其表現除了課本本身繁雜而不得要領外，再就是強迫學生做所謂「課堂（實際是課外）練習冊」及「階段達標測試」試題。一位朋友的同學，仿照孫子的筆迹和語氣，代替孫子把這些破玩意兒做完交給老師，以便騰出時間讓孫子遊戲娛樂，按時休息；我則讓孫子把自己會做的做完，不會的由我寫出或口述，讓孫子抄寫上去交給老師。完全看筆迹發現不了真實情況。至於組詞造句之類，照抄字典好了。

　　沒辦法。小貓釣不到魚是因爲想捉蜻蜓和蝴蝶，現在的學校卻逼著學生把大量時間和精力用來捉蜻蜓和蝴蝶，美其名曰「知識擴展」，其結果是蜻蜓蝴蝶沒捉到，把釣魚也耽誤了，還搞壞了身體。因爲牽扯到上級管理部門，出版社和校方的利益，也爲了省事，掩蓋不負責任和低劣教學水平，「課堂練習冊」「階段達標測試」之類課外作業沒人下決心制止，客觀的教育教學規律被破壞，主觀臆造的違背常識的所謂「規律」大行其道，利益打敗幾何公理，而不是幾何公理戰勝利益，爺替孫子做作業就是一種無奈然而又是有效的選擇了。

2012 年 1 月 29 日

致 X 小學領導的一封信

尊敬的 X 小學領導：

　　我的孫子王明實戶口在師大雁塔校區家屬 10 號樓一單元一號，和小學只隔一條幾米寬的人行馬路，廚房窗戶斜對小學南大門不足 20 米。2010 年秋，學校照顧孫子輩，只收了我一萬二千元借讀費，便讓孩子上了附小。孩子平時吃住在我這裡，只有雙休日和節假日才被他父母接回家，孩子的平時管理和學習都是我負責，我也非常關注他的每一步成長。我對他的評價是：愛讀書，愛科學，愛手工，愛師長，愛同學；遵守紀律，活潑開朗。他的每學期各門課成績都在 90 以上，主課語文、數學、英語都在 95 以上，本學期語文 97.5 分，數學 99 分，英語 99 分。平時的練習冊作業及各次階段測試及生字本，都做了，老師也批改了，這些作業我都保留著。

　　社會上瘋傳學生家長給班主任老師送不送禮物，送多少禮物，決定老師對孩子的座位安排，獎懲及評價，我不大相信，尤其是像 X 小學這種向學生收取高額借讀費的所謂優質示範學校，不會把神聖的師生關係變得如此不可思議吧。當我發現王明實每天排隊出校門時不是排在最後，但座位卻被排在最後，又看到每逢節日，總有家長在校門口先給老師打個電話，然後把禮物放到學校門房，老師放學時順手拿走，我也忍不住給班主任老師打電話，表示給她送點禮物放學校門房，班主任老師說她是我的學生，應該給我送禮，不應該我給她送禮，我看她態度誠懇，也就沒有給她送過禮。二年級上學期，班主任要孩子上「延點班」，就是把 4 點半放學延長到 5 點半，讓孩子在學校做作業，實際上是變著法兒收錢。我教孩子去體驗了一下，孩子二次再不願去了，我沒有逼他去。

　　我孫子在學校的所見所聞回家都要對我說，班主任老師給他的一二年級評語；這學期幾次在全班表揚他；班主任給他不斷地調換同桌，據說是爲了考驗孩子；上學期還得了「進步之星」獎狀等等情況，我都很在意。孩子是國家的社會的人民的財富。呵護孩子幼小心靈不受傷害，是每個有良知的成年人的責任，作爲老師和長輩，更應該對孩子充滿善意和愛心。

　　本學期班主任老師給孩子寫的評價，卻使我感到很突然，讀了多遍，接受不了。

　　首先，這個鑒定後半部分的鼓勵性用語怎麼寫都可以，我沒在意，主要是前半部分評語，完全不符合事實。第一句「你是一個聰明機靈的小男孩」，沒有任何實際意義。第二句「只是課堂上自由散漫」是誇大其詞。孩子有時在課堂上與同桌說話或自己玩，聽課注意力不集中，這是事實，但不是經常的，不是一貫的，也不是他單方面的事，而且比第一學期越來越有進步，一個剛上學的小孩子出現這種情況是正常的。用「自由散漫」來概括，太嚇人。我問孩子是否「自由散漫」，孩子問我「自由散漫」是啥意思？說明給孩子寫這種大字眼起不到教育他的作用，用語言過其實這是學生教育的大忌。

　　第三句話是「從不完成作業」，這完全不符合事實；上級領導部門三令五申不允許給小學一二年級學生布置家庭作業，我也反對把孩子泡在那些沒用的作業中，但老師每天布置的各種亂七八糟的作業孩子沒有不作的；第四句話是「字迹潦草」，符合事實，但我對他的評語是「寫字心慌」；第五句「成績不理想」，要求人高，90 以上就是好成績，接近 100 更是好成績，難道只有雙百才是好成績嗎？教育家的統計資料顯示，經常名列班級十名左右的孩子是有後勁力的孩子。數學家陳省身給學生的題詞是：「不要得 100 分」。「成績不理想」的評語太不像評語。

　　第六句話「老師知道你並不愚笨」，這像是評語嗎？這是鼓勵還是諷刺？把這樣的話寫進 8～9 歲孩子的評語，是語文水平低，還是師德水平低？作爲一個語文老師，作爲一個班主任，出於一種善意的動機，不會寫這種話。而且和第一句話「你是一個聰明機靈的小男孩」相互矛盾。

　　沒有事實根據的隨意批評和沒有事實根據的廉價表揚一樣，都是對孩子人格尊嚴的傷害。只有建立在事實基礎上的批評和表揚才能對孩子眞正起到良好的教育引導作用。

　　我的印象是孩子在小學上學兩年，每一學年都有進步，這是學校教育培

養的結果，是各位老師辛勤勞動的結果，我不會忘記學校領導和老師的教育功績。

可是奇怪的是，班主任老師給孩子的評語卻是第二學年不如第一學年，二年級第二學期不如第一學期，這是否定孩子，還是否定自己？

我請求，班主任老師本著善意，重新給孩子寫一份符合事實的鑑定，改換原來的缺乏事實依據的鑑定；並希望班主任老師對孩子多一份鼓勵，少一點「老師知道你並不愚笨」這種帶有挖苦意味的情緒。

因為我對她寫的鑑定有意見，還把意見告訴了一位校領導，班主任老師便給孩子父親打電話，說王明實這種孩子她帶不了，意思是不帶了。究竟是嚇唬，還是真的要這樣做？不管那種情況，不可取！你給孩子寫那樣的評語，難道我就沒有提出自己看法的權力嗎？你對我這個長輩是這樣，平時教育孩子最好不要這樣。你在鑑定表上給孩子寫鑑定，孩子也在幼小的心靈裏給你寫鑑定，而且這個鑑定是一輩子抹不掉的。

為人師表，還是「謹言慎行」為好。

以上看法，未必正確，敬請校領導給予批評指正。

　　此致
敬禮

二（三班）王明實爺爺王志武敬上

2012.7.7

又：此信經田剛教授交他愛人謝大慧校長助理處理。

教學評價表

《評師網》3000 所大學百萬老師教學的評價

姓名：王志武　　　　　　　　所在大學：陝西師範大學
所在城市：陝西 西安　　　　　所在院系：文學院

2008.11.17	《紅樓夢》研究	嚴謹而又幽默，對紅樓夢非常之熟悉，觀點很獨特！為人很好！從不為難學生，是師大上課學生最多的課之一，往往得提前占座
2008.01.17	《紅樓夢》研究	王老師太讚了！王老師真的是一位很淵博很淵博的教授啊！在說到紅樓夢研究時，大家可能聽到劉心武更多一點，但你知道嗎？劉心武曾經因為抄襲王老師而有過一次糾紛！王老師是位令人尊敬的老教授，在我們不太瞭解的紅學界裏，王老師那可是老前輩老專家了！
2007.06.21	《紅樓夢》研究	老師是絕對的不點名，不過，呵呵！有時候口音聽不懂！
2007.05.15	《紅樓夢》研究	我一直想上這課，哪位好心的同學能發條短信給我告訴我地點好嗎？感激不盡！13689193139
2007.03.01	《紅樓夢》研究	很不錯啊！但是薛寶釵的粉絲最好不要來。
2007.01.25	《紅樓夢》研究	即將去上，太好了，不怎麼點名。
2007.01.18	《紅樓夢》研究	呵呵，老師很慈祥，很幽默，我喜歡他的課。
2007.01.07	《紅樓夢》研究	這位老師有自己獨到的見解，很好，而且從來不點名。

http://www.pinglaoshi.com/teacherId102984&pageCount=5&p=2

（黃亦九工程師下載整理）